MARKUS KLEINKNECHT

STURM
GEPEITSCHT

MARKUS KLEINKNECHT

STURM GEPEITSCHT

THRILLER

Immer informiert

Spannung pur – mit unserem Newsletter informieren wir Sie
regelmäßig über Wissenswertes aus unserer Bücherwelt.

Gefällt mir!

Facebook: @Gmeiner.Verlag
Instagram: @gmeinerverlag
Twitter: @GmeinerVerlag

Besuchen Sie uns im Internet:
www.gmeiner-verlag.de

© 2021 – Gmeiner-Verlag GmbH
Im Ehnried 5, 88605 Meßkirch
Telefon 0 75 75 / 20 95 - 0
info@gmeiner-verlag.de
Alle Rechte vorbehalten
1. Auflage 2021

Lektorat: Claudia Senghaas, Kirchardt
Herstellung: Mirjam Hecht
Umschlaggestaltung: U.O.R.G. Lutz Eberle, Stuttgart
unter Verwendung eines Fotos von: © Thaut Images / stock.adobe.com
Druck: CPI books GmbH, Leck
Printed in Germany
ISBN 978-3-8392-0080-3

PROLOG

AllesChecker98:   Was geht?
SuperNiceFace: *Hansemen.*

Nur nicht erwischen lassen. Irgendwo da drüben hockte er hinter einem der Fenster und wartete auf sie; das Gewehr im Anschlag. Flach atmend presste sie sich gegen die Mauer. Die Backsteinwand des ehemaligen Kasernengebäudes strahlte noch die gespeicherte Hitze der Nachmittagsstunden ab, obwohl die Sonne bereits hinter den gegenüber liegenden Gebäuden verschwunden war. Früher hatten hier Soldaten gelebt und geschwitzt. Doch die Kaserne war schon lange verlassen. Einsam lag der Exerzierplatz da. Ausgestorben.

Die junge Frau, die sich nicht aus ihrem Versteck traute, war die Einzige, die hier noch schwitzte. Bis hierher war sie gerannt. Ihre hellbraune Haut glänzte. Von der gab es viel zu sehen. Außer Turnschuhen trug die Frau nur eine sehr kurze Sporthose und einen Sport-BH. Ihr zarter Körperbau, die dunklen Haare und die Gesichtszüge verrieten eine asiatische Herkunft.

Ein Stirnband sorgte dafür, dass ihr der Schweiß nicht in die Augen lief. Zugleich diente es als Halterung für eine kleine Kamera, die aus der Perspektive der Frau alles aufzeichnete, was sie sah. Eine Actioncam. Äußerst robust und kompakt, aber mit hervorragender Bildqualität.

Es gab noch mehr Kameras. Überall verteilt auf dem Gelände. Keiner ihrer Schritte sollte unbeobachtet bleiben. Schließlich wollte man sehen, wie sie um ihr Leben rannte.

Die Frau blickte nach hinten. Umkehren war keine Option. Sie musste quer über den Exerzierplatz, um den Schutz der gegenüber liegenden Häuser zu erreichen. Nur dort würde sie sich in Sicherheit bringen können.

Ihre Augen suchten die Fensterfront ab. Wo steckte der Schütze? Wo hatte er sich versteckt?

Wirklich in einem der Gebäude? Damit würde er seinen Bewegungsradius freiwillig einschränken. Vielleicht lauerte er auch hinter einer Hausecke oder gar hinter dem Stamm einer der beiden großen Bäume, die links und rechts des großen Platzes standen. Von dort konnte er schießen und sein Ziel anschließend viel leichter verfolgen.

Die junge Frau hätte sich an seiner Stelle hinter einem der Bäume versteckt, um auf jemanden zu lauern. Aber hinter welchem? Links oder rechts?

Wenn sie mittig über den Platz lief, wäre sie von beiden Bäumen gleich weit weg, stellte aber immer noch ein sehr gutes Ziel dar. Entschied sie sich, möglichst dicht an einem der Bäume vorbeizulaufen, dann hätte sie die Entfernung zum anderen Baum fast verdoppelt. Das machte es dem Schützen schwieriger. Es sei denn, er hockte genau hinter diesem Baum und sie lief ihm somit direkt in die Schusslinie.

Die junge Frau hatte Angst vor einem direkten Treffer. Sie fürchtete sich vor dem Schmerz. Doch es blieb dabei: Sie musste über den freien Platz, und das Nachdenken machte es nicht besser.

Also rannte sie einfach los. Nicht wie ein Schwimmer, der vor dem Sprung ins Wasser noch einmal tief Luft holt. Dafür nahm sie sich keine Zeit mehr, nachdem die Entscheidung endlich gefallen war. Sie rannte quer über den ehemaligen Exerzierplatz, zuerst schnurgerade, dann abrupt einen Haken schlagend. Zwei Sidesteps, dann wieder geradeaus.

Vielleicht schoss er ja daneben. Denn schießen würde er, so viel stand fest. Hier war ein hervorragender Ort für einen gezielten Schuss. Diese Gelegenheit würde er sich nicht entgehen lassen.

1

Es klopfte an den Wohnwagen. Das musste der Verwalter des Campingplatzes sein, der alte Martens. Sonst wusste doch niemand, dass Jan Fischer auf Sylt war. Doch als Jan die Tür öffnete, stand ihm ein wahrhafter Hüne gegenüber. Der Mann trug einen wetterfesten Parka, der bis über den Hintern reichte. Eine grobe Leinenhose steckte in einem mächtigen Paar schwarzer Gummistiefel. Der Mann war mindestens zwei Meter groß. Um seinen gewaltigen Körper zu schützen, benötigte er sämtliche Kleidungsstücke in Super-XXL.

»Herr Fischer?«

»Ja.«

Die Hand, die ihm einen Dienstausweis der Polizei entgegenstreckte, verdiente ebenfalls eine XXL-Klassifizierung. Hauptkommissar Eggestein, stand neben dem Foto.

»Darf ich reinkommen?« Es klang wie eine Frage, war aber keine. Der hünenhafte Polizist hatte den Fuß bereits auf dem Tritt vor dem Wohnwagen und zwängte sich nun durch die schmale Türöffnung. Es war ein Wunder, dass sich der Wagen nicht auf die Seite neigte. Automatisch wich Jan zurück.

Mit seinen ein Meter 94 musste Jan im Camper schon immer aufpassen, sich nicht den Kopf zu stoßen. Hauptkommissar Eggestein aber streichelte mit den Haaren die Decke, egal, wo und wie er sich hinstellte.

Jan bemerkte, wie die Augen seines Gegenübers den Wagen absuchten, ohne dass er dabei übertrieben viele Kopfbewegungen machte.

»Gerade erst angekommen?«

»Wie man's nimmt.«

»Was führt Sie her? Ist ja nicht gerade Campingsaison, was?«

Jan sah keinen Grund zu lügen.

»Ich suche jemanden.«

»Und wen?«

»Das wissen Sie doch vermutlich schon.«

»Ach ja?«

»Ganz offensichtlich. Jemand wird es Ihnen erzählt haben.«

Eggestein prüfte das Bett mit Blicken auf seine Stabilität. Dann setzte er sich ungefragt darauf, als wollte er zeigen, dass er es nicht eilig hatte. Seine Beine versperrten wie unabsichtlich den Weg zur Tür.

»Jemand hat es mir erzählt?«, wiederholte er Jans Feststellung.

»Ich habe kein Geheimnis draus gemacht, dass ich jemanden suche, und überall ein Foto herumgezeigt. Und von diesen Leuten hat es Ihnen jemand erzählt. Habe ich jetzt ein Problem?«

»Wie kommen Sie darauf?«

»Na ja, wenn der Ausweis echt ist, habe ich Besuch von der Polizei. Das muss ja einen Grund geben.«

»Zweifeln Sie daran, dass der Ausweis echt ist?«

»Nein.«

Eggestein atmete tief durch. »Zeigen Sie mir mal das Foto von der Frau, nach der Sie suchen!«

Jan tastete nach seinem Smartphone, dann fiel ihm ein, dass er es auf die Arbeitsfläche neben der Spüle gelegt hatte. Er entsperrte den Bildschirm, wählte die Fotogalerie und hielt seinem Besucher das Bild entgegen. Es zeigte eine junge Asiatin. Ihre Lippen waren dunkelrot geschminkt, die Augen durch Kajal und Wimperntusche fast schwarz.

»Haben Sie Anna-Lena irgendwo gesehen?«

Eggestein erwiderte mit einer Gegenfrage. »Anna-Lena? Soso. Warum suchen Sie das Mädchen?«

»Für Freunde.«

Eggestein nickte langsam. »Sie hat ja kaum was an.«

»Die Aufnahme ist aus dem Sommer.«

»Und Sie suchen sie für Freunde?«

Jan wusste, dass er dabei war, in eine Falle zu tappen. Nun wurde ihm zum Verhängnis, dass er seine Geschichte während der Suche nach Anna-Lena geändert hatte. In einer Bäckerei und im Fischrestaurant *Smutje* hatte er etwas anderes erzählt als dem Taxifahrer am Bahnhof.

»Freunde der Familie«, versuchte er, es zurechtzubiegen.

»Freunde der Familie?«

Jan nickte.

»Hübsches Mädchen.«

»Ja.«

»Nicht ganz aus der Gegend.«

»Stimmt«, erwiderte Jan. »Sie kommt aus Hamburg.«

Natürlich wusste Jan, dass sich die Worte seines Gegenübers auf die asiatischen Gesichtszüge des Mädchens bezogen, doch er hatte keine Lust, darauf einzugehen.

Hauptkommissar Eggestein reichte das Smartphone zurück. Noch während Jan die Hand danach ausstreckte, meinte der Polizist: »Ich bin gekommen, weil wir unten am Strand ein totes Mädchen gefunden haben. Sie soll asiatisch aussehen. Thai, Japanerin, Vietnamesin. Irgend so was.«

Für einen Moment verharrte Jan in der Bewegung, und es wurde sehr still in dem engen Wohnwagen. Langsam steckte Jan das Smartphone in die Hosentasche. Er hatte das Gefühl, etwas Verbotenes getan zu haben, ohne zu wissen, was. Eggestein beobachtete Jans Reaktion ganz genau.

»Ehrlich gesagt, frage ich mich, Herr Fischer, wieso Sie

sich hier auf diesem einsamen Campingplatz verstecken, obwohl das Wetter kein bisschen zum Campen geeignet ist. Warum nehmen Sie sich für Ihre Suche nicht ein schönes Hotel?«

»Ärztekongress«, antworte Jan knapp. »Kein Zimmer mehr frei.«

»Und wieso haben Sie keine Anmeldung ausgefüllt und bezahlen in bar?«

Vielleicht bluffte Eggestein, schoss einfach ins Blaue. Dass er das Anmeldebuch gesehen hatte, stand noch gar nicht fest. Martens war um diese Zeit vielleicht noch gar nicht da. Trotzdem ließ Jan sich darauf ein.

»Das … hat sich einfach so ergeben.«

»Verstehe«, meinte Eggestein. Dann deutete er mit dem Kopf zur schmalen Garderobe. »Schicke Jacke. Sieht teuer aus. Und neu. Mit Geld scheinen Sie also keine Probleme zu haben.«

Da kein Preisschild an der Jacke hing, vermutete Jan, dass Eggestein die Tragetasche entdeckt hatte, die ihm beim Kauf mitgegeben worden war.

»Schlussverkauf«, rechtfertigte Jan sich ungewollt. »Die war gar nicht so teuer. Und im Laden habe ich mit Karte bezahlt. Ich verwische keine Spuren. Darf ich Ihnen was zeigen?«

»Klar.«

»Es ist in der Jacke.«

»Ich bin gespannt.«

Jan trat zur Garderobe, während Eggestein ganz harmlos sagte: »Frage mich, was ein Drogenspürhund vom Zoll hier so anstellen würde. Ob er seinen Spaß in diesem Wohnwagen hätte?«

»Garantiert nicht«, erwiderte Jan, während er sein Portemonnaie aus der Innentasche der neuen Jacke holte, und seinen Presseausweis herauszog. »Ich suche das Mädchen für eine Story, an der ich dran bin.«

Der Presseausweis schien in Eggesteins Hand zu verschwinden. »Hm … hat sich was mit der Suche für Freunde, wie?« Eggestein grinste zufrieden. »Dann erzählen Sie mir mal von Ihrer Story.«

Jan nickte. »Das könnte ich. Aber erst, wenn ich die Tote selbst gesehen habe.«

»Sie wollen die Tote sehen?«

»Ganz genau.«

»Warum?«

»Weil es vielleicht gar nicht Anna-Lena ist. Und dann ergibt es keinen Sinn, dass wir über sie reden.«

»Hm …«, machte Eggestein noch einmal.

2

Hauptkommissar Eggestein fuhr die Hauptstraße entlang, vorbei an einem italienischen Restaurant und vorbei am Kultursaal, einem zweigeschossigen Gebäude mit vielen Sprossenfenstern, das zwischen den Gemeinden Wenningstedt-

Braderup und Kampen lag. Hinter einer Bäckerei, bei der Jan am Vortag Anna-Lenas Foto gezeigt hatte, bog der Polizist rechts ab. Unweit von einem Abgang, der hinunter zum Meer führte, standen weitere Polizeiautos und ein Rettungswagen. Eggestein hielt neben den verlassenen Fahrzeugen. Eine ordentliche Brise schlug ihnen entgegen, als sie aus dem Auto stiegen.

Der Polizist nickte Richtung Strandabgang.

Der Weg war erheblich kürzer als der Holzbohlensteg, der vom Campingplatz zum Wasser führte. Statt erst durch ein Stück Heidelandschaft zu führen, schnitt er sich mitten durch den südlichsten Teil eines kilometerlangen Kliffs. Teils mit Holzstufen versehen, wurde ein Höhenunterschied von mehr als 20 Metern überwunden.

Am Treppenende wandte sich Eggestein nach rechts. Jan sah bereits, wohin der Polizist wollte. 200 Meter Richtung Nordspitze der Insel standen einige Polizisten und Rettungssanitäter neben einem Geländewagen der Strandwache. Unmittelbar neben ihnen stieg eine rot schimmernde Wand auf. Das Fahrzeug parkte am Fuße des Roten Kliffs.

Der Geschiebelehm des Kliffs war das Werk einer über 100.000 Jahre zurückliegenden Eiszeit. Schuttmassen aus Gesteinsbrocken, Kalkstein, Lehm und Ton bildeten am Ende eines gewaltigen Gletschers den Kern der heutigen Insel. Ein steigender Meeresspiegel und die unermüdlichen Kräfte aus Wind und Wasser hatten an der Formation eine riesige Abbruchkante geschaffen. Zum Teil stieg diese Kante flach wie ein Sandberg auf einer Baustelle an, dann wieder stand man einer fast senkrecht aufstrebenden Wand gegenüber. Eisenhaltige Bestandteile ließen das Kliff buchstäblich rosten und machten es seit Jahrhunderten zu einer unfehlbaren roten Orientierungshilfe für Schiffsbesatzungen.

Das Wolkenloch, durch das vor einer halben Stunde noch die Sonne schien, hatte sich wieder geschlossen. Ein eisiger Wind zog über den Strand.

Die Herumstehenden sahen Jan und Eggestein kurz entgegen, dann wandten sich die Gesichter wieder ab. Jan folgte dem Kommissar an den Sanitätern vorbei. Plötzlich sah er den am Boden liegenden Körper.

Es war eine halbnackte Frau. Verdrehte Gliedmaßen ließen nur einen Schluss zu. Jan blickte an der Steilwand hinauf.

Er sah wieder zu der Frau. Sie war jung. Die Haare schwarz. Ihr Gesicht war scharf geschnitten wie bei einer Skulptur. Sie trug einen Sport-BH und eine kurze Sporthose. Auch wenn Jan sie nie persönlich getroffen hatte, war die Sache für ihn klar: Er hatte Anna-Lena gefunden.

3

Neben all den Uniformierten, die im Halbkreis um die tote Frau standen, waren Jan und Eggestein die einzigen in Zivil. Jan sah den verdrehten Körper an und dann wieder zum Polizisten.

»Ihre Füße sind blutig.«

»Könnte auch nur so aussehen und vom roten Lehm kommen«, erwiderte Eggestein.

»Nein. Die Füße sind aufgeschnitten. Das ist getrocknetes Blut.«

»Kann sein. Die Wand ist zum Teil scharfkantig. Aber ist es denn nun auch Ihr Mädchen?«

»Sie heißt Anna-Lena Thumsen«, meinte Jan. »Studentin. 21 Jahre alt. Studiert in Hamburg Betriebswirtschaftslehre. Viertes Semester.«

Eggestein nickte. »Das ist doch schon mal was.« Er blickte einen Kollegen an. Der zog einen Notizblock und begann mitzuschreiben.

»Und Sie sind sich sicher?«, fragte Eggestein mit einem Nicken in Richtung der Toten.

Jan ging auf die Knie, um das Gesicht der jungen Frau besser sehen zu können. Der Videoprint, der von einem im Internet kursierenden Film stammte, hatte ihn bis in ein Studentenwohnheim in Hamburg geführt. Zwischen Stadtpark und den Alsterkanälen gelegen, war es eine gute Wohnlage, auch wenn die Zimmer etwas klein geraten waren. Maria Fernandez, Anna-Lenas Zimmernachbarin, hatte Jan nach mehrfachem Klingeln in den Flur des vierten Stockwerks gelassen.

Da Frauen und Männer auf den Fluren des Wohnheims gemischt wohnten, war es kein Problem, dass sie Jan mit in den Gemeinschaftsraum nahm. Ein paar Sofas waren um einen niedrigen Tisch gruppiert. An der Wand hing ein großer Fernseher.

»Sie arbeitet viel, Geld fürs Studium. Aber sonst ist sie oft da auf dem Sofa«, sagte Maria mit spanischem Akzent. Sie hatte kastanienbraune Haare, war kaum größer als einen Meter 50 und schien selten zu lächeln. Obwohl es äußerlich keinerlei Übereinstimmungen gab, fühlte Jan sich an Charlotte erinnert.

»Hier, das ist sie!« Maria zeigte auf ein Gruppenfoto über dem Sofa, auf dem sich alle Bewohner des Flurs und deren Freunde und Freundinnen anlässlich einer Weihnachtsparty um eine Feuerzangenbowle geschart hatten. 14 Flurbewohner und sechs Freunde. Das ergab auf dem Bild ein ziemliches Gedränge. Trotzdem war Anna-Lena auf dem Foto gut zu erkennen. »Die da. Du hast sie leider verpasst. Sie ist gestern weggefahren.«

»Länger?«

»Vielleicht eine Woche? Ich weiß es nicht genau.«

»Auch nicht, wohin?«

»Was? – Ach, doch. Nach Sylt. Du kennst die Insel?«

»Klar.«

»Nordsee. Nicht Ostsee. Richtig? Ich kann mir das nie richtig merken.«

»Ja, Nordsee. Reist sie allein?«

»Nein. Bestimmt nicht. Die Männer mögen sie. Weißt du. Das ist ja auch nicht schwer. Aber sie mag auch die Männer.«

»Was heißt das?«

Maria sah Jan kurz an, drehte den Blick dann weg. »Gar nichts. Ich bin katholisch. Aber sie kann machen, was sie will.«

»Also lässt sie sich öfter mit Männern ein? Mit unterschiedlichen Männern?«

»Sie mag Männer. Das ist alles.«

»Und deshalb ist sie auch mit Männern nach Sylt gefahren.«

»Ich glaube schon.«

»Zwei Männer?«

»Ich glaube. Sie hat sich manchmal mit zwei Männern getroffen.«

Jan nickte. Marias Worte stimmten mit dem überein, was er bisher über Anna-Lena herausgefunden hatte. Es war ein Glücksfall, dass er in einem Restaurant in Uninähe gleich jemanden gefunden hatte, der das Mädchen vom Screenshot des Videos erkannt und ihm die Wohnheimadresse gegeben hatte. Anna-Lena jobbte in dem Laden als Bedienung. Viel bekam sie dafür vermutlich nicht bezahlt. Aber wenn sie bei den Gästen so gut ankam, wie es schien, stimmte vielleicht zumindest das Trinkgeld.

»Kann ich ihr Zimmer sehen?«, fragte Jan die Spanierin. Aber Maria schüttelte den Kopf.

»Du hast keinen Ersatzschlüssel? Falls sie ihren mal verliert oder so?«

»Ich … Das geht nicht.«

Jan legte den Kopf schief. Ein passender Hinweis aus dem Zimmer hätte eine Suche auf Sylt erheblich erleichtert. Aber Maria ging selbst auf eine direkte Bitte, das Zimmer ansehen zu dürfen, nicht ein. Und da nicht gesagt war, ob er darin überhaupt etwas über Anna-Lenas Aufenthaltsort gefunden hätte, bedrängte er Maria nicht weiter.

Kurz entschlossen war er stattdessen noch am selben Tag nach Sylt gereist. Er rangierte seinen Wagen auf den Autozug, der mit seiner Fracht gemütlich über den Hindenburgdamm zuckelte. Am Bahnhof von Westerland setzte Jan seine Suche fort, indem er einigen Taxifahrern Anna-Lenas Foto zeigte. Es war Winter. Deshalb stellte er es sich nicht so schwierig vor, die hübsche Asiatin auf der Insel zu finden. Ein Irrtum.

Seine Suche hatte zu lange gedauert.

Die junge Frau, die mit zerschmetterten Knochen vor Jan auf dem Strand lag, war zweifellos Anna-Lena Thumsen. Jan musste an Maria Fernandez denken. Die Spanierin würde sehr bald erfahren, dass ihre Zimmernachbarin nicht mehr ins Wohnheim zurückkehrte. Stattdessen würde das

Zimmer spätestens zum Ende des Semesters ausgeräumt und neu belegt werden.

Langsam richtete Jan sich wieder auf. »Ich würde sagen, sie ist es.«

»Würde ich auch«, meinte Eggestein. »Wie viele Asiatinnen laufen hier im Winter schon halbnackt rum? Darüber sollten wir uns übrigens mal näher unterhalten. Was meinen Sie?«

Jan wusste, dass er nicht darum herum kommen würde. »Vielleicht irgendwo, wo es wärmer ist?«

Kommissar Eggestein zuckte mit den Schultern. Ihm schien der Wind nichts auszumachen. »Meinetwegen. Bei *Smutje* sollten wir ein ruhiges Eckchen finden. Gleich oben auf dem Kliff. Oder ziehen Sie das Präsidium in Westerland vor?«

»Was wird aus ihr?«, wollte Jan wissen, ohne direkt zu antworten. Beide blickten die tote Frau an.

»Ein paar Kollegen passen auf, bis die Kriminaltechniker eintreffen. Wird eine Weile dauern. Die kommen aus Flensburg. Aber so ist das eben, wenn man auf einer Insel lebt.«

»Sie wird bewacht?«

»Natürlich. Sie glauben ja nicht, was den Leuten sonst alles einfallen würde. Seit es diese Smartphones gibt, drehen die komplett durch. Die fotografieren und filmen alles. Absolut alles.«

»Ich weiß«, entgegnete Jan.

»Außerdem müssen wir die Möwen auf Abstand halten. Das sind nämlich die Aasgeier der Meere.«

Jan erwiderte nichts.

»Im Ernst.« Eggestein runzelte die Stirn. »Verdammte Viecher. Hacken einem Schiffbrüchigen glatt die Augen aus, während der noch lebt. Was meinen Sie, was die mit der Kleinen anstellen würden …«

»Ich denke lieber nicht darüber nach«, entgegnete Jan.

Auf dem schmalen Weg, der vom Strand zurück aufs Kliff führte, begegneten die beiden ein paar Männern der freiwilligen Feuerwehr. Zwei Mann trugen einen Generator, andere die Bauteile eines Lichtmastes. Offenbar ging man davon aus, dass die Kriminaltechniker bis zur Dämmerung und darüber hinaus mit Anna-Lena beschäftigt sein würden.

4

Schlicht *Smutje* prangte in magentafarbenen Leuchtbuchstaben auf dem Dach. Das Restaurant stand kaum 20 Meter von der Abbruchkante des Kliffs entfernt. Es bestand fast ausschließlich aus Holz und Glas. Der Wind zerrte an fest vertäuten Planen, die zeltähnlich über eine Außenterrasse und Teile eines Wintergartens gespannt waren. Sonnenschutz, dachte Jan. Durch das Knarren und Ächzen, mit denen sich die Halteseile gegen den Wind stemmten, fühlte Jan sich an Segelschiffe erinnert und irgendwie auch an die Verhüllungsaktion vom Reichstag in Berlin durch Christo und Jeanne-Claude. Ein befestigter Weg führte quer durch eine Grünfläche auf das ungewöhnliche Gebäude zu. Die Fenster waren beleuchtet, was besonders einladend aussah.

Im Gastraum des *Smutje* saßen bereits einige Gäste. Trotzdem war zur Mittagsstunde bei Weitem nicht so viel los wie abends. Eggestein führte Jan in den Wintergarten, der als Erweiterungsraum für das Lokal diente. Hier waren die Tische und Bänke etwas rustikaler als im Hauptgebäude.

Die Heizpilze, die Jan bereits am Vorabend gesehen hatte, veranlassten Eggestein, den Reißverschluss seines Parkas aufzuziehen. Jan tat es ihm mit seiner neuen Jacke gleich. Sie hatten sich gerade erst gesetzt, als ein äußerst adrett gekleideter Mann auf ihren Tisch zuschritt. Seine dunkelblaue Hose war modisch aufgeschlagen. Über einem weißen Hemd mit einer zweifarbigen Krawatte trug er eine graue Weste und ein senffarbenes Jackett. Ein Bart umrahmte den unteren Teil seines Gesichtes, jedes Haar schien einzeln gelegt, doch besonders auffällig war sein klarer Blick.

»Der *Smutje*«, sagte Eggestein, noch bevor der Mann den Tisch erreicht hatte. Jan nickte kurz. Schon war der Namensgeber des Lokals bei ihnen und streckte Jan die Hand entgegen.

»Sie vergeben mir hoffentlich, dass ich Herrn Eggestein von Ihrem gestrigen Besuch hier berichtet habe. Aber Gäste haben mir von dem toten Mädchen am Strand erzählt, und meine Mitarbeiter hatten mir von dem Foto erzählt, das Sie allen gezeigt haben.«

Er sagte tatsächlich Mitarbeiter statt Angestellte. Automatisch fragte Jan sich, ob der Mann ein so guter Chef war, wie er tat. Trotzdem nickte er und sagte, dass das kein Problem sei. »Aber woher wussten Sie, wo ich zu finden bin?«

Der Smutje öffnete vielsagend die Hände. »Wir leben auf einer Insel.«

»Und auf der entgeht Ihnen offenbar nichts.«

Erneut zeigte der Wirt die geöffneten Hände.

»Ist der Vermieter vom Campingplatz ein Freund von Ihnen?«

»Natürlich. Und Nils hier ist es auch.« Der Smutje legte eine Hand auf Eggesteins Schulter, der im Sitzen noch genauso groß war wie der neben ihm stehende Mann. »Ich würde mich gerne dazusetzen. Hast du was dagegen, Nils?«

Eggestein zuckte mit den Schultern. Deshalb sah der Smutje Jan an.

»Wenn Sie sowieso alles erfahren, was auf der Insel läuft ...«

»So ist es«, erwiderte der Smutje mit einem Lächeln, zog einen Stuhl heran und setzte sich an das Kopfende des Tisches. Dann durfte Jan mit seiner Geschichte beginnen.

Wer war das Mädchen? Was wusste er über sie? Als er erzählt hatte, wie sich seine Recherchen in den letzten paar Tagen abgespielt hatten, und er mit dem Besuch im Studentenwohnheim bei Maria Fernandez endete, sahen Eggestein und der Smutje sich gegenseitig an.

»Das ist alles.«

Eggestein rümpfte die Nase. »Zwei Männer also. Und mit denen soll diese Anna-Lena nach Sylt gekommen sein.«

»So hat es Maria Fernandez erzählt.«

»Wissen Sie, wie die beiden Männer heißen?«

»Nein.«

»Wo wohnen sie?«

»Keine Ahnung. Wenn ich das wüsste, wäre ich bestimmt nicht mit dem Bild in der Gegend herumgelaufen und hätte nach Anna-Lena gesucht.«

»Nein«, stimmte Eggestein zu. »Aber vielleicht haben Sie sie ja irgendwann gefunden. Das könnte doch sein.«

»Glauben Sie das etwa?«

»Was glauben Sie, hat sie da am Strand gemacht?«, fragte Eggestein.

»Na, geklettert«, mischte der Smutje sich ein. »Die Gäste haben gesagt, sie würde genau vor der Steilwand liegen. Also entweder ist sie von oben abgestürzt oder sie ist geklettert.«

»Das Mädchen ist fast nackt«, meinte Eggestein dazu. »Knappe Hose und BH, sonst nichts. Barfuß. Wer klettert denn so ins Kliff?«

Der Smutje runzelte kurz die Stirn. »Was die Leute eben so machen, wenn sie Langeweile haben.«

»Geben Sie mir noch mal Ihr Handy«, bat der Polizist. Jan reichte es ihm. Eine Weile sah Eggestein das Foto an. »Und das da am Stirnband ist eine Kamera, sagen Sie?«

»Eine Actioncam«, stimmte Jan zu. »Benutzen Sportler, um spektakuläre Bilder zu produzieren. Die hat man zuerst hauptsächlich im Profibereich eingesetzt, also Wellenreiter, Fallschirmspringer, Motocrosser. Zur Sponsorensuche und für die Werbung. Doch mittlerweile sind die Kameras in Massen auf dem Markt. Und billig. Also hat heute fast jeder Mountainbiker so ein Ding am Kopf.«

Eggestein wusste, was Jan meinte. »Habe ich schon gesehen. Und solche Filme auch. Machen Spaß.«

Jan stimmte zu.

Dann meinte Eggestein: »Aber das Mädchen da unten am Strand hatte kein Stirnband mit einer Actioncam. Oder haben Sie eine Kamera gesehen?«

Jan schüttelte den Kopf.

»Hier auf dem Foto hat sie eine.«

Der Smutje beugte sich vor und sah über Eggesteins Schulter auf das Display von Jans Telefon.

»Für mich sieht es aus«, sprach der Polizist weiter, »als hätte sie auf dem Foto hier dieselben Klamotten an wie heute auch. Also diesen Sport-BH – man sieht auf dem

Foto zwar nicht viel davon, doch ich glaube, es ist genauso ein BH. Stellt sich also die Frage, wo das Stirnband mit der Kamera ist.«

»Da müsst ihr wohl alles noch mal ordentlich absuchen«, empfahl der Smutje. »Denn wenn ihr die Kamera findet, wisst ihr, wie alles passiert ist. Das wäre ziemlich praktisch, würde ich sagen.«

Eggestein nickte. »Es sei denn, jemand hat sie ihr weggenommen.«

»Das wäre dann weniger praktisch«, meinte Jan. Der Polizist und der Smutje sahen sich wieder gegenseitig an, dann drehte Eggestein seinen Blick zurück zu Jan und ließ ihn dort ruhen.

»Ich möchte, dass Sie die Insel nicht verlassen, ohne mir vorher Bescheid zu geben«, sagte der Polizist schließlich. »Lässt sich das einrichten?«

Es klang wie eine Frage. Doch auch diesmal war es keine.

5

Das Angebot, mit einem Streifenwagen zurück zum Campingplatz gefahren zu werden, lehnte Jan ab. So weit war es zu Fuß nicht, und er konnte den Spaziergang gut gebrauchen, um seine Gedanken zu ordnen. Der Wind, der ihm um die Nase wehte, holte ihn ein Stück in die Wirklichkeit zurück. Das Gespräch mit Eggestein und viel mehr noch der Anblick der toten Anna-Lena am Strand hatten ihn heftiger mitgenommen, als er es sich zunächst eingestehen wollte.

Anna-Lena Thumsen war nicht die erste Tote, die er gesehen hatte. Für einen Lokalreporter gehörten Blaulichtgeschichten zum Geschäft. Nicht selten war Jan für das *Harburger Tageblatt* an Unfallstellen und Orten von Verbrechen gewesen. Manchmal schon, bevor es zum Abtransport der Toten gekommen war. Er hatte Erschossene, Erstochene und Ertrunkene gesehen. Und trotzdem hatte ihn das Bild der toten Anna-Lena mehr erschüttert als alle anderen Toten bisher.

Jan wusste auch, warum. Er kannte ihren Namen, ihr Gesicht und einen Teil ihrer Lebensgeschichte, schon bevor Anna-Lena gestorben war. Bei allen anderen Toten, über die er in der Zeitung berichtet hatte, war es andersherum gewesen.

Er dachte daran, dass Anna-Lena noch gelebt hatte, als er auf der Insel ankam. Wenn er mit seinen Nachforschungen schneller gewesen wäre, wenn er sie wirklich gefunden hätte, würde sie dann vielleicht noch leben?

Was, wenn er doch in ihr Wohnheimzimmer gekommen wäre? Vielleicht eine hingekritzelte Notiz gefunden hätte?

Vielleicht einen Name oder eine Adresse auf Sylt. Er hätte Maria Fernandez weiter bearbeiten müssen. Vielleicht sogar bestechen. Jan war überzeugt davon, dass sie einen Ersatzschlüssel für Anna-Lenas Zimmer hatte. Stattdessen hatte er seine eigene Spürnase überschätzt und war ohne direkte Spur nach Sylt gefahren. Hatte er deshalb Mitschuld an Anna-Lenas Tod? Der Gedanke war irrational, trotzdem fühlte es sich so an, als würde er stimmen.

Langsam ging Jan an der Anmeldung vom Campingplatz vorbei. Als er den alten Martens in der Nähe des Flachbaus mit den Sanitäranlagen sah, hob dieser grüßend den Arm. Zuerst wollte Jan wortlos weitergehen, dann entschied er sich anders. Er war plötzlich ärgerlich auf den Verwalter, hatte der ihn doch quasi verraten. Wen ging es etwas an, dass Jan auf dem Campingplatz wohnte? Warum erzählte Martens dies in der Gegend herum?

6

Der Mann, dem Sonne und Wind das Gesicht seit gut 70 Jahren gegerbt hatten, steckte in einer Arbeitshose und einem an den Ärmeln zerschlissenen Wollpullover.

»Wie ich höre, sind Sie und der Smutje vom Kliff gute Freunde«, konfrontierte Jan den überrascht blickenden Mann ohne vorherige Begrüßung. Es klang wie eine Beschuldigung und war auch so gemeint.

»Wer sagt denn so was?«

»Der Smutje.«

»Der Smutje? So ein Blödsinn. Wir sind keine Freunde, das können Sie mir glauben.«

»Und woher weiß er dann, dass die Polizei mich hier finden kann? Zu mir hat er gesagt, Sie hätten es ihm erzählt.«

Martens machte eine wegwerfende Handbewegung. »Der erzählt mal dies und mal das, dreht die Dinge, wie sie ihm gefallen.«

»Sie meinen, der Smutje lügt?«

Martens zuckte mit den Schultern. »Wenn Sie es so nennen wollen. Ich glaube, Leute wie er nennen das einen kreativen Umgang mit den Fakten. Aber vielleicht hat jemand Ihren Wagen am Tor gesehen. Gibt hier ja im Winter nicht so viele Autos mit HH. Und das hat der dann dem Smutje gesteckt.«

»Und der hetzt prompt die Polente auf mich?«

»Hat er das?«

Jan nickte, erzählte dann in knapper Form von Anna-Lena Thumsen und was ihn mit der Toten verband, während er mit dem alten Mann ein paar Meter über den Platz ging. Martens hörte aufmerksam zu. Dann blieb er auf Höhe einer einsamen Birke stehen. Der Baum hatte schon bessere Tage gesehen. Aber da er der einzige auf dem Campingplatz war, störte das hier niemanden. Martens zog ein Stofftaschentuch aus der Hose und schnaubte hinein. Umständlich knüllte er es wieder zusammen und steckte es weg.

»Das mit dem Mädchen tut mir leid«, sagte er, nachdem er das Zeremoniell beendet hatte. »Davon habe ich noch gar nichts gehört. Wann ist das passiert?«

»Am Vormittag. Aber offenbar hat niemand etwas gesehen. Jedenfalls glaubt Kommissar Eggestein jetzt, dass ich was mit der Sache zu tun haben könnte.«

»Haben Sie?«

Jan hob die Augenbrauen. »Natürlich nicht. Ich war hier im Wohnwagen.«

»Dann ist es doch gut.«

»Finde ich gar nicht.«

»Eines müssen Sie wissen: Der Smutje denkt nur ans Geld scheffeln. Da kann er noch so vornehm tun«, sagte Martens. »Die Restaurantgeschichte ist ja nur ein Hobby. Die richtige Kohle macht der feine Herr mit Immobilien. Hier, den Campingplatz wollte er sich auch schon unter den Nagel reißen, aber das hat nicht geklappt. Deshalb ist er heute noch sauer auf mich.«

Jan versuchte, das Gehörte einzuordnen. »Der Smutje wirkt so entspannt und freundlich. Auch wie er mit seinem Personal umgeht.«

Martens lachte auf. »Wenn er gut ist in dem, was er macht, muss er wohl so wirken. Sie sind nicht der Erste, der auf seine freundliche Art reinfällt. In Wahrheit sind der Smutje und Seinesgleichen doch verantwortlich dafür, dass hier alles den Bach runtergeht.«

Jan brauchte nichts dazu zu sagen, ein fragender Blick reichte, um Martens zum verbalen Rundumschlag ausholen zu lassen. Offenbar lagen bei dem Mann die entsprechenden Nerven blank. »Na, gucken Sie mal, was die aus der Insel gemacht haben. Nur noch Ferienwohnungen und Appartementanlagen, Golfplätze und Luxusherbergen. Die normalen Leute können sich das hier nicht mehr leisten. Gibt fast keine Kinder mehr. Wie auch? Sogar die Geburtsabteilung im Krankenhaus haben sie dichtgemacht. Weil es sich nicht mehr gelohnt hat. Kapiert?«

»Und das ist die Schuld vom Smutje?«

»Der Smutje, die Klenke und wie die ganzen Immobilienhaie sonst noch heißen. Wissen Sie, wie die das nennen, was sie machen? Na?«

Jan wusste es nicht.

»Filetieren und panieren. Ja, genau, mein Freund. Alles kleinhacken und in Häppchen verscherbeln. Wie hier mit dem Platz. Aber da hab ich nicht mitgemacht. Sonst wäre ich jetzt auch millionenschwer, das können Sie mir glauben. Aber da mache ich nicht mit.«

»Der Platz gehört Ihnen?«

»Klar ist das meiner. War schon immer in Familienbesitz. Und so wird das auch bleiben, solange ich noch lebe. So sieht das nämlich aus.« Martens holte erneut sein Stofftaschentuch aus der Hose und putzte sich die Nase. »Zuerst haben sie es ja mit diesem Wolkenkratzerding versucht. In den 70ern. Weiß heute fast keiner mehr. Aber die wollten tatsächlich ein Hotel mit 33 Stockwerken an den Strand stellen. 100 Meter hoch. Stellen Sie sich das mal vor. 100 Meter. Und mit über 1000 Parkplätzen in einer Tiefgarage. Ein Wahnsinn. Aber da haben sie nicht mit mir gerechnet. Wir haben 'ne schöne Bürgerinitiative gegründet. Ja, ja. Da hatte ich noch mehr Mumm in den Knochen als heute.«

Martens grinste kurz. »Haben wir denen schön versaut. Danach haben der Smutje und die Klenke angefangen, alles, was sie sich unter den Nagel reißen konnten, in kleine Häppchen zu hacken und Reibach zu machen. Hat zwar etwas länger gedauert, aber wir sehen ja, was wir heute davon haben: den höchsten Quadratmeterpreis von ganz Deutschland.

Und Sie haben gedacht, den gibt's in München oder Frankfurt, was? Quatsch. Hier bezahlen die Leute sich dumm und dämlich. Hier parken die Reichen ihre Vermögen. Und die meiste Zeit des Jahres stehen die Wohnungen und Häuser dann leer. Ist das noch anständig, hä? Aber ich rege mich schon wieder auf. Das will ich eigentlich gar nicht mehr. Ist nicht gut für meine Pumpe.«

Martens hob den Blick und besah die geschlossene Wolkendecke. »Ich muss jetzt sowieso weitermachen. Schlechtwetter kommt auf. Da muss ich alles sturmfest machen.«

Jan folgte Martens Blick zum Himmel. Der war zwar grau, sah aber nicht viel anders als die Tage zuvor aus. »Sicher?«

»Sicher kann man sich nie sein«, meinte Martens nun wieder lachend und strich sich über den Bart. »Aber die vom Wetterdienst haben Orkan angesagt. Und da stellt man sich doch besser mal auf ein bisschen mehr Wind ein. Ich komme nachher auch noch mal bei Ihrem Wagen vorbei. Dann gucken wir zusammen, ob alles in Ordnung ist. Wir wollen ja nicht, dass Sie damit abheben, was? Nein, das wollen wir nicht.«

Lachend marschierte der Mann in seiner abgewetzten Hose und dem blauen Wollpullover über den Schotterweg davon. Einen Millionär hatte Jan sich immer anders vorgestellt. Als Martens aus seinem Blickfeld verschwand, sah Jan wieder nach oben. Nun bemerkte auch er, wie die Wolken vom Wind gejagt wurden.

1

Jan brühte sich einen Kaffee auf und stellte sich dabei die Frage, wie er weitermachen sollte. Anna-Lena war tot, aber war mit ihr auch die Story gestorben? So pietätlos es klang, ihr Tod machte alles nur noch dramatischer. Die Videos und ihre unverhohlene Sensationslust waren bereits eine Geschichte wert gewesen, aber nun ...

War es unanständig, wenn Jan weiter nach den Produzenten der Filme suchte? Durfte er einen Artikel über sie schreiben, obwohl Anna-Lena einen so schrecklichen Tod gefunden hatte? Oder musste er es gerade deswegen tun?

Jan blickte aus den niedrigen Fenstern. Plötzlich kam es ihm in dem Wohnwagen viel dunkler und auch kleiner vor als bei seiner Ankunft. Für eine Weile schloss er die Augen, dann gestand er sich ein, dass er um Anna-Lena trauerte. Auch wenn das verrückt war. Er hatte sie nie getroffen. Er kannte sie nur aus einem kleinen Filmchen. Das war alles. Trotzdem trauerte er um sie.

Wie konnte es zu ihrem Tod kommen? Warum war er nicht schneller gewesen?

Die Quelle, durch die Jan auf die Internetvideos aufmerksam gemacht wurde, hatte sich fast so geheimnisvoll wie *Deep Throat* aus der Watergate-Affäre gegeben. Statt sich – wie sein Vorbild – mit einem Journalisten in einer Tiefgarage zu treffen, hatte er die Chat-Funktion einer Schach-App fürs Smartphone gewählt. Jan musste sich bei der App registrieren. Der Unbekannte forderte ihn zu einem Spiel auf. Nachdem Jan die Partie angenommen hatte, konnten sie fernab der üblichen Messenger-Dienste miteinander korrespondieren. Jan bekam mehrere Links zu Videodateien. Der Unbekannte schrieb, dass er sich Sorgen um das mit dem Paintballgewehr gejagte Mädchen mache. Warum er besorgt war, schrieb er nicht. Da war Jans Interesse aber auch schon so weit geweckt, dass er nicht weiter nachhakte.

Während der aufkommende Wind die Fensterdichtungen des Campingwagens prüfte, klappte Jan sein Notebook auf und öffnete noch einmal den nun schon so oft gesehenen Film.

Eine Kamera schwenkte über verlassene Betonbauten und einen großen leeren Platz. Nur Steine und Asphalt. Löwenzahn fraß sich durch winzige Fugen. Je ein Baum links und rechts des großen Platzes. Dann konnte man Anna-Lena sehen. Jedenfalls einen Teil von ihr. Ein Turnschuh sprang großformatig ins Bild.

Schnitt auf eine zweite, erhöhte Kamera. Totale vom menschenleeren Platz. Das Mädchen presste sich an eine Häuserecke, guckte darum herum, schien zu überlegen.

Obwohl nicht viel passierte, lag eine unaussprechliche Spannung in der Luft.

Plötzlich rannte Anna-Lena los, schlug ein paar Haken, rannte weiter. Sie trug nur die Turnschuhe, eine unfassbar kurze Hose und einen Sport-BH.

Plötzlich schlug neben ihr etwas auf dem Boden ein. Ein Geschoss. Blaue Farbe spritzte über die Pflastersteine. Anna-Lena hüpfte zur Seite, legte einen Zickzackkurs ein. Wieder wurde auf sie geschossen.

Jan hatte das Video schon zigmal gesehen. Trotzdem biss er sich auf die Unterlippe. Er wünschte sich, dass Anna-Lena entkam, wusste aber, dass eines der nächsten Geschosse treffen würde.

Als es so weit war, klappte Jan das Notebook zu, ohne es vorher auszuschalten. Seine Hand zitterte. Der *Schachspieler*, so nannte Jan seinen unbekannten Informanten wegen der App, über die sie kommunizierten, hatte mit seiner Befürchtung recht behalten.

Aber warum hatte er sich überhaupt Sorgen gemacht? Das Spiel, auf das Anna-Lena sich eingelassen hatte, war geschmacklos, aber gefährlich schien es nicht zu sein. Woher kam diese Vorahnung?

Wieder in Hamburg würde Jan versuchen, mehr über den *Schachspieler* herauszufinden. Doch vorher waren die Produzenten der Videos dran. Sie waren mit ziemlicher Sicherheit noch auf der Insel. Und wenn sie hier waren, würde Jan sie auch finden.

8

Jan hob den Blick und sah zu einem kleinen Wandbord auf, das in dem Campingwagen oberhalb einer Sitzecke verlief. Es war eine Ablagefläche für Bücher und andere Sachen. Weil Charlotte gerne Tee trank und alle Arten von Kräuteraufgüssen, die sich ebenfalls Tee nannten, obwohl sie nicht von der Teepflanze stammten, liebte, hatte Jan ihr in einem kleinen Teeladen eine besondere Spezialität gekauft. Da war er mit dem Screenshot noch auf der Suche nach Anna-Lena gewesen. Um die Videoproduzenten zu finden, würde er sich etwas Neues einfallen lassen müssen.

Kandierte Ingwerstückchen.

Mit heißem Wasser aufgegossen, sollte das Gebräu nach Aussage des Verkäufers süß schmecken, ohne den Geschmack des Ingwers zu verlieren, und wahre Wunder bei Erkältungen, Bauchschmerzen und allgemeiner Schlappheit bewirken. Jan wusste, dass er Charlotte damit eine Freude machen würde.

Charlotte fehlt ihm. Sie war für ihr Buchprojekt nach Mallorca gereist. Vor über zwei Monaten. Wann genau sie zurückkommen würde, wusste sie bei ihrer Abreise noch nicht. Jan hatte das akzeptiert. Er freute sich sogar für sie. Aber natürlich vermisste er sie auch. Er vermisste ihr Lachen, er vermisste ihre Begeisterung, wenn sie über Sachen sprach, die ihr neu waren und gut gefielen, und er vermisste den Sex mit ihr.

Er schlief gerne neben Charlotte ein und wachte gerne am nächsten Morgen neben ihr auf. Manchmal in seiner neuen Wohnung, meistens bei ihr. Aber was würde es bringen, wenn er sie jetzt anriefe, um ihr das zu sagen? Er würde ihr nur die Reise vermiesen. Sie sollte kein schlechtes Gewissen bekommen. Und auf keinen Fall sollte sie die Reise nur für ihn vorzeitig abbrechen.

Bisher hatten sie sich hauptsächlich Kurznachrichten geschickt, und das auch nur sehr unregelmäßig. Sie war sicherlich mit anderen Dingen beschäftigt, und er wollte ihr nicht das Gefühl geben, an ihr zu kleben.

Doch plötzlich wurde in Jan das Verlangen übermächtig, Charlottes Stimme zu hören. Er wusste, dass es mit seiner Trauer um Anna-Lena zu tun hatte. Trotzdem stand er auf, um das Telefon aus seiner Jacke zu holen. Er würde Charlotte anrufen. Jetzt.

Doch gerade als er die Taschen abtastete, begann das Handy zu klingeln. Als er es endlich fand, war das Klingeln schon wieder verstummt.

Jan rief das Anrufprotokoll auf. Die Nummer, die als Letztes angezeigt wurde, kannte er nicht.

»Sie haben gerade bei mir angerufen«, sagte Jan, als sich eine männliche Stimme auf seinen Rückruf gemeldet hatte. Behrens, wiederholte Jan den genannten Namen im Kopf. Aber er sagte ihm nichts.

»Jan Fischer?«, fragte die Stimme. »Sie haben mich vorgestern nach einem Mädchen gefragt. Das Foto, wissen Sie noch?«

»Sie sind noch mal wer?«

»Der Taxifahrer. Sie haben mich am Bahnhof angequatscht.«

Sofort hatte Jan ein paar Bilder vor Augen. Bahnhof Westerland. Skulpturen, die sich auf dem Vorplatz mit wehenden Haaren gegen den Wind stellten. Und ein mürrischer Kerl in einem Taxi.

»Wie hieß die Kleine noch mal?«, wollte die Stimme wissen. »Ich habe den Namen vergessen, den Sie gesagt haben.«

Jan antwortete nicht, also sprach die Stimme weiter. »Sie wissen, was mit dem Mädchen passiert ist?«

»Wissen Sie es?«, entgegnete Jan.

»Ist ja nicht so schwer«, meinte der Taxifahrer. »Der *Spion* hat vor einer Stunde darüber berichtet.«

»Der *Spion*?«

»Ja. Der *Sylter Spion*. Kennen Sie nicht?« Jan konnte hören, wie der Mann die Nase hochzog. »Ist eine Internetseite hier auf Sylt. Wird von 'nem jungen Burschen gemacht.

Die Seite heißt so, und deshalb nennen alle den Jungen auch den Spion.«

»Okay, verstanden. Und was berichtet der Spion?«

»Na, er hat ein Foto von der Kleinen, wie sie am Strand liegt. Tot. Sanis sind auch schon da. Aber da soll nichts mehr zu machen gewesen sein. Sie ist von der Klippe gefallen. Dachte, Sie sollten das wissen. Na, weil Sie ja nach ihr suchen.«

Jan nickte. »Danke. Das ist nett von Ihnen. Aber tatsächlich wusste ich es schon.«

»Dann ist es ja gut. Hoffe, Sie sind nicht selber betroffen. Oder war das 'ne Verwandte von Ihnen?«

Nun begriff Jan, was den Mann zu seinem Anruf veranlasst hatte. Offensichtlich wollte er Informationen aus Jan herausholen. Erst die Frage nach dem Namen der Toten und nun, ob Jan ein Angehöriger sei. Vermutlich hatte der Mann vor seinen Kollegen am Taxistand damit angegeben, dass er mehr über die Sache wisse als der *Spion*. Mit Sicherheit zeigte er die Visitenkarte rum, die Jan ihm am Bahnhof gegeben hatte. Und als die anderen ihn anstachelten, rief er die Nummer an, um zu sehen, ob er von Jan noch mehr über das Mädchen erfahren konnte und darüber, was sie auf der Insel gemacht hatte.

»Wir waren nicht verwandt«, sagte Jan nach einem Augenblick des gespannten Schweigens. »Wie Sie selbst bei unserem ersten Gespräch festgestellt haben, bin ich von der Presse.«

»Aber Sie haben auch gesagt, es geht um was Privates.«

»Stimmt. Das habe ich. Aber das geht Sie eigentlich nichts an.« Jan war geneigt, das Gespräch möglichst schnell zu beenden.

»Nee, ich weiß. Habe auch nur so gefragt. Und weil ich wollte, dass Sie es wissen. Also, was mit ihr passiert ist.«

»Danke.«

»Schon okay. Wissen Sie, ich habe mit den Kollegen darüber gesprochen. Denen tut es natürlich auch leid, was passiert ist.«

Darauf entgegnete Jan nichts.

»Das Bild, das Sie mir gezeigt haben, das konnte ich denen natürlich nicht zeigen.«

Jan sagte nichts.

»Vielleicht könnten Sie es mir noch mal zuschicken? Auf die Nummer, die bei Ihnen angezeigt wird.«

Ein Kloß ballte sich in Jans Magen zusammen. »Wozu?«

»Zur Bestätigung«, antwortete der Mann. Und bevor Jan die Verbindung wütend trennen konnte, fügte er hinzu: »Eine Kollegin glaubt nämlich, dass sie das Mädchen gefahren hat, als es letzte Woche hier angekommen ist.«

Sofort hob Jan das Kinn und drückte das Telefon wieder fester ans Ohr.

»Na ja, aber sie ist sich nicht sicher. Das Foto beim *Spion* ist nicht so ganz eindeutig. Man sieht nicht viel von ihrem Gesicht. Ist es nicht komisch, dass sie nur in diesen kurzen Klamotten unterwegs war? Ich meine, bei den Temperaturen?«

»Hat sie eine Adresse?«

»Wer?«

»Ihre Kollegin.«

»Die Steffi?«

»Wenn sie so heißt …«

»Ja.«

»Und?«

»Und was?«

»Wo hat Steffi die Frau hingefahren?«

9

Jan bog auf die Hauptstraße Richtung Norden. Die Adresse, die Behrens ihm genannt hatte, lag in Kampen. Zu Fuß kaum eine halbe Stunde vom Campingplatz entfernt, mit dem Auto keine zehn Minuten. Es war unglaublich, wie nahe Jan dem Mädchen schon gekommen war, nach dem er gesucht hatte. So dicht. Und doch hatte er es nicht gefunden. Und nun war es zu spät.

Ein Hinweisschild wies auf halbem Weg zur Uwe-Düne, der höchsten Erhebung Sylts. Bei gutem Wetter konnte man von der Holzplattform auf ihrer Spitze bis zur Nachbarinsel Rømø sehen, die schon zu Dänemark gehörte. Jan war am Vortag oben gewesen. Nur aus Neugier. Wie viel Zeit hatte ihn die Aktion gekostet? Eine Stunde vielleicht? Eine Stunde, in der er nach Anna-Lena hätte suchen können.

Jan schüttelte den Gedanken ab und konzentrierte sich auf die Straße.

Die Bebauung Kampens richtete sich hauptsächlich Richtung Festland aus. Eine mit Heide bewachsene Dünenlandschaft machte den Charakter des Ortes aus. Nur wenige Gebäude, darunter ein Restaurant und ein Hotel, befanden sich westlich der Hauptstraße. Kleine Stichwege führten zu ihnen. In ebenso einen Stichweg wurde Jan vom Navigationssystem des Wagens dirigiert. Das Haus, das er suchte, lag am Ende einer kurzen Sackgasse. *Villa* passte eigentlich besser.

Obwohl das Gebäude im Stil den alten Fischer- und Walfängerhäusern von Sylt nachempfunden und traditionell mit Reet eingedeckt war, konnte Jan bereits von der Straße aus leicht erkennen, dass es sich um ein Luxusdomizil handelte. Die Wohnfläche auf zwei Geschossen musste über 300 Quadratmeter betragen. Im Spitzgiebel der Eingangsfront gab es auf Höhe des Dachbodens ein Bullauge, alle anderen Fenster hatten weiße Sprossen. Die große grüne Haustür war zweiflügelig. Ein Weg aus Granitpflaster führte direkt darauf zu. Umschlossen wurde das Grundstück von einer niedrigen weiß verputzten Mauer und einer nur gelegentlich von Büschen unterbrochenen Rasenfläche.

Ein *paniertes Filetstückchen*.

Die Villa stand hier ganz allein. Weit und breit kein anderes Haus.

Jan hielt die Videoproduzenten für junge Männer. Vielleicht waren sie wie Anna-Lena auch Studenten. Der *Schachspieler* hatte eine entsprechende Andeutung gemacht, ohne es weiter auszuführen. Auf Nachfrage hatte er ausweichend geantwortet und dann das Thema gewechselt.

Jan hielt auch den *Schachspieler* für nicht besonders alt.

Aber wie konnten sich Studenten eine solche Unterkunft leisten? Selbst wenn es im Winter Sonderpreise gab? Die Miete konnte auch jetzt kein Pappenstiel sein.

Jan legte kurz die Stirn in Falten, während er den kurzen Weg zur beeindruckenden Eingangstür ging. Kein Name an der Klingel. Vielleicht hatte die Taxifahrerin etwas verwechselt. Anna-Lenas Gesicht zum Beispiel. Oder sie hatte einfach nur Quatsch erzählt.

Trotzdem musste Jan vorsichtig sein. Wenn die Leute, mit denen Anna-Lena angereist war, von ihrem Tod wussten, konnten sie gefährlich sein. Genau betrachtet, konnten sie sogar etwas mit dem Tod des Mädchens zu tun haben. Alles sah nach einem Unfall aus. Anna-Lena war vom Kliff gestürzt. Aber ihr Aufzug verriet, dass sie den halsbrecherischen Stunt für eine weitere Videoproduktion hingelegt hatte.

Besonders gerne würden sich die Macher des Films von einem neugierigen Journalisten keine Fragen stellen lassen. Diese zum Beispiel: Warum haben Sie das Mädchen einfach am Strand liegen gelassen?

Jan klingelte.

Niemand reagierte.

Bevor er nach Kampen gefahren war, hatte Jan einen Augenblick überlegt, Eggestein anzurufen und ihm von der Adresse zu erzählen. Wenn Anna-Lena in diesem Haus gewohnt hatte, würde das den Mann von der Kriminalpolizei natürlich interessieren. Doch dann hatte Jan sich entschieden, erst einmal selbst hinzufahren.

Jan trat einen Schritt zurück und sah zu den Fenstern. Nichts rührte sich, keine Gardine wurde bewegt.

Das Haus war verlassen.

Irgendwie war auch nichts anderes zu erwarten gewesen. Wenn die Videoproduzenten hier mit Anna-Lena gewohnt hatten, dann hatten sie sich vermutlich nach dem tödlichen Absturz des Mädchens so schnell wie möglich aus dem Staub gemacht. *Wenn* sie denn hier gewohnt hatten.

Um ganz sicher zu gehen, ging Jan ums Haus. Der schmale Weg war eine Fortführung des Granitpflasters, das von der Straße zum Haus führte. An einem Fenster legte er ungeniert die Stirn gegen das Glas und schirmte mit den Händen das seitlich einfallende Licht ab.

Was er sah, war eine sehr teuer eingerichtete Küche. Er sah aber auch, dass auf einem Tisch und der Arbeitsfläche neben der Spüle benutztes Geschirr stand. Ein angebrochenes Paket Toast und leere Pizzaschachteln lagen herum.

Vielleicht war die Adresse doch nicht so verkehrt. Jedenfalls musste hier bis vor Kurzem jemand gewohnt haben. Und dieser jemand hatte vor seiner Abreise nicht aufgeräumt. Wenn er denn abgereist war. Schon wieder ein *Wenn*.

Dieser Gedanke beschäftigte Jan noch, dann sprang er reflexartig vom Fenster zurück. Direkt hinter der Scheibe war ein Gesicht aufgetaucht. Wut stand darin geschrieben. Die Augen waren weit aufgerissen, die Stirn gekraust und die Lippen fest aufeinander gepresst.

Wild gestikulierte eine Frau hinter dem Fenster und beschimpfte ihn, ohne dass Jan die Worte verstehen konnte. Das Isolierglas dämpfte die Geräusche zu sehr. Doch es war klar, dass die Frau ernsthaft böse auf ihn war. Jan war für sie nicht mehr als ein Spanner, der sich die Nase am Fenster platt drückte.

Es war aber nicht der sich über ihn ergießende Zorn, der Jan so erschreckt hatte und sein Herz rasen ließ. Es war das Gesicht selbst. Das kantige Kinn und die hohen Wangenknochen, an denen ein Luftballon bei der leichtesten Berührung zerplatzt wäre. Auch wenn es unmöglich schien: Hinter dem Fenster drohte ihm Anna-Lena Thumsen mit geballter Faust.

Auch als die Haustür aufgerissen wurde und die junge Frau zu ihm in den Vorgarten stürmte, hatte Jan die Überraschung noch nicht überwunden.

Freundinnen, dachte er. Oder sogar Schwestern. Ich darf ihr nichts sagen. Nicht einfach so. Erst mal sehen, was sie weiß.

»Was soll das? Glotzen Sie immer bei fremden Leuten durchs Fenster?«

»Ich habe vorher geklingelt.«

»Na und?«

»Ich weiß, das war trotzdem nicht in Ordnung. Aber ich habe jemanden gesucht. Und da wollte ich sehen, ob das hier das richtige Haus ist.«

»Und wer soll das sein?«

Vorsicht, Jan. Sag nicht zu viel …

»Zwei Videoproduzenten aus Hamburg. Und eine Frau.«
Das Gesagte traf ins Schwarze. Die junge Frau sah ihn abschätzend an. »Warum suchen Sie diese Leute?«

»Ich bin Journalist. Die Videos dieser Männer und der Frau sind ein echtes Phänomen. Wahnsinnige Klickzahlen. Ich will einen Artikel darüber schreiben.«

»Sie sind von der Presse?«

»Ganz genau«, bestätigte Jan. »Ich will über die Produktion schreiben. Über die Menschen, die sich so was ausdenken. Ob es weitere Projekte gibt. Und so …«

Der Blick der Frau lag auf Jans Gesicht, dann wanderte er zur Seite. Hinter seinem Rücken schwoll das Dröhnen eines starken Motors an. Als Jan sich umdrehte, sah er einen VW Amarok über den Asphalt rollen. Obwohl der Pick-up weiß lackiert war, ging allein von seinem wuchtigen Äußeren eine Art Bedrohung aus. Dazu grollte ein Sechszylinder-Turbomotor dunkel und böse.

10

Das Rollband lief mit stoischer Gelassenheit an den Fluggästen vorüber. Charlotte Sander stand mit einem in die Ferne gerichteten Blick daneben, strich sich mit Mittel- und Zeigefinger mehrfach über die Lippen und bemerkte zunächst gar nicht, wie ihr Koffer an ihr vorüberglitt. Dann schien sie wie aus einem Traum zu erwachen, ging an einigen anderen Passagieren vorbei, die sie vom Sehen aus dem Flugzeug kannte, und zog das Gepäckstück vom Transportband. Zwei Monate war sie nicht in Hamburg gewesen.

Ein Winter auf Mallorca war der Titel eines Essaybandes von George Sand ebenso wie die zur selben Zeit komponierten 24 Préludes von Frédéric Chopin. Erst im Februar 1839 war das Liebespaar in seine Heimat zurückgekehrt. Charlotte hatte die Spuren der beiden Künstler verfolgt, hatte 100e Fotos im Gepäck, die im Auftrag eines Buchverlags entstanden waren. Ihre eigene Reise war nun auch zu Ende. Oder etwa nicht?

Unruhe nagte an Charlotte. Für den Winter in Hamburg war sie zu dünn angezogen, doch auch das bemerkte sie kaum, während ihre hochhackigen Stiefel durch die Flughafenhalle zum Ausgang klackerten.

Charlotte war ein auffälliger Typ. Sie war groß, sie kleidete sich grell, ihr Kopf bestand fast nur aus Locken, und ihre Augen leuchteten in einem derart intensiven Grün, dass sie das Gesicht noch mehr als der Leberfleck über dem linken Mundwinkel dominierten. In aufrechter, geradezu stolzer Haltung zog Charlotte ihren Trolley hinter sich her. Da niemand wusste, dass sie an diesem Tag nach Hause kam, war niemand da, um sie zu begrüßen. Auch Jan nicht.

Jan.

Dachte Charlotte an seinen Namen, dann dachte sie automatisch auch an sein Gesicht. Und an seine Hände.

Sie musste mit Jan sprechen. Am besten sofort.

Mit der Rolltreppe fuhr Charlotte zum S-Bahnhof hinunter. Die hell erleuchtete Stadt glitt während der Zugfahrt hinter den Fenstern vorbei. Etwas Regen schlug gegen die Scheiben. Am Hauptbahnhof stieg Charlotte in die Bahn Richtung Harburg um. Zwischenzeitlich hatte sie ihre Jacke aus dem Koffer geholt.

Der Winter auf Mallorca war auch nicht warm, im Gegenteil, häufig regnerisch und trüb, doch das Klima der Mittelmeerinsel war trotzdem kein Vergleich zu den Temperaturen in Hamburg. Ein kalter Atem zog durch die Stadt. Die Leute in der S-Bahn waren entsprechend vermummt: dicke Stiefel, dicke Jacken, Wollmützen. Charlotte fand einen Sitzplatz, stellte den Rollkoffer vor ihre Knie.

Es war ein merkwürdiges Gefühl, wieder hier zu sein. Irgendwie falsch.

Vermutlich würde sich dies bald geben. Denn sie hatte so etwas schon früher erlebt. Nach Flugreisen brauchte Charlotte immer eine Weile, um auch gefühlsmäßig wieder in der Heimat anzukommen. Sie hoffte, dass es auch diesmal so sein würde. Aber sie wusste es nicht mit Bestimmtheit. Denn einiges hatte sich geändert. Die Charlotte Sander, die vor zwei Monaten nach Spanien geflogen war, war eine andere gewesen.

11

Ohne ihr Gepäck erst nach Hause zu bringen, ließ Charlotte sich mit einem Taxi vom Harburger Bahnhof direkt in den Hafen fahren. Sie wollte Jan sofort sehen. Zwei Monate war sie fort gewesen. Bilder und Erinnerungen schossen ihr während der Fahrt durch den Sinn.

Mallorcas Olivenhaine im Winter. So trostlos und doch erhaben. Dann das Weihnachtsfest, das so anders als in Deutschland gefeiert wurde. Statt eines Tannenbaums wurde zu Heiligabend eine Krippe im Haus aufgebaut. Den Abend verbrachte man mit Essen, Trinken und viel Lachen. Geschenke gab es da noch keine, die wurden erst im Januar gebracht, zum Festtag der Heiligen Drei Könige. Diese erreichten am Abend des fünften Januars auf geschmückten Schiffen das Land. Ein jubelnder Tross zog anschließend mit Karren voller Geschenke durch die Straßen. Am nächsten Morgen fanden die Kinder ihre Gaben zu Hause im Wohnzimmer vor.

George Sand und Frédéric Chopin waren bei ihrem Aufenthalt auf der Insel nicht sehr glücklich. Als nicht verheiratetes Paar wurden sie 1838 von den meisten Einheimischen mit nur wenig Herzlichkeit empfangen. Ganz anders war es Charlotte ergangen. Die Freundlichkeit, mit der die Insulaner sie behandelten, war überwältigend.

Zu den meisten Fotolocations war Charlotte allein mit ihrem Mietwagen gefahren. Immer hatte sie das Buch von George Sand dabei. Sie wollte die Stimmung spüren, die diese über 100 Jahre alten Texte durchdrang, um so die richtigen Fotos zu schießen. Doch manchmal war auch Javier

Moreno bei ihr, ein Lokaljournalist, den ihr der Buchverlag als Unterstützung zur Seite gestellt hatte, oder Lucia, Javiers zwei Jahre ältere Schwester. Beide kannten Wege und Orte, die Charlotte allein niemals gefunden hätte. Und beide waren überaus liebenswerte Menschen. Wie liebenswert, hätte Charlotte zu Anfang selbst nicht gedacht.

Das Taxi schlängelte sich vom Harburger Hafen die Straße am Deich entlang. Seit etwas mehr als einem Jahr wohnte Jan in der ehemaligen Kirche, die eine Evangelistengemeinde am Ufer der Süderelbe gebaut und dann nach einer Weile wieder verlassen hatte. Es handelte sich zweifellos um ein ungewöhnliches Zuhause. Die ersten Monate hatte Jan dort ganz allein gewohnt, doch dann zog er sich in die im ersten Stock liegende Einliegerwohnung zurück, die ursprünglich für den Verwalter des Gebäudes vorgesehen war, und überließ den großen Gemeindesaal Christian Freitag für sein *Lauffeuer*.

Christian hatte bereits mit Jan und Charlotte beim *Harburger Tageblatt* zusammengearbeitet, bevor dieses wegen sinkender Zahlen bei Lesern und Werbekunden eingestellt wurde. Nach einer kurzen Gründungsphase brauchte Christian dringend einen Ort, wo er sein neues Online-Magazin *Lauffeuer* produzieren konnte. Die Mieten in Harburg oder auch andernorts waren für das finanziell ohne Reserven arbeitende *Lauffeuer* zu hoch. Jan hingegen verlangte fast keine Miete. Er war froh, nicht mehr allein in dem riesigen Gebäude zu sein und gleichzeitig einem Freund helfen zu können.

Die ehemalige Kirche stand einsam in der Gegend. Ohne Kirchturm trotzte sie wie mit eingezogenem Kopf Wind und Regen. Manchmal konnte man sie wegen des Nebels, der von der Süderelbe heraufkroch, gar nicht sehen. Doch als sich das Taxi ihr heute näherte, lag sie in einer der im Februar seltenen Sonnenstunden da. Die neben dem Gebäude geparktten Autos sagten Charlotte, dass in der Redaktion gearbeitet wurde. Jans Auto konnte sie allerdings nicht entdecken.

Charlotte bezahlte den Taxifahrer, ließ sich ihren Koffer geben und schlich die Treppe zur Einliegerwohnung hinauf, ohne vorher in der Redaktion Hallo zu sagen. Sie mochte die Mitarbeiter des *Lauffeuers* zwar sehr, im Moment wollte sie aber nur mit Jan reden.

Die Tür zur Wohnung war abgeschlossen. Das war schon mal ungewöhnlich. Normalerweise verließ Jan sich darauf, dass alle, die zur Haupteingangstür im Erdgeschoss hereinkamen, in die Redaktion wollten und sich nicht nach oben zu ihm verirrten. Er schloss die Wohnung eigentlich nur dann ab, wenn er plante, über Nacht weg zu sein. Und das geschah wiederum in der Regel nur dann, wenn er bei Charlotte schlief.

Charlotte holte den Schlüssel aus der Handtasche, den Jan ihr überlassen hatte, schloss die Tür auf und betrat die Wohnung, die beinahe auch ihre eigene geworden wäre. Sie hätte nur ja sagen müssen, als Jan sie nach dem Kauf der Kirche gefragt hatte, ob sie mit ihm hier einziehen wolle. Dazu war es zwar nie gekommen. Trotzdem hatte sie sich in der Zeit, die sie hier schon mit ihm verbracht hatte, an die Wohnung gewöhnt.

Von einigen Fenstern konnte man direkt zur Süderelbe sehen und den Schiffsverkehr verfolgen. Ein anderes Fenster, es gehörte zur Küche, gab den Blick ins Innere des Gebäudes frei, sodass Jan und Charlotte beim Frühstück hinunter in den alten Gemeindesaal und somit in die heutige Redaktion des *Lauffeuers* sehen konnten.

Charlotte fragte halblaut, ob jemand zu Hause sei. Dann ging sie zum Badezimmer und zum Schlafzimmer. Ein Blick durch das Küchenfenster hinunter in die Redaktion sagte ihr, dass Jan auch dort nicht war. Automatisch hatte sie schon ihr Telefon in der Hand. Dann steckte sie es wieder weg. Sie war gekommen, um persönlich mit ihm zu reden. Mit ihm telefonieren hätte sie auch von Mallorca aus gekonnt. Also machte sie sich einen Tee und setzte sich an den Küchentisch, um auf Jan zu warten.

12

Zwei Personen saßen im Pick-up. Der Wagen hielt am Ende der Sackgasse, und die Fahrertür schwang auf. Die junge Frau aus der Reetdachvilla ging darauf zu.

Jan schätzte den Mann, der aus dem Auto stieg, auf Mitte 20. Er hatte ein spitz zulaufendes Kinn und leichte Grübchen in den schmalen Wangen. Seine Hautfarbe wirkte selbst auf die Entfernung ungewöhnlich gesund. Die Kleidung des Burschen schien teuer und neu. Winterstiefel, gefütterte Hose, abgesteppte Daunenjacke. Outdoorkleidung aus dem Fachgeschäft.

»Wer ist das?«, fragte der Mann und sah an der jungen Frau vorbei zu Jan.

»Presse«, sagte sie. »Aus Hamburg. Er will über euch schreiben.«

»Wie, über uns?«

»Frag ihn selbst.«

Der junge Mann machte eine ausholende Armbewegung, um seinen Beifahrer zum Aussteigen zu veranlassen. Zögernd wurde die Fahrzeugtür geöffnet. Ein zweiter Mann trat auf die Straße. Er war genauso gut gekleidet wie sein Freund, trug dazu noch eine Wollmütze mit Krempe. Doch anders als bei dem Kerl in der Daunenjacke wirkte sein Gesicht blass wie ein Fischbauch.

»Was ist mit Hauke los?«, fragte die junge Frau. »Hat er getrunken?«

»Dem geht's gut«, antwortete der Angesprochene.

»Und wo ist Anna? Warum ist sie nicht bei euch?«

»Ich erkläre es dir drinnen.«

Der junge Mann ging zu seinem Freund und griff nach dessen Ellenbogen. Doch der Junge, den die Frau Hauke genannt hatte, ließ sich das nicht gefallen. Er machte einen unsicheren Schritt nach rechts. Nun war auch Jan davon überzeugt, dass der Junge trotz der frühen Nachmittagsstunde bereits ziemlich betrunken war.

Hauke konnte zwar einigermaßen geradeaus auf die Villa zugehen, doch es war ihm anzusehen, wie viel Konzentration ihn das kostete. Wortlos stiefelte er an Jan vorbei. Dann folgte der andere Mann. Er hatte dem Mädchen eine Hand auf den Rücken gelegt und schob es ebenfalls zum Haus.

»Geh rein, es ist kalt«, sagte er, bevor er, die Hände in die Jackentaschen steckend, bei Jan stehen blieb. »Ich bin Dennis. Und Sie heißen wie?«

Jan sagte seinen Namen.

»Lena meint, Sie sind von der Presse?«

Langsam nickte Jan. Lena also. Nun war alles klar.

Bei der Videoclip-Datei, die Jan sich schon so oft angesehen hatte, stand im Quellcode die Bezeichnung »Anna-

Lena«. Die ganze Zeit hatte Jan gedacht, dass es sich dabei um den Namen einer einzelnen Person handelte. Selbst als Maria Fernandez im Studentenwohnheim immer nur von Anna statt von Anna-Lena gesprochen hatte, dachte er, dies sei die Abkürzung für einen Doppelnamen. Anna-Lena war auf Dauer etwas zu lang. Doch nun war klar, dass der Bindestrich zwischen Anna und Lena ein Plus hätte sein müssen. Also *Anna + Lena*.

Aber ein Plus ist ein Sonderzeichen, dachte Jan. Viele Systeme akzeptieren das bei einer Dateibenennung nicht.

In dem Video, das er kannte, waren vermutlich Anna *und* Lena zu sehen. Beide Frauen. Jan war aber nie ein Unterschied aufgefallen. Es waren also höchstwahrscheinlich doch Schwestern. Vielleicht sogar Zwillinge.

Lena war an der offenen Haustür stehen geblieben, hielt die Arme vor der Brust verschränkt. Freundschaftlich legte Dennis Jan nun eine Hand auf die Schulter.

»Sie wollen über uns schreiben? Das finde ich gut«, sagte er. »Wollen Sie eben mit reinkommen? Dann erzähle ich Ihnen ein bisschen was. Vielleicht ist das ja gute Werbung für uns.«

Das Lächeln des Burschen gefiel Jan nicht. Trotzdem nickte er.

Dennis nickte ebenfalls. Zusammen mit Jan machte er ein paar Schritte auf Lena zu, dann stoppte er. »Ach, ich habe noch was im Auto vergessen. Gehen Sie schon mal rein. Ich komme gleich nach.«

Jan sah Dennis dabei zu, wie er zurück zum Wagen eilte. Unterwegs hob dieser noch einmal den Arm als Zeichen dafür, dass alles in Ordnung sei.

»Sind Sie gute Freunde?«, fragte Jan die junge Frau, die noch immer an der Eingangstür wartete. Doch Lena ging ins Haus, ohne zu antworten.

13

Die Einrichtung der Villa hielt, was das Gebäude von außen versprach. Der Vorflur war für ein gewöhnliches Haus viel zu groß. Breit schwang sich rechts eine Tropenholztreppe in den ersten Stock hinauf. Links neben einer Gästetoilette stand ein großer Garderobenraum offen. Jan sah einige Schuhe und Stiefel. Geradeaus führten zwei weitere Türen vom Flur ab. Links musste es zur Küche gehen. Auch diese Tür stand offen. In der Mitte gab es eine doppelt so breite zweiflügelige Tür. Sie führte in den Wohn- und Essbereich. Rechts davon sah Jan einen weiteren Gang in einen Seitentrakt der Villa abgehen.

Lena führte Jan in ein riesiges Wohnzimmer. Eine schwarze Ledergarnitur mit verchromten Armlehnen bildete das Zentrum des Raums. Rechts von den Sitzmöbeln baute sich ein großer Kamin auf. Eine Panoramascheibe bot den Blick auf eine Terrasse von imposanten Ausmaßen. Obwohl Jan es wegen der Dünen nicht sehen konnte, glaubte er, dass man auf der Terrasse bei auflandigem Wind das Meer hören musste. Durch eine kleine Stufe vom Wohnzimmer getrennt, gab es einen Essbereich mit einer weiteren Tür zur Küche. Auf diesem Absatz thronte ein schmaler, langer Tisch mit acht Stühlen.

Über die Schulter zurückblickend sah Jan, wie Dennis seine Outdoorjacke in den Garderobenraum brachte und dann mit einer großen Sporttasche ebenfalls ins Wohnzimmer kam. Er stellte die Tasche auf einen niedrigen Beistelltisch, ohne sich dafür zu interessieren, ob sie vielleicht die polierte Oberfläche zerkratzte.

»Wo ist Anna?«, fragte Lena erneut, und ihr Blick sagte, dass sie sich bei der Antwort nicht noch einmal vertrösten lassen würde.

Jan hatte Anna am Vormittag gesehen. Er hatte neben ihrem zerschmetterten Körper gekniet und der Toten sogar ins Gesicht gesehen. Lena konnte das nicht ahnen. Und Jan hielt es nicht für klug, es ihr gerade jetzt zu sagen. Vielleicht war es sogar gefährlich. Besser, niemand wusste, dass er über den Tod des Mädchens Bescheid wusste. Noch nicht.

»Anna geht's gut«, sagte Dennis und wiederholte damit dasselbe, was er bereits draußen behauptet hatte.

»Wo ist sie?«, beharrte Lena auf eine genauere Antwort.

»Im Hotel«, meinte Dennis.

»Im Hotel? Wieso denn das? Und in welchem Hotel?«

»Beruhige dich erst mal, Lena. Was ist denn los?«

»Warum ist Anna nicht bei euch?«

»Wegen des Spiels. Das weißt du doch.«

»Was ist mit dem Spiel? Hat sie es geschafft?«

Dennis nickte. »Sie war große Klasse. Sie war schneller als wir. Sie hat den Schatz gefunden. Und morgen schaffst du das vielleicht auch.«

Dennis trat auf Lena zu und umfasste mit den Händen ihre Oberarme. »Sie soll dir doch nichts verraten können. Deshalb haben wir sie ins Hotel gebracht. Die Sache soll total fair laufen. Verstehst du? Unter denselben Voraussetzungen. Aber wenn sie dir aus Versehen etwas erzählt, dann geht das ja nicht.«

Lena atmete tief durch. »Okay, das verstehe ich. Aber warum muss sie dafür ins Hotel? Wir haben hier genug Zimmer. Sie hätte doch heute Abend oben bleiben können und ich hier unten. Dafür hättest du sie doch nicht ins Hotel bringen müssen.«

»Ich finde es besser so. Und Hauke auch.«

»Wieso ist der so betrunken?«

»Keine Ahnung. Hatte er eben Bock drauf. Was weiß ich«, meinte Dennis. »Nachdem wir Anna abgeliefert haben, wollten wir uns an der Hotelbar nur kurz von innen aufwärmen. Na ja, du hast ihn ja gesehen. Hauke hat es dabei ein bisschen übertrieben. Lass ihn mal pennen. Danach wird er dir dasselbe erzählen wie ich.«

»Kann ich Anna kurz anrufen?«

»Nein.« Dennis schüttelte den Kopf. »Wir belassen es bei den Regeln so, wie sie sind. Kein Informationsaustausch zwischen den Spielen.«

Lena schüttelte den Kopf. »Das ist doch blöd.«

»Finde ich nicht«, erwiderte Dennis achselzuckend. Dann wandte er sich abrupt zu Jan um und signalisierte damit, dass er das Thema für beendet hielt.

»Jan Fischer?«, sagte er. »Wie sind Sie auf uns gekommen? Verdammt, wie haben Sie uns überhaupt gefunden?«

14

Leise zog Charlotte die Tür zu Jans Wohnung zu und schloss ab. Bis auf den Teebeutel im Mülleimer hatte sie keine Spuren hinterlassen. Selbst ihren Becher hatte sie wieder ausgespült und zurück in den Hängeschrank gestellt. Sie wusste, dass Jan alle Arten von Tee mehr oder weniger verabscheute. Deshalb musste sie vorhin grinsen, als sie eine Packung mit verschiedenen Kräutertees neben der Kaffeedose entdeckte. Die hatte Jan offensichtlich nur für sie besorgt.

Die Treppe knarrte ein wenig, als Charlotte hinunter in den Vorraum ging und von dort zum ehemaligen Gemeindesaal. Die wenigsten Schreibtische waren besetzt. Das hatte sie bereits von oben durchs Küchenfenster gesehen. Beim *Lauffeuer* gab es keine festen Arbeitszeiten. Wer wollte, konnte hier arbeiten oder von zu Hause. Über einen Server hatten alle Mitarbeiter von überall Zugriff auf das Netzwerk. Lediglich die Online-Seite vom *Lauffeuer* wurde noch einmal gesondert gesichert. Um auf diese zugreifen und sie bearbeiten zu können, musste man in der Redaktion physisch anwesend sein. Noch war das Magazin nicht Ziel von Hackerangriffen geworden, doch Christian Freitag legte als Inhaber und Chefredakteur Wert drauf, für den Ernstfall gewappnet zu sein.

Ihren IT-Spezialisten, Mario Keller, hatte Christian direkt von der Uni rekrutiert. Sie waren in einem kleinen Café auf dem Campus der Technischen Universität Harburg ins Gespräch gekommen. Und das war kein Zufall. Christian Freitag hielt sich gerne in dem Café auf. Er mochte die Atmosphäre dort, das Kommen und Gehen der Studierenden, wenn sie in der freien Zeit zwischen ihren Seminaren und Vorlesungen Kaffee aus großen Bechern tranken und dazu kleine Kuchenteilchen in sich hineinstopften. Christian hatte selbst erst sein Volontariat abgeschlossen und war jung genug, um unter diesen Leuten nicht aufzufallen.

Mit eben dieser jugendlichen Frische strahlte er Charlotte entgegen, als sie durch den ehemaligen Gemeindesaal der kleinen Evangelistenkirche auf ihn zukam. Laut rief er ihren Namen, sodass sich auch die Köpfe der anderen zu ihr umdrehten. »Seit wann bist du wieder hier?«

Die wenigsten Gesichter hatten sich seit Gründung des *Lauffeuers* vor etwas mehr als einem Jahr geändert. Und noch immer arbeiteten die meisten mehr zum Spaß als wegen des Geldes hier, auch wenn gestiegene Einnahmen aus der Werbung dafür gesorgt hatten, dass Christian seinen Leuten mittlerweile immerhin eine Aufwandsentschädigung zahlen konnte. Ebenso ließ er es sich nicht nehmen, Jan eine regelmäßige Miete zu überweisen.

Inez lächelte Charlotte an. Die kleine, zierlich gebaute Expertin für Wirtschaftsartikel vermittelte mit ihrem blassen Gesicht und dem schwarz gefärbten Bubikopf normalerweise nicht den glücklichsten Eindruck. Doch während sie Charlotte anblickte, machte sie eine Ausnahme und winkte ihr fast schon fröhlich zu. Immerhin hatten sie im vergangenen Winter zusammen mit anderen Mitarbeitern der Redaktion einem Beamten aus dem Einbürgerungsamt korrupte Machenschaften nachweisen und ihn anschließend von einem langen Exklusivinterview überzeugen können. Und ganz nebenbei war Inez bei dieser Geschichte sogar noch mit Aaron zusammengekommen.

Aaron war ein muskulöser Hantelschwinger und der Polizeireporter vom *Lauffeuer*, in dessen Themenbereich die aufgedeckte Korruptionsgeschichte mit dem Beamten durchaus auch gefallen wäre. Der Platz, an dem er meistens saß, war heute leer. Dafür wurde Charlotte von Claudette zugewunken, die zusammen mit Sybill für Boulevardgeschichten und das Wetter zuständig war. Stefan machte Politik, Martinez den Sport. Beide waren an diesem Tag nicht da.

Körperliche Übergriffe bei Begrüßungen waren nicht so Charlottes Fall. Daher wusste sie es zu schätzen, dass die Frauen trotz der Wiedersehensfreude sitzen blieben. Christian jedoch, der ihr mit geöffneten Armen entgegen stürmte, war durchaus ein feuchter Wangenkuss zuzutrauen. Demonstrativ streckte sie ihm daher die Hand entgegen. Das stoppte seine Vorwärtsbewegung ab, als habe sich ein auf seinem Rücken befestigtes Seil gerade noch rechtzeitig gestrafft. Dafür schüttelte er Charlottes Hand überschwänglich.

»Wir freuen uns ja so. Du musst uns unbedingt alles erzählen. Sind die Bilder gut geworden? Wie war dein Flug?«

Charlotte lächelte und entwand dem Chefredakteur geschickt ihre Hand. »Gut. Danke. Ich wollte eigentlich gleich zu Jan. Aber er ist nicht da.«

»Ach, dann warst du das da oben?« Christian machte eine Kopfbewegung zur Einliegerwohnung hinauf. »Ich habe Bewegungen hinter dem Küchenfenster gesehen und dachte, Jan wäre zu Hause. Aber wenn du das warst, nein, dann weiß ich auch nicht, wo er steckt. Willst du Kaffee?«

Es gab eine kleine Redaktionsküche, die, wie die Treppe nach oben, vom Vorflur abführte. Dort wurde von Christian jeden Morgen eine Zehnliter-Thermoskanne mit Kaffee befüllt und auf einen kleinen Tisch in der Mitte der Redaktion gestellt. Keiner seiner Mitarbeiter sollte weiter als ein paar Schritte laufen müssen, um an Koffein zu kommen. War die Kanne leer, wurde sie sofort wieder randvoll betankt.

Christian nahm einen Becher vom Tisch. Es gab ein gurgelndes Geräusch, als er die Pumpvorrichtung der Thermoskanne bediente und den Becher mit dampfender Flüssigkeit füllte. Dann reichte er ihn an Charlotte weiter. Diese bediente sich an einer Dose Kondensmilch, ließ den Topf mit Zuckerwürfeln jedoch unberührt. Sie trank einen Schluck, wusste aber, dass sie nicht lange bleiben würde. Sie war nicht in Plauderlaune und wollte nun doch nach Hause. »Sag ihm bitte, dass ich da war«, bat sie Christian kaum fünf Minuten später und verabschiedete sich dann.

15

Der Blick, mit dem Dennis den fremden Besucher musterte, ließ sich nur schwer deuten. Jedenfalls war er so intensiv, dass Jan sich schnell unwohl fühlte. Er zog den Reißverschluss der Jacke auf. Erst jetzt merkte er, wie warm es in der Villa war. Nicht ohne Grund trug Lena nur eine dünne weiße Bluse über ihrem kurzen Rock. Unter dem seidenen Stoff schimmerte ein schwarzer BH.

»Was ist das denn?«, meinte Dennis plötzlich und deutet auf einen Karton, der neben der Wohnzimmertür stand. Er war etwa 70 Zentimeter hoch mit der Grundfläche eines DIN-A4-Blattes.

»Ein Paket für Hauke«, entgegnete Lena. »Wurde vorhin mit der Post gebracht.«

Begeistert klatschte Dennis in die Hände. »Das ist ja wunderbar.«

Schnell war er beim Paket, ging damit zum Esstisch, stellte den Karton darauf und begann, ihn oben aufzureißen. »Das ging ja wirklich schnell.«

Jan sah zu Lena, doch die wollte keinen Blickkontakt mit ihm. Stattdessen kaute sie auf ihrer Unterlippe. Jan ging die paar Schritte zur Essecke hinüber und stieg den kleinen Absatz hinauf, der Wohn- und Essbereich optisch trennte.

Dennis zog mehrere längliche Gegenstände aus dem Paket. Sie waren sorgsam mit Pappe umwickelt. Zuerst glaubte Jan, es wären Teile eines Gewehrs. Dann fiel sein Blick auf ein paar verschnürte Carbonpfeile, und er begriff, dass Dennis den Bausatz einer Armbrust auspackte.

»Endgeil, was?«, meinte der junge Mann und strahlte wie ein Grundschüler, der eine Modelleisenbahn unterm Weihnachtsbaum gefunden hatte. »Und sieht gar nicht so kompliziert aus. Ob Hauke was dagegen hat, wenn ich das Ding allein zusammenbaue? Ach, bestimmt nicht, oder?«

Dennis stellte den Schaft der Sportwaffe auf den Tisch und probierte aus, wie die Wurfarme am vorderen Teil befestigt werden konnten.

»Sie sind also ein Fan von unseren Videos?«

»Kann man so nicht direkt sagen«, erwiderte Jan, an den die Frage gerichtet war.

Lächelnd schraubte Dennis weiter an der Armbrust. »Das Ding gibt es auch mit Zielfernrohr. Aber das finde ich irgendwie unsportlich. Oder was meinen Sie?«

Jan stand neben dem Tisch und blickte auf Dennis hinunter, der sich zwischenzeitlich auf einen der Stühle gesetzt hatte. »Kommt drauf an, was man damit vorhat.«

»Was schon? Auf Zielscheiben schießen.«

»Na, dann. Ich dachte nur wegen der Paintballgeschichten ...«

»Was? Nein, Quatsch. Ich würde niemals auf Menschen schießen. Auch nicht auf Tiere. Das kann ich gar nicht. Durch und durch Pazifist.«

Er testet mich, dachte Jan. Er versucht herauszufinden, was ich weiß.

Wie viel Zeit war wohl vergangen, seit das andere Mädchen vom Kliff gestürzt war? Anna.

Jan vermutete, dass Dennis dabei gewesen war. Und Hauke auch. Deshalb war der andere Bursche jetzt so betrunken. Sie waren nach dem Unfall weggefahren, hatten Anna am Strand liegen gelassen, hatten sie den Möwen überlassen.

War genug Zeit vergangen, damit ein Reporter von Annas Tod erfahren konnte, überlegte Dennis vielleicht. Genug Zeit, um anschließend die Villa ausfindig zu machen und noch vor ihm und Hauke hier aufzutauchen?

Waren zwei Stunden seit Annas Tod vergangen? Oder waren es drei?

Wieso war der Pressefuzzi ausgerechnet jetzt hier aufgetaucht?

Jan wusste, dass Dennis sich diese Fragen stellte. Er sah zu Lena. Das Mädchen hatte keine Ahnung, was hier gespielt wurde. Für sie war ihre Schwester noch am Leben.

»Aber für die Videos schießen Sie auf Menschen ...« Jan konnte nicht anders. Auch wenn es nicht klug war, dies zu sagen.

»Hallo! Mit Farbpatronen!«, erwiderte Dennis mit gespielter Empörung. »Hauke und ich machen schon länger Videos. Je ausgefallener, umso mehr Klicks. Sie kennen das, nicht wahr? Na, und da kam mir der Gedanke mit den Mädchen. Seien Sie ehrlich, Sie fanden den Film auch geil, nicht wahr? Na klar, sonst wären Sie ja nicht hier.«

Dennis lachte leise auf. »Sie wissen ja, wie diese Paintball-gefechte normalerweise laufen. Zwei Gruppen. Die einen schießen mit Rot, die anderen mit Blau. Alle Teilnehmer sind schön geschützt mit Westen und Schutzbrillen. Mit einem Wort: öde. Total öde sogar. Das guckt sich kein Mensch an. Und deshalb haben wir die Spielregeln für unsere Videos etwas modifiziert.«

Dennis warf einen Blick zu Lena hinüber. »Die Frauen ziehen sich aus und dann jagen wir sie. Ehrlich, Mann, das macht mehr Spaß. Viel mehr Spaß.«

Wieder kicherte Dennis. »Die Klickzahlen haben Sie umgehauen, was? Uns auch. Ganz ehrlich. Wir hatten schon einige Hits, aber das hier ist schon was Besonderes. Natürlich zieht es etwas und gibt ordentlich blaue Flecken, wenn die Mädchen was abbekommen. Aber das macht die Sache doch so spannend, nicht wahr? Lass doch mal sehen, Lena.«

Ohne es zu wollen, drehte Jan den Blick zusammen mit Dennis in Lenas Richtung. Leicht schüttelte die den Kopf.

»Komm schon, zier dich nicht. Du bist doch ein Inter-netstar.«

Lena zögerte noch immer. Dann zog sie die weiße Bluse aus dem Rock und raffte sie nach oben. Ein großflächiges Hämatom zeichnete sich auf ihrem rechten Rippenbogen ab.

Dennis hob eine Hand und machte mit dem Zeigefinger eine kreisförmige Bewegung. Langsam begann Lena sich zu drehen. Auch auf dem Rücken war sie einmal getroffen worden. Als die junge Frau eine ganze Drehung vollendet hatte, ließ sie die Bluse wieder sinken.

»Geil, oder«, meinte Dennis. Als Jan wieder zu ihm statt zu Lena sah, zeigte Dennis zu der Sporttasche, die er aus dem Pick-up mitgebracht hatte. »Das Gewehr ist da drin. Wollen Sie es sehen? Vielleicht haben Sie ja auch mal Lust, auf Lena zu schießen. Unten am Strand.«

»Ganz bestimmt nicht.«

»Wieso denn nicht? Haben Sie etwa Angst, auf den Geschmack zu kommen? Hey, Mann, wenn Sie bei der Vorstellung einen Ständer bekommen, macht das nichts. Das geht den meisten so, die unsere Videos gucken.«

Dennis grinste schmutzig und zeigte Jan den tadelnden Zeigefinger. »Sie wissen doch genau, wovon ich spreche.«

»Ihr Freund ... was ist mit dem?«

»Hauke?«

»Warum betrinkt er sich mitten am Tag?«

»Weil er blöd ist. Weil wir Semesterferien haben.«

»Ich würde gerne mit ihm sprechen.«

»Das geht wohl schlecht.« Dennis schüttelte den Kopf und warf den Wurfarm der Armbrust auf den Tisch. »Verdammtes Teil. Wieso passt das nicht? Wo ist denn die verfickte Anleitung?«

»Wäre es in Ordnung, wenn ich morgen wiederkomme und dann mit ihm spreche?«

Dennis zuckte mit den Schultern. »Morgen? Wir wollen morgen drehen. Mit Lena. Stimmt doch, Lena?«

Das Mädchen nickte.

»Aber warum nicht. Kommen Sie einfach mit. Dann haben Sie was zu schreiben.«

Jan sah dieses Zugeständnis als Möglichkeit, um aus der Villa zu verschwinden. Seine Rückkehr würde aber nicht erst morgen sein. Höchstens eine Stunde später würde er mit Kommissar Eggestein wieder an die Tür klopfen. Für seinen Artikel hatte er schon jetzt genug Stoff.

Am besten bliebe Jan im Auto vor dem Haus sitzen und wartete, bis Eggestein bei ihm war. Dann bestand nicht die Gefahr, dass Dennis mit Hauke und Lena das Weite suchte, bevor die Polizei hier war.

»Wann morgen?«, fragte Jan, um die Täuschung aufrecht zu erhalten. »10 Uhr?«

»Zu spät. Viel früher.« Dennis griff zur Fernbedienung des Fernsehers. »Wir müssen bei Sonnenaufgang am Strand sein. Wenn es da noch nicht von Idioten wimmelt. Wir brauchen keine Zuschauer.«

Passt, dachte Jan. So ähnlich muss es heute auch gelaufen sein.

Die Jagd auf Anna hatte stattgefunden, bevor die meisten Urlauber noch beim Frühstück saßen.

»Lena, bringst du ihn zur Tür? Der Typ wird langweilig.«

Während Dennis das sagte, wurde der Fernseher immer lauter.

Lena sah Jan solange auffordernd an, bis dieser nickte. Hinter der jungen Frau verließ er das Wohnzimmer. Wegen ihrer hohen Absätze bewegten sich Lenas Hüften überaus aufreizend. Ihre Bluse steckte noch nicht wieder ganz ordentlich im Rock, fast so, als würde sie ihren Geliebten nach einem Rendezvous zur Tür begleiten.

Es behagte Jan nicht, die junge Frau mit Dennis und Hauke allein im Haus zu lassen. Er überlegte, wie er sie zum Mitkommen überreden konnte.

Er konnte ihr nicht sagen, dass ihre Schwester tot war. Ihre Reaktion konnte Probleme verursachen. Am wahrscheinlichsten schien es zwar, dass sie Jan nicht glaubte. Aber vielleicht würde sie auch mit ihm streiten und nach Dennis rufen. Darauf legte Jan aber keinen Wert. Trotzdem machte er sich Sorgen um Lena. Ein Schauer lief ihm über den Rücken. Kurz entschlossen griff er im Flur nach ihrem Arm.

»Kommen Sie mit mir«, sagte er halblaut. »Der Kerl spinnt.«

Überrascht blickte Lena auf die Hand an ihrem Arm. »Ich weiß auch, dass er etwas spinnt. Na und?«

»Sie wollen doch zu Anna. Ich bringe Sie zu ihr.«

Lena schüttelte den Kopf. »Das geht nicht. Anna ist im Hotel. Und ich darf vor morgen nicht mit ihr sprechen.«

»Es gibt gar keine Zimmer mehr.«

»Was?«

»Dentistenkongress. In Westerland sind alle Hotels ausgebucht. Dort gibt es keine Zimmer mehr. Ich habe auch keines bekommen und schlafe deshalb auf einem Campingplatz.«

»Was?«, wiederholte Lena. Nun riss sie sich von Jan los. »Verschwinden Sie endlich!«

Unwirsch deutete sie zur Haustür. Ob Journalist oder nicht. Der Typ, der bei Leuten ums Haus schlich und durch fremde Fenster guckte, spann offenbar nicht weniger als Dennis.

Mehr noch als Lenas Worte überzeugte Jan der Ausdruck in ihren Augen, dass sie es ernst meinte. Ob er wollte oder nicht, er musste sie in der Villa zurücklassen.

Er würde einfach möglichst schnell mit Eggestein wieder hier sein müssen. Es würde ihr schon nichts passieren. Nicht ausgerechnet in der nächsten Stunde. Dennis saß vor dem Fernseher, und Hauke schlief seinen Rausch aus.

Jan streckte die Hand zur Klinke aus. Er musste sich selbst hinauslassen. Lena stand nur da und sah ihm nach. Bis bald, wollte er sagen. Doch dazu kam es nicht.

»Hey, guckt mal«, rief Dennis in diesem Moment triumphierend. Er stand am anderen Ende des Flurs. »Ich hab's doch hingekriegt.«

Noch während Jan sich umdrehte, spürte er ein heißes Brennen in der rechten Schulter. Irritiert drehte er den

Blick zum Ausgangspunkt des Schmerzes. Ein 17 Zoll langer Pfeil hatte seine Schulter direkt unterhalb des Schlüsselbeins durchschlagen und ihn gegen die Haustür genagelt.

16

Jan dachte zunächst nur an seine neue Jacke. Klar hatte er sie im Sonderverkauf für den halben Preis bekommen, trotzdem musste man sie doch nicht gleich kaputt machen. Es war auch die letzte in dieser Größe gewesen. Die Ärmellänge war meistens das Problem. Jans Arme waren einfach zu lang. Gerade mal einen Tag hatte sie gehalten, und nun war sie schon an zwei Stellen kaputt. Vorn und hinten. Solange der Pfeil noch drin steckte, traten zwar keine Daunen aus, doch Jan konnte ja nicht ewig so stehenbleiben. Wie zur Bestätigung bemerkte er plötzlich einen säuerlichen Geschmack im Mund, während gleichzeitig seine Knie zu zittern begannen.

»Spinnst du?«, schrie Lena auf.

Dennis kam schnell heran, legte den Kopf schief und versuchte zu erkennen, wie tief der Pfeil in die Tür eingeschlagen war.

»Das war doch keine Absicht«, sagte er etwas kleinlaut.

»Du hast aber auf ihn gezielt ...«

»Quatsch. Ich habe einfach nur nach vorne gehalten. Und zack, flog das Ding schon los. Hey, Kumpel, wie fühlst du dich?« Dennis hob den Kopf und sah Jan ins Gesicht. »Keine Sorge. Sieht gar nicht so schlimm aus. Wenn der Pfeil wieder draußen ist, braucht die Tür nur ein bisschen Holzspachtel und Farbe. Hinterher sieht das kein Mensch mehr.«

»Idiot«, schimpfte Lena. »Ich ruf die Eins-Eins-Zwei an.«

»Was? Warum denn das? Ich krieg das schon hin.« Dennis griff zum Ende des Pfeils. Sofort begann Jan, laut zu stöhnen.

»Lass das! Du tust ihm weh.«

»Aber ich muss ihn doch von der Tür losmachen.«

»Wir brauchen die Feuerwehr.«

»Nee. Quatsch!« Dennis schüttelte den Kopf. »Die würden nur den Pfeil kaputt machen. Da kennen die nichts. Die sägen den glatt durch.«

»Dennis!«

»Ja?« Der junge Mann blickte Lena an.

»Kannst du mal wieder vernünftig reden?«

»Klar kann ich das.« Er ließ den Pfeil los und drehte sich zu ihr. »Wenn du die Feuerwehr rufst oder einen Arzt, weißt du, was dann passiert? Die alarmieren automatisch die Polizei. Und dann bin ich dran. Denn das Baby da«, Dennis deutete zu der auf dem Fußboden liegenden Armbrust, »das darf man zwar einfach kaufen, aber man darf damit nicht auf Menschen schießen. Dafür kriege ich eine Anzeige. Und vielleicht sogar ein Verfahren. Willst du das etwa?«

Lena biss sich auf die Unterlippe.

»Eine Vorstrafe kann ich mir nicht leisten. Dann war es das nämlich mit dem Juraabschluss. Verstehst du das?«

»Aber was sollen wir sonst tun?«

»Wir machen ihn ab und verarzten ihn selbst. Das kriegen wir schon hin.«

»Und dann?«

»Dann lassen wir ihn wieder laufen. Jedenfalls, sobald wir hier fertig sind.«

Lena schüttelte den Kopf.

»Nur noch den Dreh mit dir, Lena. Das schaffen wir an einem Tag.«

»Du willst ihn solange hier behalten?«

»Sonst läuft er doch gleich selber zur Polizei. Dann könnten wir uns die ganze Mühe auch sparen. Los, komm, hilf mir. Wir machen ihn jetzt ab.«

Wieder griff Dennis zum Pfeil, diesmal mit beiden Händen, und begann zu ziehen. Lena sprang neben ihn, lehnte sich stützend gegen Jan. Der stöhnte lauter, fühlte, wie die Frau sich an ihn drückte. Sie war warm. Sie war weich. Dann dachte er wieder an seine kaputte Jacke.

»Steckt tiefer, als ich dachte«, meinte Dennis und nickte anerkennend. »Da ist richtig Zug hinter. Hätte ich nicht gedacht.«

Er hob das linke Bein und stemmte den Fuß neben der geschlossenen Tür gegen die Wand. »Weg da, Lena!« Dann zog er wieder. Seine Hände wurden feucht und begannen, am Schaft entlang zu rutschen. Doch bevor er ganz den Halt verlor, gab es einen Ruck. Sofort sackte Jans Oberkörper nach vorn. Beinahe hätte er Lena unter sich begraben, doch die junge Frau war stärker, als sie auf den ersten Blick wirkte. Sie stemmte sich gegen den erheblich größeren Mann, bis Dennis ihr half.

»Er darf sich nicht hinlegen«, sagte er. »Wenn er erst mal liegt, kriegen wir ihn so leicht nicht wieder hoch. Außerdem will ich ihn raus aus dem Flur haben. Hörst du, Kumpel, du kommst jetzt schön mit.«

Der Jurastudent legte Jans linken Arm um seine Schulter und führte ihn zurück Richtung Wohnzimmer. Vor der Tür bog er nach rechts in den Schlafzimmertrakt ab. Jans Füße schleiften über den Boden. Obwohl seine Verletzung offenbar nicht lebensgefährlich war, steckte der Schock in seinem Körper. Jan wollte sich nur setzen, besser noch hinlegen.

Lena war vorweg gelaufen, öffnete eine Schlafzimmertür und wollte den beiden Männern Platz machen, doch Dennis schüttelte den Kopf. Er hatte etwas anderes im Sinn, wollte den Flur noch zwei Türen weiter hinunter.

»Da rein?«, fragte Lena.

Dennis nickte, und Lena öffnete die Badezimmertür. Es handelte sich um ein Luxusbad, wie es in der Villa nicht anders zu erwarten gewesen war.

Eine weiße Badewanne stand auf eisernen Löwenfüßen. Die ebenerdige Dusche war groß genug für zwei und ihr Spritzschutz völlig durchsichtig. Neben der üblichen Sitztoilette gab es ein an der Wand montiertes Pissoir mit Deckel. Die gesamte Wand links neben der Eingangstür schien aus einem einzigen riesigen Spiegel zu bestehen. Darunter war ein Waschschrank mit zwei eingelassenen Waschbecken installiert. Auf der anderen Seite vom Eingang gab es noch eine Tür. Das helle Kiefernholz verriet, was sich dahinter befand. Es war eine geräumige Sauna mit zwei über Eck verlaufenden Sitzebenen.

Da die Saunatür keine Standardbreite hatte, war es für Dennis schwer, Jan hindurch zu bugsieren. Auch der noch immer in Jans Schulter steckende Pfeil erwies sich als hinderlich. Dann waren die beiden Männer endlich gemeinsam in der Sauna, und Jan durfte sich hinlegen. Die untere Sitzstufe war zwar schmaler als ein Bett, trotzdem passte Jan ganz gut darauf. Es sah allerdings einigermaßen merkwürdig aus: ein Mann mit Winterjacke und Stiefeln in einer Sauna.

»Hol mal eine Schüssel mit heißem Wasser und ein paar Handtücher«, sagte Dennis. Als Lena nicht sofort reagierte, fügte er hinzu: »Lauf, Mädchen, lauf!«

17

Zunächst musste Lena überlegen, wo sie eine Schüssel hernehmen sollte, dann fiel ihr die Plastikwanne unter der Küchenspüle ein, in der Kleinkram wie eine Spülbürste, ein Paket mit frischen Wischtüchern und einzeln verpackte Spülmaschinentabs lagen. Sie riss die Tür des Küchenschränkchens auf und griff nach der Schüssel. Erst jetzt bemerkte sie, wie ihre Hände zitterten. Mit viel langsameren Bewegungen als zuvor holte sie die Plastikwanne heraus, richtete sich wieder auf und schüttete den Inhalt wie in Trance auf eine marmorne Arbeitsfläche. Mit unbewegter Miene sah sie in die reflektierende Glastür des Geschirrschranks über der Spüle, sah in ihr eigenes Gesicht. Oder war es Annas Gesicht?

Vor nicht einmal ganz einer Stunde war noch alles in Ordnung gewesen. Sie wusste, dass Anna mit den Männern am

Strand war, um das Spiel zu spielen. Diesmal sollte es eine Art Schatzsuche sein. So viel hatte Dennis beim Frühstück verraten. Anna sollte anfangen, und Lena dann morgen dran sein. Falls das Wetter mitspielte. Bei zu viel Wind konnte der Quadrocopter nicht fliegen.

Tatsächlich wehte es am Morgen noch recht stark, Lena konnte bei gekipptem Fenster von ihrem Zimmer aus die Brandung hören. Doch dann wurde es besser, und die Männer machten sich zusammen mit Anna startklar.

Als sie weg waren, schaltete Lena den riesigen Fernseher im Wohnzimmer ein und machte laut Musik an. Sie mochte es nicht, alleine in dem großen Haus zu sein. Viel lieber wäre sie mitgefahren und hätte zugesehen. Aber das wollte Dennis nicht.

Immer wieder war ihr Blick danach zur Uhr gegangen. Hätten sie nicht nach spätestens zwei Stunden wieder zurück sein müssen? Wie lange konnte das Spiel dauern? Es war Winter. In der knappen Bekleidung, die die Männer an den Frauen sehen wollten, konnte man es nicht ewig am Strand aushalten. Vier Grad Außentemperatur und der schneidende Wind waren mörderisch.

Die ersten Paintballvideos hatten sie im Sommer gemacht. Auf einem ehemaligen Kasernengelände, das seit Abschaffung der allgemeinen Wehrpflicht leer stand. Dennis und Hauke benutzten es anscheinend schon länger als Abenteuerspielplatz. An verschiedenen Plätzen hatten sie Videokameras aufgestellt und dann gemeinsam Jagd auf die Frauen gemacht.

Auch dort trugen Anna und Lena nur Shorts, BH und das obligatorische Stirnband mit Actioncam. Aber damals war eben Sommer. Sie schwitzten auf der Jagd. Dennis sagte, dass er das geil fände. Doch nun wollte er es anders haben. Die Mädchen sollten frieren.

Statt vor Schweiß glänzender Haut wollte Dennis Gänsehaut sehen. Er meinte, man müsse den Zuschauern immer etwas Neues bieten. Doch Lena glaubte, dass er seine ständig neuen Ideen ausschließlich entwickelte, um sich selbst daran aufzugeilen.

Anna kam ganz gut zurecht mit ihm, aber Lena fand Dennis insgeheim abstoßend. Wenn Anna sie nur nicht immer wieder zum Weitermachen überreden und Dennis nicht so hohe Prämien für die Spiele bezahlen würde ... Lena wäre längst nicht mehr dabei.

Dann klingelte es an der Tür. Wegen der lauten Musik hatte Lena es nicht gleich begriffen. Auch den Postboten eine Stunde früher hätte sie beinahe überhört. Als sie auf dem Weg zur Tür war, merkte sie, wie jemand ums Haus schlich. Dennis oder Hauke konnten es nicht sein. Die hatten doch einen Schlüssel.

Etwas ängstlich wich Lena von der Tür zurück und ging in die Küche, um durch die Fenster nach draußen zu sehen. Plötzlich legte jemand sein Gesicht gegen die Scheibe. Das war ein Schreck! Doch dann wurde Lena sauer, und sie beschloss, den fremden Mann zur Rede zu stellen.

Nun lag dieser Mann mit einem Pfeil in der Schulter in der Sauna. Das war total verrückt. Dennis hatte ihn angeschossen.

Noch immer blickte Lena ihr eigenes Spiegelbild im Küchenschrank an. Als würde Anna hinter der Scheibe stehen. Wenn Anna nur hier wäre. Sie wüsste, was zu tun war. Anna hatte immer alles unter Kontrolle.

Lena hingegen war völlig ratlos.

Warum hatte Dennis Anna ins Hotel gebracht? Das war gar nicht nötig und vorher nicht abgesprochen.

Andererseits änderte Dennis gerne mal die Absprachen.

Was also hätte Anna jetzt an Lenas Stelle getan?

Lauf, Mädchen, lauf!

Lena spülte die Plastikwanne im Waschbecken aus, füllte sie anschließend zur Hälfte mit heißem Wasser. Das Gewicht der halbvollen Wanne war schwer genug. Lena griff nach einem Stapel Geschirrtücher, die ordentlich in einem Regal lagen.

18

»Na endlich«, empfing Dennis sie mit einem Kopfschütteln. Er hatte selbst bereits ein paar Frotteetücher aus dem Badezimmer besorgt und sie unter Jan gelegt. Offenbar sorgte er sich, dass Jans Blut das Holz der Saunabank durchtränken konnte. Dabei blutete die Wunde in Jans Schulter gar nicht besonders schlimm, solange der Pfeil darin steckte. Doch das sollte sich bald ändern.

»Wäre es nicht besser, wenn du die Spitze absägst?«, meinte Lena.

»Warum das denn?«

»Ich meine ja nur. Kann die Spitze sonst nicht vielleicht in der Schulter steckenbleiben?«

Dennis überlegte kurz, schüttelte den Kopf. »Die sind doch dafür gemacht, dass man sie nach dem Schuss wieder aus der Zielscheibe zieht. Haben ja keine Widerhaken oder so was.«

»Trotzdem könnte die Spitze beim Rausziehen noch mehr in der Schulter verletzen als jetzt schon?«

»Was denn?«

»Muskeln und Gewebe.«

»Na und?« Wieder schüttelte Dennis den Kopf. »Glaubst du, dafür mache ich den Pfeil kaputt? Mensch, Lena, das sind doch nur sechs. Hauke fände das bestimmt auch nicht gut.«

»Hauke?«, wiederholte Lena. »Hauke ist doch völlig egal. Der Mann hier ist verletzt!«

Dennis lachte auf. »Das würde ihn bestimmt traurig machen. Dass er dir völlig egal ist, meine ich. Armer Hauke.« Dann beugte er sich über Jan und sprach ihn direkt an. »Willst du, dass ich langsam ziehe oder schnell?«

»Ruf einen Arzt«, antwortete Jan mit trockenen Lippen. Er war noch immer geschockt, bekam aber alles mit, was um ihn herum passierte.

»Also schnell.« Dennis sah Lena an. »Halt ihn fest.«

»Nicht«, stammelte Jan. »Ein Arzt … soll das machen.«

Lena wusste nicht, was genau sie tun sollte, stellte die Schüssel ab und trat zur Saunabank.

»Nicht streicheln«, sagte Dennis ungeduldig, als Lena Jans Stirn befühlte. »Drück seine Schultern runter. Siehst du, so wie ich.«

Der junge Mann drückte ein angewinkeltes Knie auf Jans Brust und umschloss mit beiden Händen den Pfeil. »Vielleicht doch besser langsam«, meinte er und begann zu ziehen.

Wo ist der Lederriemen oder das Stück Holz, auf das ich beißen kann, dachte Jan, während er sich in sein Schicksal ergab. Hat von euch denn noch nie jemand einen John-Wayne-Film gesehen?

Vor Schmerzen fuhr ihm Übelkeit in den Magen. Automatisch schloss er die Augen.

19

Es war Jan nicht vergönnt, ohnmächtig zu werden. Die Schmerzen waren grausam, während Dennis am Pfeil zerrte. Es fühlte sich an, als würde die Schulter in Stücke gerissen, dabei war der Pfeil durch das weiche Gewebe direkt unterhalb des Schlüsselbeins gedrungen und hatte hauptsächlich Bereiche des rückseitigen Musculus supraspinatus zerstört.

Als die Operation endlich gelungen war, zerrte Dennis den Oberkörper des Patienten kurz hoch und zog ihm mit Lenas Hilfe erst die dicke Daunenjacke, dann auch Pullover und T-Shirt aus. Es war eine Erleichterung für Jan, danach wieder zurückzusinken.

Dennis wusch das Loch in der Schulter mit heißem Wasser aus. Doch bald wurde klar, dass sie die Blutung mit den Geschirrtüchern nicht stoppen konnten.

»Hol den Verbandskasten aus dem Auto!«, befahl Dennis. Sicherlich gab es auch im Haus eine ähnliche Notfallausrüstung, aber er wusste nicht, wo.

»Wir müssen ihn wieder aufsetzen«, meinte er, als Lena zurückkam. »Vielleicht blutet es im Sitzen nicht so schlimm.«

Die Idee gefiel Jan nicht, aber er musste mitmachen. Seine beiden Krankenpfleger waren in der Überzahl.

Mit vereinten Kräften zogen die beiden seinen Oberkörper hoch und rückten Jan soweit an die Wand, dass er sich dagegen lehnen konnte. Lena drückte Kompressen von vorn und von hinten auf Jans Schulter, während Dennis eine Mullbinde darüber legte, sie erst unter der Achsel durchführte und dann, für einen besseren Halt, quer über die Brust und unter dem anderen Arm hindurch auf dem Rücken zurückführte. Das Ergebnis sah ganz gut aus, fand er.

»Jetzt schön sitzenbleiben, damit nicht gleich wieder alles durchnässt«, meinte Dennis. Dann fiel sein Blick auf Jans Jacke. Ohne zu fragen begann er, die Taschen zu durchsuchen. Hierbei legte er nacheinander Portemonnaie, zwei Paar Schlüssel und Jans Handy auf die Holzbank. »Das macht mich jetzt aber mal neugierig«, sagte er. »Zahlencode, Musterwischen, Fingerabdruck oder Gesichtserkennung? Wie ist das Ding gesichert?«

Dennis legte die Jacke weg und ging mit dem Mobiltelefon zu Jan. Im Schein der schwachen Saunalampe musterte er das Display aus verschiedenen Winkeln, drehte es dazu leicht hin und her.

»Nach Musterwischen sieht es schon mal nicht aus. Das könnte man erkennen …«

Jan entgegnete nichts, leistete aber auch keine Gegenwehr, als Dennis seine Hand nahm, um den Daumen der rechten Hand auf ein Sensorfeld unterhalb des Displays zu drücken.

»Na bitte«, meinte Dennis zufrieden. »So, mal sehen. Oh, ein Anruf in Abwesenheit und eine Kurzmitteilung. Hast du in der Hektik glatt verpasst, was? Kein Problem. Gucken wir einfach mal.

So, die Kurznachricht 14.01 Uhr. Von einer Charlotte Sander. Und der Anruf? Überraschung, auch von Charlotte. 14.53 Uhr. Soll ich die Nachricht vorlesen?«

»Das ist privat«, brachte Jan nur heiser hervor.

»Oh, privat.« Kichernd fügte Dennis hinzu: »Dann ist sie wohl deine – wie sagt man – Bumsfreundin?«

Das Wort klang nicht nett, doch weder Jan noch Lena ließen sich davon beeindrucken.

»Na, egal. Also, pass auf. Sie schreibt: Bin wieder zu Hause. Ruf mich bitte an. Charlotte.« Dennis rümpfte die Nase. »So besonders privat finde ich das allerdings nicht. Eher nüchtern, oder? Hattet ihr etwa Streit?«

Jan hatte nicht vor zu antworten.

»Was dagegen, wenn ich noch ein bisschen weiter stöbere?«

»Dennis«, sagte Lena, »das ist wirklich privat.«

»So, meinst du«, erwiderte Dennis und drehte das Display in ihre Richtung. »Wie privat findest du das hier?«

Das Bild, das Dennis ihr entgegen hielt, zeigte Anna beim Paintball. Es war die Nahaufnahme, die Jan in den vergangenen Tagen diversen Leuten gezeigt hatte. Doch für Dennis und Lena war das Bild neu. Sie kannten nur das Video und nicht den Screenshot der Vergrößerung.

»Anna«, sagte Lena.

»Ach, kapiere«, meinte Dennis und drehte das Smartphone wieder zu sich, »jetzt erkenne ich es. Das war auf dem Kasernenhof. Gutes Spiel. Und sehr gute Klickzahlen. Bist du so auf uns gekommen?«

Jan nickte. »Das habe ich doch schon gesagt.« Das Sprechen fiel ihm schwer. »Eine Geschichte über euch. Das Video. Die Klickzahlen.«

»Ja, stimmt. Hast du gesagt. Trotzdem. Überall Annas Foto rumzuzeigen, das geht gar nicht. Und das hast du doch, nicht wahr? Schon mal was vom Recht am eigenen Bild gehört? Und die Videos sind urheberrechtlich geschützt. Alter, Mann, das finde ich echt respektlos. Oder findest du es gut, was er da macht?« Die Frage ging an Lena.

Sie schüttelte den Kopf.

»Wem hast du das alles gezeigt?«, bohrte Dennis weiter. »Bestimmt der halben Insel, was? Und wer weiß, dass du hier bist? Weiß Charlotte es?«

Dennis sah nur kurz vom Display auf, wischte dann weiter darauf herum. »Nein, ich glaube nicht. Sonst hätte sie ja nicht geschrieben, dass du dich melden sollst. Stimmt's? Oh, wow, Mann, ist sie das vielleicht?«

Dennis drehte das Handy zuerst in Jans Richtung und dann so, dass Lena es auch ansehen konnte.

»Was für Augen. Das haut einen ja glatt um. Hast du schon mal so grüne Augen gesehen, Lena? Die durchbohren einen glatt. Das muss ja wie in der Hölle sein, wenn sie dich beim Ficken anguckt. Als würde dich der Teufel persönlich reiten. Stimmt's, Jan? Und? Fickt sie gut, deine Charlotte? Ach, komm, brauchst gar nichts zu sagen. Man sieht es ihr doch an. Und dann dieser Körper. Richtig gut in Form, die Frau. Vielleicht solltest du sie anrufen und herbestellen. Dann können Hauke und ich sie auch mal mit an den Strand nehmen und ein kleines Spiel mit ihr machen.«

20

Das Wasser spritzte kaum auf, während Charlotte durch das Becken kraulte. Immer wieder musste sie alten Männern und Frauen ausweichen. Frühmorgens ließ es sich leichter schwimmen. Doch am Nachmittag und frühen Abend war es immer sehr voll in der Schwimmhalle. Das allein war aber nicht der Grund dafür, dass Charlotte ihren Rhythmus nicht richtig fand. Normalerweise half ihr das Schwimmen beim Abschalten. Sie brauchte nur ins Wasser zu steigen und loszuschwimmen, schon verlor die Welt außerhalb des Beckens an Bedeutung. Dann hörte sie nur ihren eigenen Atem und spürte, wie das Wasser an ihr vorbeifloss. Doch heute gelang ihr das nicht. Sie dachte an Javier und Lucia Moreno, die beiden Geschwister, mit denen sie auf Mallorca so viel Zeit verbracht hatte. Und dann war da wieder der Gedanke an Jan. Vor dem Schwimmen hatte sie es nicht länger ausgehalten und ihn angerufen.

Sie wollte sich mit ihm verabreden, ihn heute noch sehen. Aber Jan war nicht ans Telefon gegangen. Charlotte stieg aus dem Becken und checkte ihr Smartphone am Spind. Doch Jan hatte auch auf ihre Kurznachricht nicht reagiert. Also duschte sie und fuhr, statt nach Hause, wieder zur ehemaligen Kirche an der Süderelbe. Im großen Versammlungssaal war es dunkel. Offenbar waren alle früh nach Hause gegangen. Kein Auto stand mehr neben der Kirche, und die große Außentür war verschlossen.

Charlotte fummelte ihren Schlüssel ins Schloss. Bei der Einliegerwohnung oben klopfte sie sicherheitshalber an die Tür. Doch da wusste sie schon, dass Jan noch immer nicht zu Hause war. Sein Auto stand schließlich auch nicht unten. Nervös steckte Charlotte die Spitze des linken Daumens zwischen die Zähne und biss solange zu, bis es wehtat.

Christian Freitag traf 45 Minuten später in der Redaktion ein. »Hier«, sagte sie. »Diesmal habe *ich* Kaffee gekocht.«

Christian Freitag nickte nur. Noch im Mantel griff er nach dem Getränk.

»Ganz schön windig, was?«, meinte Charlotte. »Bist du auch fast von der Straße geweht worden?«

Christian nickte. »Also, was ist jetzt genau los?« Er wirkte ungeduldig.

»Sagte ich doch schon: Jan ist verschwunden.«

»Verschwunden? Oder einfach nur nicht da?«

»Wann hast du ihn zuletzt gesehen?«

»Keine Ahnung. Anfang der Woche? Hier in der Redaktion.« Christian konnte sehen, dass Charlotte sich ernsthafte Sorgen zu machen schien. Sie blinzelte ungewöhnlich oft, ihre Haare waren eine einzige Katastrophe, und die riesigen Ohrringe, für die sie berühmt war und die sie am Nachmittag noch getragen hatte, fehlten gänzlich. Nur der stechende Blick ihrer grünen Augen war geblieben. Und dieser bohrte sich gerade in Christian.

»Ich habe ihm vorhin eine Nachricht geschickt, damit er weiß, dass ich wieder da bin. Und als nichts zurückkam, habe ich ihn etwa eine Stunde später angerufen. Aber er hat auch darauf nicht reagiert. Ich komme überhaupt nicht mehr zu ihm durch. Da stimmt was nicht, Chris.«

»Ist ja nicht das erste Mal, dass er nicht erreichbar ist.«

»Ja, genau. Und beim letzten Mal hatte er es dann mit einem russischen Auftragskiller zu tun.«

Der Punkt ging an Charlotte.

»Okay, ich weiß, wen ich fragen muss. Wie spät ist es?« Charlotte sagte es ihm.

»Na, die wird sich freuen«, meinte er.

»Wer?«

»Dana«, sagte Christian und hob sein Telefon ans Ohr.

21

Die Villa verfügte im ersten Stock über ein ebenso großes Luxusbadezimmer wie das im Erdgeschoss. Statt einer Sauna war dort ein Whirlpool eingebaut. Beim Verteilen der Zimmer hatten die derzeitigen Bewohner vereinbart, dass die Frauen oben schliefen und hauptsächlich das dortige Badezimmer nutzten, während die Männer im Erdgeschoss wohnten. Als Ausnahme galten gegenseitige Besuche in der Sauna oder im Whirlpool.

Lena stand allein im oberen Bad. Ihre ehemals weiße Bluse war von Jans Blut durchtränkt. Doch das war ihr egal. Sie knöpfte die Bluse auf und ließ sie achtlos auf den Boden fallen. Die Kleidung war nicht von ihr bezahlt worden. Dennis hatte alles ausgesucht. Die dünne Bluse und den Rock. Darunter die Dessous mit den Strapsen, ja, selbst die hochhackigen Schuhe. Lena wusste, dass sie, genauso wie Anna, mit ihrem sinnlichen Mund und den straffen Brüsten für viele Männer eine Art primitive Erotik ausstrahlte. Damit hatte sie umzugehen gelernt, seit sie 14 war.

Unter der Dusche legte sie lange die Stirn gegen die Kacheln, ließ heißes Wasser auf ihren Nacken und die Schultern prasseln. Sie wollte mit Anna sprechen. Aber Dennis ließ sie nicht. Schon bei ihrer Ankunft in der Villa hatte er von beiden Frauen die Mobiltelefone einkassiert. Er wollte nicht, dass sie während ihres Aufenthalts auf der Insel Kontakt zu anderen hatten.

Anna meinte, das sei in Ordnung, also hatte auch Lena zugestimmt. Denn in 80 Prozent der Fälle bestimmte Anna, was die beiden Schwestern machten. Vielleicht waren es sogar 90 Prozent.

Als sie die Telefone abgaben, waren Anna und Lena aber auch davon ausgegangen, dass sie die ganze Zeit zusammen in der Villa wohnen würden. Davon, dass man sie trennte, war nie die Rede gewesen. Doch nun saß Anna in einem Hotel in Westerland, und Lena war allein hier. Allein mit drei Männern, die sie weder besonders gut kannte noch mochte.

Einer von ihnen war zeitweise unberechenbar; einer die meiste Zeit schweigsam, introvertiert und außerdem im Moment betrunken und nicht ansprechbar; der dritte lag mit einer Pfeilwunde in der Sauna und behauptete, dass es keine freien Hotelzimmer in Westerland gebe. Wieso noch mal? Wegen eines Zahnarzttreffens?

Das musste er sich ausgedacht haben, um Lena zu verunsichern. Aber warum? Was für eine blöde Idee. Doch leider funktionierte sie. Lena *war* verunsichert.

Nach dem Duschen kroch sie unter ihre Bettdecke. Auch wenn das Haus gut isoliert war, hörte sie den Wind um jede Ecke pfeifen. Offenbar wurde es da draußen immer stürmischer.

Irgendwann zog Lena frische Sachen an, ging hinunter, toastete zwei Brotscheiben und schälte sich einen Apfel. Automatisch ging ihr Blick immer wieder zur Tür. Dahinter lag der Flur. Dann kam die Badezimmertür. Und hinter einer weiteren Tür lag der verletzte Fremde.

Sie legte das Messer zur Seite und beschloss, nach ihm zu sehen. Nach Jan Fischer.

Abgesehen davon, dass Dennis auf ihn geschossen hatte, war er auch sonst ziemlich fies zu Jan. Das mit dem Handy war nicht okay. Wieso musste er die Nachrichten von dieser Charlotte vorlesen und auch noch in der Fotogalerie rumstöbern?

Auf dem Flur sah Lena zu Haukes Schlafzimmer. Der lag bestimmt noch immer im Alkoholkoma. Und Dennis?

Dennis wollte nicht, dass sie zu Jan Fischer ging. Er hatte es ihr unmissverständlich verboten. Ins untere Badezimmer ging ab sofort niemand außer ihm. Sie erinnerte sich an die Worte, als sie schon vor dem Bad stand. Dann hörte sie Geräusche aus dem Vorflur. Blitzschnell zog sie die Hand von der Türklinke zurück.

22

Der Wind schlug die Haustür krachend gegen die Wand. Dennis kam polternd ins Wohnzimmer. Der Fernseher lief. Lena saß mit angezogenen Beinen auf dem Sofa und aß Apfelspalten. Er sah nur kurz in ihre Richtung und warf die Armbrust ziemlich unsanft auf den Esstisch.

»Habe einen Pfeil verloren. Verdammter Wind. Verdammte Dunkelheit. Morgen musst du mir suchen helfen. Am besten bestellt Hauke gleich noch welche nach. Ich glaube, es gibt Zwölferpacks. Aber bis dahin müssen wir sparsam mit den Dingern umgehen. Hast du gehört, Lena? Du hilfst mir morgen beim Suchen.«

»Ja doch.«

»Dann antworte doch gleich!«

»Bist du meine Mutter?«

»Was?« Dennis erweckte kurz den Eindruck, als würde er über die Bemerkung wütend werden, stattdessen lachte er auf. »Nee, bin ich nicht. Ganz bestimmt nicht.«

Der Raum wurde nur vom bläulichen Licht des Fernsehers beleuchtet. Eine Weile blieb Dennis regungslos beim Esstisch stehen. Irgendwann drehte Lena den Kopf, um zu sehen, ob er überhaupt noch im Raum war.

»Was macht Hauke?«, fragte er in diesem Moment.

»Keine Ahnung.«

»Und unser Gast?«

»Weiß ich nicht.«

»Warst du bei ihm?«

»Nein.«

»Stimmt das?«

Lena sagte nichts dazu.

»Ob das stimmt?«

Zur Antwort erhielt Dennis ein in die Länge gezogenes, trotziges »Jaaaa …«

»Ich mache keinen Spaß, Lena.« Danach etwas freundlicher: »Weißt du auch, warum? Weil er lügt.«

Lena blickte ihn fragend an.

»Lügenpresse, Lena. Die denken sich ihre eigenen Geschichten aus.«

»Das ist doch Quatsch, Dennis.«

»Mach einfach, was ich dir sage, Lena.«

»Wir sollten einen Arzt holen.«

»Was?«

»Die Wunde kann sich entzünden. Vielleicht stirbt er über Nacht.«

»Der stirbt nicht.«

»Woher willst du das wissen?«

»Wir machen erst den Dreh mit dir. Und dann verschwinden wir. Und erst dann, klar, erst dann lassen wir ihn laufen.«

»Du willst ihn doch gar nicht laufen lassen.«

Dennis zuckte mit den Schultern. »Klar lass ich ihn laufen.«

»Der Typ ist ein Schnüffler. Ein Journalist. Hast du selbst gesagt. Der findet alles raus. Egal, was es ist. Auch unsere Nachnamen. Und davor hast du Angst.«

»Halt die Fresse, Lena.«

»Wie bitte?«

»Ja, halt die Fresse. Ich habe keine Angst. Schon gar nicht vor dem. Erzähl also nicht so einen Scheiß. Wieso glaubst du eigentlich, dass er so toll ist? Hast du was über ihn rausgefunden? Warst du etwa im Internet?«

»Ich war nicht im Internet.«

»Kein Internet während des Spiels, Lena.«

»Ich weiß.«

Die Regel war Quatsch. Aber Dennis wollte es so. Dennis machte hier die Regeln.

»Ich will das nicht«, plusterte er sich auf. »Guck Fernsehen, wenn du dich langweilst.«

»Mach ich doch.«

»Lena, willst du mich ärgern?«

»Nein.«

»Dann halte dich an die Regeln.«

Sein ausgestreckter Zeigefinger drohte ihr. Doch Lena ließ sich dadurch nicht beeindrucken. Als er noch immer wütend zur Tür stapfte, sagte sie leise: »Dennis …«

»Was?« Er drehte sich um.

»Ruf einen Arzt.«

»Fick dich, Lena. Fick dich.«

Die Tür krachte in den Rahmen.

Wieder allein machte Lena den Fernseher aus. Lange hörte sie dem Wind zu, der immer mehr den Charakter eines beginnenden Sturms bekam, und dachte: Fick dich selbst, Dennis.

23

Dana gehörte zu den neuen Gesichtern in der Redaktion. Sie war zu Christians Leuten gestoßen, als Charlotte bereits in Spanien war. Mit roten Wangen nahm sie den Kaffeebecher an, den ihr Christian entgegenstreckte. Offensichtlich war sie genauso durchpustet worden wie er und Charlotte. Jedenfalls war die Kirchentür hinter ihr so laut zugefallen, dass beide hofften, der Sturm wäre schuld daran.

Die junge Frau hatte kupferrote Haare, die ihr bis auf die Schultern fielen. Sie trug Lipgloss passend zur Haarfarbe. Auch die Augen waren auffällig stark geschminkt. Eine enge Hose steckte in kniehohen Stiefeln. Darüber trug Dana einen abgesteppten Mantel. Ein Hauch von Parfüm umwehte die Studentin. Der Geruch gefiel Charlotte.

»Christian, ich habe es ziemlich eilig, das weißt du doch. Ich muss ins Theater!«

Der junge Chefredakteur stellte die beiden Frauen einander vor. Um das Eis zu brechen, fragte Charlotte, was denn im Theater gespielt würde.

Irritiert zog Dana kurz die Augenbrauen zusammen. Dann schüttelte sie den Kopf. »Völlig egal. Ich mache die Garderobe. Von irgendwas muss man ja leben.«

Die Spitze ging in Christians Richtung. Der verstand den Hinweis und winkte ab.

»Warum bin ich also hier?«, wollte Dana wissen.

Von Christian wusste Charlotte, dass Dana so gut wie allein für eine fast 50-prozentige Steigerung der Klickzahlen des *Lauffeuers* im vergangenen Monat verantwortlich war, weil sie gleich nach ihrem Einstieg in die Redaktion eine neue Rubrik eingeführt hatte.

Im Prinzip war es eine Unterabteilung des Boulevards. Über den Titel war man sich nicht gleich ganz einig geworden. Sollte er *unbelievable* oder besser *unglaublich* heißen? Jedenfalls durchforstete Dana das Internet seitdem nach spektakulären Videoclips, die sie auf *Lauffeuer* genüsslich kommentierte.

Über einen Link ließ sich das Filmchen dann direkt ansehen. Heraus kamen Beiträge wie: *Unglaublich ... süß. Unglaublich ... gefährlich.* Oder: *Unglaublich ... fies.*

Es brauchte nur eine Woche, bis die rapide steigenden Besucherzahlen des *Lauffeuers* anzeigten, wie gut die neue Rubrik bei den Lesern ankam. Ein entsprechend starker Zuspruch ließ sich in den Netzwerken der sozialen Medien registrieren. Die Artikel zu *unglaublich ...* wurden 100-fach geteilt und mit Daumen nach oben oder wütenden Emojis versehen. Ein Umstand, der sowohl den Werbekunden als auch Christian sehr gut gefiel.

»Jan war ziemlich interessiert an der Sache«, sagte Christian nun. »Immer wieder habe ich gesehen, wie er Dana über die Schulter gesehen und den Kopf geschüttelt hat. Stimmt's nicht, Dana?«

»Ja, er ist ein schlauer Kopf, der Jan.«

Charlotte wartete automatisch darauf, dass Dana bei einem der Worte stolperte. Doch ihr Deutsch war trotz eines deutlichen slawischen Akzents fehlerlos.

»Besonders ein Artikel hat es ihm angetan. Ich habe ihn *unglaublich ... gemein* genannt.«

»Kann ich den mal sehen?«

Dana stellte den Kaffeebecher auf einem Schreibtisch ab und gab stehend, über die Tastatur gebeugt, ein Passwort in den Computer ein. Während sie im System angemeldet wurde, zog sie den Mantel aus und hängte ihn über die Stuhllehne. Für eine Garderobenfrau war sie ziemlich schick gekleidet.

»Ein Mädchen wird über ein großes Gelände gehetzt«, sagte sie. »Sie hat so gut wie nichts an. Und dann wird von irgendwo mit Farbpatronen auf sie geschossen.«

»Ein Mädchen«, wiederholte Charlotte. »Wie alt?«

»Na, kein richtiges Mädchen mehr. So alt wie ich. Asiatischer Typ. Geschminkt, als trage sie Kriegsbemalung. Männern gefällt so was. Am besten zeige ich es dir. Setz dich.«

Charlotte folgte der Aufforderung, während Dana sich mit rundem Rücken neben ihr auf den Schreibtisch stützte und mit der Computermaus arbeitete. Trotz sehr langer Fingernägel gelang es ihr mühelos, mit der linken Hand über die Eingabetastatur zu tanzen. Wieder fiel Charlotte auf, wie gut diese Frau roch.

Als Dana den richtigen Artikel angeklickt hatte, ließ sie Charlotte zunächst den Text lesen. Darin regte sich Dana über den offen ausgelebten Sexismus des Videos auf und verurteilte diesen mit messerscharfen Worten. Gleichzeitig wusste sie, dass der Leser, durch den Artikel neugierig gemacht, gleich den Link anklicken und den Clip ansehen würde. So funktionierte die neue Rubrik eben. Danas Text war nicht das Ausschlaggebende. Wichtig waren die Filme.

Auch Charlotte folgte dem vorgesehenen Schema. Der Text war kurz und präzise. Sie brauchte nur eine Minute, um ihn zu lesen. Dann klickte sie den Link an. Das Video selbst dauerte rund sechs Minuten. Zwischendurch sagte Charlotte immer wieder »okay« oder »krass«. Danach blickte sie Dana an, die sich einen anderen Schreibtischstuhl herangezogen hatte.

»Und damit hat Jan sich beschäftigt?«

»Ja, genau. Guck dir mal die Klickzahlen des Films an. Der

geht richtig ab. Und das hat Jan interessiert. Er wollte herausfinden, wer so was macht. Wie sie auf ihre Ideen kommen. Und dann wollte er wohl auch noch die Moralfrage stellen.«

»Und? Was ist dabei rausgekommen?«

»Keine Ahnung. Der Titel gibt ja nichts her. *Bitches in der Mangel.*«

Stimmt, dachte Charlotte. Das gibt nichts her. »Wieso überhaupt bitches?«, fragte sie halblaut. »Das ist doch nur eine bitch da, oder.«

Dana grinste. Dann sagte sie: »Ich glaube, er hat sich auch mit deinem Mario über die Sache unterhalten.« Da ihr Blick über die Schulter ging, war klar, dass sie Christian ansprach.

»Mein Mario?« Christian zuckte mit den Schultern. »Keine Ahnung, was du meinst.«

24

Die Übelkeit war schlimm, der Durst noch schlimmer. Obwohl der Ofen in der Sauna nicht eingeschaltet war, war die Luft extrem trocken. Sein Zeitgefühl hatte Jan völlig verloren. Schon zu lange war er in dem kleinen Raum von der Außenwelt abgeschnitten. Nur wenig Licht fiel durch ein kleines Fenster in der Tür. Jan wusste zwar noch, wie er in die Sauna gekommen war, dennoch schien alles irreal. Ein Wahnsinn.

Der Schmerz in der Schulter erinnerte ihn daran, dass er nicht nur einen Albtraum gehabt hatte.

Anna tot.

Anna, die nicht Anna-Lena war.

Und er halbtot.

Jedenfalls angeschossen.

Ohne das Handtuch und den Druckverband wäre er verblutet. Also traf es *halbtot* doch ganz gut.

Er musste etwas unternehmen. Sonst ließe sich das *halb* morgen streichen. Dass jemand Hilfe holte, womöglich einen Arzt, davon ging Jan nicht aus. Hier lief etwas in die falsche Richtung; mit einer hohen Eigendynamik. Etwas, das sich nicht so leicht aufhalten ließ.

Keine Hilfe in Sicht. Und niemand wusste, wo er war. In der Redaktion nicht. Und auf der Insel auch nicht. Weder Martens noch Eggestein. Hätte er dem Polizisten gesagt, wo er hin wollte … Aber das hatte er nicht.

Der Taxifahrer, der ihn angerufen hatte, wusste etwas. Aber welchen Grund sollte er haben, nach Jan zu suchen. Na gut, wenigstens eine kleine Chance bestand.

Aber darauf konnte Jan sich nicht verlassen. Er musste selbst etwas zu seiner Rettung unternehmen. Und zwar jetzt.

Nicht in zehn Minuten. Nicht in fünf. Jetzt.

Sofort schoss der Schmerz in seine Schulter. Dabei hatte er nur die Beine bewegt.

Ignorieren. Kurze Pause. Minipause. Und weiter.

Die Beine runter von der Holzbank. Dann vorwärts bis zur Tür.

Jan wusste nicht, ob er die Schritte zur Tür wirklich machte, oder sie sich nur vorstellte. Doch dann roch er das Nadelholz der Täfelung, gegen die er sein Gesicht drückt.

Mit der unverletzten Hand fasste er nach dem Türgriff. Er war ebenfalls aus Holz. Eine Klinke gab es nicht. Die Tür sollte sich nicht verriegeln lassen. Trotzdem ließ sie sich nicht öffnen.

Etwas musste von außen vor die Tür gestellt worden sein.

Weil Jan nicht genug Kraft im Arm hatte, drehte er sich um und trat, einem ausschlagenden Pferd gleich, mit der Fußsohle gegen die Tür.

Der Krach interessierte ihn nicht. Er konnte keine Rücksicht darauf nehmen.

Immer wieder trat er zu. Immer wieder.

Pause.

Hatte sich was getan?

Er rüttelte mit der Hand an der Tür.

Wieder umdrehen. Wieder zutreten.

An der Tür rütteln.

Und endlich passierte etwas.

Plötzlich gab die Tür nach, schwang nach außen, traf irgendetwas am Boden und blieb halb offen stehen.

Jan war so überrascht, dass er sich nicht mehr rührte und einfach nur auf die Fliesen jenseits der Tür starrte. Sein Atem ging stoßweise.

25

Ein Stuhl lag neben der Saunatür. Dennis musste ihn hergeschleppt haben. Um keine Geräusche im Flur oder auf den Badezimmerfliesen zu machen, hatte Lena ihre Schuhe ausgezogen. Sie war kurz oben gewesen, um eine Packung Schmerztabletten aus ihrem Zimmer zu holen. Falls Dennis noch einmal auftauchen sollte, hatte sie so wenigstens eine Ausrede parat. In Wirklichkeit wollte sie jedoch etwas anderes von dem Mann in der Sauna. Sie musste mit ihm über Anna reden. Ob Dennis das wollte oder nicht.

Fick dich, Dennis.

Den Krach aus dem Bad hatte sie schon im Flur gehört. Der umgekippte Stuhl verriet, wodurch er entstanden war.

Vorsichtig spähte Lena in die Ecke hinter der Badezimmertür. Sie war darauf gefasst, dass der Kerl aus der Sauna dort auf sie lauerte.

Doch da war niemand.

Dann hörte sie den schweren Atem.

Das Geräusch kam aus der Sauna.

Er hatte die Tür also aufbekommen, war aber noch nicht raus aus dem kleinen Raum.

Jan merkte, dass sich ein Schatten im Badezimmer bewegte. Er war nicht mehr allein. Eine Frauengestalt kam auf ihn zu. Anna-Lena. Nein, nur Anna. Nein, Lena.

Die Schmerzen in der Schulter behinderten Jan beim Denken. Und der Durst.

Jan lehnte noch immer an der Holztäfelung. Er merkte, wie ihn jemand anfasste und zurück zur Saunabank führte. Er musste sich wehren. Er musste die Frau zur Seite stoßen und die Flucht ergreifen. So eine Chance kam so schnell bestimmt nicht wieder. Er war zwei Köpfe größer als sie und wog fast das Doppelte. Er sollte doch leichtes Spiel mit ihr haben.

Ohne es zu wollen, plumpste er auf die Saunabank, als die Frau ihn in die entsprechende Richtung drückte.

Kurz schloss er die Augen. Nur ein paar Sekunden. Als er sie wieder öffnete, sah er Lena auf sich zukommen. Sie musste noch einmal im Badezimmer gewesen sein.

Die junge Frau trug ein langes T-Shirt und enganliegende Leggings. Ihre Füße waren nackt. In der Hand hielt sie ein Glas Wasser.

Die Kühle vom Glas war fast noch besser als das Trinken selbst. Sobald Jan das Glas an den Lippen hatte, schluckte er alles mit wenigen langen Zügen hinunter. Ein Hustenanfall war der Preis für seine Gier.

»Ich hole noch eines«, sagte Lena und verschwand erneut. Sofort hatte Jan Sorge, die Tür würde wieder geschlossen werden und er allein in der Kammer hocken bleiben. Stattdessen hörte er das Rauschen eines Wasserhahns. Dann kam Lena zurück in die Sauna. »Nicht gleich wieder alles austrinken«, mahnte sie. »Ich habe ein paar Schmerztabletten für Sie.«

Jan ließ sich zwei Tabletten auf die Hand legen, nachdem er das Glas auf die zweite Ebene der Sitzbank gestellt hatte. »Danke«, sagte er und starrte die Tabletten an. Sie würden ihn noch träger machen, das stand fest. Andererseits würden sie hoffentlich den Schmerz lindern. Und mit weniger Schmerzen würde er besser denken können. Jan führte die Hand zum Mund. Danach griff er wieder zum Wasser. Diesmal trank er langsamer.

Er nutzte die Zeit, um sich einige Worte zurechtzulegen. Die Situation war günstig, vielleicht einmalig. Er musste das

Mädchen auf seine Seite ziehen. Auch wenn es brutal war, sah er nur eine Möglichkeit, wie das ging. Und irgendwann würde Lena es sowieso erfahren.

»Ich habe Ihre Schwester gesehen«, sagte er.

Lena drehte den Kopf.

»Heute Morgen am Strand.«

Lena zuckte mit den Schultern.

»Helfen Sie mir hier raus. Dann sag ich Ihnen, was ich über sie weiß.«

»Quatsch«, erwiderte Lena und wirkte wütend. »Sie haben niemanden gesehen. Warum erzählen Sie so was? Ohne mich wären Sie schon verblutet. Und zum Dank erzählen Sie mir solchen Quatsch.«

Der Blutverlust. Das erklärte, warum er so schwach war. Die Verletzung in der Schulter allein konnte es nicht sein.

»Ich bin hier Ihre einzige Verbündete. Wissen Sie das?«

Er nickte. »Natürlich. Entschuldigen Sie … Was wollen Sie wissen? Ich sag Ihnen alles, was ich weiß.«

»Dann sagen Sie mir, was das mit dem Hotel soll.«

»Welches Hotel?«

»Sie behaupten, dass alle Hotels schon lange ausgebucht seien. Warum erzählen Sie so was?«

»Weil es wahr ist.«

»Was ist wahr?«

»Dass alle Hotels ausgebucht sind. Aber Anna braucht auch keines.«

»Ich versteh kein Wort.«

»Weil Anna tot ist.«

»Bullshit. Fangen Sie schon wieder mit Ihrem Quatsch an?«

»Sie ist von einer Klippe gestürzt.«

»Ist sie nicht.«

Lena drehte sich weg und wollte gehen.

»Ich lüge nicht«, versicherte Jan. »Da lag vorhin wirklich eine tote Frau am Strand.«

»Sie wollen mich austricksen.« Lena wollte dies mit Nachdruck sagen, doch sie hörte selbst, dass es wie eine Frage klang.

Jan durfte jetzt nicht nachlassen. »Diese beiden Männer, woher kennen Sie die? Sind das Freunde von Ihnen?«

Lena schüttelte den Kopf. »Ich ... Wir kennen uns kaum. Sie kommen aus Hamburg. Ich nicht. Ich wohne in Uelzen.« Pause. »Anna hat uns bekannt gemacht. Anna studiert in Hamburg. Da hat sie die beiden kennengelernt.«

Jan blickte das Glas in seiner Hand an, sagte dann: »Sie dürfen denen nicht länger trauen. Vielleicht war es ein Unfall mit Anna. Ich weiß es nicht. Aber ...«

»Hören Sie auf!« Am liebsten hätte Lena sich die Ohren zugehalten und wäre ohne weitere Worte aus der Sauna verschwunden. Doch das schaffte sie nicht.

»Was immer diese Männer jetzt vorhaben«, sagte Jan, »eines ist sicher: Sie dürfen ihnen nicht mehr trauen.«

Lenas Blick fixierte Jan.

»Wir sind jetzt beide so was wie Zeugen. Und so, wie ich diesen Armbrustschützen einschätze ...«

»Dennis.«

»... will er keine Zeugen. Er will den ganzen Vorfall vertuschen.«

Lena verdrehte die Augen. »Es gab keinen Vorfall!«

»Er wird mich hier nicht wieder rauslassen. Jedenfalls nicht lebend. Und nur wir beide können ihn identifizieren.«

Lena schüttelte den Kopf.

»Und das heißt, dass er auch Sie loswerden muss.« Jan wartete mit dem Weitersprechen so lange, bis Lena ihn erneut ansah. »Hören Sie mir zu, Lena. Wenn die beiden morgen mit Ihnen auch dieses Spiel machen wollen, dann gehen Sie nicht mit. Denken Sie sich eine Ausrede aus. Verletzen Sie sich vorher am Fuß oder so. Vielleicht auf der Treppe. Oder besser noch, fahren Sie mit ihnen mit und springen Sie aus dem Auto, sobald Sie in einer etwas belebteren Gegend sind. Egal, wo. Laufen Sie bei einem Bäcker rein oder in ein anderes Geschäft. Und dann rufen Sie die Polizei. Denn wenn nicht ... dann werden Sie das hier nicht überleben.«

Lena atmete tief durch, und Jan hoffte, dass er die junge Frau mit seinen Worten erreicht hatte. Doch dann merkte er, wie sich ihr Körper spannte und die Stimmung sich drehte. Schnell fügte Jan hinzu: »Es gibt Beweise. Gehen Sie auf die Seite vom *Sylter Spion*. Die finden Sie im Internet. *Sylter Spion*. Muss leicht zu finden sein. Er hat die tote Frau am Strand fotografiert.« Jan unterstützte seine Worte mit einem Nicken. »Er hat Anna fotografiert!«

Lena hörte, was dieser fremde Mann sagte, doch sie wollte es noch immer nicht glauben.

»Sehen Sie sich die Fotos an. Wenn es nicht Anna ist, was haben Sie zu verlieren? Aber wenn sie es ist ...«

Die Pause zwischen seinen Worten dauerte länger als gewollt.

»... dann kommen Sie wieder und lassen mich hier raus.«

»Das ist so ein Bullshit. Echt jetzt!« Lena sah ihn nicht an. »Dennis hat gesagt, dass ich nicht mit Ihnen sprechen soll. Weil Sie lügen. Und das stimmt. Sie lügen die ganze Zeit.«

Wut funkelte in ihren Augen.

Dieser Mann saß halbnackt und zusammengesunken auf der Holzbank vor ihr. Der Verband um seinen Oberkörper und die Schulter war verrutscht, die Kompressen rot durchgeblutet. Doch sie konnte kein Mitleid für Jan empfinden. Im Gegenteil. Sie roch seinen Schweiß, und ihr wurde übel davon. Sie bereute, zu ihm gegangen zu sein.

»Warten Sie. Bitte.«

Lena drehte lediglich den Oberkörper, ohne sich ganz umzuwenden. »Was denn noch?«

»Ich brauche dringend einen Arzt. Können Sie mir einen rufen?«

»Nein«, sagte Lena. Die Tür wurde von außen geschlossen. Jan hörte, wie der Stuhl wieder unter den Griff geklemmt wurde.

»Lena!«, rief er durch die geschlossene Tür. »Was auch immer passiert, gehen Sie nicht mit den beiden an den Strand. Spielen Sie dieses Spiel nicht mit!«

26

Sie glaubte wohl, dass sie leise war. Sie glaubte wohl, er würde nicht mitbekommen, wie sie durch den Flur und zu diesem Typen in die Sauna schlich. Falsch gedacht. Auch das Krachen und Rumpeln im Badezimmer hatte er gehört. Dennis bekam alles mit. Er lag auf seinem Bett, lauschte dem Wind, lauschte den Geräuschen im Haus. Sein Zimmer lag im Halbdunkel. Es war genau wie früher. Auch als Kind hatte er oft auf seinem Bett gelegen und darauf gelauscht, was im Haus geschah.

Das war auch der Grund, weshalb er nicht sofort aufstand und Lena zur Rede stellte.

Was wolltest du von dem Typen? Hilfst du ihm etwa? Und so weiter. Und so weiter. Und so weiter. Erst gespielt freundlich, dann lauter werdend, schließlich schreiend, brüllend, wütend.

Er erinnerte sich, wie seine Eltern früher häufig stritten. Erst gedämpft, um den Jungen nicht zu ängstigen, dann schnell lauter werdend und alles um sich herum vergessend. Auch damals hatte Dennis alles mitbekommen, was im Haus passierte. Das viele Streiten. Die Wut. Die Verachtung in den Stimmen.

»Lasst ihr euch jetzt scheiden?«

»Wie kommst du denn darauf?«, war die Antwort der Mutter.

»Unsinn. Mach dir keine Sorgen!«, wehrte der Vater ab.

Ein paar Tage war Ruhe. Dann stritten sie wieder. Und wieder glaubten sie, er würde sie nicht hören. Doch das tat er. Selbst wenn er sich die Hände auf die Ohren presste oder den Kopf unter dem Kissen verbarg. Er bekam alles mit. Alles.

Wie konnte Lena glauben, er würde ihren Besuch bei dem Presseheini im Badezimmer nicht bemerken? Sie wusste doch, dass Dennis in der Villa war. Sie hatte gesehen, wie er vom Zielschießen mit der Armbrust zurückgekommen war. Sie musste sich doch denken, dass er in seinem Zimmer lag. War sie denn so dumm?

Oder hielt sie etwa ihn für dumm?

Sofort spürte er die Wut in sich aufsteigen.

Er wollte aufspringen, wollte in den Flur stürmen und sie zur Rede stellen. Ob sie dumm sei? Oder ob sie ihn für dumm halte?

Doch er wollte keinen Streit auf dem Flur. Denn die Worte kannte er schon. Sie hallten wie ein Echo aus vergangenen Tagen in ihm. Immer wieder. Immer wieder.

Sollte sie doch ihren Spaß mit dem Presseheini haben. Wie auch immer. Was sie tat, ging ihn nichts an. Es war ihm egal. Scheißegal. Sie war ihm schließlich auch scheißegal. Und der Presseheini auch. Sollte er doch verbluten. Dann wäre die Sache erledigt.

War doch seine eigene Schuld, wenn er seine Nase in Sachen steckte, die ihn nichts angingen. Da hatte Dennis eben auf ihn geschossen. Na und?

Dennis merkte, dass er der Sache mehr Raum einräumte, als sie verdiente. Und er wusste auch, wieso er das tat. Solange er sich mit Lena und Jan beschäftigte, musste er nicht an Anna denken und daran, was er ihr angetan hatte.

27

Hintereinander fuhren Charlotte Sander und Christian Freitag mit ihren Autos durch den Harburger Hafen. Sie kreuzten die Gleisanlagen, die das Hafengebiet vom Rest Harburgs trennten, und schlängelten sich wie ein Minikonvoi eine Steigung hinauf. Die Technische Universität, in der Mario Keller eine Kombination aus Informatik und Ingenieurwesen studierte, lag auf dem Schwarzenberg und somit ein ziemliches Stück höher als der Hafen. Am Tage war es in der Nähe des Unigeländes schwierig, einen Parkplatz zu finden, doch so spät am Abend war das selbst für zwei Wagen kein Problem.

Marios letztes Seminar für diesen Tag war um 20 Uhr zu Ende gewesen. Nun saß er in einem der Arbeitsräume, die die Universität den Studierenden zur Verfügung stellte, und beschäftigte sich mit dem Script zu einer Smartphone-App. Als Christian in den schmalen Raum trat, an dessen Wänden links und rechts jeweils vier Computerarbeitsplätze aufgebaut waren, drehte Mario den Kopf und grinste seinem Besucher entgegen. Hinter Christians Rücken tauchte nun auch Charlotte auf.

Mario war etwa vier, fünf Jahre jünger als Christian. Er trug einen beachtlichen Vollbart zu einer exakt geschnittenen Kurzhaarfrisur. »Hi«, sagte er schlicht zur Begrüßung.

Da Charlotte Christians neueste Entdeckung noch nicht persönlich kannte, trat sie auf ihn zu und streckte ihm die Hand entgegen. »Charlotte Sander.«

Mario nickte, während er die schmale Hand umfasste, dann wanderte sein Blick wieder zu Christian. Eine ungewöhnliche Spannung machte sich im Raum bemerkbar, sodass Charlotte in einem Augenblick, der sich im Millisekundenbereich abspielte, begriff, dass zwischen den beiden Männern mehr als ein berufliches Miteinander bestand. Charlotte war überrascht. Zu keiner Zeit hatte sie bisher geglaubt, Christian Freitag könnte sich privat für Männer interessieren. Dass er immer außergewöhnlich gepflegt und freundlich war, konnte ja nicht als einziges Indiz dafür gewertet werden. Das wäre allen hetero Männern gegenüber unfair.

Christian verhielt sich Frauen und Männern gegenüber immer gleichermaßen höflich. In der Redaktion besetzte er alle Posten unabhängig von der Geschlechtszugehörigkeit allein nach der Qualifikation und dem Engagement, mit dem ihm die potenziellen Mitarbeiter entgegentraten. Und doch war sich Charlotte nun mit absoluter Sicherheit klar darüber, dass es stimmte: Christian Freitag bevorzugte Männer. Und anderen war das auch klar. Dana zum Beispiel.

Die hatte vorhin in der Redaktion nicht aus Versehen zu Christian gesagt, Jan habe sich mit *seinem* Mario über das bestimmte Video unterhalten. Vielmehr hatte sie auf ein bestehendes oder sich zumindest anbahnendes Verhältnis zwischen den beiden angespielt. Ohne zu wissen, warum, empfand Charlotte plötzlich außerordentliche Zuneigung für Christian. Und für Mario auch, obwohl sie ihn nicht näher kannte.

Neben Monitor und Tastatur, die zum Rechnerplatz der Uni gehörten, hatte Mario sein privates Notebook aufgeklappt. Charlotte und Christian nahmen sich Stühle und setzten sich zu ihm. Nicht nur die Flure des Universitätsgebäudes waren um diese Zeit leer, der Arbeitsraum war es zum Glück auch. So konnten sie offen miteinander sprechen.

»Jan ist mit diesem Videolink zu mir gekommen«, sagte Mario nickend. »Er wollte wissen, was ich ihm darüber sagen kann. Ob es neu im Netz ist. Wo der Server steht, auf dem es ursprünglich abgelegt wurde. Lauter knifflige Sachen.«

Charlotte konnte von der Seite sehen, wie Mario grinste. Wegen des Vollbarts sah das witzig aus.

»Ich will's nicht unnötig spannend machen. Ihr wisst, was Metadaten sind?«

Charlotte hob fragend die Augenbrauen, sah zu Christian hinüber. Der sagte als Antwort etwas über Informationen, die jeder elektronischen Datei beigefügt seien. »Sie beschreiben den Inhalt des Programms oder der Datei.«

»Und das gilt für alles Mögliche«, stimmte Mario zu. »Sowohl für Bilder, Spiele oder eben Videos. Das Coole ist, dass sich diese Informationen durch eine Automatisierung selbst schreiben. Das läuft automatisch im Hintergrund ab, wenn ich eine Datei erstelle. Da steht dann alles drin, was man wissen muss. Bei einem Video zum Beispiel, welcher Container für das Format benutzt wird. Die Codierung. Bitrate, Tonformat. Und, und, und. Aber auch Erstellungsdatum und solche Sachen.«

»Dann konntest du Jan helfen?«, wollte Charlotte wissen.

»Das konnte ich. Und er hatte Glück. Das Video ist ziemlich neu.«

»*Bitches in der Mangel*?«

»Genau.« Mario sah Charlotte direkt an. »Und es stammte hier aus der Gegend. Das wusste Jan aber schon.«

»Wieso?«

»Erst mal ist klar, dass der Titel deutsch ist. Zwar sind in der Dateibeschreibung auf dem Videoportal auch englische Schlagwörter eingerichtet, aber die Ursprungsdatei ist deutsch. Steht alles in den Metainformationen.«

»Und das heiß?«

»Das heißt: Wenn ich die Schlagwörter in der Suchfunktion des Videoportals eingebe, mit denen der Film beschrieben ist, finde ich ihn irgendwann. Genau wie mit Hashtags in Social Media. Dazu muss ich nicht den Namen der Datei kennen. Und auch nicht den Titel des Films. Es reicht zum Beispiel: junge Frau, Paintball, nackt, halbnackt, geil und so weiter. Und auf Englisch Vergleichbares: Woman, Girl, Boobs, Running, Hunting. Die englischen Schlagwörter sind vorhanden. Die hat jemand zur Beschreibung eingegeben. Aber der Rest ist Deutsch.«

»Das Video kommt also aus Deutschland?«

»Vermutlich sogar aus Hamburg.« Mario rollte mit seinem Stuhl ein Stück zurück und verschränkte die Arme vor der Brust, während er die Reaktion auf den Gesichtern der anderen beiden abwartete. »Unser Mann benutzt auf dem Videoportal den Kanalnamen ›Hansemen‹. Kapiert? Entweder heißt der Typ Hans, oder das ›Hanse‹ steht für Hansestadt Hamburg.«

Charlotte und Christian sahen sich an. »Könnte auch Hansestadt Lübeck bedeuten. Oder Hansestadt Bremen«, meinte der Chefredakteur des *Leuchtfeuers*.

»Hansestadt Rostock«, schlug Charlotte vor.

Mario schüttelte den Kopf. »Eher nicht, denn Jan hat auf dem Bildmaterial auch einen Teil der Gebäude erkannt. Er meinte, das würde nach einer Hamburger Kaserne aussehen. Offenbar ein verlassenes Gelände. Fragt mich nicht, woher er das weiß, ich war nie beim Bund, aber er war sich ziemlich sicher.«

»Dafür muss man nicht beim Bund gewesen sein«, entgegnete Charlotte. »Ich war mal mit der Kamera bei einer großen Notfallübung von Technischem Hilfswerk und Rotem Kreuz. Die wurde auf dem Bundeswehrgelände in Fischbek gemacht. Mittlerweile ist da fast alles abgerissen. Aber ich kenne das Gelände auch.«

»Dann weißt du über die Sache vielleicht mehr als ich.«

Charlotte schüttelte den Kopf. »Ich weiß gar nichts. Ich war zwei Monate weg. Keine Ahnung, was Jan herausgefunden hat und wo er war.«

»Immerhin wissen wir jetzt«, meinte Christian, »dass *Hanse*men nicht für Hans, sondern für Hansestadt steht.«

Mario strich sich kurz über den Bart, drehte sich dann wieder seinem Notebook zu. »Wie gesagt: Die Videodatei ist gerade mal ein halbes Jahr alt. Jemand war beim Dateinamen sehr ordentlich. Also nicht beim Titel. Der ist ja *Bitches in der Mangel*. Aber der Dateiname enthält das Entstehungsdatum der Datei. Und zwar rückwärts geschrieben. Erst das Jahr, dann der Monat, dann der Tag. Wenn man seine Videodateien oder Fotos oder Texte, völlig egal, konsequent so beschriftet, hat man sie immer in der chronologischen Reihenfolge. Unser Mann hat das so gemacht, bevor er die Datei hochgeladen hat.«

»Löblich«, meinte Christian dazu. »Auch wenn er sonst durch und durch notgeil zu sein scheint.«

Mario grinste über die Feststellung, öffnete dann auf dem Notebook den angesprochenen Quelltext und deutete auf die Zeile mit dem Dateinamen. »Das Datum ist auf amerikanische Art geschrieben. Für uns also rückwärts. Dann Bindestrich. *Anna-Lena*. Bindestrich. *Erstes*. Bindestrich. *Spiel*. Punkt. Und *mpg* als Dateiformat.«

»Erstes Spiel«, wiederholte Christian. »Dann wird es wohl noch mindestens ein zweites Spiel geben.«

Charlotte nickte und blickte dabei auf den mittleren Teil des Dateinamens. »Anna-Lena«, sagte sie leise.

28

Frierend saß Lena auf der Bettkante in ihrem Zimmer. Die Angst um Anna war unvorstellbar. Sie war sich sicher, dass der Mann in der Sauna gelogen hatte. Trotzdem hallten seine Worte in ihrem Kopf nach. »Wenn die beiden morgen mit Ihnen auch dieses Spiel machen wollen, dann gehen Sie nicht mit.«

Doch Lena sorgte sich nicht um sich. Sie dachte nur an Anna.

Anna war es, die Dennis und Hauke kennengelernt hatte. Im Frühsommer. Sie kellnerte in einem Restaurant, während die beiden Kerle lachend draußen an einem der Tische saßen. Dennis zog Anna auf, machte sich lustig über sie. Doch dann gab er ein ziemlich gutes Trinkgeld und meinte, er wüsste, wie Anna sehr viel schneller an sehr viel mehr Geld kommen könnte.

Von Anfang an war es um Videoclips gegangen. Nichts Pornografisches, hatte Anna betont, als sie Lena kurz darauf am Telefon davon erzählte. Die Jungs seien etwas schräg drauf, zahlten aber sehr, sehr gut.

Klar würde sie glauben, dass sie Anna ausnutzten. Doch in Wahrheit sei es andersherum, hatte Anna gesagt. Sie würde diese blödsinnigen Spiele nur mitmachen, bis sie genug gespart hatte, um den Rest des Studiums nicht mehr nebenbei arbeiten zu müssen. Dann hatte sie gefragt, ob Lena bei der nächsten Videoproduktion dabei sein wolle. Die Kerle seien ganz verrückt geworden, als sie hörten, dass Anna eine Zwillingsschwester hatte. Besonders Dennis. Hauke war etwas zurückhaltender, aber auch ihm gefiel die Idee, Zwillinge zu besetzen.

Als Lena erfuhr, in was für einem Film sie mitmachen sollte, glaubte sie, Anna würde sie verschaukeln. Halbnacktes Paintball? Jungen gegen Mädchen?

So in der Art jedenfalls, hatte Anna bestätigt. Aber das sei nicht weiter schlimm. Wenn Lena nach Hamburg komme, würde sie ihr alles ganz genau erklären. Dann könne sie auch Dennis und Hauke kennenlernen. Falls sie danach Nein sage und nicht mitmachen wolle, wäre das völlig in Ordnung. Aber anhören sollte sie es sich schon. Denn Dennis und Hauke hätten richtig viel Geld.

»Ist das nicht ungerecht?«, hatte Anna gesagt. »Die kriegen es hinten reingesteckt, und wir müssen für jeden Cent schuften. Du in der Bank. Und ich bei Gregor im Restaurant.« Und dann sagte sie noch, dass sie beschlossen habe, sich von Dennis' und Haukes Geld so viel wie möglich zu krallen.

Also war Lena mit dem Zug nach Hamburg gefahren. Man traf sich an einem Wochenende. Die Jungs schienen ganz nett zu sein. Danach überlegte Lena fast eine Woche. Immerhin sollten die Filme öffentlich im Netz zu sehen sein.

Die Sache war heikel, doch das Angebot verlockend. Lena konnte bei einem Dreh mehr verdienen, als sie in einem halben Jahr als Ausbildungsgehalt bei der Bank bekam. Und da war noch etwas. Sie fand die Idee mit der Paintballjagd irgendwie erregend. Zusammen mit Anna als Team … So leicht würden die Kerle sie nicht kriegen. Konnte sogar sein, dass die Jungs daneben schossen, und die Mädchen die Aufgabe in der stillgelegten Kaserne lösten, ohne getroffen zu werden. So war es dann natürlich nicht gelaufen. Trotzdem hatte die Sache auf eine verrückte Art Spaß gemacht.

Das war im Sommer. Nun war Winter und sie waren auf Sylt. Eine neue, atemberaubende Location, hatte Dennis gemeint. Und die Regeln wurden geändert. Die Mädchen sollten einzeln antreten. Sie sollten getrennt voneinander

Punkte bekommen. Klang irgendwie auch interessant, bis …
bis dieser fremde Mann erst an der Haustür klingelte und
dann durch das Küchenfenster starrte. Bis Jan Fischer alles
durcheinandergebracht hatte.

Lena musste mit Anna sprechen. Unbedingt. Aber das
war nach den neuen Regeln erst morgen möglich, nachdem
sie selbst die erste Runde des neuen Spiels überstanden hatte.

Die junge Frau atmete tief durch. Das Zimmer war beheizt,
trotzdem hatte sich auf ihren Oberarmen Gänsehaut gebildet.

Sie würde das Spiel morgen spielen. Und danach würde
sie Anna wiedersehen. Und sie würden gemeinsam feiern.
Hoffentlich. Hoffentlich. Hoffentlich.

Erschrocken zuckte Lena zusammen, als die Türklinke
ohne vorheriges Klopfen hinuntergedrückt wurde.

29

Ein Kopf wurde durch den sich öffnenden Türspalt gesteckt,
dann trat Dennis wortlos ins Zimmer. Leise schloss er die
Tür und blickte Lena an, die noch immer auf der Bettkante
saß. Einem Reflex aus zigtausenden Jahren Menschheits-

geschichte folgend, presste sie die Knie zusammen. Erneut spürte sie die Gänsehaut auf ihren Armen, doch diesmal kam es nicht von der Kälte.

»Was für ein Wind«, meinte Dennis. »Hier oben ist er ja noch lauter als unten bei uns. Kannst wohl nicht schlafen, was?«

Lena schüttelte den Kopf.

»Ich auch nicht. Hab dich deshalb unten gehört. Du warst doch noch bei ihm, stimmt's?« Dennis war ganz freundlich, während er dies sagte. Er wollte keinen Streit. Er wollte nur darüber reden.

Lena merkte das. Zuerst wollte sie den Vorwurf abstreiten, tat es dann doch nicht. »Ich habe ihm Schmerztabletten gegeben. Wegen der Schulter.«

Das schien Dennis zu verstehen. Mit leisen Schritten ging er auf Lena zu und setzte sich neben sie auf die Bettkante. Er faltete die Hände in seinem Schoß und sah die junge Frau von der Seite an. »Ich war vorhin etwas blöd drauf. Also, wegen des verschossenen Pfeils. Und deshalb habe ich mit dir rumgemeckert. Und dass ich den Typ fast umgebracht habe ... Also, das wollte ich nicht. Ich wollte dich auch nicht anschreien. Bitte, entschuldige.«

»Schon gut.«

»Nein. Im Ernst. Es tut mir leid, dass ich dich angeblafft habe. Es ist nur ... Der Typ hat mich aus dem Konzept gebracht. Er hat hier nichts zu suchen.«

»Und da schießt du einfach auf ihn?«

»Das war ein Unfall. Ich habe gar nicht richtig gezielt«, wehrte Dennis ab. »Ich habe das Ding aus der Hüfte nach vorne gehalten, und da ist der Schuss schon losgegangen.«

»Dann hättest du auch mich treffen können.«

»Ja, ich weiß«, gab Dennis kleinlaut zu. »Aber das hätte ich ganz bestimmt nicht gewollt.«

Lena merkte, wie Dennis einen Zentimeter näher rutschte. Langsam bewegte sich seine rechte Hand auf sie zu.

»Gibst du mir mein Handy? Nur kurz.«

»Wozu?«

»Ich will mit Anna sprechen«, meinte sie.

»Kannst du morgen.«

»Sofort.«

Kaum merklich schüttelte Dennis den Kopf. »Morgen. Genau, wie besprochen.«

»Dann lass mich kurz ins Internet.«

»Kein Internet, während das Spiel läuft.«

»Ich weiß. Aber ich muss etwas nachgucken.«

Dennis schüttelte den Kopf, fragte aber trotzdem, was es denn sei.

»Der Typ sagt ... Also, er behauptet ... Aber das ist natürlich völliger Quatsch ...«

»Na was denn?«

»Er behauptet, Anna sei tot.«

Täuschte Lena sich, oder erbleichte Dennis. Er schien verwirrt. War das ein gutes oder ein schlechtes Zeichen?

War er von der dreisten Lüge überrascht? Oder darüber, dass der Typ von Annas Tod wusste und die Wahrheit sagte? Der letzte Gedanke war natürlich Irrsinn.

»Wie? Ich verstehe kein Wort.«

Lena frohlockte. Das war genau die erhoffte Reaktion. Am liebsten hätte sie ihn umarmt und geküsst.

»Es gibt eine Internetseite«, erzählte sie nun. »Vom *Sylter Spion*. So hat er sie genannt. Und da gibt es Fotos von einer Toten am Strand. Sie soll von einem Kliff gestürzt sein. Lass uns zusammen mal nachgucken. Ich will ja nur sehen, wie sie aussieht. Ich muss wissen, dass es nicht Anna ist.«

»Es ist nicht Anna. Ich weiß doch, dass es ihr gut geht. Das steht völlig außer Frage.«

»Aber der *Sylter Spion* …«

»Der Typ erzählt Quatsch. Und du gehst ihm auf den Leim.«

»Dann lass uns doch einfach kurz gucken.«

»Okay«, meinte Dennis fast gleichgültig, »ich geb dir dein Handy.«

Euphorisch drehte Lena den Kopf und sah Dennis an.

»Klar kannst du es haben.« Er nickte zu seinen eigenen Worten. »Aber dann ist das Spiel zu Ende. Wir hören einfach auf.«

Lena sagte nichts dazu. Das war ihr die Sache wert. Dennis konnte es ihr ansehen.

»Aber Anna kann ihre Belohnung dann auch vergessen.«

»Anna? Wieso Anna. Sie hat doch schon gespielt.«

»Du weißt, dass das alles zusammengehört. Es ist ein großes Spiel. Wir machen daraus ein Hammer-Video. Schnell. Spannend. Sexy. Wenn du aussteigst, dann …« Er zuckte bedauernd mit den Schultern.

Lena senkte den Blick. Ihre Schwester würde es niemals verstehen, wenn sie jetzt ausstieg. Und das alles nur, weil ein Kerl von der Presse Lügengeschichten erzählte.

»Du meinst noch immer, der Typ will uns verarschen?«

»Na klar.« Dennis nickte. »Wir sind ihm völlig egal. Hauke und ich. Und du und Anna auch. Selbst die Tote vom Strand, wenn es sie denn überhaupt gibt. Er würde sie benutzen, um uns die Schuld zu geben. Die bösen Internet-Videotypen. Begreifst du das nicht? Das ist ganz üble Journaille.«

Lena wusste, was Dennis meinte. Bestimmte Zeitungen verdrehten alles. Nur die Auflage zählte, nicht der Wahrheitsgehalt.

»Aber was hat er davon?«

»Keine Ahnung. Er wird schon wissen, wie es geht.« Dennis dachte nach. »Also, nehmen wir an, es gibt eine Tote am

Strand. Sagen wir, sie ist von einer Klippe gestürzt. Dann wird er sagen, sie sei da nur wegen uns hochgeklettert. Wir sind dann schuld. Und – BÄMM – hat er seine Sensationsstory. Ein Unfall genügt denen nicht. Da muss eine Story hinter stecken. Und weil ich ihn auch noch angeschossen habe, bin ich dann richtig im Arsch.«

Lena hing an Dennis' Lippen. Sie sog jedes Wort auf, das sie weiter vom Tod ihrer Schwester entfernte. »Was hast du denn mit dem Typen vor?«, fragte sie.

»Weißt du doch. Wenn das Spiel zu Ende ist, lasse ich ihn laufen. Er hat keine Ahnung, wer wir sind. Okay, er weiß, dass ich Dennis heiße, und Haukes Namen kennt er auch. Aber das war's. Wenn du und Anna ihm nichts verraten, findet er uns nie.«

»Aber er hat uns doch schon gefunden.«

»Ja, mit Annas Foto. Und auf einer Insel. Aber von mir und Hauke hat er keins. Und Hamburg ist viel, viel größer als Sylt. Er weiß nichts über mich und Hauke. Das kann er vergessen. Und das weiß er auch. Deshalb versucht er, dich weichzukochen. Wenn es ihm gelingt, zwischen dir und uns einen Keil zu treiben, dann hat er gewonnen. Das ist doch klar.«

Lena nickte stumm.

»Aber mein Angebot steht. Wenn du unbedingt jetzt dein Handy willst, um mit Anna zu sprechen oder ins Internet zu gehen, dann meinetwegen auch jetzt. Deine Entscheidung. Ich zwinge dich zu nichts. Aber dann ist das Spiel zu Ende. Kannst du mir glauben. Wenn du dem Typ mehr glaubst als mir, dann habe ich keinen Bock mehr auf die Sache.«

Der Gedanke gefiel Lena nicht.

»Und sie ist wirklich im Hotel?«

»Na klar. Wo denn sonst? Anna guckt jetzt bestimmt Fernsehen, trinkt Schampus und feixt sich einen, weil sie uns reingelegt hat. Sie war nämlich wirklich gut, musst du wissen. Viel besser, als ich es erwartet habe. Hat mich richtiggehend ausgetrickst und damit die Messlatte für dich ziemlich hoch gelegt.«

Lena erwischte sich bei einem Grinsen. Die Bilder, die Dennis in ihrem Kopf kreierte, gefielen ihr. Dennis lächelte ebenfalls, zog dann ihre Hand zu sich und küsste den Handrücken. »Wieder alles gut?«, fragte er. »Sind wir wieder ein Team?«

Sie nickte.

Dann fragte er: »Weißt du, was ich jetzt möchte?«

Natürlich wusste sie es.

»Der Jäger bekommt die Gejagte«, sagte sie leise. Auch das gehörte zum Spiel. Irgendwie jedenfalls. Anna und Dennis machten es so. Lena und Hauke nicht.

Allen war klar, dass Hauke heimlich scharf auf Lena war. Doch der traute sich nicht, dies auch zu zeigen. Dennis hingegen machte kein Geheimnis aus seinem Faible für Anna. Auf der Jagd konzentrierte er sich immer ganz besonders auf sie. Lena wusste auch, wie er Anna anguckte, wenn sie zu viert im Whirlpool waren. Und sie wusste, dass Dennis nach jedem Paintballspiel sein Recht auf Anna einforderte.

»Ich habe aber nicht gespielt.«

»Nein. Anna war es. Doch die ist jetzt nicht hier.«

»Das ist wohl dein Pech«, meinte Lena. Sie blickte Dennis von der Seite an. »Außerdem kriegt der Jäger die Trophäe nur, wenn er sie auch erlegt hat. Aber du hast selbst zugegeben, dass Anna gewonnen hat. Dein Spiel. Deine Regeln.«

Dennis zog die Stirn in Falten und nickte leicht. »Aber ich könnte die Regeln ändern. Ausnahmsweise.«

Lena wusste, dass Dennis dies konnte.

»Denk an Hauke«, sagte sie.

Dennis zuckte mit den Schultern. »Schläft.«

»Wird er nicht eifersüchtig werden?«

»Glaubst du das?«

Sie zuckte mit den Schultern. »Warum hat er sich überhaupt so furchtbar betrunken?«

»Weiß nicht. Weil er Lust darauf hatte?«

»Aber Anna geht es wirklich gut?«

Dennis nickte.

»Versprichst du das?«

»Hoch und heilig«, entgegnete er.

Lena presste die Lippen zusammen, und Dennis deutete dies als Zustimmung. Schon merkte sie, wie seine Hand ihre Brust streichelte.

»Tust du mir einen Gefallen, Dennis?«

»Was denn?«

»Kannst du dir die Seite vom *Sylter Spion* angucken? Für mich.«

»Aber ich weiß doch, dass es Anna gut geht.«

»Nur so zur Sicherheit. Tu es für mich. Bitte.«

»Wenn du unbedingt willst.«

Als sich seine Hand auf ihren Oberschenkel legte, zuckte sie unwillkürlich zusammen. Plötzliche Atemnot überfiel sie.

Schon waren wieder diese anderen Worte in ihrem Kopf. »Was auch immer passiert, gehen Sie nicht mit den beiden an den Strand. Spielen Sie dieses Spiel nicht mit!« Weil sie es sonst nicht überleben würde, hatte dieser Kerl in der Sauna ihr hinterher gerufen.

»Es geht nicht, Dennis«, presste sie heraus. »Ich kann das nicht.«

»Du musst gar nichts machen.« Die Hand wollte höher wandern, doch Lena presste die Schenkel zusammen.

»Es geht nicht, Dennis. Es geht nicht.«

»Was geht nicht?«

»Ich bin nicht Anna.«

»Das weiß ich doch.«

»Dann geh jetzt bitte.«

Einen Augenblick schien er wütend zu werden. Dann lächelte er. »Bist du dir sicher?«

»Ganz sicher!«

Ihr Mund war trocken, und sie fühlte Übelkeit in sich aufsteigen. Was würde sie tun, wenn er das Nein nicht akzeptierte? Was, wenn er Gewalt anwenden würde? Sie wusste es nicht. Anna hätte es gewusst. Lena nicht.

Doch so weit kam es nicht. Dennis zog tatsächlich die Hand zurück. Dann stand er auf und ging zur Tür. Kurz bevor er das Zimmer verließ, drehte er sich noch einmal um.

»Weißt du was, Lena ...«

Sie machte sich auf eine Beleidigung gefasst. Aber Dennis sagte nur: »Du bist echt niedlich.«

30

Charlotte saß vor der Technischen Universität in ihrem Auto. Es war nicht weit weg von ihrer Wohnung, aber sie zögerte, nach Hause zu fahren. Mit Christian hatte sie vereinbart, sich gleich morgen früh noch einmal in der Redaktion zu treffen, um zu überlegen, wie man Jan finden konnte. Falls dieser sich bis dahin nicht schon bei Charlotte gemeldet hatte. Dann bot Christian Mario an, ihn nach Hause zu fahren. Als Dankeschön für seine Hilfe und weil er so viel seiner Zeit investiert habe.

Mario hatte den beiden zuvor von einigen anderen Videos erzählt, die er im Netz aufgestöbert hatte. Die waren älter, hatten aber eine direkte Verbindung zu *Bitches in der Mangel*. Sie waren auf dem Videoportal von *Hansemen* hochgeladen worden.

»Ich wollte es Jan noch sagen. Aber da war er schon abgezischt. Schien so, als hätte er eine Idee, wie er Anna-Lena und mit ihr die Leute dahinter finden kann. Also die Hansemen. Und bis zu eurem Anruf habe ich nicht mehr darüber nachgedacht.«

Lachend war Mario später zu Christian ins Auto gestiegen. Er winkte Charlotte noch zu, die hinter Christian geparkt hatte. Die hob ebenfalls die Hand, dann waren die beiden Männer weg. Statt auch nach Hause zu fahren, hielt Charlotte ihr Handy in der Hand. Während der Wind an ihrem Wagen ruckelte, rief sie das Videoportal im Internet auf und spielte einen der anderen Filme von *Hansemen* ab.

»Ich habe mir auch diese Metadaten angesehen«, hatte Mario in der Uni gesagt. »Seht ihr den Dateinamen? Dieselbe Art der Benennung. Erst eine amerikanische Datumsangabe: Jahr, Monat, Tag. Dann Bindestrich und der Name *U-Bahn-Hopser*.«

Der Name war passend, fand Charlotte, während der Film auf dem Display ihres Mobiltelefons lief. Es zeigte einen jungen Mann an der Bahnsteigkante eines U-Bahnhofs. Dann ein Schwenk auf ein Pärchen, das weiter hinten auf eine Bahn wartete. Es war nur kurz zu sehen und zu weit weg, um es genauer zu erkennen. Auch der Name des U-Bahnhofs war nicht zu erkennen, aber Charlotte hatte das Gefühl, dass es sich um eine Station aus Hamburg handelte.

Die Kamera schwenkte zurück auf den jungen Mann. Der stand nur ein kleines Stück von der Tunneleinfahrt entfernt. Die unruhige Kamera zeigte, dass sie aus der Hand geführt wurde. Vielleicht gehörte sie zu einem Fotoapparat, oder es handelte sich um eine Handykamera.

Der junge Mann wartete, bis sich jenseits des Bahnsteigs Lichter im Tunnel abzeichneten. Dann ging er wie ein Hochspringer mit riesigen Schritten rückwärts, ließ die U-Bahn näher kommen, noch näher und noch näher, bis sie schon fast den Bahnhof erreicht hatte, dann rannte er los … und sprang.

Die Kamera zeigte in der Totalen, wie der Mann vor den Lichtern der einfahrenden Bahn über die Gleise flog. Wo er landete, war nicht zu sehen, da rauschte schon die U-Bahn durchs Bild. Jemand riss die Kamera zur Seite. Nun zeigte sie, wie der Zug am Bahnsteig abbremste. Das Paar in der Mitte der Station schien nichts mitbekommen zu haben. Es wartete nur darauf, einsteigen zu können.

Was der Zugführer machte, war auf dem Film nicht zu sehen. Ob er die Türen geschlossen ließ und den Sicherheitsdienst alarmierte, oder ob er einfach seine Tour weiterfuhr, war für das Video nicht wichtig. Stattdessen zeigte es den Sprung des jungen Manns noch einmal in Zeitlupe.

Die näherkommenden Lichter der U-Bahn. Fast meinte man, das entsetzte Gesicht des Triebwagenführers zu sehen. Es konnte aber auch ein Lichtreflex auf der Scheibe sein. Der junge Mann sprang am Triebwagen vorbei und verschwand aus dem Bild. Das war das Ende des Clips.

Beim ersten Ansehen in der Uni hatte Charlotte leise stöhnend den Mund geöffnet. Während sie nun, allein im Auto sitzend, auf ihr Smartphone starrte, erging es ihr nicht anders.

»Wahnsinnige«, hatte Christian den Hauptdarsteller und den Kameramann des Films genannt. »Für einen Augenblick Ruhm sind sie bereit, alles zu riskieren.«

»Und wegen des Kicks«, hatte Mario hinzugefügt.

Charlotte nickt stumm, während sie sich daran erinnerte. Das musste tatsächlich ein ziemlicher Kick sein.

Dann suchte sie nach weiteren Videos von *Hansemen*. Was sie fand, war ein Film über die waghalsige Ersteigung eines Kirchturms. Vage konnte sie sich daran erinnern, dass diese Aktion Schlagzeilen in der Lokalpresse gemacht hatte. Damals, es musste zwei, drei Jahre her sein, hieß es, dass Jugendliche die Sankt Nikolai Kirche – oder war es die Sankt Petri Kirche? – in der Hamburger Innenstadt bis zur Spitze hinaufgeklettert seien. Als Beweis hatten sie ein entsprechendes Video ins Netz gestellt. Die Aktion wurde von den Zeitungen aber nicht als besonders spektakulär eingeschätzt, da die Kirche wegen Renovierungsarbeiten zum größten Teil eingerüstet war. Das Hochklettern war somit nicht halb so schwierig gewesen, wie es die Macher auf dem Video darstellen wollten.

Der dritte Film, den Charlotte anwählte, war hingegen ein Schock. Er zeigte, wie ein junger Mann auf einen abgestellten Bahnwaggon stieg, um von dort mit einem Hechtsprung auf eine Brücke zu klettern. Die ganze Aktion erinnerte an einen Parkourläufer. Offenbar sollte die Sequenz

Teil eines größeren Films werden. Doch das Gesamtprojekt fand bereits auf dem Rangierbahnhof sein Ende, als sich während des Sprungs ein Lichtbogen von der Oberleitung zum Kletterer bildete und diesen mit der Gewalt von 25.000 Volt vom Waggondach katapultierte.

Wie beim Sprung über die U-Bahngleise wurde der letzte Teil der Aktion noch einmal in Zeitlupe wiederholt. Charlotte konnte die Metadaten allein nicht einsehen, war aber sofort davon überzeugt, dass der Dateiname des Films ebenfalls aus der bereits bekannten akribischen Schreibweise bestand. Erst das Datum, dann Bindestrich und dann der Titel. Vermutlich etwas Makaberes. Statt *U-Bahn-Hopser* vielleicht *Brathähnchen*.

Charlotte hielt das Smartphone weiter in den Händen, während der Bildschirm sich nach einer längeren Zeit der Untätigkeit ausgeschaltet hatte. Ihre Augen gewöhnten sich an das wesentlich schwächere Umgebungslicht. Sie sah, wie sich die Straßenlaternen im Sturm bewegten. Regen peitschte durch das fahle Licht. Und obwohl es kalt war an diesem späten Februarabend, stieg Hitze in ihr auf. Denn plötzlich glaubte Charlotte, dass sie einen Weg gefunden hatte, um hinter die Identität der *Hansemen* zu kommen.

31

Der Geschmack in seinem Mund gefiel Hauke gar nicht. Es war eine Mischung aus Alkohol und Magensäure. Schon auf dem Weg zurück hatte er sich übergeben müssen. Dennis war ziemlich in die Eisen gegangen, damit Hauke an den Fahrbahnrand und nicht in den Pick-up kotzen konnte. Alles andere hätte Dennis ihm wohl auch nicht verziehen.

Vollständig angezogen lag Hauke auf seinem Bett. Wenigstens hatte die Welt um ihn herum aufgehört, sich zu drehen. Vorsichtig bewegte er seine Glieder und drehte den Kopf. Beides keine gute Idee. Trotzdem richtete er sich irgendwann auf, torkelte über den spärlich beleuchteten Flur zum Badezimmer und trank Wasser direkt aus dem Hahn. Dann setzte er sich auf die Toilette. Um im Stehen zu pinkeln, waren seine Knie zu wackelig.

Mit geschlossenen Augen stützte er den Kopf auf beide Hände. Irgendwann hob er doch den Blick. Er sah einen Esszimmerstuhl unter dem Griff der Saunatür klemmen. Dann erinnerte er sich, das Möbelstück bereits beim Reintorkeln aus den Augenwinkeln wahrgenommen zu haben. War es die Mühe wert, sich trotz eines hämmernden Schädels darüber Gedanken zu machen?

Hauke verdrängte die Frage erfolgreich, bis er merkte, dass er auf der Toilette einzuschlafen begann. Erst dann kümmerte er sich um den nicht zur Badezimmerausstattung gehörenden Stuhl. Durch das kleine Fenster in der Tür konnte er nichts sehen. Also zog er den Stuhl zur Seite und öffnete die Tür.

Irgendjemand hockte im Schatten auf der unteren Stufe der Saunabank. Eine geöffnete Daunenjacke lag um seine

Schultern. Trotzdem konnte Hauke erkennen, dass der Typ eine Art Verband um den Oberkörper trug.

»He«, sagte Hauke. »Alles in Ordnung mit Ihnen?«

Der Angesprochene hatte offenbar gedöst oder geschlafen. Mit dem Rücken an die Wand gelehnt, saß er regungslos da. Nun drehte er langsam den Kopf.

»Ich hätte gerne etwas Wasser«, sagte der Mann, und Hauke bemerkte, dass der Kerl ein leeres Glas in der Hand hielt.

»Okay«, meinte Hauke, nahm das Glas und füllte es an einem der Doppelwaschbecken. Dankbar nickend nahm der Mann das Wasser entgegen.

»Habe ich Sie nicht schon mal gesehen?«, wollte Hauke wissen. Er setzte sich mit auf die Bank und sah dem Mann beim Trinken zu. »Sie waren vorhin vorm Haus, stimmt's? Mit Lena. Sorry. War ganz schön hacke. Alles in Ordnung mit Lena?«

Der Kerl nickte.

»Ich bin Hauke.«

»Jan.«

»Was ist mit dir los, Jan? Was an der Schulter abgekriegt?«

Jan nickte. Für eine glaubhafte Lügengeschichte fiel ihm nichts ein. »Ich wurde angeschossen«, sagte er deshalb schlicht.

Hauke hob den Kopf. Obwohl er sich selbst ziemlich schlecht fühlte, interessierte ihn das Gehörte. Er sah Jan an, überlegte, warum der in der Sauna eingesperrt war, und kam nur zu einer Schlussfolgerung. »Dennis?«

Jan nickte.

»Wie? Mit dem Paintballgewehr? Das geht doch gar nicht.«

Jan schüttelte den Kopf. Hauke schüttelte den Kopf. Sie waren sich einig, dass das mit den Farbgeschossen kaum möglich war.

»Mit einer Armbrust.«

»Echt?«, entgegnete Hauke für beide unerwartet laut. Sofort fasste er sich an den Kopf und stöhnte. Dann meinte er: »Die Armbrust ist schon da?«

Hauke wollte mit seiner Frage nicht anzweifeln, dass Jan von einem Pfeil verletzt wurde. Vielmehr war er an der Lieferung der Waffe interessiert.

»War ein Unfall«, sagte Jan. Langsam wurde er etwas wacher.

Er musterte den jungen Mann, der bei ihm auf der Holzbank saß, etwas genauer. Der wirkte zerknittert, was eindeutige Folge des Alkoholkonsums war. Außerdem roch seine modische Kleidung nach Schnaps und ein bisschen auch nach Erbrochenem. Besonders auffällig war der absolut gerade Hinterkopf des Burschen. Unter den dunklen Haaren sah die Kopfform aus, als habe ein Chirurg die übliche Rundung gleich nach der Geburt weggeschnitten. Ob das Haukes Denkvermögen abträglich war, musste Jan noch herausfinden.

»Dennis hat das Ding gespannt. Und da ist es einfach losgegangen«, sagte er.

»Is ja krass.«

»Dennis sagt, sie gehört dir?«

Hauke zuckte mit den Schultern. »Ich hab sie bestellt. Ich muss ja immer alles bestellen, was Dennis haben will.«

Kurzes Schweigen.

»Wir haben es erst mal ohne Arzt versucht«, sagte Jan. »Damit Dennis keinen Ärger kriegt.«

»Verstehe«, nickte Hauke. »Wo ist er jetzt?«

»Dennis? Weiß nicht. Schläft wohl.«

»Na klar.« Wieder nickte Hauke. Dann versuchte Jan einen Vorstoß.

»Tut jetzt doch mehr weh als gedacht. Lena hat mir Schmerztabletten gegeben. Aber die bringen es nicht so richtig. Vielleicht sollte ich doch zum Arzt. Weißt du, ob es hier irgendwo eine Notaufnahme gibt?«

Hauke wusste es. »Nordseeklinik. Westerland. War ich auch schon öfter. Sind total nett.«

»Klingt doch ganz gut«, meinte Jan. Er gab Hauke etwas Zeit, dann fragte er. »Wie fit bist du?«

»Wieso?«

»Könntest du mich da hinfahren?«

»Ich?« Hauke schüttelte den Kopf. »Nee, echt nicht. Sorry. Mir dröhnt vielleicht der Schädel.«

»Macht nichts, macht nichts«, lenkte Jan sofort ein. »Ich kann es auch allein machen. Mein Auto steht ja draußen. Du könntest mir vielleicht nur beim Einsteigen helfen.«

»Du kannst doch nicht fahren, Mann. Das sieht doch jeder.«

»Bin zäher, als es scheint.«

»Dennis könnte dich fahren. Soll ich ihn fragen?«

Schnell schüttelte Jan den Kopf. »Er war ziemlich müde vorhin. Lass den mal schlafen.«

Plötzlich grinste Hauke. »Dann vielleicht Lena?«

Als Jan nicht antwortete, grinste der Junge noch breiter. »Versuchst wohl, mich reinzulegen, was? Jaja, brauchst gar nicht so unschuldig zu gucken. Mir ist schon klar, dass ich Dennis nicht fragen soll, weil er sowieso nicht will, dass du zum Arzt fährst. Wieso sonst der Stuhl vor der Tür?«

Erwischt, dachte Jan und überlegte, wie er Hauke doch noch herumkriegen konnte, obwohl dieser die Situation durchschaut hatte.

»Hast recht«, meinte er. »Dennis will das nicht. Aber wenn ihr mich nicht gehen lasst, dann kommt zu der Körperverletzung auch noch Freiheitsentzug. Das wäre doch nicht so gut, oder?«

»Freiheitsentzug? Du meinst Kidnapping? Nur, dass du das Kind bist?« Wieder grinste Hauke.

»Ja, genau. Und das ist gar nicht so lustig. Denn daran wärst du dann genauso beteiligt. Also, für meine Verletzung kannst du ja nichts. Aber jetzt solltest du mir besser helfen.«

»Ah, verstehe«, meinte Hauke. »Sonst mache ich mich des Kidnappings und einer unterlassenen Hilfeleistung schuldig ...«

Jan erwiderte nichts. Langsam merke er, dass er das Spiel verloren hatte. »Du willst mir also nicht helfen.«

»Wenn Dennis dich hier eingesperrt hat, dann wird das schon richtig sein. Weißt du, er macht das ja nicht ohne Grund. Wieso sollte er? Er will hier keinen großen Zirkus mit Notarztwagen und Polizei und so. Meinst du nicht auch?«

»Deshalb will ich ja selbst zur Klinik fahren.«

»Und du verrätst nicht, wie du verletzt wurdest?« Hauke schüttelte den Kopf und erhob sich von der Bank. »Also, sei nicht sauer, Digger. Ich bin platt und will mich wieder hinlegen. Wir können ja morgen weiterplaudern.«

»Hauke«, versuchte Jan es noch einmal, »überleg doch mal. Es wäre für dich nur gut, wenn du mich gehen lässt. Dann bist du aus der Nummer raus.«

Hauke blieb an der Tür stehen, ohne sich umzudrehen. »Hast du 'ne Ahnung!«, sagte er noch, dann schoss ein Blitz durch seinen Kopf. Jemand hatte seine Stirn gegen den Türrahmen geknallt.

Nun griff eine Hand nach seinem T-Shirt-Kragen und riss ihn rückwärts in die Sauna. Er stolperte, breitete die Arme aus, um sich abzufangen.

Vor ihm schlüpfte eine Gestalt zur Tür hinaus.

Vor Anstrengung ächzend sah Jan zur Badezimmertür. Nur ein paar Schritte bis dorthin. Dann durch den Flur. Und dann?

Die Villa erschien ihm in seinem geschwächten Zustand riesig. Der Weg bis zur Haustür unendlich. Und wenn er erst raus war aus dem Haus, was dann? Wie viel Zeit hatte er, bis man ihn verfolgte?

Jan griff nach dem zur Seite geschobenen Stuhl. Er musste den Burschen in der Sauna festsetzen. Hauke. Bevor er ihn verfolgen konnte. Bevor er Hilfe bei Dennis holte.

Doch Hauke war selbst schon an der Tür. Er stellte den Fuß in den Rahmen.

Fehler.

Hauke war barfuß.

Laut schrie er auf, als Jan sich gegen die Tür lehnte und den nackten Fuß einklemmte.

»Fuck! Drecksau! Dennis! DENNIS!«

Sein eigener Schrei schien Hauke Kraft zu verleihen. Er zwängte sich immer weiter durch den sich öffnenden Tür-spalt, starrte hindurch wie Jack Nicholson auf dem Shining-Plakat.

»DENNIS!«

Jan hatte nur diese eine Chance. Wenn Hauke aus der Sauna raus kam, würde Jan es nie durch die Badezimmertür schaffen. Nicht auf den Flur dahinter. Nicht aus der Villa raus.

Ohne Skrupel schlug er Hauke mit der Faust ins Gesicht. Der wurde an der bereits lädierten Stirn getroffen und zuckte zurück. Schnell öffnete Jan die Saunatür ein weiteres Stück und schlug sie wieder zu. Diesmal traf sie auf kein Hinder-nis. Haukes Fuß war mit dem Rest von ihm von der Tür verschwunden.

Auch wenn der Stuhl einem Angriff aus der Sauna nicht dauerhaft standhalten würde – Jan wusste dies immerhin aus eigener Erfahrung – war dieses Hindernis besser als nichts. Er klemmte die Rückenlehne unter den Holzgriff.

Als die Sperre saß, stolperte Jan zur Badezimmertür. Emp-fangen wurde er von einem weiteren Grinsen. Diesmal war es nicht das von Jack Nicholson oder Hauke. Dennis stand ihm gegenüber.

Jan ließ die Arme hängen. Am liebsten wäre er vor Erschöpfung auf den Boden gesunken, doch vor Dennis knien wollte er auf keinen Fall. Dann sah er auch Lena. Sie stand hinter Dennis, hatte nur ein langes T-Shirt an, Dennis nur eine Unterhose.

Das Spiel war verloren. Mit allen dreien konnte Jan es nicht aufnehmen. Denn schneller als erwartet, hatte auch Hauke es wieder aus der Sauna herausgeschafft.

32

Gerne hätte Pierre neben seiner wunderschönen Frau gelegen. Der elf Monate alte Daniel schlief im Gitterbettchen neben dem nur einen Meter 60 breiten Ehebett. Der kleine Bursche konnte seit einer Woche mit gespreizten Zehen rückwärts die Holzstäbe bis über den Rand des Bettgestells hochklettern und sich dann mit den Armen auf der Matratze solange weiter nach hinten schieben, bis er den Schwerpunkt seines Körpers auf die andere Seite gehievt hatte und dort in das Bett der Eltern plumpste. Jedes Mal, wenn er das schaffte, lachte er vor Freude laut auf, und seine Eltern konnten nicht anders, als mitzulachen. In solchen Momenten wurde Pierre klar, wie viel Glück er im Leben hatte. Auch jetzt wusste er es, während er in das dunkle Zimmer blickte und seine Frau und seinen Sohn leise um die Wette schnarchen hörte.

Wie leicht hätte alles anders kommen können. Schmerzhaft wurde er sich dieser Tatsache immer wieder bewusst. Ein Gefühl der Panik griff dann nach ihm. Das Atmen fiel ihm schwer, und ein heftiger Druck legte sich auf seinen Brustkorb. Heute Nacht war dieses Gefühl besonders stark. Schuld daran war die große, blonde Frau, die abends um 23 Uhr noch an der Wohnungstür geklingelt hatte. Er wollte schon längst im Bett sein und hatte eigentlich keine Lust, die Tür zu öffnen, tat es aber trotzdem.

Die Frau hatte gelockte schulterlange Haare. Ein kleiner Leberfleck saß über dem linken Mundwinkel. Am auffälligsten aber waren ihre grünen Augen. Sie bat sofort um Entschuldigung für die späte Störung, stellte sich als Charlotte Sander vor und wollte nur einen Moment mit Pierre sprechen. Als dieser das Thema erfuhr, wollte er gleich abwinken. Als er dann noch hörte, dass die Frau Fotografin war, fiel es ihm nicht mehr schwer, sie abzuweisen.

Doch bereits die wenigen Worte, die sie gesagt hatte, reichten aus, um ihn aus seinem inneren Gleichgewicht zu bringen. So lange und so hart hatte er an seinem Seelenfrieden gearbeitet, dass es ihn, mehr noch als die späte Störung, ärgerte, so leicht wieder herausgerissen zu werden. Er hatte gedacht, mittlerweile über den Dingen zu stehen. Doch das war natürlich ein Irrtum. An schlechten Tagen würde ihn die Erinnerung vermutlich immer mal wieder einholen. Das sei normal, hatte seine Psychologin gesagt. Aber heute war eigentlich kein schlechter Tag.

Zumindest so lange, bis Charlotte Sander vor der Tür gestanden hatte.

Von der Schlafzimmertür ging Pierre zum Wohnzimmerfenster. Sie wohnten im vierten Stock eines Mehrfamilienhauses. Die Wohnung war gemietet. Irgendwann würden er und Susett sich vielleicht eine Eigentumswohnung kaufen. Doch selbst wenn Susett wieder arbeiten ging, wäre dies mit ihren beiden schmalen Gehältern ein Projekt, das weit in der Zukunft lag. Zurzeit arbeitete Pierre für eine Hausverwaltungsfirma. Sein Studium hatte er nach dem Unfall nicht wieder aufgenommen. Trotzdem halfen ihm bereits die Grundkenntnisse, um bei den Abrechnungen von Wohneigentumsgemeinschaften leicht den Überblick zu behalten. Das Jonglieren mit Zahlen war ihm sowieso schon immer leicht gefallen.

Unten am Straßenrand stand der kleine Wagen von Charlotte Sander. Er hatte heimlich aus dem Fenster gesehen, als sie wieder aus dem Hauseingang gekommen war und zu ihrem Auto ging. Doch sie startete den Wagen nicht. Auch wenn es kurzzeitig so aussah, als würde das Auto sich bewegen. Doch das täuschte, lag nur am heftigen Wind. Pierre wartete mehr als fünf Minuten, ohne dass sich dort unten etwas tat. Dann war er leise durch die Wohnung getigert, hatte eine Weile ins Schlafzimmer gelauscht und stand nun doch wieder am Fenster. Charlotte Sander war noch immer da.

Wütend trommelte er mit den Fingern auf die Fensterbank. Würde die Frau etwa die ganze Nacht da draußen stehen und solang warten, bis er am Morgen zur Arbeit ging?

Weil Pierre wusste, dass er sonst keine Ruhe finden würde, zog er sich eine Hose und die Jacke über, schlüpfte barfuß in die Schuhe. Der Fahrstuhl war eng und roch wie immer unangenehm muffig. Als er die Haustür öffnete, merkte er erst richtig, wie stürmisch es war. Automatisch griff er sich an den Jackenkragen. Die Frau hatte nicht bemerkt, wie er neben den Wagen getreten war. Jedenfalls zuckte sie zusammen, als er an die Scheibe der Beifahrertür klopfte.

Charlotte beugte sich hinüber und öffnete die Verriegelung. Wegen des Windes musste Pierre sich beim Öffnen der Tür Mühe geben. Noch während er in das Auto stieg, wurde die Tür wieder ins Schloss gedrückt.

»Mann, was ist das denn für ein Orkan?«, meinte er und zog die Kapuze nach hinten. Seine Frage war gleichzeitig so etwas wie ein Friedensangebot. Charlotte Sander und er hatten zusammen nicht den besten Start gehabt. Das ließ sich aber korrigieren.

»Sturm«, antwortete die hübsche Frau und sah dabei zu ihrem Gast hinüber. Der nickte. Die Wetterfrage war somit geklärt.

»Also?«, fragte Pierre.

»Ein Freund ist verschwunden«, entgegnete Charlotte.

»*Ein* Freund, oder *Ihr* Freund?«

»Meiner.«

»Was habe ich damit zu tun?«

»Weiß ich nicht. Vermutlich nichts. Aber vielleicht wissen Sie etwas, was mir helfen könnte.«

»Seit wann ist er weg?«

»Weiß ich auch nicht genau. Ich war verreist. Ziemlich lange sogar. Und als ich zurückkam, war er verschwunden.«

»Dann kann er schon ziemlich lange weg sein.«

»Nein. Vor ein paar Tagen hat man ihn noch gesehen.«

Pierre atmete hörbar durch die Nase aus. »Was wollen Sie von mir?«

Charlotte schlug vor, zum Du überzugehen, und Pierre war einverstanden.

»Er hat eine Geschichte recherchiert.«

»Okay?«

»Sagt dir der Name *Hansemen* etwas?«

Pierre antwortete nicht, sah Charlotte nur direkt an. Die hob entschuldigend die Hand.

»Das sollte keine Fangfrage sein. Ich bin über die Videos von *Hansemen* auf dich gekommen. Um genau zu sein, wegen des Films, auf dem man sieht, wie du vom Stromschlag getroffen wirst. Auf dem Bahnwaggon.«

Pierre sagte nichts dazu.

»Ich habe mich an die Kampagne erinnert«, sagte Charlotte, »die Bundespolizei und Bahn vor einer Weile zusammen gemacht haben. Es ging um die Gefahren, die auf Bahnanlagen lauern. Besonders um das Erklettern von Güterwagen. Das kommt öfter vor, als man denkt. Jedes Jahr werden Leute von Stromschlägen getroffen. Sie klettern auf die abgestellten Waggons, ohne zu wissen, wie gefährlich das ist. Man braucht die Oberleitung nicht einmal direkt zu berühren. Der Strom kann auch so überspringen. Und du hast bei dieser Kampagne geholfen. Du hast erzählt, wie es dich getroffen hat.«

Charlotte sah Pierre an und redete nicht weiter.

»Dann weißt du ja schon alles«, meinte dieser nach einer Weile.

»Ich weiß, dass du das auf dem Video warst. Du musst es gewesen sein. Alles, was du bei der Kampagne erzählt hast, passt zu dem Film.«

»Kann sein.«

»Dann warst du auch der U-Bahn-Hopser, stimmt's?«

Pierre hob überrascht die Augenbrauen. »Wieso willst du das wissen?«

»Weil ich erfahren muss, wer *Hansemen* ist.« Charlotte sah Pierre direkt an. »Ich will nichts von dir. Keine Fotos oder so, falls du das gedacht hast. Ich will nur etwas über *Hansemen* wissen.«

»Mir wird kalt«, sagte Pierre.

33

Gemeinsam fuhren sie mit dem schmalen Aufzug wieder nach oben. An der Wohnungstür bat Pierre darum, dass Charlotte ihre Stiefel ausziehen sollte.

»Wir haben einen kleinen Sohn. Daniel. Der krabbelt überall rum.«

Charlotte nickte und zog die Reißverschlüsse an der Seite ihrer Stiefel auf, während Pierre die Schlafzimmertür leise zumachte. Als er wieder bei Charlotte war, legte er einen Finger über die Lippen und führte sie zur Wohnküche. Ihr Blick huschte durch das Wohnzimmer. Kinderspielzeug lag auf dem Boden. Der Rest war aufgeräumter als bei ihr. Vermutlich, damit der kleine Junge nichts in die Finger bekam, was nicht für diese bestimmt war. Eingerissene Zeitschriften auf einem Board bestätigten diesen Eindruck ebenso wie ein Schachspiel, das auf einer Anrichte stand. Hoch genug, dass Kinderhände es nicht erreichen konnten.

»Kaffee oder lieber etwas anderes?«

»Tee?«, meinte Charlotte und kniff fragend die Lippen zusammen.

»Kein Problem«, entgegnete Pierre. »Wenn dir Beuteltee nichts ausmacht.«

Bald darauf brodelte ein Wasserkocher. Pierre hängte zwei Beutel in zwei Becher. Er hatte sich auch gegen so späten Kaffeekonsum entschieden. Dann wechselten sie ins Wohnzimmer. Leise schloss er die Tür zum Flur.

»Wer sind die *Hansemen*?«, fragte Charlotte direkt. Pierre hatte ihr einen Platz auf dem Sofa angeboten, während er sich in einen Sessel fallen ließ.

»Was hat das mit deinem Freund zu tun?«

Charlotte erzählte von *Bitches in der Mangel* und dass Jan offenbar auf der Suche nach dem Produzenten des Films war, bevor er verschwand. »Der Videokanal, auf dem der Film veröffentlicht wurde, ist derselbe wie bei deinem Video. Da ich aber nicht glaube, dass du selbst einen Film ins Netz stellst, auf dem du einen Stromschlag kriegst, nehme ich an, dass du nicht selber einer der *Hansemen* bist.«

»Wie man es nimmt«, meinte Pierre rätselhaft. »Eine Zeit lang war ich es tatsächlich. Zumindest ein Teil davon.«

Charlotte drehte neugierig den Kopf. »Und der andere war wer?«

»*Die* anderen«, korrigierte Pierre. »Es sind Dennis und Hauke. Ich bin mit beiden auf dieselbe Schule gegangen. Da waren wir schon Freunde. Danach habe ich angefangen, Mathematik zu studieren. Dennis Jura. Und Hauke BWL.«

»Die *Hansemen*«, sagte Charlotte leise.

»Ganz genau.«

»Und nach dem Unfall?«

»Danach waren wir nicht mehr die *Hansemen*. Ich lag über ein Jahr im Krankenhaus. Die mussten mich in elf Operationen wieder zusammenflicken. Du kennst ja die Fotos von mir, oder?«

Charlotte nickte. Im Rahmen der Aufklärungskampagne von Polizei und Bahn hatte Pierre seinen entstellten Körper für großformatige Plakate zur Verfügung gestellt. Charlotte hatte die Bilder im Netz gesehen. So war sie auch an Pierres Namen gekommen. Ein weiterer Blick ins Onlinetelefonbuch hatte gereicht, um seine Wohnanschrift zu recherchieren. »Und Dennis und Hauke?«

»Haben mich nicht ein einziges Mal im Krankenhaus besucht«, antwortete der Gefragte. »Auch danach nicht. Wir hatten gegenseitig kein Interesse mehr aneinander, so würde ich es beschreiben. Dafür habe ich Susett kennengelernt. Sie war Schwester im Krankenhaus. Sie hat mir geholfen, über die schwere Zeit hinwegzukommen. Und dann haben wir geheiratet. Tja, eine Geschichte mit Happy End, nicht wahr?«

Charlotte nickte, obwohl sie merkte, dass Pierre bei seinen Worten nachdenklich wirkte.

»Daniel wird bald ein Jahr alt.«

Wieder nickte Charlotte. Dann fragte sie: »Wer sind Dennis und Hauke?«

Zunächst nahm Pierre einen Schluck von seinem Tee. Den Beutel hatte er zuvor auf eine mitgebrachte Untertasse gelegt. »Wir waren auf so einer Art Elitegymnasium. Die beiden konnten es sich leisten. Und ich bin durch ein Stipendium an den Platz gekommen. Die Schule war sowohl Internat als auch Ganztagsschule. Die beiden wohnten dort, während ich jeden Abend nach Hause gefahren bin. Schon bevor wir uns kennenlernten, waren die beiden ein Herz und eine Seele. So sagt man doch, oder nicht? Nee, wie Pech und Schwefel.

Das ist es. Das passt besser.« Pierre nickte zu seinen Worten. »Aber sie haben mich nie spüren lassen, dass sie Geld hatten und ich keins.«

»Und die Filme?«

»Na ja, das hat sich einfach so entwickelt. Die beiden haben sich immer irgendwelche Späße ausgedacht. Und ich habe mitgemacht. Vor unserem ersten Film haben wir schon 1000 andere Sachen gemacht. Aber dann kam Dennis auf die Idee, alles zu filmen und ins Netz zu stellen. Also, es war nicht wirklich seine Idee. Das machen andere ja auch. Aber von uns dreien hatte er die Idee, es genauso zu machen. Und weil ich in Sport sowieso immer eine Eins hatte, musste ich die gefährlichen Sachen machen.«

»U-Bahn-Hopsen.«

»Zum Beispiel.«

»Und da war kein Trick bei?«

»Was für ein Trick?«

»Irgendwie reinkopiert vielleicht? Erst die einfahrende U-Bahn gefilmt und danach den Sprung?«

Pierre schüttelte den Kopf. »Alles ohne Tricks.«

»Ihr habt mit dem Raufklettern auf die Kirchturmspitze angefangen.«

»Ganz genau. Das war unser erster Film. Dennis meinte immer, wir könnten das irgendwann mal alles zusammenschneiden und es mit einem Musikclip unterlegen. Das würde richtig geil werden. Die Leute im Netz würden auf so was stehen. Man könnte sogar richtig Kohle damit verdienen. Es brauchte nur genug Klicks und ordentlich Abonnenten von deinem Videokanal. Also, er war der Kopf und der Regisseur. Hauke hat die Kamera gemacht. Und ich war der Stuntman.«

»Wer hatte die Idee mit dem Bahnwaggon?«

»Dennis.«

»Wusstet ihr nicht, dass das gefährlich ist?«

»Nee. Habe ich nicht eine Sekunde mit gerechnet. Ich sollte nur auf den Waggon klettern und von dort auf die Brücke. Da war doch nichts dabei, dachten wir. Das war ein Rangiergleis. Weit und breit kein Mensch. Und der Zug ist ja nicht gefahren oder so.«

»Und dann gab es den Stromschlag.«

»Genau. Einfach so. Quasi aus heiterem Himmel.« Pierre versuchte ein gequältes Lächeln. »Ich hatte Glück. Sehr viel Glück. Jetzt habe ich Susett und den Kleinen. Ich kann das manchmal gar nicht fassen.«

»Dennis und Hauke haben den Film ohne deine Erlaubnis ins Netz gestellt?«

Pierre zuckte mit den Schultern. »Wir haben nie wieder miteinander gesprochen. Ich glaube, sie hatten Angst, mit der Sache in Verbindung gebracht zu werden. Wegen ihrer Familien. Verstehst du: viel Geld. Da will man keine Skandale. Und mir war es egal, als ich es irgendwann gesehen habe. Immerhin haben wir die Sache ja nur gemacht, damit wir sie ins Netz stellen können. Heute sage ich mir, vielleicht ist es sogar ganz gut so. Wenn die Kids sehen, was passieren kann, wenn man auf Bahnwaggons klettert oder sonst wie der Oberleitung zu nahe kommt … Na ja, ich meine, vielleicht rettet dieses Video irgendeinem das Leben, der das sonst auch gemacht hätte.«

»Noble Gesinnung«, meinte Charlotte anerkennend.

Pierre lachte kurz auf. »Wir haben lang daran gearbeitet. Ich und meine Psychologin.«

Das verstand Charlotte gut. »Weißt du, wo ich Dennis und Hauke finde?«

Pierre zuckte mit den Schultern. »Die werden noch immer an der Uni sein. Fünftes Semester mittlerweile.«

»Hier in Hamburg?«

Der junge Mann nickte zustimmend.

»Dann werde ich sie finden«, sagte Charlotte. »Vielleicht wissen sie, wo Jan ist.«

»Vielleicht«, stimmte Pierre zu. Er blickte nachdenklich zur Decke, wendete den Blick dann wieder in Charlottes Richtung. »Aber glaub' ihnen nicht alles, was sie erzählen. Schon gar nicht Dennis. Der kann die Sachen manchmal ganz schön verdrehen.«

Charlotte versprach, daran zu denken, wenn sie ihn treffen würde. Dann ließ sie sich von Pierre zur Tür führen. Während sie in ihre Stiefel schlüpfte, fragte sie, ob sie Dennis oder Hauke etwas ausrichten sollte. Doch Pierre schüttelte den Kopf. »Sag überhaupt nichts von mir. Das wäre mir das Liebste. Ich will nicht, dass die sich wieder bei mir melden.«

Charlotte nickte und sagte zum Abschied schlicht: »Danke.«

Pierre wartete, bis sich die Fahrstuhltüren hinter Charlotte geschlossen hatten. Dann drückte er die Wohnungstür leise zu. Sei schön vorsichtig, Charlotte Sander, dachte er und strich sich dabei über die transplantierten Hautpartien am Hals und auf der linken Wange. Schön vorsichtig sein.

34

Der Wind hatte ein Werbeprospekt aus einem Briefkasten-
schlitz gezerrt und es über ein Stück nassen Rasen gescheucht,
bis es am rechten Hosenbein eines alten Mannes hängen
blieb. Zu müde, um sich zu bücken, versuchte Mariano Pinto
es wieder loszuwerden, indem er einfach das Bein schüttelte.

Er hatte zwei lange Tage in der Woche. Heute war einer
davon. Deshalb wollte er nur noch nach Hause.

Von nachmittags um 14 Uhr bis abends um 19 Uhr hatte
er Klavierunterricht in der Musikschule gegeben. Früher
erteilte er Privatunterricht, doch der Aufwand mit den
Abrechnungen war ihm zu viel geworden. Er bekam nun
zwar pro Stunde weniger bezahlt, dafür kümmerte sich die
Musikschule um die Akquise seiner Schüler und vor allem
um das Eintreiben der Rechnungen. Kein ständiges Verhan-
deln mehr um Vergünstigungen oder Gratisstunden zum
Monatsende.

Von abends um 20 bis 23 Uhr war er dann der galante
Tanzlehrer. Als Brasilianer, dem man seine Herkunft
ansah und auch anhörte, stellte er das Aushängeschild für
lateinamerikanische Tänze der kleinen Schule dar. Natürlich lehrte Mariano Pinto auch Standardtänze. Aber der
Lebensrhythmus seiner ursprünglichen Heimat ließ sich
mit Samba, Rumba, Jive und Tango viel besser transpor-
tieren.

Nach drei Stunden auf den Beinen merkte der alte Mann
jetzt seine Knochen. Der Klavierunterricht konnte enervie-
rend sein, besonders, wenn die Eltern seiner Schüler einen
Konzertpianisten in der Familie haben wollten, die Schüler

selbst aber weniger davon hielten. Ohne Üben keine Fortschritte. Ein simples Prinzip. Wurde es nicht berücksichtigt, litten Lehrer und Schüler gleichermaßen. Dennoch war der Musikunterricht körperlich viel weniger anstrengend als die Tanzstunden. Die Zeit auf dem Klavierschemel saß Mariano Pinto wesentlich leichter ab.

Kaum war der alte Mann den lästigen Werbeprospekt an seinem Bein losgeworden, fuhr neben ihm ein Wagen durch eine große Pfütze. Schmutziges Wasser klatschte Mariano Pinto auf die polierten Schuhe. Die blonde Frau am Steuer bekam in der Dunkelheit nicht einmal mit, dass sie den alten Mann fast komplett nass gemacht hatte. Außerdem war Charlotte zu sehr in Gedanken. Der Abend hatte ihr viele kleine Puzzleteile beschert.

35

Das Gespräch mit Pierre konnte Charlotte nicht besonders beruhigen, eher das Gegenteil war der Fall. Auch wenn sie bei ihm nur die Verbrennungen an Hals und Gesicht gesehen hatte, konnte sie sich vorstellen, wie er unter seinem

Pullover aussah. Ob Unfall oder nicht, Dennis und Hauke trugen eine Mitschuld an diesen Entstellungen. Jan war mit seiner Recherche an zwei gefährlichen Männern dran und wusste das vielleicht nicht einmal.

Um sicherzugehen, dass sie ihn nicht wegen eines unglücklichen Zufalls verpasste, fuhr Charlotte wieder zur ehemaligen Kirche. Obwohl Jans Wagen nicht da war, hoffte sie, er wäre mittlerweile zu Hause. Schnell merkte sie dann, dass die Einliegerwohnung noch immer verwaist war.

Charlotte zog sich bis auf die Unterwäsche aus, legte ihre Brille auf die Kommode und kroch in Jans Bett. Der Wind tobte ums Gebäude. Eine Weile war Charlotte der Verzweiflung nahe. Dann begann sich das Bett zu erwärmen, und fast glaubte sie in diesem Moment, Jans Umarmung zu spüren.

Was sie in der Nacht träumte, wusste sie am nächsten Morgen nicht mehr genau. Nur, dass es mit Wind und Wellen zu tun hatte. Vielleicht war es der Strand von Mallorca, an dem sie in den vergangenen zwei Monaten so viele Abendspaziergänge gemacht hatte. Vielleicht wäre es ihr gelungen, die Erinnerung wieder wachzurufen, wenn sie die Zeit zu einem langsamen Aufwachen gehabt hätte. Stattdessen wurde sie durch ein Klopfen an die Wohnungstür unsanft geweckt. Automatisch stieg Ärger in ihr auf. Schon als Kind hatte Charlotte es nicht leiden können, wenn sie aus ihren Träumen gerissen wurde.

Dann fiel ihr ein, wo sie war. »Ich komme!«, rief sie.

Weil sie nicht schnell genug in ihre enge Hose kam, zog sie lediglich den Pullover über, lief zur Wohnungstür und öffnete sie nur einen Spalt.

»Ist Jan zurück?«, fragte Christian Freitag.

Charlotte schüttelte den Kopf. »Ist was passiert?« Und als Christian nicht sofort antwortete, fügte sie hinzu: »Was ist mit ihm passiert?«

»Nichts ist passiert.«

»Aber du hast was.«

»Ja, schon«, druckste Christian herum. Er trug dieselben Sachen wie am Vortag. Das war ungewöhnlich für ihn. Vielleicht hatte er genauso wie Charlotte nicht zu Hause geschlafen. Normalerweise hätte sie das interessant gefunden, doch im Moment war es anders.

»Kann ich dir was zeigen?«

Charlotte machte die Tür ganz auf und ließ Christian in den Flur. Christian hatte einen Tablet-PC in der Hand. Da sie in der Küche besser aufgehoben waren, ging Charlotte barfuß vorweg. Dort bot sie Christian einen Stuhl am kleinen Esstisch an. Neugierig schaute der aus dem Fenster, das den Blick in den ehemaligen Gemeindesaal und somit in die heutige Redaktion des *Lauffeuers* freigab.

»Immer wieder witzig«, sagte er grinsend. »Eigentlich müsste ich hier wohnen. Meine Jungs und Mädels immer im Blick.«

Charlotte schüttelte den Kopf, da sie anderer Meinung war. »Wäre nicht gut für deinen Charakter.«

Christian zuckte leicht mit den Achseln und nickte dazu. »Vielleicht.«

»Also, was hast du?«, wollte Charlotte wissen und kam damit auf das frühe Klopfen an der Wohnungstür zurück. Sofort blickte Christian wieder nachdenklich, schaltete das Tablet ein.

»Diesen Artikel wollte ich dir zeigen. Kam heute am frühen Morgen raus.«

Charlotte erkannte auf dem Display des Tablets das Logo einer Zeitung, die sich besonders durch Sportberichterstattung, Kriminalgeschichten und Boulevard hervortat. Auf dem Tablet war die aktuelle Onlineausgabe geöffnet. Mit reißerischer Überschrift wurde der Bericht über einen ungewöhnlichen Todesfall auf der Nordseeinsel Sylt angekündigt. *Kopfüber in den Tod – Schönheit am Boden zerstört.*

Geschmacklos wie immer, dachte Charlotte. Doch während sie den Text überflog, wurde ihr klar, was Christian zu seinem frühen Besuch veranlasst hatte. Dann sah sie das Foto.

Aus etwa zwei Metern Entfernung zeigte das Bild die Rückenansicht eines Frauenkörpers. Mit Absicht war es offenbar so aufgenommen, dass man das Gesicht der jungen Frau nicht erkennen konnte. Dafür sah Charlotte die schwarzen Haare. Sie sah eine kurze Hose und einen schwarzen Sport-BH.

Bitches in der Mangel, schoss ihr als erster Gedanke durch den Kopf. »Anna-Lena«, sagte sie dann.

Christian nickte. »Weißt du noch, wie der Dateiname im Quelltext vom Video weiterging?«

»Datum rückwärts, Titel und dann *Erstes-Spiel.*«

Wieder nickte Christian.

»Dann war das hier das zweite Spiel?«, überlegte Charlotte.

»Könnte sein.«

»Könnte?«

»Sieht für mich so aus. Sie hat wieder dieselben Klamotten an. Oder auch nicht an. Wie man es nimmt.«

»Du meinst, das ist Anna-Lena.«

»Die Wahrscheinlichkeit ist hoch. Oder glaubst du an Zufälle?«

»Das sieht nach keinem Zufall aus«, sagte Charlotte und blickte nachdenklich zur Zimmerdecke. Dann deutete sie auf die Bildunterschrift, drehte das Tablet so, dass Christian sie lesen konnte. *Foto: Sylter Spion.* »Wer ist das? Kennen wir den?«

Christian schüttelte den Kopf.

»Ich muss da hin«, meinte Charlotte.

»Bei dem Sturm keine gute Idee. Auch wenn ich dich natürlich verstehe.«

Durch ein weiteres Fenster, das den Blick auf den Deich und die sich in einiger Entfernung schlängelnde Süderelbe freigab, sah Charlotte, wie Büsche und Unterholz vom Wind gebeugt wurden. Es war ganz bestimmt kein Spaß, jetzt mit dem Wagen auf der Autobahn unterwegs zu sein. Schon gar nicht über eine so lange Strecke. Bis Niebüll würde sie ewig brauchen. »Dann nehme ich den Zug!«, entschied sie.

36

Hauke lag bäuchlings unter der Bettdecke begraben, als Dennis zu ihm ins Zimmer kam. Dass wieder Tag war, merkte man nur an dem veränderten Grau am Himmel. Von echtem Tageslicht konnte bei der dichten Bewölkung nicht die Rede sein. Noch immer toste der Sturm ums Haus. Als Dennis seitlich gegen die Matratze trat, gab Hauke ein dumpfes Grunzen von sich.

»Wach auf, du Penner«, sagte Dennis wenig einfühlsam.

»Hau ab.«

»Mann, du stinkst vielleicht. Dusch' endlich.«

»Ist der Pisser noch in der Sauna?«

Dennis lachte auf. »Hast jetzt Schiss vor dem?«

»Ich dusch' nachher oben bei Lena.«

»Glaubste doch selber nicht. Vor der haste doch noch mehr Schiss.«

»Fuck! Lass mich in Ruhe. Mir dröhnt der Schädel. Dieser Pisser …«

»Die Armbrust ist da«, meinte Dennis.

»Weiß ich doch«, entgegnete Hauke zur Matratze.

Kurz hob Dennis fragend die Augenbrauen. Doch dann wurde ihm klar, dass Hauke es von Jan erfahren hatte.

»Du musst auch auf jeden schießen«, meinte Hauke und drehte sich so, dass er Dennis sehen konnte.

»Er hat einfach im Weg gestanden.«

»Also wieder mal ein Unfall.«

»Was soll das denn heißen, du Wichser? Natürlich war das ein Unfall!«

»Sag ich doch. Wie immer.«

Dennis zuckte mit den Schultern. Dann kam das Glas mit kaltem Wasser zum Einsatz, das er bis jetzt auf dem Rücken verborgen hatte. Er traf nicht so optimal, wie geplant, aber es reichte, um Hauke hochschnellen zu lassen.

»ARSCHLOCH!«

»Wer? Ich?«

»Wichser. Pisser. DRECKSACK!«

»Komm schon.« Dennis begann so breit zu grinsen, dass sich die Ohren ein Stück hoben und seine Stirn Falten schlug. »Wir sind doch noch Freunde, was? Wir sind doch immer noch Freunde … Du kannst mir doch gar nicht böse sein.«

Hauke wusste, dass das stimmte. Manchmal würde er gerne. Aber er schaffte es einfach nicht. Schon gar nicht, wenn Dennis ihn mit diesem Clownsgesicht angrinste, das er jetzt gerade aufsetzte.

Dabei hatte er ganz zu Anfang sogar Angst vor Dennis gehabt. Schon, als sie noch Kleinkinder waren. Dennis war immer so ernst, lächelte fast nie. Höchstens, wenn er andere Kinder ärgern konnte oder wenn er zusah, wie diese sich untereinander bekriegten.

Haukes Mutter wusste, warum. Denn Dennis hatte selbst keine Mutter, die sich um ihn kümmerte. Schlimmer noch. Seine Mutter war fortgegangen, ohne sich von ihm zu verabschieden. Sie ließ ihr Kind und ihren Mann einfach allein. Und das hatte Dennis traurig gemacht.

Traurig.

Dennis war traurig. Aber er war auch stark. Andere Kinder konnten nicht auf ihm rumhacken. Nicht so wie auf Hauke jedenfalls.

Im Kindergarten war Hauke oft allein und dazu verflucht, den anderen beim Spielen zuzusehen. Mit Kunststoffrohren, die ein Bauunternehmer dem Kindergarten gespendet hatte, wurden Wasserleitungen durch die Sandkiste verlegt. Tunnel gebaut. Aufwendig Straßen angelegt. Doch Hauke durfte meist nicht mitmachen.

Hauke durfte auch nicht ins *Nest*, wenn andere schon drin schaukelten. Das *Nest* war eine Riesenschaukel für mindestens fünf Kinder, die nicht nur hin und her schwang, sondern sich auch um sich selbst drehen konnte.

Im Wäldchen war es dann passiert. Weit genug weg von den Erzieherinnen, die nicht mitbekamen, wie Hauke mit Gewalt die Jacke ausgezogen wurde und drei Jungen sich im Halbkreis aufstellten, um darauf zu pinkeln.

Das war der Moment, als Dennis dazukam. Er trat dem Anführer der drei Jungen in den Hintern, sodass dieser in den Urinstrahl der anderen beiden fiel. Warum er das tat, hatte

Hauke bis heute nicht herausgefunden. Vielleicht, um Hauke zu helfen. Vielleicht, um den anderen Jungen zu demütigen. Oder einfach nur, weil er Lust dazu hatte.

Wütend wollte der andere Junge sich auf den Angreifer stürzen, begann stattdessen zu heulen, als er merkte, mit wem er es zu tun hatte und welche Erniedrigung ihm gerade widerfahren war. Gegen Dennis hatte er keine Chance. Das hatte er schon früher herausgefunden. Also zogen er und seine Kumpane ab, ohne sich rächen zu können.

Seit diesem Tag hielt Hauke sich an Dennis. Sie wurden Freunde. Und sie blieben es auch. Selbst wenn Dennis manchmal Sachen machte, die Hauke gar nicht witzig fand, oder wenn er ihn mit Absicht ärgerte, bedurfte es zwischen beiden keiner richtigen Entschuldigung. Es reichte, wenn Dennis hinterher die Wangen mit Luft füllte, dabei die Augen verdrehte und so lange vor Hauke herumalberte, bis dieser in lautes Lachen ausbrach.

Das berühmte Clownsgesicht von Dennis.

Noch heute hatte er es drauf. Und noch heute konnte Hauke ihm mit dieser Grimasse nicht lange böse sein, egal, was er angestellt hatte. Resigniert senkte Hauke den Kopf, dann begann er zu lachen. »Ein Drecksack bist du trotzdem.«

»Das stimmt.«

37

Seine Haare glänzten noch feucht vom Duschen, als Hauke in die Küche ging. Die Klamotten, die er trug, waren so neu, dass man an ihnen fast noch die Preisschilder hängen sah. Er nahm zwei Scheiben Toast, ohne sie zu toasten. Für einen Belag jeglicher Art war sein Magen noch nicht empfänglich. Mit dem Brot in der Hand trat er in den großen Ess- und Wohnzimmerbereich. Dort saß Dennis am Notebook.

»Der Typ in der Sauna jammert. Ich glaub, er hat Hunger«, sagte Hauke.

»Lena kann ihm nachher was bringen.«

»Was machst du da?«

»Das, was eigentlich dein Job wäre.« Nun hob Dennis den Blick vom Bildschirm. »Ich habe die Clips von gestern eingespielt.«

Hauke ließ die Hand mit den Toastscheiben sinken. »Du willst das doch nicht hochladen?«

»Was denn sonst?«

»Spinnst du?«

Dennis rückte den Stuhl ein Stück zurück und verschränkte die Arme vor der Brust. »Wozu haben wir die Aufnahmen denn gemacht?«

Ohne zu antworten, schüttelte Hauke nur den Kopf.

»Weißt du, wie viele Klicks wir damit kriegen können?« Dennis wartete keine Erwiderung ab, sprach einfach weiter. »Damit können wir alle bisherigen Videos toppen.«

»Alter, das ist nicht dein Ernst!«

»Natürlich braucht es einen guten Schnitt. Die Leute brauchen nicht alles zu sehen. Nur das Entscheidende. Und vorher die Jagd. Ich sag dir, das wird ein Renner.«

Erneut schüttelte Hauke den Kopf.

»Hallo, wir machen da ja kein Snuff-Video draus«, verteidigte Dennis sich.

»Und was ist mit dem Ende?«

»Das muss natürlich bleiben. Es ist ein Unfall und kein Mord. Deshalb sehe ich da keine Probleme.«

»Du siehst keine Probleme ... Willst du etwa, dass Lena sieht, was aus ihrer Schwester geworden ist?«

»Über Lena reden wir später. Ich will jetzt das Video am Start haben. Wollen wir wetten, wie viel Klicks es in den ersten 24 Stunden gibt? Damit können wir den Rekord knacken!«

»Du spinnst total ...«

»Ich wette auf eine Million am ersten Tag. Und über 1000 neue Abonnenten. Und das pusht dann auch noch mal unsere alten Videos.«

»Meinst du wirklich?«

»Na klar! Das hier ist echt heiß. Du weißt das genauso gut wie ich.« Dennis deutete auf das Notebook.

»Echt? Lass mal sehen ...« Hauke biss von seinem Toast ab und trat um den Esstisch herum zu Dennis. Erst blickte er nur über dessen Schulter, dann setzte er sich auf den Stuhl daneben. Sofort war er begeistert von den Drohnenbildern. Die Qualität der Aufnahmen ließ ihn jedes Mal staunen.

»Bist ja auch ein Wahnsinnspilot.« Dennis klopfte auf die Schulter seines Freundes. »Die Actioncam ist etwas wackliger und nachher zu close. Man sieht nur die Wand. Aber der Absturz selbst ist dann am Ende spektakulär.«

»Verrat doch nicht gleich alles.«

»Ja, schon gut. Guck mal hier. Ich habe schon eine Rohfassung geschnitten«, sagte Dennis breit grinsend. Nur ab und zu sah er noch selbst auf den Bildschirm, während der Film auf dem Computer abgespielt wurde. Er war mehr an den Regungen auf Haukes Gesicht interessiert. Als die entscheidende Stelle kam, hörte er einen langen Frauenschrei und das Geräusch eines Aufschlags. Haukes Augen weiteten sich automatisch. Dann drehte er den Blick zu Dennis.

»Krasser Scheiß.«

»Sag ich doch.«

»Das geht aber mit Schnitt und Gegenschnitt noch besser.«

»Klar. Aber das überlasse ich natürlich dem Profi.« Wieder tätschelte er Haukes Schulter.

»Ich hab da auch schon eine Idee«, meinte der.

»Die da wäre?«

»Für den Aufprall. Wie wäre es mit einem brechenden Ast als Soundeffekt. Fürs Genick. Oder zu heftig?«

Dennis grinste. »Nee, Mann, mach. Sehr coole Idee.«

38

Der Wind, der durch die Bahnhofshalle wie durch einen Trichter pfiff, hinterließ zerzauste Menschen und kaputte Schirme. Wenigstens war es im Zug nicht besonders voll. Syltreisende waren zu dieser Jahreszeit eher die Seltenheit. Charlotte fand sofort einen Sitzplatz und war froh, als ein Rucken endlich die Abfahrt ankündigte. Bald darauf kam ein Schaffner mit einem rollenden Getränkewagen vorbei. Der Geruch war so gut, dass sich Charlotte einen Becher Kaffee und ein Croissant geben ließ. Danach war sie eine Weile allein mit ihren Gedanken. Erst zogen die Häuser der Stadt hinter dem Fenster vorbei, dann immer mehr Ackerflächen. Bald stellte Charlotte fest, dass das *Land der Horizonte*, wie sich Schleswig-Holstein mit einem Slogan selbst beschrieb, seinen Namen verdient hatte. Denn viel mehr als vereinzelte Bauernhöfe und Windkraftanlagen gab es nicht zu sehen.

Charlotte lehnte den Kopf gegen das Polster. Zum Nichtstun verdammt, fragte sie sich, ob sie womöglich überreagiert hatte. Vielleicht gab es eine simple Erklärung dafür, dass Jan nicht zu erreichen war. Der Akku könnte defekt sein. Oder das Telefon war ihm runtergefallen. Vielleicht lag es, von Wellen umspült, am Strand, weil Jan es beim Spaziergang aus der Tasche gefallen war. Wenn er denn überhaupt auf Sylt war.

Jan ist auf Sylt, widersprach Charlotte in Gedanken ihren eigenen Zweifeln. Das Foto der toten Frau am Strand war kein Zufall. Es musste Anna-Lena sein. Knapp bekleidet wollte diese an einer Klippe hinaufklettern und war dabei abgerutscht. So stand es in der Zeitung. Doch die Zeitung wusste nicht, dass ein Journalist, der über die junge Frau einen Artikel verfassen wollte, nunmehr spurlos verschwunden war. Aber Charlotte wusste es.

Das Geräusch einer eingehenden Kurznachricht ließ sie in ihre Manteltasche greifen. Weil sie vor ihrer Abreise nicht extra nach Hause fahren wollte, reiste sie mit leichtem Gepäck. Die meisten ihrer Habseligkeiten trug sie am Körper. Darüber hinaus hatte sie die Sporttasche dabei, in der sich zuvor ein nasses Handtuch und ihre Badesachen befunden hatten. Sie hatte in Jans Wohnung ein paar seiner Sachen und ein frisches Handtuch hinein gestopft und war dann zum Bahnhof aufgebrochen.

Nun blickte sie auf ihr Telefon. Die Nachricht kam von Dana. Offenbar hatte Christian alle möglichen Leute aus der Redaktion aktiviert, damit sie dabei halfen, Jan zu finden. Die Schönheit mit den osteuropäischen Wurzeln hatte als Initiatorin der *Unglaublich*-Rubrik ein paar weitere Videos der *Hansemen* ausfindig gemacht und die entsprechenden Links in die Nachricht kopiert. Abschließend schrieb sie: »Damit du weißt, mit was für Leuten du es zu tun bekommst. Melde dich, wenn du mehr brauchst. Dana.«

Charlotte lächelte automatisch. Obwohl sie die rothaarige Frau erst gestern kennengelernt hatte, empfand sie plötzlich starke Sympathie für Dana. Außerdem war es ein gutes Gefühl, nicht auf sich allein gestellt zu sein. Kaum hatte sie jedoch die Verlinkung zu einem der Videoclips geöffnet, verging ihr die gute Laune.

Der Titel lautete *Dollars für Titten*. Die Länge betrug lediglich 40 Sekunden. Charlotte sah einen jungen Mann, der mit einem 50-Euro-Schein in der Hand über die große Wiese des Hamburger Stadtparks ging. Kurz war im Hintergrund der ehemalige Wasserspeicher zu sehen, der nach sehr kurzer Nutzung zum Planetarium umfunktioniert worden war. Die Ortsmarke war damit für Charlotte eindeutig.

Die Kamera, die den Mann bei seinem Spaziergang verfolgte, arbeitete im Zoombereich. Vielleicht war sie versteckt, vielleicht auch nicht. Da sie kaum wackelte, musste sie auf einem Stativ stehen.

Der junge Mann, dessen teure Kleidung am auffälligsten war, steuerte direkt auf eine brünette Frau zu, die ihm auf der Wiese entgegenkam. Er stoppte sie mit einer Handbewegung und begann, mit ihr zu sprechen. Wegen der großen Entfernung zwischen Kamera und den beiden konnte man die Worte nicht hören, doch der Inhalt des Gespräches erschloss sich dem Betrachter von selbst.

Der Mann wedelte mit dem Geldschein, während er sprach, dann zuckte die junge Frau mit den Schultern und hob ihr T-Shirt an. Sie zog es bis über den Kopf und zeigte ihre nackten Brüste. Offenbar war eine bestimmte Zeitspanne vereinbart, denn nach etwa zehn Sekunden zog die Brünette das T-Shirt wieder über den Oberkörper und ließ sich die 50 Euro geben. Damit endete das Video.

Charlotte blickte auf die Klickzahl des kurzen Films und war ziemlich überrascht. Fast 10,000.000 Leute hatten sich *Dollars für Titten* bereits angesehen. Die Kommentare, die auf der Internetseite des Videoportals unter dem Vorschaufenster standen, glichen einem Shitstorm. Häme und Unverständnis machten sich ebenso wie Mitleid Luft. »Was für Drecksäcke. – Widerlich. – Abstoßendes Pack. – Die arme Frau. – Kapitalistische Menschenausbeuter.« Dementsprechend gab es über 500 blaue Daumen, die sich zur Beurteilung des Films nach unten richteten. Damit standen sie jedoch weit über 3000 Daumen gegenüber, die nach oben zeigten. Die stumme Mehrheit schien den Film also zu mögen. Anders war es auch nicht zu erklären, dass er derart massenhaft angeklickt wurde.

Aber nicht alle waren stumm.

AllesChecker98:	Na und? Ich finde es geil. Verklagt mich.
SuperNiceFace:	Endlich kriegt man mal was für sein Geld.
AllesChecker98:	Alles Spaßbremsen.
SuperNiceFace:	Geiler Tipp.
AllesChecker98:	yvw – (you're very welcome)
SuperNiceFace:	veg – (very evil grin)

Der zweite Film, den Dana für Charlotte verlinkt hatte, folgte einem ähnlichen Muster. Wieder spazierte der gut gekleidete Mann durch die Gegend und sprach verschiedene Menschen an. Frauen und Männer. Zunächst hielt er erneut 50 Euro in der Hand. Nach Kopfschütteln der angesprochenen Personen erhöhte er gut sichtbar auf 100 Euro. Auch wenn kein Ton zu hören war, verriet der Titel des Videos, worum es diesmal ging: *Dollars fürs Stiefellecken.*

Zu Charlottes Entsetzen fand der Schnösel in seinen teuren Klamotten beim fünften Versuch tatsächlich einen jungen Mann, der bereit war, das Geld anzunehmen. Es war zwar kein Stiefel, den der Schnösel daraufhin auszog und hinüber reichte, sondern ein teurer Markenturnschuh, doch das machte die Sache nicht besser.

Der Geldempfänger trug einen ungepflegten Bart. Sein T-Shirt sah schmuddelig aus, und aus einer knielangen Hose ragten weiße Beine heraus. Kein Anblick, der automatisch Sympathien bei Charlotte weckte, trotzdem musste sie sich angewidert schütteln, als der Mann mit deutlich sichtbarer Zunge auch über die Schuhsohle leckte.

Der Film war mit knapp unter einer Million Klicks bei Weitem nicht so erfolgreich wie der mit dem Mädchen, das sein T-Shirt für 50 Euro lüftete. Nackte Brüste zogen deutlich besser als irgendwelche Kerle, die Schuhe ableckten. Trotzdem gingen auch hier in der Bewertung weitaus mehr Daumen nach oben als nach unten.

Charlotte guckte sich etwas verschämt im Zugabteil um. Die Vorstellung, dass jemand sie beim Ansehen derartiger Filme beobachtete, war ihr unangenehm. Dann fiel ihr Blick auf den letzten Link, den Dana ihr geschickt hatte. Sie zögerte lange, bevor sie ihn anklickte. Der Film hieß: *Bitches versus Hundebaby.*

39

Lena hatte verschlafen. Sie konnte es selbst nicht glauben. Bis in die Morgenstunden hatte sie sich hin und her gewälzt und gedacht, überhaupt nicht mehr einzuschlafen. Der Typ in der Sauna beschäftigte sie. Und die Angst. *Lügenpresse.* Verdammt. – Anna geht es gut. Anna geht es gut. Am Morgen würden sie das Spiel machen und dann zu Anna fahren.

Sie wusste nicht, wann sie dann doch eingeschlafen war. Schnell sprang Lena auf und eilte ins obere Bad. Sie benutzte die Toilette, ging unter die Dusche.

Sie trug eine graue Jogginghose und einen schwarzen Kapuzenpullover mit japanischen Schriftzeichen auf den Ärmeln, als sie in die Küche stürmte.

»Jungs, tut mir leid, ich habe verschlafen«, rief sie ins Esszimmer, wo sie Dennis und Hauke durch die offene Tür am Tisch sitzen sah. »Nur schnell einen Happen, dann kann es losgehen. Hab schon die richtigen Klamotten drunter.«

Hauke sah Dennis fragend an. Der kapierte sofort: »Oh … du … das Spiel … ja, nein, das wird heute nichts.«

»Wie?« Lena hielt in der Bewegung inne.

»Wegen des Sturms. Merkst du doch selber, oder? Da kann der Quadrocopter nicht fliegen. Und den brauchen wir ja wohl für das Spiel, oder?«

Die Frage war rhetorisch. Doch das gefiel Lena gar nicht. Sie stellte sich in die Türöffnung. »Dann will ich mit Anna sprechen. Nicht über das Spiel. Einfach nur so.«

»Fängst du schon wieder an? Also glaubst du dem Kerl doch noch immer seine Horrorgeschichte.«

»Nein. Aber ich will sie trotzdem sprechen.«

»Das haben wir doch alles durch, Lena.«

»Aber jetzt habe ich es mir eben anders überlegt.«

»Du willst das Spiel beenden?«

»Nein. Will ich nicht!« Von Jetzt auf Sofort hatte sich Lenas Stimme um mindestens zwei Oktaven in die Höhe geschraubt und war gleichzeitig lauter geworden. Sie schrie noch nicht, war aber nicht weit davon entfernt. »Wenn wir heute nicht spielen, dann will ich sie sehen. Ist das etwa zu viel verlangt?«

Lena blickte kurz zur Zimmerdecke und dann wieder zu den beiden Kerlen, die sich gemeinsam hinter dem Notebook verschanzten. »Ganz kurz will ich sie sehen. Und ihr seid dabei. Sie kann mir nichts verraten. Ich werde sie auch nichts fragen. Ich will sie nur sehen.«

Die Schärfe war aus Lenas Stimme verschwunden, dafür wurde sie von einer Spur Verzweiflung und Flehen getragen.

Die beiden Männer schwiegen. Hauke sowieso. Er fühlte sich nicht einmal angesprochen. Dann nickte Dennis schließlich. »Na klar. Kein Problem.«

Hauke krauste die Stirn und wirkte irritiert. »Wie das denn?«

Drohend blickte Dennis ihn an. »Klappe!«, zischte er. Dann zuckte er mit den Schultern und lächelte Lena an. »Wir fahren nachher alle drei hin, okay?«, schlug er vor.

»Echt?«

»Na, wenn du dir solche Sorgen machst ... Wir vier gehen alle zusammen was trinken. Und fertig. Aber du darfst Anna nicht nach dem Spiel fragen. Kannst du das versprechen?«

»Ja. Na klar. Versprochen.«

»Auch nicht mal eben zusammen aufs Klo verschwinden oder so? Das wäre echt nicht fair.«

»Nein. Quatsch!«, wehrte Lena ab. »Das machen wir nicht. Ich will mir ja nicht selbst die Chance auf die Prämie kaputtmachen.«

»Eben«, stimmte Dennis zu. Dann änderte er unvermittelt das Thema. »Kannst du dem Typen in der Sauna was zu essen bringen? Wir wollen das hier am Computer in Ruhe fertigmachen.«

Lena nickte. »Schon dabei«, sagte sie und sprang zurück in die Küche.

»Sei vorsichtig. Du weißt ja, er ist bissig.« Dennis warf einen Seitenblick auf Hauke. »Und am besten sprichst du kein Wort mit ihm.«

»Haha … Gar nicht lustig«, sagte Hauke. »Ich war unvorbereitet.«

»Mir tut er nichts«, meinte Lena.

»Dann lass ihn auch mal auf die Toilette. Ich will nicht, dass er die Sauna vollpisst oder Schlimmeres. Kannst du dir vorstellen, wie das stinkt, wenn man sie danach wieder anheizt?«

Hauke schüttelte es bei den Worten seines Freundes, während Dennis kicherte. Lena ersparte sich eine Erwiderung. Stattdessen verschwand sie kurz darauf mit einem Teller geschmierter Toastbrote in den Schlaftrakt des Erdgeschosses.

»Was hast du mit ihr vor?«, fragte Hauke, als Lena verschwunden war.

Dennis zuckte mit den Schultern. »Nichts. Mal sehen, was passiert. Ich traue ihr nicht ganz.«

»*Du ihr?*«

Verwundert sah Hauke seinen Freund an. Manchmal konnte er Dennis' Gedankengängen nicht folgen. Dennis belog Lena von A bis Z, und nun sagte er, er würde *ihr* nicht trauen.

»Ist dir nichts aufgefallen?«, wollte Dennis wissen.

»Was denn?«

»Die Klamotten.«

»Na und?«

»Na und?« Dennis schüttelte den Kopf. »Ich habe doch klar angesagt, dass sie und Anna die Klamotten tragen sollen, die ich ihnen gekauft habe. Ich will hier Ladys im Haus haben und keine linken Zecken. Fehlt nur noch ein Lippenpiercing.«

»Die Sachen sehen doch gut an ihr aus. Und außerdem dachte sie, wir fahren gleich an den Strand.«

»Sie soll aber nicht denken! Alter, fuck, darum geht's auch

gar nicht. Sie macht einfach nicht, was ich ihr gesagt habe. Darum geht's.«

»Verstehe ich nicht.«

»Mann, sie testet uns. Sie will mich reizen. Aber nicht mit mir«, sagte Dennis. »Wann können wir hochladen?«

»Den Film?«

Dennis verdrehte die Augen.

»Gleich«, fügte Hauke beschwichtigend hinzu.

»Mach schon. Ich will sehen, wie unser eigener Rekord gebrochen wird. *Bitches in der Mangel* war einmal. Jetzt kommt *Flying Bitch*.«

»*Flying Bitch*? Das soll der Titel sein? Echt jetzt?«

»Weißt du was Besseres?«

40

Der Stuhl wurde nicht zurück vor die Tür gerückt, als Lena das Badezimmer verließ. Jan hörte es. Mit einem Blick zur Seite bemerkte er, dass sogar die Saunatür einen Spalt offen stand. Seine Chance. Vielleicht die letzte. Wenn er nur nicht so verdammt müde wäre.

Wie in Zeitlupe schob Jan die Beine von der Saunabank. Dabei übersah er den Teller mit den beiden Toastscheiben. Auch der fiel wie in Zeitlupe. Das Brot landete auf den Holzbohlen, doch der Teller blieb heil.

Jan versuchte aufzustehen. Die Schulter spielte verrückt.

»Sitzen bleiben!«

Lena stand plötzlich wieder in der Tür.

»Ich muss zum Arzt«, stammelte Jan.

»Ich mache Ihnen einen neuen Verband.«

»Das reicht nicht.«

»Dennis meint, das muss reichen.«

»Und Sie machen immer, was er sagt?«

»Ich mache, was ich will. Und jetzt gucken wir uns die Schulter an.«

»Lena …«

»Ich kann es auch lassen.«

»Wir werden hier beide sterben. Erst ich und dann Sie.«

»So ein Quatsch.«

»Genau wie Anna.«

»Lassen Sie Anna da raus. Anna geht es gut. Wir werden sie nachher zusammen besuchen.«

»Anna ist tot.«

Wütend schmiss Lena die Mullbinde nach Jan und presste die Zähne zusammen. Dann krachte die Saunatür von außen zu. Kurz danach erklang das Schaben des Stuhls.

Und wieder war er allein.

41

Lena nahm diesmal den Weg durchs Wohnzimmer in die Küche. Sie hatte selbst noch nichts gegessen. Gemeinsam starrten Dennis und Hauke sie an, als hätte sie die beiden beim Pornoschauen erwischt.

»Was macht ihr da eigentlich?«, fragte sie, während sie am Esstisch vorbeiging.

»Wir bestellen neue Pfeile«, antwortete Dennis. Hauke enthielt sich einer Aussage. Mit dem Finger schwebte er über dem Touchpad des Notebooks, um das Videobearbeitungsprogramm sofort schließen zu können, falls Lena auf die Idee kam, einen Blick auf den Bildschirm zu werfen.

»Was wollt ihr mit dem Ding überhaupt?«

»Womit?«

»Na, mit der Armbrust.«

»Schießen.«

»Ach nee.« Lena suchte im Kühlschrank nach Joghurt, fand aber keinen. »Worauf wollt ihr schießen? Doch wohl nicht auf mich?«

Dennis lachte kurz auf. »Quatsch. Hast ja gesehen, wie gefährlich das ist. Nein. Nur so. Auf eine Zielscheibe. Wenn du willst, kannst du auch mal.«

Frustriert schlug Lena die Kühlschranktür zu. Sie wollte nicht schon wieder nur Toast. »Wir müssen einkaufen. Und sag mal, Dennis ...«

Sie sah zum Esstisch. Beide Männer starrten sie noch immer an.

»Warst du schon auf der Seite vom *Spion*?«

»Vom *Spion*?«

»Ja, vom *Sylter Spion*. Hast du mir doch versprochen.«

Nun drehte Hauke den Kopf und sah Dennis fragend an.

»Ach so. Ja, ja. Klar.« Er nickte zur Bestätigung der eigenen Worte. »Da gab es wirklich einen Unfall am Kliff. Aber, wie gesagt, das ist jemand völlig Fremdes. Gibt nicht mal eine echte Ähnlichkeit mit Anna oder mit dir. Keine Querfotze, verstehste?«

Die Beleidigung saß. Man sah es Lenas Gesicht an. Es war klar, dass Dennis das Gespräch vergiften wollte, doch Lena fing sich sofort wieder. So einfach ließ sie ihn nicht davonkommen.

»Also gibt es doch eine Tote?«

Widerwillig nickte Dennis. Er hatte es ja schon zugegeben. Abstreiten machte keinen Sinn mehr.

»Dann hat sich dieser Jan Fischer doch nicht alles ausgedacht«, meinte Lena. »Haben wir was damit zu tun?«

»Wir?«

»Ja, wir.«

»Spinnst du?«

»Vielleicht eine Nachahmerin? Du hast doch gestern Abend selbst …«

»Nee, nee«, wehrte Dennis ab, ohne Lena ausreden zu lassen. »Die ist einfach von der Kliffkante runtergefallen.«

»Runtergefallen?«

Dennis zuckte mit den Schultern. Er merkte, dass Hauke ihn noch immer beobachtete. Ärgerlich starrte er zurück, doch Hauke drehte den Blick nicht weg.

»Oder sie ist geklettert. Was weiß ich denn?«, fuhr Dennis fort. »Dieser *Sylter Spion* kann ja auch nur spekulieren.«

Lena nickte, auch wenn die Antwort sie nicht ganz befriedigte. »Kann ich das Bild von ihr mal sehen?«

Sie ging wieder aufs Wohnzimmer zu.

»Nein!«, sagte Dennis und knallte das Notebook zu, bevor

Lena den Esstisch erreicht hatte. Hauke war froh, dass er nicht die Finger dazwischen hatte.

»Hau ab, Lena! Lass uns endlich in Ruhe!«

Lena stemmte die Hände in die Hüften und sah Dennis direkt in die Augen. »Nichts dagegen, du Sackgesicht«, sagte sie lächelnd. »Aber nachher fahren wir trotzdem zu Anna. Komme, was da wolle!«

Dennis grinste plötzlich. Er kam nicht umhin, Lenas Retourkutsche auf seine Beleidigung ein wenig zu bewundern. Dann nickte er. »Komme, was da wolle.«

42

Bereits in Itzehoe und somit auf weniger als der halben Strecke zwischen Hamburg und Sylt wurde eine Sperrung des Hindenburgdamms für den Bahnverkehr angekündigt. Allerdings wusste Charlotte damit nicht viel anzufangen. Umkehren wollte sie auf keinen Fall. Daher setzte sie darauf, dass der Sturm sich schneller als gedacht wieder abschwächen würde, und sie doch mit dem Zug die Insel erreichen konnte. Als es dann am Bahnhof in Niebüll hieß, alle Fahrgästen sollten aussteigen, da der Zug hier ende, konnte Charlotte dies nicht richtig glauben. »Na gut«, sagte sie zu sich selbst, »dann gibt es eben einen anderen Weg.«

Mit ihrer Sporttasche über der Schulter stellte sie bald fest, dass sie ziemlich allein auf dem Bahnsteig stand. Der Wind zerrte an ihrem Mantel und den Haaren. Kopftuch oder Mütze hatte sie nicht dabei. Sie blickte den Zug entlang, sah lauter geschlossene Türen, stellte fest, dass außer ihr niemand ausstieg. Offenbar hatten alle anderen Passagiere die Ankündigung des Schaffners durch die Lautsprecheranlage ernster genommen als Charlotte und ihre Reise bereits an einer der anderen Stationen beendet. Die meisten dürften zurück nach Hause gefahren sein.

Etwas desorientiert ging Charlotte ein paar Meter am Zug entlang, merkte dann, dass sie in die falsche Richtung marschierte, und drehte auf dem Absatz um. Nun traf der Wind sie mit voller Wucht von vorn. Mühsam bewegte sie sich den Bahnsteig entlang auf das Bahnhofsgebäude zu. Ein gerade vom Vorplatz abfahrendes Taxi verriet, dass sie doch nicht als Einzige bis Niebüll gefahren war. Dann stellte sie fest, dass sie dem letzten Taxi hinterhersah.

Um dem Sturm zu entkommen, ging sie durch eine Schiebetür in die Bahnhofshalle. Ein kleiner Kiosk bot neben Zeitschriften und Tabakwaren heißen Kaffee an. »Sonst noch was?«, fragte die Verkäuferin. »Ich mache nämlich gleich dicht. Kommt ja heute sowieso keiner mehr.«

Charlotte schüttelte den Kopf. Da die Verkäuferin nicht besonders am Schicksal ihrer Mitmenschen interessiert zu sein schien, entschied Charlotte sich, die Frau nicht um Hilfe zu bitten, sondern direkt zum kleinen Verkaufsbüro für die Fahrkarten zu gehen. Auch dort herrschte schon sichtlich Aufbruchstimmung.

Zwei Bahnarbeiter in orangefarbenen Warnwesten verließen das Gebäude durch einen Hinterausgang, während eine Schalterangestellte eilig eine Handtasche schnappte und ebenfalls am Davoneilen war. »Bist ein Schatz«, rief sie dem letzten verbleibenden Mann hinter dem Schalter zu.

Der hob grüßend die Hand. »Lass dich nicht wegwehen!«

Charlotte hörte einen dänischen Akzent. Das klang so nett, dass sie sich trotz ihrer unangenehmen Situation sofort ein bisschen entspannte. Der Mann sah sehr freundlich aus. Während sie auf den Schalter zutrat, blickte er ihr mit einem Lächeln entgegen.

»Was für ein Sturm«, sagte sie.

Der Angesprochene nickte. Er trug eine blaue Uniformjacke und einen Schlips. Fehlt nur noch die passende Mütze, dachte Charlotte.

»Wann geht es denn weiter?«

»Wie bitte?«

»Wann wird die Verbindung wieder aufgenommen? Ich meine, wir haben jetzt noch nicht mal Mittag. Am Nachmittag wird doch bestimmt wieder etwas nach Sylt fahren?«

Der Mann schüttelte den Kopf und klärte Charlotte mit seinem netten Akzent darüber auf, dass an diesem Tag mit ziemlicher Sicherheit kein Zug mehr über den Damm fahren würde. In der Nacht sowieso nicht. Die früheste nächste Bahnverbindung nach Sylt sei somit am nächsten Morgen. »Wenn der Sturm dann abgeflaut hat. Aber ich denke schon, dass es klappen wird. Da kannst du ganz beruhigt sein.«

»Äh, morgen früh? Ihr Ernst? Ich fürchte, das beruhigt mich ganz und gar nicht.«

Voller Mitleid sah der Angestellte sie an. Sein dünner Oberlippenbart irritierte Charlotte hierbei irgendwie, und sie war sich nicht mehr ganz so sicher, ob sie den Mann uneingeschränkt sympathisch finden sollte.

»Wo wolltest du denn hin?«

»Nach Sylt.«

»Ja, aber das geht heute nicht mehr. Hat man dir das im Zug nicht gesagt?«

Charlotte wusste nicht recht, was sie darauf antworten sollte. Ja, schon, aber ich habe es nicht geglaubt. Das würde die Sache nicht besser machen. Und wieso duzte der Kerl sie eigentlich die ganze Zeit?

»Wenn niemand auf dich wartet, musst du ein Taxi nehmen.«

»Die fahren nach Sylt?«

»Nein. Kein Auto fährt nach Sylt. Das geht nur mit der Bahn oder der Fähre. Aber wir haben hier drei gute Hotels. Da musst du dann bis morgen warten.«

»Ich kann aber nicht warten.«

»Warum kannst du nicht?«

»Darum. Ich muss einfach auf die Insel. Das klingt jetzt übertrieben«, meinte Charlotte und sah den Mann direkt an, um ihre grünen Augen taktisch geschickt einzusetzen, »aber es könnte sein, dass es um Leben und Tod geht.«

»Bist du Hebamme?«, fragte der Mann.

»Nein. Aber ich muss trotzdem auf die Insel. Gibt es irgendeinen Weg?«

43

Ein Orkan zog auf. Wenn es stimmte, was im Radio gesagt wurde, war das raue Lüftchen, das am Wagen von Undine Henriks rüttelte, nur ein Vorbote dessen, was noch kommen sollte. Undine war die Bürgermeisterin von Westerland. Mit ihren ein Meter 85 eine ungewöhnlich große Frau. Ihre schwarzen Haare trug sie kurz. In dem dunkelblauen Blazer über einer farblich passenden Hose wirkte sie modern und elegant. Undine war mit ihrem Kleinwagen auf dem Weg zum Smutje. Denn nicht nur dort draußen zog ein Sturm auf.

Undine wusste, dass ihr am Nachmittag auf einer Versammlung der Insulaner im Kulturhaus von Wenningstedt solch ein Lüftchen entgegenwehen würde. Besonders die Immobilienbaronin Marion Klenke hatte es auf sie abgesehen. Die Bürgermeisterin und die oft engstirnige Klenke verband nicht viel miteinander. Auf einem einspurigen Bahngleis würden sie vermutlich niemals in dieselbe Richtung fahren, sondern zwangsläufig miteinander kollidieren. Beim Smutje erhoffte Undine sich bei dieser Angelegenheit Unterstützung. Um sich dieser nochmals zu versichern, war sie sogar bei diesem Sturm auf dem Weg zu ihm.

Der Smutje war Undines Mentor. Ohne ihn wäre sie nie so weit gekommen. Mehr noch, ohne ihn wäre sie sogar niemals auf die Idee gekommen, für das Bürgermeisteramt zu kandidieren.

Seit sie eine junge Frau war, hatte sich der Smutje um Undines Karriere gekümmert. Er hatte mit ihren Eltern gesprochen, als diese ihren Studienplänen zunächst ablehnend gegenüberstanden. Und er hatte ihr später, als sie wieder auf die Insel zurückkam, den Weg in die Politik geebnet. Er war es, der den alten Herrschaften aus der konservativen Partei, für die Undine sich seit ihrer Rückkehr engagierte, klarmachte, dass eine junge, gebildete Frau in ihren Reihen keine Bedrohung, sondern eine Bereicherung war. Ohne ihn wäre sie bei den Kommunalwahlen nie so schnell auf einen aussichtsreichen Listenplatz gekommen. Und dass sie bei der letzten Wahl zur Direktkandidatin für das Bürgermeisteramt nominiert wurde, war auch dem Smutje zu verdanken. Obwohl selbst parteilos, wusste der Restaurantbesitzer, wie man mit wem zu reden hatte.

Außerdem war der Smutje Undines Geliebter. Schon viele Jahre. Schon vor ihrem Studium. Doch das ging niemanden etwas an. Damals nicht und auch jetzt nicht. Er war über 20 Jahre älter als sie. Doch das allein war nicht der Grund für ihr Geheimnis. Gemeinsame Interessen ließen sich einfach besser durchsetzen, wenn nicht jeder wusste, dass man mehr als bestimmte Ansichten miteinander teilte. Das hatte der Smutje Undine als Allererstes beigebracht. Seine Unterstützung bei ihren Studienwünschen war schon bald Beweis für diese These. Bestimmt hätten ihre Eltern nicht auf den Rat des Smutjes gehört, wenn sie gewusst hätten, was die beiden noch verband. Und für die Altherrenriege aus der Partei war dies noch weniger eine Information, die sie etwas anging.

Die Villa des Smutjes lag am nördlichen Rande von Wenningstedt. Der Ort war nicht ganz so exklusiv wie Kampen, dafür gab es eine bessere Anbindung zum Strand. Undine fuhr an einem Hünengrab aus der Jungsteinzeit vorbei. Ein Beweis dafür, dass Menschen diese Wohngegend schon sehr lange Zeit zu schätzen wussten.

Undine bog nach links ab und nahm den Funksender zur Hand, mit der sich die Garage auf dem Grundstück zur Villa öffnen ließ. Früher hatten sie sich im Strandhaus vom

Smutje getroffen, doch seit einiger Zeit sorgte er dafür, dass zu ihren Verabredungen keine Angestellten mehr im Haus waren. Die Villa bot unbestritten mehr Annehmlichkeiten als das Strandhaus, auch wenn Undine sehr gerne an ihr früheres Versteck zurückdachte.

Das Garagentor stand schon offen, als sie die Hofeinfahrt erreichte. Undines Kleinwagen passte gut in die Garage, trotzdem hielt sie respektvollen Abstand zu einer lang gestreckten Werkbank auf der rechten Seite und fuhr möglichst weit nach vorne durch. Auf dem Weg zum Wohnhaus betätigte sie wieder den Funksender und ließ diesen dann in ihrer Tasche verschwinden.

Der Wind griff mit aller Macht nach ihr. Fast wäre sie ins Taumeln geraten. Doch die Tür zur Villa öffnete sich, ohne dass sie klingeln musste, und der Smutje holte sie mit einem freundlichen Begrüßungslächeln in den Schutz des Hauses. Wieder einmal war er ihre Rettung.

»Ich hab nicht viel Zeit, meine Liebe«, sagte er. »Ich muss gleich rüber zum Restaurant. Alles sturmfest machen.«

Ihre Schuhe klackerten durch den großen Vorflur.

»Schon okay«, erwiderte sie, »ich muss auch noch mal ins Büro. Ich bin nur wegen der Klenke hier.«

»Ach, mach dir keine Sorgen. Die beißt nicht.«

Neben dem Aufgang zum Obergeschoss hing ein großes Gemälde. Eine unglaublich schöne Frau blickte auf Undine herab. Es war die erste Frau vom Smutje. Sie hatte ihn verlassen. Das Exotische in ihren Gesichtszügen stammte aus Brasilien. Dorthin war sie angeblich auch wieder verschwunden, als sie von Nordeuropa und dem langweiligen Inselleben genug hatte.

Undine wusste, dass es nur eine bestimmte Maltechnik war, die ihr den Eindruck vermittelte, die schöne Brasilianerin würde sie mit ihren Augen verfolgen, während sie

hinter dem Smutje durch den Vorflur ging. Trotzdem war
es ihr immer irgendwie unheimlich, den Blick dieser Frau
auf sich zu spüren.

44

Im Flur waren Geräusche zu hören. Dann wurde eine Tür
zugezogen. Lena trat zum Fenster und sah, wie sich Dennis
und Hauke gegen den Sturm zur Straße kämpften. Hauke
steuerte den Pick-up an, Dennis zielstrebig den Wagen, mit
dem Jan Fischer gekommen war. Lena wollte das Fenster
aufreißen und die beiden aufhalten. Die Hand hatte Lena
schon am Fensterknauf. Warum sie zögerte, wusste sie selbst
nicht.

Beide Autos setzten sich in Bewegung. Dann waren sie
weg.

Lena drehte sich um und lief zur Tür. Die Treppe runter
stand sie kurz darauf vor Dennis' Zimmer. Sie vermutete,
dass abgeschlossen war, doch die Tür ließ sich ganz normal öffnen.

Ihr Blick raste durchs Zimmer.

Nichts durcheinander bringen, dachte sie. Alles schön so lassen, wie es jetzt aussieht.

Das Einzige, was Lena wollte, war ihr Handy. Es bedeutete eine Möglichkeit, mit Anna zu sprechen. Und es bedeutete Internet.

Der Fernseher im Wohnzimmer war zwar so groß, dass mancher Kinobesitzer neidvoll erblasst wäre, doch es war kein Smart-TV. Er lieferte nur normales Satellitenfernsehen, kein Internet.

Lena begann, in der Reisetasche zu suchen, die am Fußende des Bettes auf dem Boden stand. Darin befanden sich ein paar frische T-Shirts und Unterhosen. Seine Schmutzwäsche hatte Dennis neben dem Bett achtlos in eine Ecke geworfen.

Lena blickte zu einem Notebook, das auf dem Nachttisch lag. Die Jungs hatten vorhin damit rumgespielt.

Natürlich gab es nach dem Hochfahren des Betriebssystems die Aufforderung zur Eingabe eines Passwortes. Ärgerlich verzog Lena das Gesicht.

Dann drehte sie den Kopf.

War da was an der Haustür?

Nein. Alles in Ordnung.

Aber sie musste sich beeilen.

Lena klappte den Rechner wieder zu und legte ihn exakt so zurück, wie sie ihn gefunden hatte.

Handy, Handy, Handy.

Wo hatte Dennis ihr Handy versteckt?

Und wo das von Anna?

Beide Smartphones mussten im Haus sein. Doch hier waren sie offenkundig nicht. Lena biss sich auf die Unterlippe.

Dann suchte sie Haukes Zimmer ab. Das Bett roch nach Moschus. Der Typ widerte Lena immer mehr an. Trotzdem nahm sie alles ganz genau in Augenschein, hob sogar die Matratze an.

Keine Handys.

Verdammt.

Der Pick-up, dachte sie. Vielleicht im Handschuhfach.

45

Die Zeit verlor in der Enge der Sauna an Bedeutung. Wie lange war es her, dass Lena ihm etwas zu essen gebracht und einen Besuch der Toilette ermöglicht hatte? Wieso hatte er sie wütend gemacht? Aus welchem Grund? Jan wusste es nicht mehr ganz genau. Er dämmerte vor sich hin. Nur der Schmerz in der Schulter erinnerte ihn daran, dass er nicht gemütlich zu Hause im Bett lag und einfach nur den Tag verschlief. Umso überraschter war Jan, als die Tür abrupt geöffnet wurde.

»Anziehen!«, befahl Lena. »Zeit zu gehen.«

Jan brauchte einen Augenblick, bis die Worte seinen Verstand erreichten. »Und wo sind Dennis und Hauke?«

»Weg«, erwiderte Lena. Sie half Jan, die Beine von der Saunabank zu drehen und dann beim Aufstehen. Wie schwer seine Schulterverletzung wirklich war, wusste Jan nicht. Er hatte heftige Schmerzen im Schulter- und Nackenbereich, trotzdem war es besser als noch in der Nacht. Vielleicht waren es die Tabletten, die ihn betrogen. Vielleicht hatte auch das Frühstück geholfen. Zwei Scheiben Toast. Ein Becher Kaffee.

»Schneller«, sagte Lena. Doch schon das Zuknöpfen der Hose bereitete Jan Schwierigkeiten. Als Lena es lange genug mit angesehen hatte, ging sie in die Knie und machte die Arbeit für ihn. Dann war das Hemd dran, das sie aus Dennis' Kleiderschrank gestohlen hatte. Hauke war schmaler. In eines seiner Hemden hätte Jan nicht hineingepasst.

Jan streckte den linken Arm aus und ließ sich helfen. Mit dem anderen Arm gab es größere Probleme, da er ihn nur wenige Zentimeter zu heben vermochte. Automatisch verzog sich sein Gesicht.

»Tut's weh?«

»Nein. Wäre nur der richtige Moment für ein Deo.«

»Es stört mich nicht, dass Sie stinken.«

»Na, wie schön«, meinte Jan. »Also, wieso?«

»Wieso was?«

»Wieso Sie mir helfen?«

Lena wollte nicht antworten und tat es doch. »Weil ich nicht genau weiß, was Dennis vorhat. Sie sind ohne mich weggefahren. Da stimmt was nicht. Eigentlich wollten wir zusammen nach Westerland. Warum fahren sie jetzt ohne mich? Und was sie mit Ihnen vorhaben, weiß ich auch nicht. Also müssen Sie hier raus.«

»Dann glauben Sie mir jetzt?«

»Nein. Mir egal, was Sie sagen. Sie sind es gewohnt zu lügen, das weiß ich sehr wohl.« Die Stimmlage, mit der Lena dies sagte, klang mehr als gereizt. Sie hatte eine Mission. Jan sollte so schnell wie möglich aus dem Haus verschwinden. Mehr nicht.

»Sie glauben nicht, dass Dennis mich von allein wieder gehen lässt, richtig?«

Lena antwortete nicht.

»Und warum nicht? Also, ich meine, warum sollte er es nicht tun. Das macht doch gar keinen Sinn. Außer …«

Während Lena das Hemd zuknöpfte, waren sich ihre Gesichter ganz nahe. Bisher hatte sie es vermieden, Jan direkt in die Augen zu sehen. Das gelang ihr nun nicht mehr.

»Außer, er will einen Zeugen beseitigen«, vervollständigte Jan seinen Satz. »Und das ergibt nur Sinn, wenn er etwas zu verbergen hat.«

»Was soll das?« Wütend ließ Lena die Hände sinken und starrte Jan an. »Wollen Sie hier raus oder nicht? Wir können es auch sein lassen.«

»Lena, bitte.« Jan hob die linke Hand, um sie am Arm zu berühren, doch die junge Frau trat einen Schritt zurück. »Ich will, dass Sie begreifen, dass Sie genauso in Gefahr sind wie ich.«

»Bin ich nicht.«

»Lena. Kommen Sie mit mir. Dann kann ich Ihnen beweisen, dass ich die Wahrheit sage.«

Lena schüttelte den Kopf.

»Wir fahren nachher alle zusammen zu Anna ins Hotel«, sagte sie und bückte sich an Jan vorbei, um seine Daunenjacke von der Bank aufzuheben. Einer Mutter gleich hielt sie die Jacke dann zum Hineinschlüpfen bereit. Doch Jan machte keine Anstalten, sie anzuziehen.

»Tun Sie das nicht. Fahren Sie nicht mit den beiden mit.«

Lena ließ die Jacke sinken. »Natürlich werde ich das tun.«

»Wenn ich weg bin, wissen sie, dass Sie mir geholfen haben.«

»Nein. Ich habe geschlafen und nichts mitbekommen. Ganz einfach.«

»Lena!« Jan sprach nur dieses eine Wort und versuchte, alle Nachdrücklichkeit der Welt hineinzulegen. Doch der Blick, den er als Antwort erhielt, war der Blick eines trotzigen Teenagers. Sehr viel älter war Lena ja auch noch nicht, erkannte Jan in diesem Moment. Ein störrischer Teenager, der auf keinen Fall das tun würde, was ein Erwachsener ihm riet.

46

Am Rande eines Tornados musste es sich ähnlich anfühlen. Der schwere Pick-up behielt zwar alle vier Reifen tapfer am Boden, doch besonders schwere Sturmböen schafften es, ihn von Zeit zu Zeit mächtig zum Schaukeln zu bringen. Dennis fand das toll und jauchzte jedes Mal auf, wenn der Wind das Auto besonders durchschüttelte. Auf seinen Knien lag die Armbrust. Entgegen der üblichen Rollenverteilung hatte Dennis den Beifahrersitz eingenommen. Haukes Hände waren ums Lenkrad gelegt. Leicht nach vorn gebeugt blickte er angestrengt durch die Windschutzscheibe, obwohl der Wagen nicht fuhr, sondern nur 100 Meter von der Villa entfernt am Straßenrand stand.

Lena hatte zwar gesehen, wie Dennis und Hauke mit den beiden Autos losfuhren, doch dass sie an der ersten Querstraße hielten, um Jans Auto dort abzustellen, war ihr entgangen. Dennis war in den Amarok gesprungen, und beide hatten gemeinsam sofort wieder kehrtgemacht. Wie Jäger auf dem Hochsitz nahmen sie die Reetdachvilla ins Visier.

»Warum hasst du Frauen eigentlich?«, fragte Hauke, ohne Dennis anzublicken.

»Hä?«, erwiderte dieser überrascht. »Ich hasse Frauen doch nicht. Ganz im Gegenteil. Ich finde sie geil.« Bei dieser Feststellung begann er schief zu grinsen.

»Doch – du hasst sie.«

»Tu ich?«

»*Querfotze*. Schon vergessen?«

»Das war doch nur Spaß. Lena hat es verstanden.«

»Du erniedrigst sie, wann immer du kannst. Und lieben kannst du sie überhaupt kein bisschen. Und ich weiß auch, warum.«

»Ach ja?«

»Wegen deiner Mutter.«

Dennis' Finger krallten sich um Teile der Armbrust. »Halt die Fresse, Mann.«

Unbewegt starrte Hauke weiter geradeaus. Sein Atem hinterließ Schleier auf der Scheibe. Nachdem sie den Motor ausgestellt hatten, begann das Auto langsam, von innen zu beschlagen.

Langsam stahl sich ein Grinsen zurück auf Dennis' Gesicht. »Hör zu, du kleiner Klugscheißer. Erstens: Du verstehst gar nichts. Zweitens: Versuch nicht, mich zu analysieren, das klappt sowieso nicht. Und drittens habe ich nicht vor, Lena was zu tun, falls du das glaubst.«

»Warum stehen wir dann hier?«

»Für das genaue Gegenteil. Um ihr nämlich eine Chance zu geben. Du sagst, sie hält weiterhin zu uns. Ich sage, sie nutzt die erste Gelegenheit, um zusammen mit dem Pressefritzen was abzuziehen. Vermutlich ist sie jetzt bei ihm in der Sauna und bläst ihm einen.«

»Du spinnst.«

»Meinst du? Bei mir hat sie es heute Nacht auch gemacht.«

Hauke öffnete den Mund, um etwas zu erwidern, schüttelte dann nur den Kopf.

»Und ob. Sie bläst wie ein Profi. Und dann hab ich sie gefickt.«

»Hast du nicht.«

»Hab ich nicht?« Dennis lachte höhnisch auf. »Im Gegensatz zu dir habe ich keine Angst vor Frauen. Und weißt du, wieso sie es mit mir gemacht hat, die kleine Hure? Nur damit ich für sie auf die Seite vom *Sylter Spion* gehe. Damit ich ihr sagte, dass Anna noch lebt.«

Hauke senkte den Blick, denn er begann, Dennis zu glauben.

»Sie haben alle ihren Preis. Alle! Also erzähl' du mir nichts von Frauen.«

Wütend starrte Dennis die schmächtige Figur neben sich an.

»Ich glaube trotzdem«, sagte Hauke leise, »dass sie auf uns wartet.«

»Weil du verliebt bist, du dummer Esel.« Dennis boxte Hauke freundschaftlich gegen den Oberarm. »Aber das ändert leider nichts daran, dass die beiden gleich zusammen zur Tür rausmarschieren werden. Händchen in Händchen. Wie ein verliebtes Ehepaar. Tut mir leid, Kumpel.«

»Und dann willst du sie jagen. Alle beide. Mit dem Ding da.« Hauke deutete auf die Armbrust.

Dennis sah Hauke lange von der Seite an. »Ich gebe Lena die Chance zu beweisen, dass sie keine miese Verräterin ist. Und das tue ich allein dir zuliebe, mein Junge. Warum schnappst du dir nicht auch einfach mal eine? Lena oder sonst eine. Immer himmelst du sie nur an. Das nervt, Mann. Total.«

Ohne es zu wollen, musste Hauke zu diesen Worten nicken. Denn natürlich stimmte es. Gerne wäre er Lena nähergekommen. Doch dafür musste sie es doch auch wollen. Und das würde in 100 Jahren nicht passieren. Selbst in 1000 nicht.

»Wir machen es jetzt, wie besprochen. Ich bringe die Kutsche von dem Typen zum Campingplatz«, sagte Dennis, »und komme dann, so schnell es geht, zurück.«

»Und wenn er wirklich schon vorher abhaut?«

»Fährst du ihn einfach um. Ein Unfall im Sturm. Über alles andere denken wir nach, wenn ich wieder da bin.«

Hauke schüttelte den Kopf. »Was wird dann aus Lena?«

»Weiß ich auch noch nicht.«

Dennis legte die Armbrust nach hinten und drückte die Tür gegen den Sturm auf.

»Dennis …«

»Was?«

»Ich will nicht, dass du ihr was tust.«

»Das liegt doch ganz allein bei ihr, Kumpel.«

Schon war die Tür zu. Dennis war verschwunden. Und so allein wie noch nie, ließ Hauke sich vom Sturm durchschütteln.

47

Wie im Fernsehen gelernt, trug Dennis dünne schwarze Handschuhe aus einem Sportgeschäft. Auf dem einen Handrücken prangte der Buchstabe R, auf dem anderen ein L. Seine Haare steckten unter einer Wollmütze. Auf diese Weise wollte er weder Fingerabdrücke noch Haare oder Schuppen im Wagen von Jan Fischer hinterlassen. Die Einstellung des Rückspiegels ließ er aus demselben Grund unberührt, und auch den Sitz stellte er nicht neu ein. Da er und Jan fast gleich groß waren, musste das auch nicht sein.

Anders als der Amarok war Jans Kleinwagen wesentlich windanfälliger. Dennis musste sich konzentrieren, um auf der Straße zu bleiben, und empfand Erleichterung, als er endlich die Einfahrt zum Campingplatz sah. Er parkte den Wagen in einer Haltebucht neben der geschlossenen Schranke. Wegen des Sturms rechnete er nicht damit, dass sich jemand auf dem Platz aufhielt, trotzdem sah er sich zuerst genau um, bevor er aus dem Auto stieg.

Die Logik verlangte, dass Dennis den Autoschlüssel im Wohnwagen platzierte, diesen dann von außen wieder verschloss und sich mit dem Wohnwagenschlüssel zurück auf den Weg zu Hauke machte. Wenn es sich ergab, konnte der den Schlüssel dann wieder Jan in die Jacke stecken oder gegebenenfalls einfach verschwinden lassen.

Der Sturm zerrte an seiner Kleidung, als er über den Platz schritt. Alle Gebäude waren fest verrammelt, und der Weg zu den Wohnwagen leicht zu finden. Es gab zu dieser Jahreszeit nicht viel mehr auf einem Campingplatz zu sehen. Ziemlich schnell entdeckte Dennis den richtigen Trailer und schloss auf. Der Sturm hätte ihm beinahe die Tür aus der Hand gerissen, doch es gelang Dennis dagegenzuhalten. Im Wohnwagen herrschte ein mörderischer Lärm. Fast fühlte Dennis sich drinnen mehr als draußen dem Orkan ausgeliefert.

Schnell suchte er die überschaubaren Räumlichkeiten ab. Hinweise auf sich oder Hauke fand er keine. Vielleicht hatte Jan Fischer tatsächlich nur das Foto von Anna als Spur gehabt. Vor seinem Besuch in der Villa hatte er demnach nichts über die Identität der *Hansemen* gewusst. Bei dieser Vorstellung nickte Dennis. Der Ausflug in den Camper hatte sich schon jetzt gelohnt. Zufrieden legte er Jans Autoschlüssel auf die schmale Küchenzeile, ein letzter Blick huschte durch den Raum, dann war er bereit, sich wieder dem Sturm zu stellen.

Dennis wollte den Wohnwagen gerade wieder verschließen, als er etwas hinter sich spürte. Langsam drehte er sich um und stand einem alten Mann direkt gegenüber. Im heulenden Wind war es Martens leicht gelungen, sich Dennis unbemerkt zu nähern.

»Erwischt, Bursche.« Es schwang wenig Freundlichkeit in diesen Worten. »Hast du dir so gedacht. Im Sturm passt keiner auf die Sachen auf, was? Da kann man schön plündern gehen.«

Zunächst war Dennis erschrocken, dann erbost. Glaubte der Alte wirklich, er wäre zum Einbrechen hier? »Sehe ich vielleicht so aus?«, entgegnete er.

Der Alte schwieg. Dennis schüttelte den Kopf und wollte Martens einfach stehenlassen. Doch dieser streckte den Arm aus und verwehrte Dennis das Vorbeigehen.

Der schloss eine Faust um die Schlüssel zum Campingwagen. »Lass mich vorbei, Alter. Sonst …«

Beide mussten sich wegen des Sturms anbrüllen. Wenn der Campingwagen nicht etwas Windschutz geboten hätte, wäre trotzdem keine Verständigung zwischen ihnen möglich gewesen. Doch so meinte Martens nur: »Sonst was?«

»Sonst verpasse ich dir eine und lass dich hier im Dreck liegen.«

»So?« Der alte Mann hatte die Hände in den Taschen. Statt des für ihn üblichen Stofftaschentuchs zog Martens diesmal ein Klappmesser hervor. Langsam öffnete er die etwa zehn Zentimeter lange Klinge. »Bin gespannt, wie du das anstellen willst, Bursche.«

48

In den Nachrichten verbreitete das Orkantief, das, von der Nordsee kommend, mittlerweile über ganz Nordeuropa lag, als *Franziska* seine Schrecken. Verpasst bekommen hatte es diesen Namen wie alle Wetterphänomene, die direkten Einfluss auf Deutschland nahmen, vom Meteorologischen Institut der Universität Berlin. Ursprünglich wurden dort alle Tiefdruckgebiete mit weiblichen Namen und alle Hochdruckgebiete mit männlichen versehen. Da es jedoch irgendwann als sexistisch betrachtet wurde, mieses Wetter

grundsätzlich mit Frauennamen zu belegen und poten-
ziell gutes mit Männernamen, beschloss man 1998, eine
andere Regelung einzuführen. Ein einfaches Umkehren
der Bezeichnungen wäre derselben Logik folgend jedoch
ebenfalls sexistisch gewesen. Daher überlegte man sich, die
Namensvergabe jedes Jahr zu tauschen. In ungeraden Jahren trugen Tiefdruckgebiete in Deutschland seitdem weib-
liche Namen und Hochdruckgebiete männliche. In gera-
den Jahren wurde dieses Verfahren umgedreht. Orkantief
Franziska verdankte seinen Namen daher der ungeraden
Jahreszahl.

Eben diese *Franziska* war laut Radio bereits für mehrere
abgedeckte Dächer in ganz Schleswig-Holstein verantwortlich, herrenlos herumrollende Müllcontainer in Husum, zertrümmerte Fenster in Heide, losgerissene Bauplanen in Kiel,
das Umstürzen eines nicht beladenen Lkw-Anhängers auf
der Bundesstraße 5 zwischen den Orten Hemme und Stel-
le-Wittenwurth und zu guter Letzt für den Umstand, dass
Charlotte Sander seit einiger Zeit auf dem Beifahrersitz eines
VW Passat Kombi in Richtung Dänemark unterwegs war.
Zuvor hatte die Botschaft einer Oberleitungsstörung den
Bahnhof von Niebüll erreicht. Mehrere Bäume hatten auf
Höhe Itzehoe die Stromleitungen zerstört, was bedeutete,
dass in Niebüll für den weiteren Verlauf des Tages auch aus
Hamburg mit keinem weiteren Zugverkehr zu rechnen war.
Charlottes Frust war immer weiter gewachsen, während sie
zusah, wie der Bahnangestellte mit dem netten dänischen
Akzent seinen Schalter dichtmachte.

»Du willst also noch immer nach Sylt?«, hatte dieser
gefragt, als er damit fertig war. Dann erzählte er, dass er
den unerwartet freien Nachmittag nutzen wollte, um seine
Mutter zu besuchen. Die würde auf Rømø leben, der dänischen Nachbarinsel von Sylt.

»Und?«, hatte Charlotte entgegnet, da sie dem Gedankengang nicht folgen konnte.

»Von dort gibt es eine Fähre nach Sylt.« Der junge Däne, der sich ihr bereits als Anders Madsen vorgestellt hatte, nickte zu seinen eigenen Worten. »Von Havneby nach List.«

»Soll das heißen, Sie würden mich bis dorthin mitnehmen?«, hatte Charlotte gefragt und neue Hoffnung geschöpft. »Einfach so? Das wäre aber sehr nett.«

»Ich bin nett.«

Also waren sie gemeinsam aufgebrochen. Wegen des starken Seitenwindes musste Anders sehr vorsichtig fahren. Die Strecke zog sich immer länger dahin. Eigentlich hätte die gesamte Fahrt nicht viel mehr als eine Stunde dauern sollen. Doch nach Ablauf dieser Zeit waren sie gerade erst auf Höhe der dänischen Grenze.

»Du hast doch deinen Ausweis dabei? Papiere? Ich meine, nur für den Fall.«

»Sicher«, erwiderte Charlotte.

Wann genau sie dann auf dänisches Territorium wechselten, bekam Charlotte gar nicht richtig mit. Selbst die Namen der Ortschaften sagten es ihr nicht. Hieß es in Deutschland eben noch Klanxbüll, so war es kurz darauf eben Hoyer in Dänemark. Erst Anders musste sie darauf hinweisen, dass sie sich nun in einem anderen Staat befanden.

»Zum Glück wohnt meine Mutter auf Rømø und nicht auf Sylt.«

Charlotte sah Anders fragend von der Seite an.

»Weil man da noch leben kann. Auf Sylt ist alles viel zu teuer. Besonders Wohnungen. Darum pendeln ja so viele Leute jeden Tag nach Sylt. Mit normaler Arbeit kann man sich da keine Wohnung mehr leisten. Stattdessen schotten sich die Reichen immer mehr von den anderen ab.«

»Festung Sylt?«

»Was? Ja, Festung Sylt. Und natürlich ist Rømø die viel schönere Insel.«

»Natürlich.«

»Wer will schon Einkaufsstraßen und Schnickschnack-Läden auf einer Insel? Gibt es doch sowieso schon überall.«

»Schnickschnack-Läden?«

Anders nickte und sah, wie Charlotte grinste. »Was ist? Ist das Wort falsch?«

»Nein, nein«, beschwichtigte sie. »Klingt nur niedlich.«

Nun grinste auch Anders. »So sind wir eben, wir Dänen. Niedlich.«

Die Fahrt über den Rømø-Damm hielt dann, was das aufbrausende Meer bei seinem Anblick von der Küstenstraße aus bereits versprochen hatte. Es schäumte und brodelte. Es leckte am fünf Meter hohen Damm. Manchmal warfen sich riesige Wellen mit aller Wucht gegen die künstlich aufgeschüttete Konstruktion.

Die Dammkrone war 13 Meter breit. Anders als beim Hindenburgdamm lagen darauf keine Schienen, sondern Straßenasphalt. Fast 3000 Autos nutzten die Verbindung zwischen dem Festland und der Insel an gewöhnlichen Tagen. Doch da dieser Tag nicht gewöhnlich war, befuhr der grüne Kombi ganz allein die Straße.

»Ist das auch sicher?«, fragte Charlotte, kam sich dabei wie die mahnende Stimme einer älteren Frau vor und konnte sich die Bemerkung trotzdem nicht verkneifen. Es gab einen Fahrstreifen in jede Richtung. Und diese wurden lediglich durch einen winzigen Begrenzungszaun von kaum 30 Zentimetern Höhe vom Meer getrennt. Die glitzernd nasse Straße verriet, dass bereits mehrere Wellen über die Dammkrone geschlagen waren.

»Angst?«

»Ein bisschen.«

»Musst du nicht. Der Damm wird zwar manchmal über-
spült, aber er hat bisher immer gehalten. Ein paar Schäden,
sonst nichts weiter.«

»Beruhigend.«

Anders nickte. Seine ums Lenkrad verkrampften Finger
förderten den Wert der um Optimismus bemühten Aussage jedoch nicht. Charlotte sah, wie angestrengt der junge
Mann die Spur zu halten versuchte. Dann richtete sie den
Blick wieder geradeaus. Sie wollte die Wellen links und rechts
nicht länger sehen. Ihr Grollen und Donnern reichten Charlotte völlig.

Neun Kilometer führte der Damm durch das tobende
Meer. Neun Kilometer, für die Charlotte und Anders über
20 Minuten brauchten. Als sie endlich auf der Insel anka-
men, lächelten sie sich gegenseitig erleichtert an.

»Ich wundere mich, dass niemand die Straße gesperrt hat«,
sagte Charlotte kopfschüttelnd.

»Vielleicht wurden die Schilder weggeweht«, entgegnete
Anders und lachte kurz auf. Weiterhin waren sie das einzige Auto weit und breit. Anders hielt an einer Kreuzung.

»Ist es noch weit bis zum Hafen?«, wollte Charlotte wissen.

»Auf Rømø ist nichts weit voneinander entfernt. Mit
dem Auto jedenfalls. Zu Fuß müsstest du allerdings noch
eine Weile laufen. Aber wir fahren da jetzt nicht hin. Es
legt sowieso keine Fähre mehr ab. Das geht erst, wenn der
Sturm nachlässt.«

»Aber du sagtest doch …« Charlotte krauste die Stirn.
»Wieso sind wir denn sonst überhaupt hier?«

»Ich sagte, du kommst von hier wegen der kaputten Oberleitung vermutlich eher nach Sylt rüber. Aber ich sagte nicht,
wann. Wir fahren erst einmal zu meiner Mama. Dort essen
wir und trinken wir.«

»Aber das will ich nicht.«

»Meine Mutter kocht gut.«

»Kann schon sein, aber ich will es trotzdem nicht. Lass uns bitte zum Hafen fahren. Vielleicht geht ja doch noch eine Fähre. Ich muss es zumindest probieren.«

»Warum?«

»Weil es wichtig ist«, wiederholte Charlotte mit einem Gesichtsausdruck zwischen Verärgerung und Flehen.

»Aber ich dachte, wir könnten noch etwas Spaß haben.«

Aha, dachte Charlotte. Jetzt kommen wir der Sache schon näher. Der Gentleman zeigt sein wahres Gesicht.

»Ich will zum Hafen. Und zwar jetzt. Was muss ich dafür tun?«

»Das ist dein Ernst, ja? Zum Hafen. Bei dem Sturm.«

»Wenn du nicht willst, gehe ich zu Fuß.«

»Vergiss es. Das schaffst du nicht.«

»Fährst du mich?«

Anders rieb sich über das schmale Oberlippenbärtchen. »Ich finde das nicht ganz fair.«

»Was?«

»Wie gesagt. Ich dachte, wir hätten noch etwas Spaß zusammen.«

»Was meinst du? Sprich deutlich. Du hast mich bis hierher mitgenommen. Was willst du dafür haben? Geld? Wie viel?«

Anders druckste etwas herum. »Wie wäre es … mit einem Blowjob? Den, und wir sind quitt.«

Charlotte verengte die Augen. »Du willst einen Blowjob? Und wenn ich nicht will?«

»Dann steigst du jetzt besser doch aus.«

»Das meinst du nicht wirklich. Bei dem Sturm? Du hast selbst gesagt, dass ich da nicht weit komme.«

»Nun sei doch nicht so. Das ist doch keine große Sache.«

Anders legte den Kopf schief, doch Charlotte fand das wenig witzig. Stumm blickte sie zur Windschutzscheibe hinaus, während sich das Auto unter einer Böe aufzubäumen schien.

49

Jan fühlte sich nicht wirklich in Form. Viel hätte er für einen Schluck heißen Kaffee gegeben. Doch Lena drängte ihn zur Eile. Sie wusste nicht, wann Dennis und Hauke zurückkommen würden, und das Anziehen von Jan hatte länger gedauert, als sie gedacht hatte. Der verließ das Badezimmer mit vorsichtigen Schritten, ohne das Bedürfnis zu haben, sich noch einmal umzudrehen. Die unbequeme und von Schmerzen geprägte Nacht in der Sauna wollte er so schnell wie möglich vergessen.

»Nicht da lang«, sagte Lena, als er auf die große Eingangstür zusteuern wollte. »Hinten raus.«

Einen Augenblick blieb Jan zum Luftholen stehen.

»Sie kommen gleich mit dem Auto zurück«, nutzte Lena den Moment für eine Erklärung. »Und wenn Sie über die

Straße laufen, werden die beiden Sie vielleicht sofort entdecken.«

Dieser Logik vermochte Jan zu folgen. Deshalb ließ er sich von Lena durch das Wohnzimmer zu einer riesigen Terrassentür führen. Als sie den Hebel nach unten drückte, wurde es schlagartig lauter im Haus. Der Wind suchte sich einen Weg durch die nun nicht mehr gänzlich schließende Gummidichtung.

»Bereit?«, fragte Lena, die Hand noch immer am Griff. Vorsichtig schob sie die große Glastür nach links. Das Krachen einer zuschlagenden Tür ließ beide zusammenzucken.

»Nur der Wind«, sagte sie.

Jan wusste, dass sie recht hatte. »Lena. Bitte kommen Sie mit mir.«

Sie schüttelte den Kopf.

»Sie sind hier nicht mehr sicher. Schon gar nicht, wenn Sie mich laufen gelassen haben.«

»Alles in Ordnung«, wehrte sie ab. »Ich hab das im Griff.«

»Hauke vielleicht. Aber Dennis ist gefährlich«, beharrte Jan.

»Hauen Sie einfach ab, Mann!«

Jan merkte, dass sie es ernst meinte. »Und wo lang?«

Lena zeigte auf einen Rundbogen am Ende des Gartens. Dort gab es eine Holzpforte. »Da ist ein Trampelpfad, der zu den Dünen führt. Sie müssen runter zum Strand. Dann in die Richtung.« Lena deutete mit dem linken Arm gen Süden. »Dort geht es nach Wenningstedt. Versuchen Sie dort, bei jemandem Unterschlupf zu finden.«

»Und wenn ich den richtigen Aufgang verpasse?«

»Dann laufen Sie automatisch weiter bis Westerland. Aber achten Sie vorher einfach auf eine steile Wand. Das ist das Rote Kliff. Da müssen Sie hoch.«

Jan nickte. Er kannte das Rote Kliff. Eggestein hatte ihm dort Anna gezeigt.

»Ich bitte Sie jetzt ein letztes Mal«, sagte Jan zu der Schwester der Toten. »Kommen Sie mit!«

»Nein, verdammt. Nun hauen Sie schon ab!«

Jan trat ohne weitere Worte hinaus in den Sturm. Sofort wurde ihm klar, dass der alte Martens vom Campingplatz recht gehabt hatte. Das am Vortag war nur ein raues Lüftchen, auch wenn es bereits mächtig an den Befestigungen des Wohnwagens gerüttelt hatte. Doch der Sturm, der Jan nun in Empfang nahm, war von einer ganz anderen Art.

Er musste den Kopf senken, um überhaupt gegen den Wind anzukommen, der vom Meer auflandig wehte. Selbst das Atmen fiel Jan schwer. Wie er es durch die Dünen schaffen sollte, wusste er nicht. Und die Sturmstärke am Strand konnte er sich noch gar nicht vorstellen.

Jetzt war er erst mal bei einer niedrigen Buchsbaumreihe am Ende der Terrasse. Jetzt auf dem gepflegten Rasen. Jetzt bei der Gartenpforte. Er konnte nicht anders, drehte sich zum Haus, um ein letztes Mal nach Lena zu gucken. Er war sich nicht sicher, ob er sie lebend wiedersehen würde. Selbst wenn er bei irgendwelchen Leute schnell Hilfe fand und sofort die Polizei verständigen konnte. Dennis und Hauke waren bestimmt schneller wieder zurück.

Sein nächster Gedanke ging in eine ganz andere Richtung. Denn er sah, wie sich neben der Hausecke etwas bewegte. Machte er sich vielleicht viel zu sehr Sorgen um Lena? Hätte er nicht besser erst einmal an seine eigene Sicherheit denken sollen? War es möglich, dass Lena ihm gar nicht die Flucht ermöglichen wollte, sondern ihn in eine Falle gelockt hatte?

Wegen des Sturms hörte er den Pfeil nicht fliegen, doch als dieser durch seine dicke Daunenjacke schlug, wusste er sofort, worum es sich handelte. Dafür war die Erinnerung an den ersten Schuss durch seine Schulter noch mehr als präsent. Wieder wurde Jan von einem Jagdpfeil an Holz genagelt. Diesmal war es einer der Eckpfosten des Rundbogens, an dem die offene Gartenpforte zur selben Zeit ein Spielzeug des Windes war. Und wieder hatte Jans neue Jacke zwei weitere Löcher.

50

Der Sturm isolierte Charlotte und Anders im Auto. Kein Mensch war auf den Straßen. Die Dunkelheit der Nacht hätte ihnen nicht mehr Schutz vor neugierigen Blicken bieten können. Sie waren nicht einmal von der Kreuzung hinuntergefahren. Anders wollte seine Hose öffnen. Er grinste, sah die Frau neben sich erwartungsvoll an. Schweiß bildete sich auf seinem Oberlippenbärtchen. »Mach du es.«

Charlotte nickte. Mit einem Lächeln rutschte sie näher, streckte die Hand aus und schob sie über das Sitzpolster zwischen Anders' Beine. Doch der Reißverschluss seiner schicken Diensthose mit der exakten Bügelfalte interessierte

Charlotte nicht. Ohne Vorwarnung griff sie zu. Und mit der Elle des anderen Arms drückte sie auf den Hals des jungen Mannes.

Anders wollte sich wehren. Doch sofort drückte Charlotte mit der rechten Hand noch fester zu. Tränen schossen dem jungen Mann in die Augen, und er verharrte völlig regungslos.

»Die Falsche ausgesucht«, hauchte Charlotte ihm ins Ohr. »Schon begriffen?«

Anders nickte nur.

»Wie bitte?«

»Ja«, stammelte er.

»Ja, was?«

»Die Falsche. Du bist die Falsche.«

»Sehr richtig.« Erneut lächelte sie. »Und was muss ich nun tun, damit du mich zum Hafen fährst?«

»Ich …«

»Was?«

»Lass mich einfach los.«

»Und dann?«

»Dann fahre ich dich.«

»Und sind wir dann quitt?«

»Ob wir …? Ja. Ja. Lass mich los, und wir sind quitt.«

»Weißt du, was du bist, Anders Madsen?«

Er versuchte, den Kopf zu schütteln, doch Charlottes Unterarm auf seinem Hals machte das unmöglich.

»Du bist ein erbärmliches, kleines Männchen. Stimmt's?«

»Nein. Ich …«

»Doch, doch, doch. So erbärmlich wie dein kleines Würstchen. Meinst du, das Würstchen würde etwas vermissen, wenn ich Omelett aus deinen Eiern mache?«

»Nein.«

»Nein?«

»Äh, doch. Lass mich los, bitte. Lass mich los.«

Erneut begann Anders zu zappeln. Charlottes Faust wurde enger, und er hörte auf. Einer Comicfigur gleich schienen seine rot geäderten Augen aus den Höhlen zu treten. Dann schloss er die Lider.

»Deine Mutter wäre sehr traurig, wenn sie das hier sehen würde. Stimmt's? – Ob das stimmt?«

»Ja.«

»Und warum?«

»Weil …« Der Schmerz im Unterleib hinderte Anders am Denken.

»Gib dir Mühe. Du weißt es.«

»Weil ich ein Schwein bin?«

»Ganz genau. Hilfsbereitschaft vorzutäuschen und sich dann so zu benehmen, dass ist schweinisch. Tu so etwas nie wieder, Anders Madsen.«

»Nein.«

»Kann ich mich darauf verlassen?«

»Ja, ja. Kannst du.«

»Na, wir werden sehen.«

51

Ungläubig starrte Lena zu dem Schauspiel hinüber. Sie hatte die große Schiebetür bereits wieder geschlossen, um sich vor dem Sturm zu schützen, und wollte die Verriegelung nach unten drücken, als sie sah, wie der Jagdpfeil Jan traf. Sie überlegte noch, ob sie ihm zu Hilfe eilen sollte, sah dann jedoch, wie jemand von links kommend auf die Terrasse trat. In beiden Händen hielt er die Armbrust. Zunächst blickte er auch zu Jan hinüber, dann drehte Hauke sich zu Lena um.

Instinktiv drückte die junge Frau den Hebel der Schiebetür nach unten. Während die Verriegelung einrastete, wurde es unerwartet still im Raum. Nur eine gedämpfte Stimme, die aus weiter Ferne zu kommen schien, drang an ihr Ohr.

»Lena.«

Hauke sah sie durch die dicke Scheibe direkt an. Er stand wenige Zentimeter vom Glas entfernt. Die Armbrust hielt er nur noch mit einer Hand. Die andere hatte er zur Faust geballt gegen die Scheibe gelegt.

»Lass mich rein.«

Während Hauke gegen den heulenden Wind anbrüllte, wurde ihm bewusst, wie symbolträchtig die Situation war. So nahe war er Lena in diesem Augenblick, so dicht bei ihr, dass er sie eigentlich hätte berühren können. Doch eine unsichtbare Wand trennte ihn von ihr. Genau solch eine unsichtbare Wand, wie er sie schon immer zwischen sich und Lena gespürt hatte. Eigentlich zwischen sich und allen schönen Frauen.

»Lena!«

Sie sah ihn an.

»Lass mich rein!«

Lena schüttelte den Kopf. Dann sagte sie etwas, ohne dass er es verstehen konnte. Wütend begann er, mit der Faust gegen das Glas zu schlagen. Kalt war es und hart. Dann begriff er, dass es nur eine Möglichkeit gab, um die unsichtbare Barriere zu zerstören. Er trat einen Schritt zurück, bestückte die Armbrust mit einem weiteren Pfeil und zielte damit auf Lena.

Die junge Frau sah Hauke zu. Sie wusste nicht, ob er wirklich schießen würde und ob der Pfeil die Wucht hatte, um die Scheibe zu durchschlagen. Doch das wollte sie auch nicht herausfinden.

Schnell trat Lena ein paar Schritte zurück, drehte sich um und rannte durch das Wohnzimmer zum Hausflur. In der Kleiderkammer neben der Gästetoilette griff sie mit zitternden Händen nach ihrer Jacke und versuchte, möglichst schnell in die Stiefel zu kommen. Dabei lauschte sie unentwegt zur Haustür.

War dort ein Schlüssel zu hören? Sie hielt kurz in der Bewegung inne. Ein Schatten schien am Fenster vorbeizuhuschen. Sie drehte den Blick, war sich aber nicht sicher, was sie gesehen hatte. Den zweiten Stiefel zog sie im Hausflur an. Auf keinen Fall wollte sie sich von Hauke in der Kammer erwischen lassen.

Noch immer war nichts an der Haustür zu hören. Kurz machte sie einen Schritt darauf zu, überlegte es sich dann anders und lief wieder in Richtung Wohnzimmer. Auf Höhe der Küche sah sie kurz das in einem Holzblock steckende Messerset vor sich. Doch die Zeit, die es brauchen würde, um sich eines der Küchenmesser zu schnappen, schien ihr zu kostbar. Dann war sie wieder bei der Terrassentür.

Das Glas hatte kein Loch. Kein Pfeil hatte es durchschlagen.

Lena trat, so dicht es ging, an die Panoramascheibe heran und suchte den Garten mit Blicken ab. Hauke schien verschwunden. Genauso wie Jan.

Verwirrt fragte sie sich, wie das möglich war: Hatte sie sich das alles nur eingebildet? Dann schüttelte sie den Kopf. Jan musste doch noch irgendwie die Flucht gelungen sein. Und genau das wollte sie jetzt auch schaffen.

Ein letzter Blick ging in die Villa. Hier war es sowieso nicht mehr sicher. Das stand fest. Warum Hauke auch immer so wütend geworden war, der Grund interessierte Lena nicht genug, um ihn herausfinden zu wollen. Mit mehr Kraft als nötig drückte sie die Verriegelung hinunter und schob die Tür zur Seite. Wieder wurde sie vom Sturm gepackt. Mit einem Fuß trat Lena auf die Terrasse, dann mit dem zweiten. Dass sie nicht länger allein war, wurde ihr fast im selben Moment klar.

Eine Stimme sprach sie von rechts an. Hauke hatte sich ein Stück neben der Schiebetür an die Hauswand gepresst, gerade weit genug entfernt, dass Lena ihn von innen nicht hatte sehen können. Nun löste er sich von der Wand. Doch anders als zuvor schien er nicht mehr wütend zu sein, eher traurig, fast schon verzweifelt. »Warum hast du das getan? Wir haben dir vertraut.«

Nachdem Lena sich seitwärts zu Hauke gedreht hatte, bewegte sie sich nicht mehr. Sie hatte die Arme leicht nach vorn gestreckt und die Finger als Zeichen ihrer Harmlosigkeit gespreizt. Die Armbrust in Haukes Händen wies auf den Boden.

»Bist du völlig durchgedreht?«, schrie Lena plötzlich los. »Wieso hast du auf mich gezielt?«

Hauke legte die Stirn in Falten. »Du hast ihn laufen lassen. Warum?«

»Damit wir ihn los sind.«

»Er wird direkt zur Polizei rennen.«

»Na und? Der Schuss war doch ein Unfall.«

Haukes Augen wanderten in den Höhlen hin und her. Der Schuss war ein Unfall? Beinahe sah es aus, als versuchte er, sich daran zu erinnern, welchen Schuss Lena meinte.

»Aber dass du jetzt genauso wie Dennis auf ihn geschossen hast, war total dumm.«

Hauke drehte den Kopf zur Seite.

»Ich werde jetzt gehen, Hauke.«

Seine Augen wanderten zurück zu Lena.

»Ich muss gucken, ob er Hilfe braucht.«

»Er?«

»Ja.«

»Hast du dich in ihn verliebt?«

»Was?«

»Hast du es mit ihm getrieben?«

Lena schwieg. Sie dachte kurz an Dennis und seine nächtlichen Besuche in ihrem Schlafzimmer. Hauke aber dachte an Jan. Er dachte an die Sauna.

»Dennis sagt, dass du eine Hure bist, Lena. Stimmt das, Lena? Bist du eine Hure?«

»Hauke, hör auf. Beruhige dich mal.«

»Ob du eine Hure bist, will ich wissen!« Speichel sprühte Lena entgegen.

»Nein!«

»Hast du diesen Typen gefickt?«

»Quatsch keinen Mist. Das ist doch totaler Schwachsinn.«

»Warum willst du ihm dann hinterherlaufen?«

»Du hast auf ihn geschossen. Und du hast ihn getroffen.« Noch während Lena dies sagte, merkte sie, dass sie einen Fehler gemacht hatte. Sie hätte die Armbrust nicht erwähnen dürfen. Doch nun schien es so, als würde sich Hauke der

Waffe in seinen Händen gerade erst wieder bewusst. Langsam senkte er den Blick. Lena nutze dies, um einen Schritt rückwärts zu tun.

»Ich muss jetzt gehen«, sagte sie wieder. »Das verstehst du doch?«

»Nach ihm suchen?«

»Ja.«

Hauke schüttelte den Kopf. »Das will ich nicht.«

»Hauke. Bitte geh ins Haus und warte da.«

»Ich weiß, dass du Dennis gefickt hast. Und jetzt willst du ihn ficken.«

Ein Zittern ging durch die Armbrust, fast so, als wollte sie selbst, dass sie nach oben gehoben wurde.

Lenas Pupillen weiteten sich. Der bittere Geschmack von Adrenalin legte sich auf ihre Zunge. Spätestens jetzt begriff sie, dass Hauke nicht mit ihr spielte. Das hier war real.

»Ich habe nicht mit ihm gefickt. Dein toller Freund hätte gerne, aber ich nicht. Das ist die Wahrheit. Und du warst ihm dabei völlig egal.«

Die Armbrust war nun hoch genug gewandert, um auf Lenas Brust zu zielen. Die Spitze des Jagdpfeils wies auf ihr Herz.

»Dennis lügt. Versteh das doch, Hauke. Jedes Mal, wenn er den Mund aufmacht, lügt er.«

Lena hatte gesehen, was der Pfeil im Hausflur mit Jan angestellt hatte. Und das war aus einem Vielfachen der Entfernung geschehen. Sollte Hauke mit nur einem Meter Abstand auf sie schießen, würde der Pfeil ihren Oberkörper glatt durchschlagen und am Rücken zum Teil wieder austreten.

»Lass mich gehen«, sagte sie und merkte, wie ihr Blick leicht verschwamm. Aufsteigende Tränen behinderten sie beim Sehen. »Hauke. Ich habe dir nichts getan.«

Mit diesen Worten ging sie weiter zurück. Noch einen Schritt. Und noch einen. Schon war sie am Rande der Terrasse. Als sie den Rasen betrat ging sie noch immer rückwärts. Dann drehte sie sich langsam um und bot Hauke ihren Rücken als Ziel.

Wenn er schießt, dann jetzt, dachte sie und machte sich auf den Einschlag gefasst, ohne über den Schmerz nachzudenken, der mit dem Pfeil in ihren Körper fahren würde. Als sie fast das Gartentor erreicht hatte, dachte sie, dass der Pfeil bei diesem Sturm vielleicht abgetrieben würde. Selbst wenn Hauke gut zielte, konnte es sein, dass er sein Ziel verfehlte. Dann begriff sie, dass er überhaupt nicht schießen würde. Vielleicht zielte er nicht einmal mehr auf sie. Doch um dies zu überprüfen, hätte sie sich umdrehen müssen, und dazu fehlte ihr der Mut.

Wenn ich mich nicht umdrehe, dann schießt er auch nicht auf mich. Mit diesem Gedanken ging sie immer weiter. Sie sah den Pfeil, den Hauke auf Jan geschossen hatte, im Holz des Torbogens stecken. Dann war sie jenseits der Grundstücksgrenze. Und dann … begann sie zu rennen.

52

Die Heidelandschaft, durch die Jan hastete, bot keinerlei Versteck. Ihm war klar, dass er ein Wettrennen gegen Dennis oder Hauke mit seiner lädierten Schulter nicht gewinnen konnte. Kaum außer Sicht des Hauses, erreichte er dann einen Platz mit aufgetürmten Sanddünen. Sofort sprang er von den Holzplanken, die ab hier den Weg markierten, und versuchte, im Tal zwischen zwei Dünen ein Versteck zu finden. Jan wusste, dass man Dünenlandschaften nur auf den befestigten Wegen betreten sollte. Warnschilder sprachen regelmäßig die Mahnung aus, die Pfade und Holzstege nicht zu verlassen. Spaziergänger auf Abwegen konnten nicht nur Rinnen in die Hügel treten, die dann dem Wind eine Angriffsfläche boten, sie zertraten oft auch das Wurzelwerk und die Keimlinge des Strandhafers. Aber das war Jan im Moment alles vollkommen egal.

Seine Schuhe sanken bei jedem Schritt fast bis zur Hälfte ein, trotzdem stellte Jan beim Zurückschauen fest, dass er so gut wie keine Fußspuren hinterließ. Der Sand rieselte sofort in die tiefen Stapfen nach. Es würde ein geübtes Auge brauchen, um zu erkennen, dass dort jemand gegangen war.

Nur ein Stück weiter wurde Jan von einem Schleier aus Sand umhüllt. Der Orkan peitschte über die Kuppen und ließ einen steten Regen feiner Körner durch die Luft wirbeln. Höchstwahrscheinlich konnte man Jan bereits vom Weg aus nicht mehr sehen. Trotzdem presste er sich, so gut es ging, an den Boden und versuchte, sich hinter einem Busch Strandhafer zu verstecken.

Erleichtert holte er Luft und fühlte sich für einen Moment fast sicher. Doch schon nach wenigen Minuten glaubte er, durch den heulenden Sturm seinen Namen rufen zu hören.

Lena, dachte er. Ich habe Lena im Stich gelassen.

Oder gehörte sie doch zu ihnen?

Hatte sie Jan in eine Falle gelockt?

Das konnte doch nicht sein.

Aber wieso hatte Hauke ihm dann aufgelauert?

Nein, nicht *ihm*, sondern *ihnen*.

Lena war genauso wie er in die Falle gegangen. Und dann hatte Jan sie im Stich gelassen. Nur wegen der Armbrust.

Es war ein Wunder, dass der Pfeil bei dem Sturm überhaupt in seine Richtung geflogen war. Vielleicht hätten er und Lena ihren Angreifer danach gemeinsam überwältigen können. Stattdessen hatte Jan sie alleingelassen.

Jan betrachtete seine aufgerissene Jacke. Der Pfeil, den Hauke auf ihn abgeschossen hatte, war nur durch die dünne Außenhülle und das Futter geschlagen. Mit einem Ruck hatte Jan sich vom Pfosten des Rundbogens losreißen können, während der Jagdpfeil tief im Holz stecken blieb. Daunen von kanadischen Wildgänsen flogen durch die Luft, und Jan hatte die Gelegenheit genutzt, auf die Dünen loszulaufen, solange Hauke und Lena miteinander beschäftigt waren.

»Jan ...«

Wieder sein Name.

»Lena?«, rief er zurück. Doch seine Stimme war viel zu leise.

Ein schwarzer Haarschopf huschte nicht weit entfernt durch die Dünen. Jan sah etwas Weißes und erinnerte sich an die Frauenjacke, die er vom Hausflur aus in der Kammer gesehen hatte.

Mühsam setzte er sich mit dem ganzen Oberkörper auf. »Hier«, rief er und merkte, wie ihm der Sand zwischen den

Zähnen knirschte. Mühsam ging er auf die Knie und brachte sich schließlich in die Senkrechte. Der tiefe Sand machte jeden Schritt zurück zum Holzsteg zu einer Kraftanstrengung. Als er den Weg endlich wieder erreicht hatte, war von Lena nichts mehr zu sehen.

So schnell es ging, schaffte Jan seinen geschwächten Körper voran, weiter Richtung Strand. Bald stand er am nördlichen Ende des Roten Kliffs. Von hier erstreckte es sich die Küste entlang bis nach Wenningstedt. Er ging denselben Weg zum Strand hinunter, den Lena kurz vor ihm entlanggelaufen sein musste. Doch lange Zeit sah er weder ihre weiße Jacke noch hörte er ihre Stimme. Erst als er selbst den Strand erreichte, erblickte er die junge Frau. Sie stand einer Wand aus sich auftürmenden Wellenbergen gegenüber.

»Hier bin ich«, sagte Jan, als er sich bis auf Hörweite genähert hatte. Und das war ziemlich nah, denn der Wind trieb seine Worte in die andere Richtung davon.

Die Frau wirbelte herum. Dann wandelte sich der Schreck in ihrem Gesicht in Erleichterung. Sie trat auf Jan zu und wollte ihn in die Arme schließen. Der ließ dies gerne geschehen, denn plötzlich war auch ihm nach einer Umarmung zumute, doch der Schmerz schoss bei der ersten Berührung in seine Schulter.

»Entschuldigung. Das hatte ich vergessen«, sagte Lena.

»Macht nichts«, erwiderte er und legte erschöpft seine Stirn gegen ihre. »Macht überhaupt nichts.«

53

Der Hafen von Havneby lag auf der vom offenen Meer abgewandten Seite der Insel. Trotzdem war es nicht nur ein seichtes Schwappen, was sich innerhalb des von Molen geschützten Beckens abspielte. Es glich eher einem schäumenden Topf, dem gerade erst der Deckel davongeflogen war. Charlotte stand auf dem Kai. Der Wind zerrte an ihrer Kleidung, während ihr Chauffeur mit heulendem Motor davonraste. Anders Madsen. Sie hoffte, ihn nie wieder zu sehen.

Erst jetzt setzte ein leichter Schock bei ihr ein. Angewidert beugte sich Charlotte über eine große Pfütze und wusch sich die Hände. Selbst wenn Öl in der Pfütze schwämme, hätte sie das in diesem Moment nicht gestört.

Ein Blick aufs Smartphone sagte ihr dann, dass sie ihrem Ziel kein Stück nähergekommen war. Die Fahrt von Niebüll nach Havneby hätte nur Sinn gemacht, wenn eine Fähre gefahren wäre. Doch das tat sie nicht. Stattdessen lag diese fest vertäut am Kai. Keine Brücke, keine Gangway führten hinauf. Wenn überhaupt noch jemand an Bord war, dann nur, um etwas gegen Sturmschäden zu unternehmen. Für Charlotte gab es keine Möglichkeit, auf die Fähre zu kommen.

Wütend hätte Charlotte in die Knie sinken können. Anders Madsen hatte sie hereingelegt. Und deshalb stand sie hier nun. Mitten im Sturm. Schwein, dachte sie.

Die Nordsee war so viel unfreundlicher als das Mittelmeer. Sie roch anders, sie sah anders aus und sie schien ganz andere Kräfte in sich zu bergen. Wieso war Charlotte hier und nicht mehr dort?

War es so wichtig, mit Jan zu reden? Sie könnte noch immer auf Mallorca sein. Aber nein, sie war hier. An der Nordsee. Mitten im größten Sturm seit Menschengedenken.

Die Spaziergänge am Strand von Mallorca waren ihr schon zur Gewohnheit geworden. Fast jeden Abend hatte sie dieses Ritual wiederholt und sich eingebildet, es würde ihr beim Rauchenaufhören helfen. Irgendwie tat es das auch. Das und der Abstand, den sie von ihrem bisherigen Leben gewonnen hatte. Es war fast unheimlich, wie wenig sie Hamburg vermisste. Auf Mallorca hatte sie eine Arbeit, die sie ausfüllte. Und sie hatte neue Freunde gefunden.

Javier Moreno. Er war Redakteur des Lokalblattes und Kenner der Insel. Nicht umsonst hatte der Buchverlag, für den Charlotte ihre Fotos von Mallorca im Winter machen sollte, ihn als Unterstützung für das Projekt an ihre Seite gestellt. Und außerdem gab es Lucia, seine etwas ältere Schwester, für die Charlotte ebenfalls sehr schnell freundschaftliche Gefühle entwickelt hatte.

Die beiden waren es, weshalb sie dann auch mehr oder weniger überstürzt nach Hamburg zurückgereist war. Oder vielmehr einer von beiden. Letztlich war dies auch der Grund, warum sie jetzt auf einer dänischen Insel war und auf eine Überfahrt nach Sylt wartete. Sie musste unbedingt mit Jan sprechen. Über sich. Über ihn. Über die Zukunft.

Warum war er nicht mehr zu erreichen? Was war ihm passiert? Hätte sie früher mit ihm sprechen müssen? Würde es überhaupt noch eine Gelegenheit dazu geben? Wie gefährlich war die Geschichte, in die er sich hineinmanövriert hatte?

Charlotte berührte ihre Lippen mit zwei Fingern; so, als hätte sie eine Zigarette dazwischen. Wie gerne hätte sie jetzt wirklich eine gehabt.

Das Ereignis, das alles Bisherige infrage gestellt hatte, war bei einem ihrer Abendspaziergänge passiert. Meistens ging Charlotte allein. Nur gelegentlich wurde sie von einem der beiden Geschwister begleitet. Zu Anfang ihres Aufenthaltes auf Mallorca war dies ausschließlich Javier gewesen.

Er sah unverschämt gut aus. Seine Haare waren pechschwarz und sein Lachen ein echter Herzensöffner. Charlotte musste aufpassen, sich nicht schon in der ersten Woche in ihn zu verlieben. Das war ein hartes Stück Arbeit, doch nach einiger Zeit gelang es ihr, immer mehr nur den Kollegen in ihm zu sehen. Sie wusste, dass dies so richtig war. Denn es fühlte sich gut an und machte das gemeinsame Arbeiten zudem viel einfacher und entspannter.

Ab der fünften Woche ihrer Reise wurde sie dann nach dem gemeinsamen Abendessen gelegentlich von Lucia an den Strand begleitet. Die sah ihrem Bruder sehr ähnlich, hatte dessen schimmernde Hautfarbe und ebenso schwarze Haare wie er. Dazu waren ihre Augenbrauen wunderschön geschwungen. Doch ihr Gemüt schien nicht ganz so locker wie das von Javier zu sein. Sie hörte aufmerksamer zu, wenn Charlotte etwas zu sagen hatte. Und ihr Lachen war etwas dunkler als das ihres Bruders.

Wenn Charlotte mit ihr am Strand entlangging und die Lichter der Häuser am anderen Ende der Bucht glitzerten, schwiegen sie die meiste Zeit. Manchmal blieben sie stehen und blickten einfach nur aufs Meer. Viel war in der Dunkelheit nicht zu sehen. Doch der leichte Wellenschlag an den Strand erfüllte Charlotte mit höchster Zufriedenheit.

Ein paarmal hatte Lucia während dieser Spaziergänge Charlottes Hand genommen. Beim ersten Mal war die Fotografin aus dem kalten Norddeutschland überrascht gewesen. Bald fand sie es jedoch angenehm und vertrauensvoll. Vor einer Woche dann war es nicht beim Händchenhalten geblieben. Während Charlotte, wie schon so oft, auf die Dunkelheit des Meeres blickte und dem Spiel der Wellen zuhörte, trat Lucia leise hinter sie und umschloss sie mit ihren Armen. Zunächst dachte Charlotte, Lucia wollte sie wärmen, weil sie wohl glaubte, die Deutsche würde frieren. Doch dann bemerkte Charlotte die Zärtlichkeit, die in dieser Umarmung steckte. Es schien ein Zufall zu sein, als Lucias Hand Charlottes Brust berührte. Doch das war es nicht.

Charlotte wusste es sofort, als sie diese schmale, zarte Frauenhand auf ihrer Brust spürte. Eine Hitzewelle durchlief ihren Körper. Keine von beiden musste etwas sagen. Langsam drehte Charlotte sich um und ließ sich von Lucia küssen.

So anders waren diese Frauenlippen. So unbekannt und sanft. Charlotte konnte nicht begreifen, was in diesem Moment passierte. Und dieses Gefühl war geblieben. Auch als sie gemeinsam zurück zum Haus gingen, wieder miteinander redeten und lachten, als sei nichts gewesen.

Javier saß in der Küche und erzählte von einem Artikel, zu dem er recherchierte. Immer wieder musste er lachen. Lucia lachte auch. Und Charlotte lachte mit. Doch was sie während dieses Lachens empfand, begriff sie nicht.

Die Nacht darauf lag sie wach und durchdachte die Situation immer und immer wieder. Schnell kam sie darauf, dass zwischen ihr und Lucia eine Art Seelenverwandtschaft herrschen musste. Sie fühlte sich so ungewohnt vertraut mit der Spanierin, als würden sie sich schon sehr, sehr lange kennen und nicht erst knapp zwei Monate. Die Erklärung gefiel Charlotte. Zu gerne hätte sie sich damit zufriedengegeben. Doch dann musste sie sich eingestehen, dass da noch etwas anderes war, was sie bewegte. Und dieses andere war eindeutig eine erotische Komponente.

Während Lucia sie geküsst hatte, spürte Charlotte nicht nur die weichen Lippen auf ihrem Mund und die Wärme der

Berührung. Sie fühlte auch ein leichtes Ziehen im Unterleib. Ein Gefühl, wie sie es von bestimmten Situationen kannte, wenn sie mit Männern zusammen war. Seit geraumer Zeit war dies immer nur mit Jan der Fall gewesen. Doch in jener Nacht, nachdem Lucia sie am Strand geküsst hatte, spürte Charlotte erneut dieses Ziehen im Unterleib. Und dies geschah eindeutig, weil sie an Lucia Moreno dachte.

54

Ein Windstoß traf Charlotte und warf sie fast um. Erschrocken stolperte sie ein paar Schritte nach hinten, um nicht ins Hafenbecken zu fallen. Dann sah sie aus den Augenwinkeln, wie sich ein Stück weiter etwas am Kai bewegte. Es war ein Mann oder ein Junge. Oder ein Mann, der sich wie ein Junge bewegte. Schon war er wieder in Richtung eines Schuppens verschwunden. Es war ein Flachbau, nicht untypisch für ein Hafengelände. Charlotte ging darauf zu und sah, dass auf der Fassade Werbung für eine Tauch- und Surfschule gemacht wurde.

Sie drehte den Kopf. Ein großes Schlauchboot mit Festrumpf und PS-starken Zwillingsaußenbordern hob und senkte sich klatschend im Hafenbecken.

Hoffnung keimte in Charlotte auf, auch wenn ihr Verstand ihr nicht genau sagen konnte, wieso. Mit dem Ding konnte doch zurzeit niemand aufs Meer hinaus.

Sie ging weiter auf das flache Gebäude zu. Hinter einer Metalltür tat sich eine große Halle auf. Es gab einen Empfangstresen mit Computer. Dahinter ein Regal mit Aktenordnern und einer Kaffeemaschine. Den weitaus größten Teil des Raums nahmen jedoch aufgestellte Surfbretter, Metallschränke, Kisten und Taue ein. Es gab auch ein Gerät zum Auffüllen von Taucherflaschen. Über allem lag der Geruch von Wachs und Farbe.

»Hallo?«

Mehrere Gesichter drehten sich in ihre Richtung. Eine Frau zwängte sich gerade in einen Neoprenanzug. Ihre langen Haare trug sie zu Rastalocken geflochten. Trotz der kalten Neonbeleuchtung konnte Charlotte erkennen, dass sie, genau wie die beiden Männer, tief gebräunte Haut hatte. Die Männer trugen neben muskulösen Oberkörpern mächtige Wikingerbärte zur Schau.

Charlotte stellte sich vor und war froh, dass die Leute ihre Sprache verstanden. Andererseits war sie es von Dänen nicht anders gewohnt. Besonders nicht, wenn diese etwas mit Touristen zu tun hatten. Im Landesinneren mochte das anders sein. Doch an den Küsten und auf den Inseln standen die Chancen immer mehr als gut.

»Sie wollen raus, richtig? Raus aufs Meer?«

»Richtig«, stimmte einer der Männer zu. Er war mindestens so groß wie Jan, nur athletischer.

»Dann müssen Sie mich mitnehmen«, platzte es aus Charlotte hinaus. »Ich muss unbedingt rüber nach Sylt. Ich bezahle auch dafür.«

Der nicht nur durch seinen Bart zum Wikinger geeignete Mann trat auf sie zu und streckte ihr die Hand entgegen. »August«, sagte er.

»Charlotte.«

Dass August der Chef des Ladens war, erschloss sich ihr aus jeder seiner Gesten. Die anderen beiden hießen Viggo und Lily.

»Das wird keine Spazierfahrt«, sagte August, nachdem er seine Freunde vorgestellt hatte. »Und wir nehmen keine Passagiere mit.«

»Aber das müsst ihr.«

August sah die anderen beiden an und dann wieder zu Charlotte. »Warum?«

»Weil mein Freund da drüben ist. Und ich glaube, er steckt in großen Schwierigkeiten. Ich kann ihn einfach nicht mehr erreichen.«

»Vielleicht will er seine Ruhe vor dir.«

»Lily ...«

»Was?«, wehrte die hübsche Frau ab. »Kann doch sein, dass er 'ne andere hat. Da geht man eben nicht immer ans Telefon.«

»Bei dir ist das vielleicht so«, kicherte Viggo.

»Nicht komisch.«

»Finde schon.«

August sah Charlotte lange an. »Du könntest über Bord gehen.«

»Werde ich nicht.«

»Und der Typ ist es wert?«

»Absolut«, erwiderte Charlotte nickend. »Ich bezahle gut.«

»Deshalb habe ich nicht gefragt. Wenn du wirklich mit raus willst, bei diesem Sturm, wenn du so verrückt bist, dann bist du eingeladen.«

Charlotte öffnete den Mund und schloss ihn wieder. Hörst du das, Anders Madsen, dachte sie. So geht man mit fremden Ladys in Not um. Zuvorkommend. Uneigennützig.

»In fünf Minuten geht es los«, sagte der fast zwei Meter große Mann. Dann begann er, seinen Neoprenanzug, in dem er bereits bis zur Hüfte steckte, über den Oberkörper zu ziehen.

»Auf solche Wellen warten wir schon lange«, sagte Lily, die plötzlich neben Charlotte stand. »Versau' uns das nicht.«

»Bestimmt nicht«, wehrte Charlotte ab.

»Wir setzen dich am Anleger ab. Von List. Also, wenn das möglich ist. Falls nicht, musst du wieder mit ihm zurückfahren.« Mit dem Kopf deutete Lily auf Viggo. »Wie sagt man so schön auf Deutsch: Er hat die *Arschkarte* und muss das Boot steuern, wenn August und ich in die Wellen gehen.«

Charlotte nickte nur.

»Brauchst ihn aber nicht zu bemitleiden. Tut ihm mal ganz gut, nicht die erste Geige zu spielen.«

»Okay«, erwiderte Charlotte. »Dann bemitleide ich ihn nicht.«

»Sehr gut«, sagte Lily und ließ sie wieder stehen.

Langsam wanderte Charlottes Blick über die drei Wahnsinnigen, zu denen sie nun auch irgendwie gehörte.

August schien nur ein wenig älter als die anderen beiden zu sein. Viggo und Lily waren Mitte 20. Wussten so junge Menschen, was sie taten? Vermutlich nicht. Enthusiasmus und Selbstüberschätzung waren Gefährten dieses Alters. Erst später kamen Erfahrung und vielleicht ein bisschen Lebensweisheit hinzu. Wenn man denn alt genug wurde, um diese zu erlangen.

August trat einem Butler gleich mit einer Rettungsweste auf Charlotte zu und hielt diese so, dass sie in das orangefarbene Ding wie in einen teuren Mantel schlüpfen konnte.

Dann zeigte August ihr, wie die Metallhaken vorn ineinander gesteckt wurden. Am Kragen hing eine Trillerpfeife an einem Band. »Für den Notfall«, sagte er. »Man hört das Pfeifen besser als deine Schreie. Und die Nackenstütze ist für den Fall, dass du gegen eine Bordwand knallst.«

Beide Feststellungen fand Charlotte ungemein beruhigend.

55

Bereits nach wenigen 100 Metern wusste Jan, dass sie nicht viel länger am Strand bleiben konnten. Schuld waren der eiskalte Regen, der ihnen wie Hagelkörner ins Gesicht schlug, und der Windchill. Obwohl die reale Temperatur über null Grad lag, führte der Wind dazu, dass ihre Körper schneller auskühlten. Jan zitterte schon, und sein Blick verschwamm leicht, während Lena ein paar Schritte vor ihm durch den Sand marschierte. Er hatte nicht die Kraft, um zu Lena aufzuschließen, rief deshalb ihren Namen, so laut er konnte. Erst beim dritten Versuch blieb die Frau stehen und drehte sich zu ihm um.

Lena wollte am liebsten bis nach Westerland weitermarschieren, um die Hotels dort nach Anna abzusuchen. Zunächst wollte Jan sie begleiten und in Westerland direkt zur Polizei gehen. Doch jetzt konnte er nur noch an ein Bett denken. Wie sehr er sich nach seiner Koje im Wohnwagen sehnte.

Ein kleines Stück vor ihnen ragte das zerklüftete Gestein des Roten Kliffs in den grauen Himmel. »Wir müssen hier weg«, sagte er, als er dicht genug neben Lena stand, damit sie ihn verstehen konnte. »Weg vom Strand. Raus aus dem Sturm. Beim nächsten Aufgang.«

Der Gedanke, dort oben auf Straßen zu stoßen, gefiel Lena nicht. Dennis und Hauke konnten überall mit ihrem Ungetüm von Auto auf sie lauern. Dennoch wusste sie, dass Jan recht hatte. Also nickte sie knapp, hatte dabei die Arme um den Oberkörper geschlungen und die Hände in die Ärmel gezogen. Der Anstrengung in ihrem Gesicht war anzusehen, dass auch sie durchgefroren und erschöpft war. Zwar hatte sie die weiße Winterjacke aus der Villa mitgenommen, trotzdem war sie mit ihrer dünnen Jogginghose, durch die der Wind ging, als wären ihre Beine nackt, auf einen derartigen Kampf gegen den Sturm nicht eingestellt.

Mit gesenkten Köpfen stapften die beiden einsamen Gestalten weiter. Endlich fanden sie den erhofften Einschnitt in der Wand. Bereits nach der ersten Windung des Weges wurde die schlimmste Windlast von ihnen genommen. Erst jetzt merkten sie, wie schwer ihnen der Sturm selbst das Atmen gemacht hatte.

Lena blieb wieder stehen, sah sich zu Jan um. Der kämpfte mit jedem Meter, besonders, wo es etwas steiler bergauf ging. Es war offensichtlich, dass er sich dringend erholen musste. Eine Möglichkeit war, sich an Ort und Stelle niederzulassen und auf dem Boden noch mehr Schutz vor dem Wind zu suchen. Doch oben erhoffte Lena, einen besseren Platz zu finden. Sei es auch nur ein Holzverschlag. Vielleicht ein Kassenhäuschen, wie es zum Kassieren der Kurtaxe an einigen Strandabgängen zu finden war.

»Kannst du noch ein Stück?«, fragte sie, als Jan aufgeschlossen hatte. Der nickte knapp, registrierte dabei, dass Lena zum Du übergegangen war. Und das ganz ohne Anstoßen mit Sektgläsern.

»Wieso grinst du?«

»Nur so«, meinte Jan. »Bin etwas wirr im Kopf. Geht langsam alles durcheinander.«

Lena krauste die Stirn, dann drehte sie sich um und übernahm erneut die Führung. Das gewünschte Kassenhäuschen fanden sie am Ende des Aufstiegs nicht. Dafür führte ein schmaler Pfad weiter durch ein winziges Wäldchen aus kümmerlichen Kiefern und etwas Unterholz. Weitere 200 Meter weiter blieb Lena stehen und blickte auf die Umrisse eines großen Gebäudes. Selbst für eine Villa war es viel zu groß.

»Ich weiß, wo wir sind«, keuchte Jan irgendwann neben ihr. »Das ist der *Seestern*. Tolle Saunalandschaft. Luxuszimmer. Sterneküche. Bar. Alles vom Feinsten. Da wollte ich eigentlich absteigen. Ist aber leider zurzeit geschlossen.«

»Wagen wir einen Blick«, meinte Lena. »Vielleicht ist doch jemand da.«

Jan nickte. »Ich habe vorgestern Handwerker am Nebeneingang gesehen.« Einen Moment überlegte er. »Oder ist das schon länger her?«

»Mir reicht jemand mit einem Handy«, meinte Lena. »Der mir ein Taxi ruft. Also los.«

Die junge Frau legte einen Endspurt hin, bei dem Jan nicht Schritt halten konnte. Schnell wuchs das Hotel vor ihnen in die Höhe. Fehlendes Licht hinter den Fenstern verriet, dass in der Luxusherberge noch immer Winterpause zu sein schien. Aus der Ferne sah Jan, wie Lena an einer Tür rüttelte, dann verschwand sie für eine Weile um eine Hausecke, kam schließlich auf der anderen Seite des Hotels wieder zum Vorschein.

»Alles dicht«, meinte sie, als auch Jan beim Hintereingang ankam.

Lena sah Jan an. Der bestand nur noch aus einem einzigen Zittern, war kräftemäßig am Ende. Lena überlegte, den erschöpften Mann vor der Tür sitzenzulassen und allein weiterzumarschieren. Immer mit dem Risiko, von Dennis und Hauke an der Straße erwischt zu werden. Doch der Gedanke, sich weiter durch den Sturm zu kämpfen, führte ihr vor Augen, wie ausgelaugt sie sich selbst fühlte. Kurz entschlossen hob sie einen der großen Steine auf, die den Kiesweg säumten, und zertrümmerte damit das Quadrat einer der Butzenscheiben des geschlossenen Hotels. Sorgsam entfernte sie alle Glassplitter in dem kleinen Rahmen, griff dann hindurch und legte einen Fenstergriff um.

Jan ließ alles geschehen, ohne Widerspruch einzulegen. Er hörte, wie Gegenstände von der Fensterbank gefegt wurden.

Beide lauschten.

»Hörst du was?« Der Gedanke an eine Alarmanlage war Lena erst gekommen, als es schon zu spät war.

Jan hörte nur den Sturm und schüttelte den Kopf. Auch er dachte an eine Alarmanlage. Vielleicht war sie stumm geschaltet, und auf dem Polizeirevier in Westerland leuchtete bereits ein aufgeregtes rotes Lämpchen.

Umso besser, überlegte Jan.

Lena kletterte durch den offenen Fensterflügel und streckte Jan beide Hände auffordernd entgegen. Schwerfällig plumpste er auf der anderen Seite zu Boden und wurde sofort von einem Schwall Wärme empfangen. Zwar war die

Heizungsanlage des *Seesterns* ziemlich weit nach unten geregelt, trotzdem war es eine Erleichterung, dem Sturm entkommen zu sein. Jan lehnte sich an den Heizkörper unter dem Fenster, hätte dort sitzenbleiben und sofort einschlafen können. Doch Lena zog ihn auf die Beine.

»Erst mal zur Rezeption«, sagte sie.

Im Stil eines Nordpolforschers stapfte Jan steif durch den Speisesaal, in dem sie gelandet waren. Eine Schwingtür führte in die Hotelhalle. Lena stand bereits an der Rezeption, hatte einen Telefonhörer in der Hand. Deutlich konnte Jan das Freizeichen hören. Doch Lena rührte die Wähltasten nicht an.

»Weißt du die Nummer von der Auskunft?«

»Eins-Eins-Null.«

»Auskunft, nicht Polizei«, wehrte Lena ab. »Ich will die Nummern von den Hotels in Westerland.«

Auskunft, wiederholte Jan im Kopf. Seit es Smartphones gab, rief niemand mehr die Auskunft von einem Festnetzanschluss an. Entweder hatte man die gewünschte Nummer in seinem eigenen Telefonbuchspeicher, oder man suchte sie kurz über das Internet heraus.

»Irgendwas mit elf am Anfang?«, sagte er. Es war deutlich mehr eine Frage als eine Antwort. »Und dann was mit einer acht? Ich weiß es nicht mehr.«

Lena ließ den Hörer sinken. Damit konnte sie sich immer noch beschäftigen.

»Ruf die Polizei«, versuchte Jan es noch einmal. Stattdessen suchte Lena das Regal hinter sich mit Blicken ab. Es enthielt diverse Fächer für eingehende Post. Rechts hing ein Schlüsselkasten.

Trotz des schlechten Lichts in der Halle hatte Lena bald einen Schlüssel zu einem Zimmer im ersten Stock gefunden. Im Erdgeschoss schien es keine Gästezimmer zu geben.

Der Platz dort wurde von Speisesaal, Bar, Saunalandschaft, Empfangshalle und den Wirtschaftsräumen eingenommen.

»Dann mach ich es.« Jan streckte die Hand zum Telefon aus.

»Ich will keine Polizei.«

Jan achtete nicht darauf, was Lena sagte. Dann schüttelte er den Kopf. »Sowieso besetzt.«

Er wählte die Eins-Eins-Zwei.

»Feuerwehr auch. Dieser Scheißsturm!«

»Lass es einfach sein …«

»Lena, ich …«

»Du ruhst dich etwas aus, und dann sehen wir weiter.«

»Aber …«

»Vielleicht finde ich irgendwo die Nummer eines Taxiunternehmens. Dann kannst du ins Krankenhaus und ich zu Anna.«

Es blieb Jan nichts anderes übrig, als sich geschlagen zu geben. Wenn das Zertrümmern des Fensters einen stummen Alarm ausgelöst hatte, würden die Cops sowieso bald von allein auftauchen.

Der Strom im ganzen Hotel funktionierte. Trotzdem überlegte Lena auf dem Weg zu den Zimmern kurz, ob es ratsam war, den Aufzug zu nehmen. Auf keinen Fall wollte sie damit steckenbleiben. Dann sah sie, wie Jan sich nur noch durch die Gegend schleppte und entschied, dass das Wagnis nicht besonders groß war.

Der Schlüssel, den Lena aus dem Schränkchen genommen hatte, passte nach der kurzen Reise nach oben gleich zu einer der ersten Türen rechts vom Fahrstuhl. Sie schloss auf und machte das Licht an.

»Bett«, sagte Jan, als er hinter ihr in das Zimmer trat. Doch Lena dirigierte ihn direkt ins Badezimmer. Dort merkte Jan, wie Lena an seiner Kleidung zerrte, registrierte in einem

Anflug von Männlichkeitswahn, dass eine schöne Frau dabei war, ihn auszuziehen, war aber zu keiner diesbezüglichen Bemerkung mehr fähig.

Ein Schock fuhr durch seinen Körper, als das Duschwasser seine rechte Schulter traf. Stöhnend drehte er sich zur anderen Seite. Dann entfaltete das warme Wasser seine wohltuende Wirkung. Leben kehrte dorthin zurück, wo er schon gar keines mehr erwartet hatte. Anschließend steckte Lena ihn ins Bett, häufte zwei Federdecken über ihn und verschwand dann selbst im Badezimmer.

Einen Augenblick lang hörte Jan noch das Rauschen der Dusche, dann dämmerte er weg. Das nächste, was er spürte, war, wie sich ein anderer Körper von hinten an ihn schmiegte. Lena schob ihren Arm unter seinem Nacken durch und drückte ihren warmen Körper an ihn. Es war so absolut herrlich, wie diese Frau ihn in die Arme nahm. Geborgen schlief Jan wieder ein.

56

Bei jedem Wellenschlag fühlte es sich für Charlotte an, als hämmere Poseidon persönlich mit aller Gewalt auf das Schlauchboot ein. Wenn sie sich richtig erinnerte, band man Matrosen auf Sturmfahrten früher an einen Mast, damit sie bei ihrer Wache nicht über Bord gingen. Keine so schlechte Idee, überlegte Charlotte. Denn sie glaubte nicht, dass es aus der tobenden See ein Entkommen gab, wenn das schäumende Grau einen erst einmal erwischt hatte. Ob die Rettungsweste nun eine Trillerpfeife hatte oder nicht.

August nickte ihr aufmunternd zu. Charlotte schickte ein verkrampftes Lächeln zurück. Wenigstens wurde ihr durch den heftigen Wellengang nicht übel. Für solche Nichtigkeiten hatte sie im Moment gar keine Zeit.

Stattdessen schossen ihr einige Bilder durch den Kopf. Es waren Bilder aus dem letzten Video, das Dana ihr als Link aufs Handy geschickt hatte. Nur widerwillig hatte Charlotte es auf der Zugfahrt von Hamburg nach Niebüll angeklickt. Die Aufnahmen von der jungen Frau, die ihre Brüste für einen 50-Euro-Schein präsentierte, und der Film mit dem jungen Mann, der für 100 Euro eine Schuhsohle ableckte, hatten ihr schon gereicht. Der Titel des letzten Videos ließ sie daher das Allerschlimmste vermuten.

Bitches versus Hundebaby war dann auch genauso gemein wie befürchtet. Charlotte sah, wie ein Welpe, er war höchstens acht Wochen alt, das nackte Grauen erlebte.

Mit Hunderassen kannte Charlotte sich nicht aus, wusste nur, dass es eines der niedlichsten Geschöpfe auf der weiten Welt war, das da von einer Männerhand auf einen Kachelboden gesetzt wurde und in die Kamera blickte. Dann kamen zwei Paar Frauenbeine ins Bild. Offenbar tanzten sie zu einer Musik, die nur sie hören konnten. Vielleicht hatten sie Kopfhörer auf.

Nach kurzem Hin und Her traf ein Fuß wie unabsichtlich den Welpen und schoss ihn ein kleines Stück über den glatten Boden. Verwirrt sah der Hund zu den Füßen. Die zweite Frau tanzte heran und kickte den Welpen wieder auf die Kamera zu.

Der kleine Hund war mit der Situation sichtlich überfordert. Er hatte noch nicht viel von dieser Welt gesehen, kannte nur die Wärme, die ihm seine Mutter geschenkt hatte, und das Herumtollen mit seinen Geschwistern. Doch die Welt, in die er jetzt geraten war, hatte nur Schmerzen und Verwirrung für ihn parat.

Eine der beiden Frauen trug eine Tätowierung an der Fußfessel. Es war ein kleines blaues Herz. Sie war es, die den Welpen nicht nur zur Seite schoss, sondern in einer senkrechten Bewegung absichtlich auf den kleinen Körper trat. Fiepend blickte der kleine Hund dem Fuß hinterher. Schon kam die nächste Frau und trat ebenfalls von oben zu.

Mit der Fußsohle drückte sie den Hund auf den Boden, tanzte dann weiter. Jaulend versuchte der Hund, der Situation zu entkommen, er kroch auf die Kamera zu, glitt mit seinen tapsigen Pfoten kurz auf den Kacheln aus und verschwand dann aus dem Bild. Doch das Martyrium war damit nicht zu Ende.

Gnadenlos kam die Männerhand zurück ins Bild und setzte den Welpen wieder passgerecht in der Bildmitte auf den Boden. Dort begannen die Attacken von Neuem.

Das Video war ganze fünf Minuten lang. Angewidert verfolgte Charlotte das Geschehen. Immer gemeiner wurden die Fußtritte gegen den wehrlosen Welpen. Dieser schaute verängstigt den Frauen nach, ohne sich wehren zu können. Er kam nicht einmal auf die Idee, seine kleinen Zähne zur Abwehr einzusetzen.

Zwei weitere Fluchtversuche scheiterten, weil der Mann, der die Kamera bediente, ihn stets zurück in den Gefahrenbereich brachte. Irgendwann blieb der Hund nur noch zusammengekauert sitzen, wusste sich der Situation nicht mehr zu erwehren.

Charlotte wagte nicht, den Film auszumachen. Sie musste sehen, was mit dem Hund zum Schluss geschah; ob er die Angriffe überlebte oder zu Tode getrampelt wurde. Irgendwann war das Video aber einfach zu Ende. Es stoppte, während der Hund noch immer zusammengekauert in der Bildmitte hockte.

Übelkeit und Wut hatten Charlotte erfasst. Empörte Kommentare unter dem Videofenster beschimpften die Frauen, die einem unschuldigen Welpen so etwas antun konnten. Doch die Klickzahlen zeigten, dass sehr viele Betrachter den Film offenbar weiterempfohlen und im Netz geteilt hatten. Alle aus Abscheu? Charlotte wusste, dass es anders war. Wer solche Aufnahmen teilte, tat dies mit größter Wahrscheinlichkeit aus Sensationslust.

Charlotte empfand Scham darüber, dass sie durch das eigene Anschauen einen weiteren Teil zum Erfolg des Films beitrug.

Während die Wellen mit dem Schlauchboot spielten und ganz nach Belieben dagegen peitschten, sah Charlotte immer und immer wieder den gepeinigten Welpen vor sich. Sie hörte sein Fiepen, sah das Nichtverstehen in seinen glänzenden Augen.

»Alles klar bei dir?«

Die Stimme gehörte August. Erneut sah er Charlotte ins Gesicht, um festzustellen, wie ihr Passagier auf die Fahrt über das aufgewühlte Meer reagierte. Der schützende Bereich, den die Insel ihnen bei der Ausfahrt aus dem Hafen noch geboten hatte, lag längst hinter ihnen. Nunmehr wurde das Boot mit voller Wucht von den Wellen getroffen, die sich auf der offenen Nordsee zu mächtigen Wänden aufgebaut hatten.

»Alles prima«, log Charlotte, obwohl sie sich fragte, ob sie die Fahrt überleben würde. Sie schmeckte Salz auf den Lippen und Salz im Mund. Die Haare, die unter ihrer Kapuze hervorguckten, waren feucht vom aufspritzenden Wasser und kräuselten sich so, wie sie es als Kind immer gehasst hatte.

»Es ist nicht mehr weit«, rief Lily, die offensichtlich Spaß am ewigen Auf und Ab hatte. Anders als Charlotte und die beiden Männer an Bord trug sie weder Mütze noch hatte sie die Kapuze hochgeschlagen. Es war das erste Mal, dass Charlotte sie lächeln sah. Vorher hatte Lily konzentriert und etwas angespannt gewirkt. Doch nun schien alles getan, was zu tun war, und sie genoss die Fahrt.

Die Zwillingsmotoren des Schlauchboots hatten offenbar auch Freude an der ihnen gestellten Aufgabe und bewältigten sie mehr als gut.

Die Fähre zwischen Rømø und Sylt brauchte etwa 40 Minuten für die neun Seemeilen. Doch das Schlauchboot kam sehr viel schneller voran. Schon bald sah Charlotte wieder Land vor sich. Viel eher als gedacht.

Die Fahrt mit Anders auf der Küstenstraße war ihr ewig vorgekommen. Daher hatte sie nicht bedacht, dass die beiden Inseln unmittelbar nebeneinander lagen. Während sie mit Anders fast die gesamte Länge von Sylt und dann noch etwa die Hälfte von Rømø abfahren musste, um zum Damm zu gelangen, der auf die Insel führte, hüpften sie mit dem Schlauchboot quasi nur von einem Zipfel zum anderen. Luftlinie lagen die Südspitze von Rømø und die Nordspitze von

Sylt gerade mal drei Kilometer auseinander. Die Häfen von Havneby und List waren nur deshalb weiter voneinander entfernt, weil sie sich geschützt auf der Landseite beider Inseln befanden.

Die Nordspitze von Sylt erinnerte in ihrer Form an ein menschliches Körperteil und hieß daher Ellenbogen. Zwei Leuchttürme markierten den Übergang vom tobenden Meer zum Land. Obwohl es bis zur Dämmerung noch gut zwei Stunden waren, setzte sich das Feuer des östlichen Leuchtturms vom düsteren Grau des Himmels mit zuckendem Blinken deutlich ab.

Eine besonders hohe Welle hämmerte gegen das Boot und schüttelte die Besatzung noch einmal kräftig durch, dann schob sich der Ellenbogen zwischen Boot und offenes Meer. Sofort wurde die Fahrt wieder ruhiger. Man konnte es zwar nicht nur als seichtes Schwappen bezeichnen, doch als Charlotte kurz darauf die Leiter an der Kaimauer sah, auf die sie zusteuerten, schien es ihr zumindest nicht unmöglich, sich daran festzuhalten. Das konnte aber auch daran liegen, dass sie unter keinen Umständen die Fahrt mit dem Schlauchboot fortsetzen wollte. Die Vorstellung, sich mit dem Ding noch einmal den ganz großen Wellen auszusetzen, mobilisierte die Kräfte in ihr neu.

Charlotte brüllte den drei Surfern ihren Dank zu, wusste, dass dies bei Weitem nicht genug war, und stellte einen Fuß auf die Außenwand, um die Leiter am Kai ins Visier zu nehmen.

»Zugreifen und nicht wieder loslassen!«, brüllte August.

Ohne ein bestätigendes Wort tat Charlotte genau das. Sie griff zu und merkte, wie ihre Beine für einen Moment frei in der Luft baumelten, während das Schlauchboot unter ihr in einem Wellental verschwand und ihre Füße noch keinen Halt auf den glitschigen Eisensprossen gefunden hatten. Mit einem Knie schlug sie hart an, stöhnte auf und fand dann mit den Füßen die Leiter. Stück für Stück arbeitete sie sich die Sprossen hinauf. Der Wind pfiff über die Mauer und blies ihr ins Gesicht. Erschöpft robbte Charlotte über die Kante und blieb eine Weile auf dem Bauch liegen. Als sie die Kraft fand, sich wieder umzudrehen, war das Schlauchboot schon ein ganzes Stück von der Insel entfernt. Für August, Viggo und Lily hatte der Spaß gerade erst begonnen.

57

Eine gewaltige Welle spritzte Gischt über den Kai, und feiner Sprühnebel legte sich auf Charlottes Gesicht. Schwer atmend wandte sie sich vom Meer ab. Sie holte ihre Brille aus einer Jackentasche. Erleichtert schob Charlotte das Gestell auf die Nase. Endlich konnte sie wieder richtig sehen.

Der Hafen von List war als Touristenfalle hergerichtet. Es gab Fischbuden, Eisläden und Souvenirshops. Sonnenbrillen warteten ebenso auf Käufer wie beschriftete Leuchttürmchen und kleine Sonnenblumen aus Plastik, die ihre Köpfe dank einer am Sockel eingearbeiteten Solarplatte hin und her bewegen konnten, sofern es genügend Sonnenlicht gab. Das war an diesem Tag nicht der Fall. Deshalb fand Charlotte auch fast nur verrammelte Geschäfte vor, als sie über den Platz beim Fähranleger hinkte.

Ihr Knie schmerzte dort, wo sie es an der Eisenleiter angeschlagen hatte. Genau genommen tat es ziemlich weh. Sie sah an sich hinunter. Zum Glück war die Hose nicht zu sehr in Mitleidenschaft gezogen. Wichtig. Sehr wichtig. Immerhin hatte sie keine Wechselkleidung mit.

Dann entdeckte Charlotte hinter den Scheiben eines Restaurants Licht. Sie humpelte auf den Eingang zu und war froh, als sich die Tür öffnen ließ. Der gedämpfte Lärm vieler Stimmen schlug ihr entgegen. Offenbar fanden hier viele der Gestrandeten Unterschlupf, die die letzte Fähre nach Rømø und somit ans Festland verpasst hatten.

Das Restaurant war bestückt mit einem langen Verkaufstresen zur Selbstbedienung und vielen Tischen in der Mitte des großen Raums. Erst beim Anblick der Menschen wurde Charlotte bewusst, dass sie noch immer die orangefarbene Rettungsweste über ihrer Jacke trug. Sie hatte vergessen, sie an August zurückzugeben, und der hatte Charlotte auch nicht darauf aufmerksam gemacht. Vermutlich mit Absicht. Denn hätte Charlotte den Halt an der nassen Leiter verloren, wäre die Weste die einzige Möglichkeit gewesen, sich über Wasser zu halten. Herkömmliches Schwimmen war bei dem Wellengang im Hafenbecken nicht vorstellbar.

Charlotte beschloss, die Weste samt eines riesigen Dankeschöns an die Tauch- und Surfschule auf Rømø zurückzuschicken. Auf alle Fälle empfand sie in diesem Moment eine große Verbundenheit zu den drei jungen Dänen. Charlotte wünschte August und Lily einen perfekten Wellenritt und Viggo eine sichere Heimfahrt. Sie war allen dreien über die Maßen dankbar und zugleich sehr froh, nicht mehr bei ihnen zu sein.

Mit einer Portion Fisch und einem dampfenden Glas Tee fragte Charlotte an einem Tisch, ob sie sich dazusetzen durfte. Zwei Männer nickten.

»Gerade jetzt, wo ich gleich los will«, sagte der eine mit einem verschmitzten Grinsen. Er meinte es als Kompliment, das verstand Charlotte schon, nur ihr war nicht klar, wofür. Ihre Brille war beschlagen, die nassen Haare zerzaust, und sie trug eine riesige Schwimmweste.

»Jedenfalls sind Sie auf alles vorbereitet«, fügte der zweite Mann ebenfalls grinsend hinzu, während er mit seinem Stuhl ein Stück zur Seite rückte. »Also, bitte, junge Frau.«

Charlotte war der Sarkasmus egal. Sie nahm Platz und machte sich über das Essen her, solange es noch heiß war. Erst jetzt merkte sie, wie sehr die Strapazen der Reise an ihr gezehrt hatten.

Am Morgen war sie noch in Hamburg gewesen. Kaum vorstellbar. Dann die Bahnfahrt, das ungewisse Warten am Bahnhof von Niebüll, die Autofahrt mit Anders die Küste entlang, das unschöne Ende dieser Reise und zum Schluss die mehr als törichte Überfahrt in einem Schlauchboot von Rømø nach Sylt. Und das alles nur, um Jan zu finden.

Die beiden Männer unterhielten sich, während Charlotte aß. Dann sagte der eine erneut, dass er nun aufbrechen wolle. Wie Charlotte dem Gespräch zuvor entnehmen konnte, handelte es sich um einen Taxifahrer, der trotz des Sturms noch eine Fuhre von Westerland nach List gewagt hatte. Nach einem längeren Aufenthalt im Fischrestaurant zog es ihn nun zurück in die inoffizielle Hauptstadt der Insel. Er wollte früher als üblich Feierabend machen, da sich das Warten auf weitere Kundschaft bei dem Wetter doch nicht lohnte.

»Sie brauchen doch sicher auch kein Taxi?«, meinte er mit hochgezogenen Brauen zu Charlotte.

»Doch«, erwiderte diese spontan, obwohl sie den Mund noch voll hatte.

58

Die Armbrust lag auf dem Couchtisch und Hauke auf dem Ledersofa. Als Lena weggelaufen war, war er durch die Terrassentür zurück ins Haus gewankt und hatte sich auf die Polster fallen lassen. Selbst die Tür hatte er nicht wieder zugeschoben, sodass der Sturm fast ungehindert durch das Wohnzimmer wüten konnte. Beinahe hätte Hauke auf Lena geschossen. Er war dicht davor gewesen, den Abzug zu betätigen, als sie direkt vor ihm stand. Und als sie ihm den Rücken zudrehte, hatte er noch immer auf sie gezielt.

Ohne es zu wollen, sah er nun Anna vor sich.

Die zitternde Anna.

Hauke konnte sich an alles erinnern. Ganz genau:

Der VW Amarok hatte im Norden von Wenningstedt auf einem Parkplatz mit Strandzugang gehalten. Es war noch recht früh und außer den Insassen des Pick-ups niemand unterwegs. So sollte es auch sein. Anna saß hinter Dennis und Hauke. Genau wie auf der Anreise. Lena war später mit dem Zug nachgekommen.

Die Fahrertür klappte. Hauke stieg als Zweiter aus, dann auch Anna. Ihre nackten Füße berührten den eisigen Boden.

Sofort griff der Wind nach ihr. Doch es war nicht so heftig wie gestern. Der Quadrocopter würde fliegen können. Darüber waren sie sich schon auf der Herfahrt einig gewesen.

»Bist du bereit?«, fragte Dennis.

»Ich brauche meine Turnschuhe.«

»Das ist Strand. Du brauchst keine Schuhe.«

»Mir sterben schon jetzt die Füße ab.«

»Quatsch. Da gewöhnst du dich dran. Außerdem ist es geiler, wenn du barfuß bist.« Ein kurzes anzügliches Lachen. »Wir legen los, wenn du unten am Wasser bist. Alles klar?«

»Wonach muss ich suchen?«

»Ach so. Sorry. Nach einem blauen Kreuz.«

»Blaues Kreuz?«

»Du wirst es erkennen, wenn du es siehst.«

»Und dann?«

»Das Kreuz markiert den Schatz. So, wie es sich gehört. Sonst noch Fragen?«

Sie hatte keine. Die Regeln waren klar. Sie musste nur rennen. Rennen, so schnell sie konnte. Als ginge es um ihr Leben.

»Zieh jetzt den Mantel aus!«

Sie tat es. Hauke sah ihr dabei zu. Er sah auch, wie Dennis sie anblickte.

Eine kurze Sporthose und einen Sport-BH, mehr trug sie nicht. Gänsehaut kroch über ihre Arme und Beine.

Dennis trat zu ihr und setzte ihr das Stirnband mit der Actioncam auf. Das sah bescheuert aus, würde aber gute Bilder liefern.

Los geht's, los geht's. Sie hüpfte auf und ab. Hauke wusste, dass sie sich selbst motivierte. Es hatte keinen Sinn für sie, die Sache hinauszuzögern. Im Stehen würde sie binnen weniger Minuten ausfrieren. Nun gab es nur noch eins, sie musste sich bewegen. Sie musste rennen.

Hauke steuerte die Drohne und war so während des Spiels die ganze Zeit bei ihr. Sie hatte es geschafft, bis zum Roten Kliff zu kommen, ohne dass Dennis sie erwischte.

Doch Dennis war im Vorteil. Er wusste, wo der Schatz versteckt war. Um die Sache fairer zu gestalten, hätte Hauke den Schatz verstecken müssen und Dennis nicht wissen dürfen, wo er war. Doch so wurde das Spiel nicht gespielt. Denn Dennis bestimmte die Regeln. So war es schon immer.

Dennis lauerte hinter einer aufgetürmten Sandverwehung. Dann kam Anna in Schussweite. Er wartete nur darauf, dass sie zu klettern begann. Doch Anna kletterte nicht.

Immer wieder sah sie an der steilen Wand hinauf.

Das Kreuz. Sie sah das blaue Kreuz.

Doch sie war auch erschöpft und zitterte. Anna kreuzte die Arme wie ein Schiedsrichter beim Time-out über dem Kopf und gab weiter Zeichen in die Kamera des Quadrocopters, dass sie nicht weitermachen wollte. Der Schatz war nicht mehr weit entfernt. Doch sie würde nicht zu ihm hinaufklettern.

Ärgerlich kam Dennis aus seinem Versteck. »Was soll das?«, rief er.

»Kann nicht mehr«, japste Anna.

Die Drohne übertrug jedes Wort, sodass Hauke alles über Kopfhörer mit anhörte, obwohl er oben auf der Klippe stand. Von dort hatte er Annas Flucht den Strand entlang am besten im Auge behalten können. Den Quadrocopter steuerte er zwar über einen Monitor auf der Fernbedienung, trotzdem war es gut, das Fluggerät immer noch mit eigenen Augen sehen zu können.

»Ich erfriere«, brachte Anna zwischen zusammengepress-ten Zähnen hervor. »Siehst du das denn nicht, Dennis?«

»Na und? Das kleine Stück schaffst du doch noch.«

Die junge Frau schüttelte den Kopf und schlang schüt-zend die Arme um den Oberkörper.

»Anna, du bist doch ein zähes Biest. Los, hol dir den Schatz – hol dir die doppelte Prämie.«

»Dennis, ich kann nicht.«

»Doch, du kannst.«

Sie schüttelte den Kopf.

»Wenn du es nicht versuchst, kriegst du gar nichts«, brüllte Dennis wütend.

Das Zittern in Annas Oberschenkeln war nicht nur der Kälte geschuldet, es kam auch durch die Belastung beim Laufen. Sie litt unter einem bei Sportlern als *Nähmaschine* bekannten Versagen der Muskelkoordination. Einzelne Muskeln bewegten sich unkontrolliert schnell. Beim Biath-lon machte dies das Zielen mit dem Gewehr fast unmög-lich. Auch Kletterer kannten das Phänomen bei zu starker Belastung.

»Hörst du, du kriegst gar nichts. Du nicht und Lena auch nicht. Ihr könnt eure Sachen packen und abhauen. Gleich jetzt. Oder …«

Anna ging in die Knie, versuchte so, die Angriffsfläche für den Wind zu minimieren, und sah zu Dennis auf. Die Partie unter ihren Augen schien leicht eingefallen. Die sonst so schöne Frau sah ausgezehrt und nur noch wenig attrak-tiv aus.

»Dennis, bitte.«

Dennis schüttelte den Kopf. »Nicht betteln, Anna. Es ist deine Entscheidung. Gib auf und krieg' nichts oder hol dir den Schatz. Dann sitzt du in einer halben Stunde im Whirl-pool, und ich massiere dir persönlich die Füße. Wir können auch von unterwegs anrufen, damit Lena die Sauna anheizt. Ganz, wie du willst. Aber vorher musst du klettern. Komm schon, Anna, du schaffst das. Denk dran, du tust es auch für Lena!«

Anna nickte müde, drehte sich wortlos um und begann zu klettern. Zum Glück war die Wand nicht so glatt wie ein Felsen. Eine poröse Struktur aus Gestein und gepresstem Lehm bot ihr die Möglichkeit, schnell höher zu kommen. Mit ihren nackten Füßen fand Anna immer wieder Halt an Vorsprüngen. Auch mit den Händen konnte sie gut Einkerbungen ertasten, um sich daran hochzuziehen.

Die kleine Schatzkiste steckte in einer Spalte auf etwa halber Höhe. Dennis kannte den genauen Ort und wusste, wie schwierig es war hinzugelangen, weil er das Kästchen selbst dort deponiert hatte. Eigentlich hätte er deshalb stolz auf Annas Leistung sein müssen. Stattdessen hob er das Paintballgewehr und zielte auf ihren fast nackten Rücken. Im Nierenbereich war Anna bereits von anderen Geschossen getroffen worden. Abklingende Blutergüsse zeugten davon.

Er war der Jäger, sie die Gejagte.

Dennis drückte ab.

Die Farbpatrone verfehlte Anna nur knapp. Sie zerplatzte neben ihr. Doch das reichte, um Anna die Konzentration zu rauben. Sie schrie auf, als sie merkte, wie sie plötzlich nach hinten fiel. Lehm zerbröckelte unter ihren gekrallten Händen. Plötzlich war da nichts mehr, woran sie sich festhalten konnte. Mit surrenden Rotoren schwebte der Quadrocopter etwa fünf Meter neben ihr.

Hauke schrie auf. Automatisch streckte er eine Hand aus. Der Quadrocopter verlor seine Position, schmierte nach links ab. Mit etwas Geschick hätte Hauke das Fluggerät wieder auf Kurs bringen können, doch er sah nur, wie Anna fiel.

Wie sie aufschlug. Wie ihr Rückgrat zerschmettert wurde. Ihren Schrei, während sie stürzte, würde er wohl nie vergessen.

Auch jetzt konnte er ihn hören. Er lag auf dem Sofa und hörte Anna schreien. Der Sturm brachte ihre Stimme mit in die Villa.

Auf dem Notebook hatte er Annas Fall immer und immer wieder gesehen. Da empfand er nichts. Das Videomaterial war nicht real für ihn. Doch das erste Mal, der wirkliche Absturz, hatte ihn zutiefst erschüttert.

Wenigstens war sie sofort tot. Kein Stöhnen oder Gejammer. Anna musste sich das Genick gebrochen haben.

Hauke stand oben auf der Klippe und sah hinunter auf die tote Frau. Der Quadrocopter schlug mit einem Rotor gegen die Wand und stürzte ab.

Dann sah Hauke, wie Dennis sich über Anna beugte. Dieser schien völlig fasziniert von dem, was er sah. Anna war tot. Einen einfachen Sturz in den Sand hätte sie überleben können. Wenn sie einfach abgerutscht und an der Wand entlang geschlittert wäre. Vielleicht hätte sie sich einen Fuß gebrochen oder ein Bein, aber durch den Fall nach hinten hatte Anna jede Koordination verloren.

Dennis versuchte, Hauke anschließend immer wieder davon zu überzeugen, dass es ein Unfall gewesen sei. Damit sei nicht zu rechnen gewesen. Und Hauke gab ihm nickend immer und immer wieder recht. Dabei wusste er, dass das nicht stimmte. Beide wussten es.

Wenn Dennis nicht geschossen hätte, wäre Anna nicht gefallen. Dann würde Anna noch leben.

Dennis zog Anna das Stirnband vom Kopf, steckte die Minikamera in seine Jackentasche. Dann sammelte er den Quadrocopter auf. Trotz des Absturzes war er noch in einem Stück.

»Das Ding ist teuer«, zeterte er, als er über einen schmalen Weg hinauf zu Hauke gegangen war. »Pass nächstes Mal etwas besser auf.«

Nächstes Mal? Nächstes Mal? Wollte Dennis etwa weitermachen? Mit wem? Mit Lena?

Wenn Hauke mit der Armbrust geschossen hätte, wäre Lena jetzt auch tot. Das wusste er.

Beide Schwestern wären tot.

Hauke wurde ganz übel bei der Vorstellung.

Den Klingelton seines Handys registrierte er erst nach einer Weile. Dann griff er in seine Hosentasche und holte ein Klapphandy heraus. Dennis verstand nicht, wieso Hauke kein Smartphone haben wollte. So viel praktischer waren diese Geräte. Hauke aber stand auf den Retro-Charme der einfachen Handys. Fürs Internet gab es Notebooks und Tablets, meinte er. Zum Telefonieren reichte ein normales Mobiltelefon.

Wie in einer alten *Enterprise*-Folge klappte Hauke das Telefon auf. Und tatsächlich gab das Gerät beim Öffnen dasselbe Geräusch wie der Kommunikator von Captain Kirk von sich. Hauke zog es ans Ohr, ohne etwas zu sagen.

»Hauke? Ich bin's. Wie ist es gelaufen? Haben die beiden versucht abzuhauen?«

»Ja.«

»Scheiße. Wusste ich es doch. Wo bist du?«

»Im Haus.«

»Wo sind die anderen?«

»Abgehauen.«

»Hast du sie einfach laufenlassen?«

»Ich habe geschossen.«

»Und?«

»Daneben.«

»Fuck. Na, egal. Bin gleich bei dir. Dann suchen wir sie gemeinsam. Wie viele Pfeile haben wir noch?«

»Vier.«

»Was ist mit dem fünften?«

»Ist im Garten.«

»Weißt du, wo?«

»Ja.«

»Dann hol ihn.«

»Wo warst du die ganze Zeit, Dennis?«

»Hatte Probleme mit diesem Wichtigtuer vom Camping-platz. So ein Wichser. Hat mich am Wagen von dem Typen erwischt. Und dann wollte er den Zampano machen.«

»Und?«

»Ich habe das Problem gelöst.« Ein Kichern kam durch das Telefon. Dann fragte Dennis: »Sind sie Richtung Dünen?«

»Ich glaube, sie sind zum Strand runter.«

»Zum Strand? Da kommen sie bei dem Sturm nicht weit.«

»Dennis …«

»Ja?«

»Ich will nicht, dass du Lena was tust.«

»Natürlich nicht«, erwiderte dieser. An seinem schnellen Atem konnte man hören, dass er während des Telefonats lief oder sehr schnell ging. »Geh in den Garten, Hauke, und hol den verfickten Pfeil.«

»Dennis …«

»Ja?«

»Hol den verfickten Pfeil selber.«

59

Der Taxifahrer, den Charlotte am Lister Fährhafen kennengelernt hatte, war ein Volltreffer. Nicht nur, weil er bereit war, Charlotte trotz des Sturms über die Insel zu kutschieren. Ein Regenschauer prügelte fast waagerecht auf die Windschutzscheibe ein. Doch das schien den Mann in der abgewetzten Lederjacke und den mindestens ungepflegten Haaren nicht zu stören.

»Ich bin auf der Suche nach einem Kollegen. Er arbeitet für die Presse. Genau wie ich. Kennen Sie ein Hotel, in dem er abgestiegen sein könnte? Ich nehme an, dass er mit dem Zug gekommen ist. Vielleicht also etwas in Westerland.«

»Jan Fischer?«, entgegnete der Taxifahrer zu ihrer Überraschung. »Sie suchen Jan Fischer?«

»Woher ...«, begann sie, sah dann, wie der Taxifahrer neben sich in die Ablage zwischen den Sitzen griff und eine Visitenkarte herausfingerte.

»Er ist mit dem Zug gekommen. Hat mich gleich auf dem Bahnhofsvorplatz angequatscht. Kommt selbst mit dem Auto nach Sylt und will dann gleich 'ne Auskunft von 'nem Taxifahrer. Das sind mir die Richtigen. Na, egal. Weiß nicht, wo er wohnt«, sprach der Taxifahrer weiter. »Aber ich weiß, dass er dieses tote Mädchen gesucht hat.«

Charlotte nickte. Als Jan auf die Insel kam, war Anna-Lena noch nicht tot. Aber das änderte nichts daran, dass der Taxifahrer von der richtigen Person sprach.

»Deshalb auch die Karte. Ich sollte ihn anrufen, wenn ich sie sehe oder was höre.«

»Und?«

»Und ich hab was gehört.« Der Mann nickte zu seinen eigenen Worten. »Steffi hat den kleinen Reisjunkie gefahren. Nicht böse gemeint. Soll 'n süßes Ding gewesen sein. Schade drum. Sie kam alleine mit dem Zug an, hat die Kollegin gesagt, und ließ sich vom Bahnhof nach Kampen fahren. War aber nicht sehr gesprächig, hat Steffi gesagt.«

»Ihre Kollegin hat das gesagt?«

»Ja, die Steffi. Sag ich ja. Und das habe ich auch Ihrem Kollegen erzählt. Aber das nützt Ihnen vermutlich nichts, was? War ja schon gestern. Da treffen Sie ihn bestimmt nicht mehr.«

»Kampen?«

»Ja.«

»Ist das weit?«

Der Taxifahrer schüttelte den Kopf. »Auf der Insel ist kein Ort weit vom anderen entfernt.«

Für einen Moment schüttelte es Charlotte. Einen ganz ähnlichen Spruch hatte sie an diesem Tag schon einmal gehört. Von Anders Madsen. Nur, dass der dies über Rømø gesagt hatte, kurz bevor er auf die Idee mit dem Blowjob gekommen war. Vermutlich saß er jetzt zu Hause bei seiner Mama und kühlte sich die Hoden mit Eis.

»Wir fahren gleich durch«, fügte der Fahrer dann hinzu.

Charlotte dachte kurz nach. »Wissen Sie auch die Straße? Hat Steffi Ihnen gesagt, wo sie die Frau abgesetzt hat?«

»Deshalb hab ich Ihren Kollegen ja angerufen. Sagte ich das nicht? Das hab ich doch gesagt.«

Das Taxi kämpfte weiter gegen den Sturm an. Eigentlich hätten sie schon da sein müssen. Doch heute dauerte die Fahrt etwas länger, meinte der Fahrer. Er bog in eine Sackgasse, die zur Heidelandschaft oberhalb des Roten Kliffs führte. Charlotte fragte, ob der Mann eine Weile auf sie warten würde, während beide auf die Villa am Ende der Straße schauten.

»Ich will eigentlich nach Hause«, sagte der Fahrer. »Fünf Minuten kann ich warten. Aber danach bin ich weg. Gucken Sie mal, ob da jemand ist. Sonst kommen Sie gleich wieder zurück.«

Charlotte holte ihr Portemonnaie heraus und gab dem Mann einen Geldschein. »Zehn Minuten«, bat sie und verzichtete auf das Retourgeld.

Der Mann nickte. »Machen wir 'ne Viertelstunde draus. Aber dann mach ich wirklich 'ne Fliege.«

Charlotte nickte auch. Mehr konnte sie nicht verlangen.

Während sie an der breiten Haustür klingelte, sah sie zum Taxi zurück, doch der Fahrer nahm ihren Blick nicht auf. Durch den Regenschleier konnte sie im Grunde gar nicht sehen, was er tat. Vielleicht hatte er sie die ganze Zeit im Auge. Vielleicht spielte er auch am Radio herum und hatte sie im Prinzip schon vergessen.

Nach dreimaligem Klingeln hatte noch immer niemand geöffnet. Um dem Regen auszuweichen, ging Charlotte möglichst dicht an der Wand ums Haus herum. Als sie auf der Rückseite eine Terrassentür entdeckte, sah sie gleich, dass diese ein Stück offen stand. Sie zögerte. Dann entschied sie sich, ihr Glück zu wagen. Das Taxi würde noch knapp zehn Minuten warten. Hoffentlich genug Zeit, um festzustellen, ob Jan hier war.

»Hallo?«, rief sie laut und schob die Tür ein bisschen weiter auf. In der Villa war es noch dunkler als draußen. Vorsichtig trat Charlotte ins Wohnzimmer. Auch ohne Brecheisen oder Glasschneider kam sie sich wie eine Einbrecherin vor.

60

Alle, die an diesem Nachmittag in der Redaktion des *Lauf-feuers* waren, hatten sich um den Schreibtisch von Dana versammelt und starrten auf ihren Monitor. Wie immer sah die gebürtige Russin aus, als müsse sie gleich zu einem offiziellen Empfang im Kreml. Auch die sie umgebende Duft-wolke erinnerte mehr an eine bevorstehende Verführung als an Arbeit. Vor fünf Minuten hatte sie Christian Freitag zu sich geholt. Bald darauf standen Inez und Aaron neben ihm.

Die beiden waren gemeinsam trotz des Sturms in die Redaktion gekommen und wollten auch gemeinsam bald wieder aufbrechen. Claudette und Sybill vom Boulevard-teil hatten einen längeren Aufenthalt in der ehemaligen Kirche geplant, da sie ganz damit beschäftigt waren, die hereinkommenden Meldungen über Sturmschäden auf der Webseite zu platzieren. Mehr Boulevard ging zurzeit nicht. Berichte über das Leben der Schönen und Hochverschul-deten interessierten im Moment niemanden, sofern nicht deren Auto von einem umfallenden Baum getroffen oder ihr Luxusappartement durch zertrümmerte Fenster ver-wüstet wurde.

Durch die Informationsbeschaffung auf den offiziellen Seiten der Wetterdienste wussten Claudette und Sybill, dass an der Nordsee durch Orkantief *Franziska* eine schwere Sturmflut tobte. Besonders betroffen sollten hiervon die dem Festland vorgelagerten Inseln und Halligen sein. Char-lotte Sander war auf einer dieser Inseln. Doch Charlotte lie-ferte keine Bilder von spektakulären Brechern am Strand. Eine wackelige Kamera zeigte stattdessen immer wieder kurz ihr Gesicht und führte den Betrachter durch ein sehr großes Haus mit verflucht vielen Fluren und Räumen.

»Was macht sie da?«, flüsterte Claudette. Doch die Antwort erhielt sie nicht von Sybill, die neben ihr stand, sondern von Aaron. Der durch tägliches Gewichtestemmen aufgepumpte Polizeireporter sagte leise, dass Charlotte gerade in eine Villa einbreche.

»Was?«

»Sie sucht Jan.«

Sybill nickte interessiert, ohne den Zusammenhang zu verstehen.

»Es ist wohl nicht klar, wer sonst noch im Haus ist«, erklärte Aaron leise weiter. »Und weil Charlotte nicht allein da reingehen wollte, hat sie Dana über Skype angerufen.«

»Ist ja voll gruselig.«

Aaron bemerkte: »Wenn was passiert, können wir gleich die Polizei anrufen.«

»Aber dann ist es doch schon zu spät«, entgegnete Sybill.

Christian Freitag, der das leise Gespräch bisher geduldet hatte, gab nun einen mahnenden Zischlaut von sich. Er fand es in Ordnung, wenn seine Leute untereinander Informationen austauschten, doch er wollte nicht, dass jemand irgendwelche unschönen Ideen in den Raum stellte und somit in seinem Kopf platzierte. Es machte ihm auch so schon genug Angst, auf dem Monitor zu verfolgen, wie Charlotte von Zimmer zu Zimmer ging, während er und die anderen über 100 Kilometer entfernt zur Hilflosigkeit verdammt waren. Denn Sybill hatte natürlich recht. Wenn etwas Schlimmes in der Villa passieren sollte, in welcher Form auch immer, dann war ein anschließender Anruf bei der Polizei zwar richtig, aber für Charlotte möglicherweise trotzdem schon zu spät.

Am liebsten hätte Christian deshalb gleich zum Telefon gegriffen. Doch Dana hatte ihn, und das nicht zu Unrecht, darauf aufmerksam gemacht, dass es zunächst einmal Charlotte war, die gerade bei fremden Leuten ins Haus einbrach und damit gegen das Gesetz verstieß. Christian konnte dies mit dem Verstand durchaus begreifen, trotzdem waren seine Nerven extrem gereizt. »Wo ist sie denn jetzt schon wieder?«, fragte er kopfschüttelnd.

»Noch immer im ersten Stock«, antwortete Dana. »Sie hat zwei Zimmer mit Frauenkleidung gefunden. Aber von Jan keine Spur.«

Die Kamera schwenkte hoch, während sie in ein großes Badezimmer mit Whirlpool getragen wurde. Als sie auf eine Spiegelfront traf, sahen die Zuschauer in der Redaktion Charlotte zum ersten Mal fast in voller Größe. Nur ihre Beine wurden von einer Konsole mit zwei eingelassenen Waschbecken abgeschnitten. Einigermaßen überraschend war es, dass Charlotte eine orangefarbene Rettungsweste über ihrer Jacke trug. Zwar war von einer Sturmflut für Sylt die Rede, aber fühlte Charlotte sich sogar in der Villa vom Wasser bedroht? Sybill stupste Claudette kurz an.

»Ich sehe es«, entgegnete diese.

»Interessante Mode, oder?«, meinte Sybill daraufhin.

»Was war das denn?«, unterbrach Aaron. »Da eben an der Tür.«

Alle Blicke wandten sich ihm zu und dann sofort wieder auf den Monitor.

»Da war doch jemand an der Tür. Habt ihr das nicht gesehen?«

Dana sah Aaron noch einmal kurz an. »Charlotte ... Ist da jemand an der Tür?«

»An der Tür?«, wiederholte Charlotte und die Kamera wurde gedreht. Der Türrahmen schimmerte hell. Dahinter gab es nur ein dunkles Loch.

»Da ist nichts«, meinte Inez. Jedenfalls hoffte sie es.

Die Kamera wurde auf die Tür zubewegt. Alle wussten, dass sie dies nicht von allein tat. Charlotte hielt sie in der Hand. Also bewegte Charlotte sich auf die Tür zu.

»Hier ist niemand«, sagte sie nach einem Blick auf den Flur. »Vielleicht hab ich mich auch getäuscht.«

Inez stupste ihrem Freund in die Seite. »Lass so was.«

»Tut mir leid. Ich dachte wirklich, ich hätte etwas gesehen.«

Claudette und Sybill kicherten. Christian wollte eine Bemerkung zum Thema fehlendes Feingefühl machen, doch dann merkte er, dass das leise Kichern zumindest etwas von der Anspannung im Raum nahm.

»Mist«, kam es in diesem Moment aus den Lautsprechern an Danas Arbeitsplatz, und sofort war es wieder komplett still in der Redaktion.

»Was ist?«, fragte die Rothaarige.

»Mein Akku macht nicht mehr lange mit.« Charlottes Antwort klang blechern. »Wir müssen die Verbindung beenden. Verbraucht zu viel Saft.«

»Hast du dein Ladekabel dabei?«

»Muss man ja.«

»Dann such dir eine Steckdose und rufe uns gleich wieder an.«

»Okay. Das mache ich, wenn ich wieder unten bin.«

Christian legte eine Hand auf Danas Schulter. Das war eine Geste, die er sonst nie machte. »Sag ihr, dass wir die Polizei rufen, wenn sie sich in fünf Minuten nicht gemeldet hat. Hörst du, Charlotte? Fünf Minuten.«

»Ja, Christian, ich höre dich«, kam die Antwort. »Aber nicht übertreiben. Scheint doch keiner da zu sein.«

»Weiß man nie.«

»Ich rufe in zehn Minuten wieder an.«

»Fünf.«

»Ich brauche mindestens zehn. Und Tschüss.«

Die Bildübertragung brach zusammen. Sekundenlang starrten alle Redaktionsmitglieder das schwarze Fenster auf dem Monitor an. Dann rückten sich mehrere Rücken wieder gerade, und vielsagende Blicke wurden getauscht. Zehn Minuten waren lang genug, um sich noch einen Kaffee zu holen oder auf die Toilette zu gehen. Doch schon jetzt war klar, dass sie sich gleich alle wieder um Danas Arbeitsplatz versammeln würden.

61

Den unteren Wohntrakt hatte Charlotte irgendwie übersehen. Vom Wohnzimmer war sie gleich nach oben gegangen. Ein Fehler. Das Versäumnis wollte sie nachholen. Zuerst verband sie aber ihr Smartphone mit einer Steckdose im Esszimmer. Das Kabel war nicht lang genug, um bis zum Tisch zu reichen. Deshalb legte Charlotte das Handy auf den Boden. Es fiel ihr schwer, das Gerät zurückzulassen. Immerhin war es ihr Kontakt zur Außenwelt. Aber es ging nicht anders. Ein toter Akku würde ihr auch nichts nützen.

Toter Akku, dachte sie. Und automatisch assoziierte sie es mit: totes Mädchen.

Eines der oberen Zimmer könnte Anna-Lena gehört haben. Dem asiatischen Mädchen, das sie auf einem Zeitungsfoto tot am Strand gesehen hatte. Wer im anderen Zimmer wohnte, wusste Charlotte nicht. Dem Schrankinhalt nach musste es auch eine Frau sein.

Charlotte musste an den Schatten denken, den Aaron hinter ihr an der Tür gesehen haben wollte. Nur eine Täuschung, oder war doch noch jemand im Haus?

Langsam schritt sie den Flur im Erdgeschoss ab. Das vertraute Gefühl des Smartphones in der Hand fehlte ihr. Jetzt war sie wirklich allein auf sich gestellt, zumal der Taxifahrer mittlerweile auch abgefahren sein musste.

Charlotte fand zwei weitere Schlafzimmer. Sie wurden von Männern bewohnt. Daran gab es keinen Zweifel. Nicht nur die Kleidung, die Charlotte fand, sprach dafür. Auch der Geruch in den Räumen. Eine wilde Kombination aus After Shave und Moschusochsen. Wenn dies das richtige Haus war, dann waren es vermutlich die *Hansemen*, die dort schliefen.

Dennis und Hauke. So hatte Pierre sie genannt, als er von ihren gemeinsamen Unternehmungen erzählte. Dennis war der Ideengeber. Hauke der Kameramann. Und Pierre der Stuntman. Jedenfalls solange, bis der Dreh auf dem Güterbahnhof schiefgegangen war und Pierre von mehreren 1000 Volt vom Dach eines Waggons gefegt wurde.

Sie sind gefährlich, dachte Charlotte, während sie die Badezimmertür öffnete.

Letzte Chance.

Aber sie glaubte nicht mehr daran, dass jemand im Haus war. Schon gar nicht Jan. Und den suchte sie schließlich.

In Gedanken beschäftigte sie sich schon damit, was sie als Nächstes tun sollte. Jan war nicht hier, das Taxi weg, und da draußen herrschte Weltuntergang. Die Vorstellung, zu Fuß durch den Sturm nach Westerland zu marschieren, gefiel ihr nicht. Doch die, stundenlang in der Villa festzusitzen, noch viel weniger.

Es war ein Schock, als Charlotte das zerfetzte Hemd fand. Das Stück Textil lag in der Duschwanne des unteren Badezimmers und war blutdurchtränkt. Trotzdem erkannte sie es sofort. Schon zu oft hatte sie Jan darin gesehen, um sich zu irren.

Unmittelbar fühlte Charlotte, wie ihre Beine schwer wurden. Sie wusste nicht, was hier passiert war. Doch die Leute, mit denen Jan sich angelegt hatte, schienen zu allem fähig. Was Pierre über seine ehemaligen Freunde erzählt hatte, reichte schon, um zu diesem Urteil zu kommen. Die Videos, die Dana für sie verlinkt hatte, machten die Sache nur noch schlimmer. Die *Hansemen* waren keine angenehmen Zeitgenossen. Charlotte bemerkte selbst verwundert, wie sie den Kopf über die Untertreibung des Jahres schüttelte.

Sie ließ das Hemd in der Duschwanne liegen, weil sie nicht wusste, was sie sonst damit anfangen sollte. Vielleicht als Beweis sichern?

Beweis wofür?

Mord?

Kurz schüttelte es Charlotte, als stehe sie in einer Brise kalter Luft, dann ging sie zurück ins riesige Wohnzimmer. Zum Glück war das Handy noch da, wo sie es hingelegt hatte.

Charlotte ließ sich auf die Knie nieder und wählte mit zittrigen Händen die Redaktion des *Lauffeuers* an, ohne das Gerät von der Stromverbindung zu nehmen. Dana meldete sich beim ersten Klingeln. Die zehn Minuten, die Charlotte bis zu ihrem erneuten Anruf höchstens verstreichen lassen wollte, waren längst überschritten.

»Ist sie es?«, hörte sie Christians Stimme im Hintergrund, noch bevor Charlotte selbst auf Danas Begrüßung antworten konnte.

»Ja, ich bin's«, sagte Charlotte deshalb, obwohl die übermittelte Nummer im Display dies Dana schon vorher verraten haben musste. Schnell erzählte Charlotte, was sie im Badezimmer des Erdgeschosses gefunden hatte.

»Bist du dir ganz sicher, dass es ihm gehört?«

»Absolut.«

»Dann müssen wir jetzt wirklich die Polizei informieren.«

Wieder hörte Charlotte die Stimme von Christian Freitag im Hintergrund. Er bestand darauf, dass Dana die Lautsprechertaste betätigte. Im ersten Moment hatte sie nicht daran gedacht. Deshalb wiederholte sie kurz, was Charlotte berichtet hatte und schaltete das Telefon auf laut.

»Wir rufen sofort die Polizei«, brüllte Christian auf Danas Ohrhöhe. Erschrocken zuckte diese zusammen.

»Ich bin hier eingebrochen. Schon vergessen?«, entgegnete Charlotte.

»Nein. Aber es gibt ein neues Video im Netz. Dana hat es eben erst entdeckt.«

»Und?«

»Es zeigt, wie das Mädchen gestorben ist. Diese Anna-Lena. Nicht schön. Glaub mir. Wenn Jan sich mit den Machern solcher Filme angelegt hat, dann ist das kein Spaß mehr.«

»Ich weiß, dass das Mädchen tot ist.«

»Ja, aber auf diesem Scheißvideo siehst du, *wie* es passiert. Es ist neu, wurde heute erst hochgeladen. Wieder Jagdszenen wie beim ersten. Und dann, wie Anna-Lena von der Steilwand fällt. Und deshalb heißt der Film, halt dich fest: *Flying Bitch.*«

»Versteh' ich nicht.«

»Sie stürzt ab. Und der Zuschauer ist dabei. Abstoßend. Widerlich. Zum Kotzen. Du musst da sofort raus, Charlotte. Auch ohne Jan.«

Nervös blickte Charlotte über die Schulter. Natürlich hatte Christian recht. Aber was hatte sie noch für Möglichkeiten, wenn sie die Villa verließ? Wo war Jan? Wie sollte sie ihn finden?

Charlotte dachte an das blutige Hemd im Badezimmer.

»Ich will das Video sehen!«, sagte sie zu ihrer eigenen Überraschung.

»Erst musst du da raus.«

»Nein. Ich will es jetzt sehen. Schickt mir einen Link aufs Handy, Dana. Danach reden wir weiter.«

Charlotte beendete das Gespräch, bevor Christian etwas erwidern konnte. Dies war die einfachste Art, sich nicht in Diskussionen verwickeln zu lassen, die zu nichts führten. Erschöpft lehnte Charlotte sich mit dem Rücken an die Wand und wartete darauf, dass ihr Smartphone einen Mitteilungseingang meldete. Der Sturm da draußen brüllte immer schlimmer. Doch das Wetter war es nicht, was Charlotte zittern ließ.

62

Verwirrt schreckte Jan hoch. Als er zur Seite blickte, sah er Lena aufrecht neben sich im Bett sitzen. Sie hatte die Beine zum Schneidersitz eingezogen und vergnügte sich mit einer Packung gesalzener Nüsse. »Hunger?«, fragte sie. Jan nickte benommen, kroch ein Stück auf das Kopfende vom Bett zu und schob sich daran hoch. Lena streckte die Hand aus und schüttete ihm ein paar Nüsse in den Mund. Überrascht ließ er es geschehen. Die kleinen Energiespender taten gut, und er verlangte nach mehr. Also öffnete Lena noch eine Schachtel und riss für ihn den vakuumgezogenen Plastikbeutel auf.

»Minibar geplündert?«, fragte er kauend und ließ sich danach eine Wasserflasche reichen.

»Verdammt richtig!« Lena grinste und hob eine Piccoloflasche Sekt in die Luft. Mit ihren leicht feuchten Haaren und dem eng sitzenden Unterhemd sah sie wie auf eine Privatparty eingestellt aus. Jan fand die Idee nicht so verkehrt und fragte, was sie noch im Angebot habe.

»Schokoriegel, noch ein Fläschchen Sekt, Minifläschchen Whisky. Worauf hast du Lust?«

Jan entschied sich für den Whisky. Der erste Schluck brannte im Hals. Noch immer halb liegend hatte er sich daran verschluckt. Doch den Rest aus dem Fläschchen genoss er. Immer mehr Leben kehrte in ihn zurück.

»Wo kommst du eigentlich her?« Die Frage kam ihm spontan über die Lippen.

»Uelzen. Das ist in der Nähe vom Wendland.«

»Ich weiß, wo Uelzen liegt«, entgegnete Jan. »Aber ich meine ursprünglich.«

Lena hob das Kinn und sah kurz zur Decke. »Ach, das meinst du. Aus Vietnam. Aber daran kann ich mich nicht erinnern. Wir wurden als Kleinkinder adoptiert. Mit zwei Jahren. Über Holland. Unsere Eltern sprechen nicht gern darüber. Aber es ließ sich ja nicht verheimlichen. So richtig norddeutsch sehen wir schließlich nicht aus.«

»Anna und Lena.«

Lena grinste kurz. »Eigentlich Ahn und Lan. Ich musste meine Mutter lange nerven, bevor sie damit rausrückte. Ahn heißt Frieden. Und ich bin eine Orchidee.«

»Ahn und Lan wurden zu Anna und Lena?«

»Ganz genau.«

»Kennst du Verwandte in Vietnam?«

Lan, die Orchidee, schüttelte den Kopf. »Ich weiß nicht mal, wie die Agentur heißt, über die wir vermittelt wurden. Meine Adoptivmutter weigert sich, es uns zu sagen. Das würde keinen Sinn machen, meint sie. So dumm. So dumm.«

»Ihr versteht euch nicht besonders gut?«

»Sie meint es gut. Sie meint alles gut. Aber trotzdem ist es dumm.«

»Und dein Vater?«

»Dem ist das egal«, meinte Lena. »Wir waren nur für Mutter da. Er hatte seine Arbeit. Sie uns. Na ja. Als wir klein waren jedenfalls.«

»Und jetzt?«

»Ist doch egal.«

»Es gibt bestimmt Möglichkeiten, um etwas über deine Familie herauszufinden. Also, deine Ursprungsfamilie.«

»Meinst du?«

»Wenn du willst, helfe ich dir.«

Lena sah nachdenklich aus. »Anna ist meine Familie. Mehr brauche ich nicht.« Dann wechselte sie abrupt das Thema. »Ich guck mir nochmal deine Schulter an. Hier gibt es reichlich Handtücher, die wir als Verband benutzen können. Guck dir nur mal an, was du mit der schönen Bettwäsche machst.«

Lena hatte recht. Durch das Hochrobben hatte Jan eine rote Spur auf dem Laken hinterlassen. Mit einem Satz war Lena aus dem Bett, verschwand kurz im Badezimmer und kam mit zwei kleineren Handtüchern zurück. Jan verfolgte ihre Schritte, während sie barfuß über den Teppich lief. Sie kniete sich auf das Bett, wickelte den alten, nassen Verband von der Schulter und sah sich die Wunde in der Schulter an.

»Nicht so schön«, meinte sie. »Da muss wohl doch ein Arzt ran. Aber du wirst es überleben.«

Jan nickte tapfer. Egal, was Lena mit seiner Schulter veranstaltete, es tat alles fürchterlich weh. Vorsichtig tupfte sie die Wunde von beiden Seiten ab, dann legte sie ein frisches Handtuch darauf und begann mangels Alternativen, den alten Verband wieder darum zu wickeln. Im Zimmer hatte sie keinen Erste-Hilfe-Kasten entdeckt. Vielleicht gab es unten an der Rezeption einen. Dort würde sie später nachgucken. Erst einmal musste das so halten, wie es war.

»Ich hatte vorhin Zeit zum Nachdenken«, meinte sie beim Verbinden. Offenbar vermied sie hierbei bewusst den Augenkontakt mit Jan. »Und ich glaube, ich werde zurück zur Villa gehen.«

Jan drehte ungläubig den Kopf, doch Lena ließ sich nicht beirren.

»Hauke war sauer, weil ich dich laufen gelassen habe. Und er war enttäuscht. Weißt du, er mag mich. Da kommt es schon mal zu Überreaktionen.«

»Genau«, erwiderte Jan voller Ironie. »Was verbindet dich nur mit diesen Typen?«

»Nichts«, behauptete Lena. »Das habe ich doch schon erklärt. Wir machen das rein wegen der Kohle. Dennis und

Hauke haben Anna angequatscht. Und seitdem schmeißen sie mit ihrem Geld um sich. Klar, wir müssen dafür einiges anstellen, aber so schlimm ist das nicht. Verstehst du, die glauben, sie würden uns ausnutzen. Aber das stimmt nicht. In Wahrheit ist es anders herum. Wir nutzen sie aus. So sieht es nämlich aus. Wir sacken fleißig ihre Kohle ein. Und wenn wir genug haben, hören wir einfach auf und lassen die beiden blöd im Regen stehen.«

Dass Jan die ganze Zeit den Kopf schüttelte, während sie sprach, nervte Lena. Entsprechend unsanft war sie beim Verknoten des Verbandes. »Anna hat zu mir gesagt, wie ungerecht sie es findet, dass solche Typen studieren können, ohne für ihren Lebensunterhalt arbeiten zu müssen. Klar schreiben die die besseren Noten und machen die besseren Abschlüsse als andere. Und dann kriegen sie die besseren Jobs. Nur weil ihre Eltern Geld haben. Ist das fair? Nein, ist es nicht. Deshalb schnappen wir uns einen Teil davon. Dann braucht Anna auch nicht mehr zu jobben und kann sich ganz auf das Studium konzentrieren.«

Für Lena war Anna noch immer am Leben, stellte Jan mit Entsetzen fest. Die junge Frau tat nicht nur so, als sei ihre Schwester noch lebendig. Für Lena war es Realität.

»Verwöhnte kleine Pisser. Was haben sie euch alles für das Geld machen lassen?«

»Ich denke, du hast die Filme gesehen?«

»Habe ich. Auch den mit dem kleinen Hund.«

Einen Moment herrschte Schweigen im Zimmer.

»Ich habe gesehen, was du und Anna mit dem Welpen gemacht habt. Ich weiß, dass ihr das wart. Ich habe das blaue Herz am Fußgelenk der einen Frau gesehen. Genau dasselbe Herz wie bei dir.«

Lena sah automatisch zu ihren nackten Füßen, zuckte dann mit den Achseln ohne zu antworten.

»Was ist aus dem Hund geworden?«, fragte Jan. »Der Film bricht mittendrin ab. Habt ihr ihn zu Tode getreten?«

»Haben wir nicht«, wehrte Lena ab. Sie rückte von Jan ab und setzte sich ans Fußende des Bettes. »Ihm ist überhaupt nichts passiert.«

»Das hat man ja gesehen.«

»Keine Knochenbrüche oder so«, stellte Lena klar. Kurz biss sie sich auf die Unterlippe. »Wir hätten unsere Prämie verdoppeln können. Die Möglichkeit gibt es jedes Mal. Wenn wir bei einem Paintballspiel den Schatz finden, ohne vorher getroffen zu werden, wird die Prämie verdoppelt. Bei dem Hund war es ähnlich. Aber Anna und ich haben es nicht gemacht.«

»Was hättet ihr denn tun sollen?«

Wieder bearbeitete Lena ihre Unterlippe mit den Zähnen.

»Verstehe«, meinte Jan. »Einmal richtig zutreten, stimmt's? Oder ordentlich gegen die Wand kicken. Bis er sich nicht mehr rührt.«

Die junge Frau nickte.

»Kapierst du denn nicht, was die mit euch machen?« Jan fixierte Lena mit seinem Blick. »Dem Hund ist nichts passiert, sagst du? Ihr habt einem arglosen kleinen Hund gezeigt, was die Welt für ihn bereithält. Schmerzen und Gewalt. Was glaubst du, was der machen wird, wenn er größer ist? Entweder kuscht er vor jedem Menschen und führt so ein erbärmliches Leben, oder er beißt irgendwann wild um sich. Denn nicht nur der Hund wird größer, sondern auch seine Zähne.«

»Kann sein«, meinte Lena. »Ich sage auch nicht, dass es gut war, was wir getan haben. Ich sage nur, dass er noch lebt.«

Das hat er Anna zumindest voraus, dachte Jan. Aber er wusste auch, dass er Lena damit nicht zu kommen brauchte. Sie würde sofort wieder abblocken.

»Glaubst du eigentlich, das Leben schuldet dir was?«

Lena war anzusehen, dass sie ihn nicht verstand.

»Dennis und Hauke sind reich. Und du bist es nicht. Aber gibt es dir das Recht, alles zu tun?«

Lena zuckte mit den Schultern.

»Wie weit geht ihr denn sonst so? Den Hund habt ihr nicht totgetreten, das habe ich jetzt verstanden. Aber was ist mit euch? Was ist mit dir, Lena?«

Die riss das Kinn hoch und sah Jan herausfordernd an. »Alter, was willst du eigentlich von uns? Fast hätte ich vergessen, dass du so ein Pressefritze bist. Schreibst du das später etwa alles auf, oder was?«

»Lena ...«

»Was?«

»Sag mir, wie weit du gehst. Was tust du alles für diese Typen.«

»Ach so, jetzt verstehe ich«, erwiderte sie. »Du meinst Sex. Du willst wissen, ob ich mit den beiden penne. Für Geld. Stimmt's? Das ist mal wieder typisch. Ihr Männer tickt alle gleich. Für euch geht es nur um unsere Pussys. Das ist echt widerlich.« Noch während sie sprach, sprang Lena vom Bett auf und griff nach ihren am Boden liegenden Kleidungsstücken. Es machte ihr Mühe, in die Hose zu kommen, so wütend war sie. »Ich bin keine Nutte, wenn du das meinst. Und Anna auch nicht.«

»Hör zu, Lena«, bat Jan. Am Zittern ihrer Stimme hörte er, dass sie mit den Tränen kämpfte. »Ich will nur, dass du weißt, dass diese Typen euch ausnutzen und nicht umgekehrt. Sie machen mit euch, was sie wollen. Sie machen mit dir dasselbe wie mit dem Hund. Sie treten dich. Und irgendwann schmeißen sie dich weg. Du ... Lena, hör doch bitte mal zu. Du bedeutest ihnen nichts. Und Anna auch nicht.«

»Du spinnst dir vielleicht einen Scheiß zurecht!« Es war kein normales Sprechen, mehr ein Ausspucken der Wörter.

Jan hielt trotzdem dagegen: »Du darfst ihnen nicht trauen. Geh nicht zu ihnen zurück. Sonst bringen sie dich um. Lena, du glaubst doch selbst nicht, dass der Schuss auf mich ein Versehen war. Und dann gleich zweimal. Erst Dennis, dann Hauke.«

Nur noch die Stiefel. Lena fummelte an ihnen herum, ohne Jan noch einmal anzusehen. Dann schnappte sie sich ihre Jacke und stürmte zornig aus dem Zimmer.

»Sie bringen dich um, Lena«, rief Jan ihr hinterher. »Genauso wie Anna.«

63

Aufgebracht stolperte Lena die Treppe hinunter. Sie hatte nicht die Geduld, den Aufzug zu nehmen. Bei der Rezeption dachte sie wieder an ein Taxi, um nach Westerland zu kommen. Doch ob bei dem Sturm überhaupt noch ein Taxiunternehmen arbeitete, war fraglich, selbst wenn sie die richtige Nummer gewusst hätte. Außerdem kannte sie nicht das richtige Hotel. Es schien wirklich besser, zu Dennis und Hauke zurückzugehen. Sie würde sich eine Ausrede ausdenken. Einen Grund, wieso sie Jan geholfen hatte.

Im Moment verstand Lena selbst nicht, wieso sie das getan hatte. Aber das war nicht so wichtig. Sie würde sich auf ihre Improvisationsgabe verlassen und den beiden einfach irgendwas erzählen. Wichtig war nur, dass sie dann gemeinsam nach Westerland fuhren. Lena würde sich durch nichts mehr davon abbringen lassen. Sie musste Anna sehen. Und das, so schnell wie möglich.

Automatisch ging sie auf den Speisesaal zu, durch dessen Fenster sie zusammen mit Jan in das Hotel eingedrungen war. Dann fiel ihr Blick auf eine Tür am Ende des Flurs, über der ein Notausgangsschild prangte. Notausgänge müssen sich jederzeit ohne Schlüssel von innen öffnen lassen. Dies war also der schnellere und komfortablere Weg.

Während Lena an einer Reihe von Bildern mit maritimen Themen vorbeiging, ärgerte sie sich erneut unermesslich über Jan Fischer. Was bildete dieser Typ sich ein? Er verurteilte Lena und Anna, ohne zu wissen, wovon er überhaupt sprach. Okay, sie hatten den kleinen Hund getreten. Das war nicht gut gewesen. Aber sie hatten ihn nicht umgebracht. Und wenn sie Geld für die Produktion von abgedrehten Videos bekamen, na und? Was ging das diesen Kerl an?

Glaubst du eigentlich, das Leben schuldet dir etwas?

Idiot. Typisch Reporter. Typisch Presse. Jan Fischer bestätigte jedes Vorurteil. Nur an seiner Story interessiert. Die Menschen dahinter, die sah er nicht. Was gab ihm das Recht, über sie und Anna zu richten? Was sie für Geld taten, war allein ihre Sache. Das ging ihn gar nichts an.

Lena schüttelte den Kopf. Sie begriff nicht, wieso sie Jan zwischendurch tatsächlich irgendwie sympathisch finden konnte. Auf dem Bett sitzend, hatte sie sogar gedacht, dass er ganz niedlich war. Da hatte er sich gerade am Inhalt der kleinen Whiskyflasche verschluckt. Aber jetzt hatte Lena nur noch Verachtung für ihn übrig. Es war ihr vollkommen egal, was aus ihm wurde. Sollte er doch den Notruf wählen. Dann würden Polizei oder Feuerwehr kommen, um ihn abzuholen. Zuerst würde man ihn ins Krankenhaus bringen und danach ordentlich in die Mangel nehmen. Immerhin war er in ein Hotel eingebrochen.

Zufrieden lächelte Lena bei diesem Gedanken. Dann erreichte sie das Ende des Flurs. Neben der Tür standen Farbeimer und Tapetenrollen. Auf der anderen Seite lag verschiedenes Handwerkszeug und eine Zeitung.

Nun verstand Lena auch, warum der Alarm nicht losgegangen war, als sie das Fenster im Speisesaal eingeschlagen hatte. Offensichtlich waren die Maler an diesem Morgen schon bei der Arbeit, als sie mitbekommen hatten, wie schwer der Sturm werden würde. Sie mussten Hals über Kopf aufgebrochen sein, um noch irgendwie heil nach Hause zu kommen. Dabei hatten sie vergessen, die Alarmanlage wieder einzuschalten. So musste es gewesen sein. Und noch etwas hatten sie vergessen.

Lena ging auf die Tür zu und streckte die Hand aus, um nach draußen zu gehen, als ihr Blick auf die Zeitung fiel. Zerfleddert lag sie neben dem Werkzeug. Ein Schlag wie mit einer geballten Faust traf Lena in den Magen. Auf dem Titelblatt der Zeitung sah sie ein großformatiges Foto. *Kopfüber in den Tod* stand darüber.

Auch wenn das Gesicht der Frau nicht zu sehen war, die mit verdrehten Gliedmaßen am Strand lag, wusste Lena, dass sie es war: Anna. Ihre Schwester.

Es waren nicht allein die schwarzen Haare, die kurze Hose und der Sport-BH, die Lena erkannte. Alles an der Frau sah nach Anna aus. Lena musste es wissen.

Seit 21 Jahren hatten sie und Anna den Großteil ihres Lebens geteilt. Anna hatte immer die Rolle der größeren Schwester übernommen. Sie hatte immer die Ideen gehabt, egal, worum es ging. Sie war die Forsche und Herausfordernde. Sie war Lenas Beschützerin. Und sie war es, die nach Hamburg zum Studieren gezogen war, während Lena eine Banklehre begonnen hatte.

Das war mit einem Schlag alles vorbei. Anna lebte nicht mehr.

Ahn.

Ihre Schwester.

Ihre beste Freundin.

Ich hätte bei ihr sein müssen. Der Gedanke war unmittelbar und zwingend. Ich habe sie im Stich gelassen. Anna hätte nicht allein mit Dennis und Hauke da rausfahren dürfen.

Dann wurde Lena klar, dass sie ab jetzt allein sein würde. Anna war immer für sie da gewesen. Immer. Seit Anfang an. Doch jetzt lebte ihre Schwester nicht mehr. Die Erkenntnis schien banal und doch war sie die brutalste von allen: Die beiden Schwestern würden nicht zusammen alt werden. Dabei war das doch immer klar gewesen. Selbstverständlich. Von Gott gegeben.

Zwillinge leben ihr Leben gemeinsam. Das ist doch nur natürlich.

Wieso stimmte dieses Naturgesetz plötzlich nicht mehr?

Das konnte doch nicht sein.

Das war falsch.

Anna und Lena würden keine gemeinsamen Reisen mehr unternehmen und keine Abenteuer zusammen erleben. Anna würde nie heiraten. Anna würde nie Kinder bekommen. Aber Lena.

Während Lena irgendwann erst 30, dann 40 und 50 Jahre älter werden würde, blieb Anna ewig jung. Das war nicht nur gemein, es war auf irgendeine Weise auch zutiefst obszön und widerwärtig.

Mit dem Rücken ließ Lena sich gegen die Wand fallen, musste eine Hand auf den Mund legen, um einen Würgereiz zu unterdrücken.

Jan Fischer ... Er hatte die verdammte Wahrheit gesagt. Die ganze Zeit.

Dennis und Hauke hatten gelogen. Sie wussten, dass Anna tot war. Seit gestern wussten sie es. Aber sie hatten es Lena nicht gesagt. Im Gegenteil. Dennis hatte es die ganze Zeit bestritten. Und am selben Abend, an dem er Anna umgebracht hatte, wollte er sogar noch Sex mit ihr haben. Das miese Schwein.

Zitternd kroch Lena auf die Zeitung zu, streckte eine Hand aus. Sie konnte den Text unter dem Bild nicht zusammenhängend lesen. Nur Schlagwörter schafften es in ihr Bewusstsein.

Tod. Sylt. Kopfüber. Schönheit. Strand. Jung. Fast nackt.

Das war die Art von Geschichte, für die diese Zeitung geschaffen wurde. Lena begriff das. Oft genug hatte sie solche Schlagzeilen und Berichte gelesen. Immer waren es die anderen, denen solche Sachen passierten, nie einem selbst. Zum Glück. Und genau deshalb las man diese Geschichten. Sie gruselten einen, aber sie betrafen einen nicht persönlich. Das eigene Leben schien immer sicher, unantastbar. Bis jetzt.

Bild und Text verschwammen vor Lenas Augen. Mit aufeinandergebissenen Zähnen begann sie, wie ein Tier zu heulen. Das Geräusch entstand in ihrer Kehle durch den Schmerz in ihrer Brust. Es tat so grausam weh. Lena hätte um sich schlagen können, schaffte es aber nur, sich zusammenzukrümmen.

Dann hörte sie noch etwas anderes. Geräusche, die nicht von ihr stammten. Es waren die Geräusche eines Menschen, der durch ein Fenster kletterte. Der Fensterflügel wurde gegen einen Mauervorsprung geschlagen. Lena hörte Schritte und das Knirschen von Scherben. Die Geräusche kamen aus dem Speisesaal. Dort verschaffte sich jemand auf demselben Weg Zutritt, wie Lena und Jan es vor etwa einer Stunde getan hatten. Nun waren sie also nicht mehr allein im Hotel.

Mit einem furchterregenden Ausdruck auf dem Gesicht tastete Lena nach dem herumliegenden Malerwerkzeug. Wie eine Kralle schloss sich ihre Hand um ein Cuttermesser. Knackend schob sich die extrem scharfe Klinge Zentimeter für Zentimeter aus dem Messergriff nach oben.

64

Dennis und Hauke hatten sich vor dem Haupteingang vom *Seestern* getrennt. Wenn Lena und dieser Reporter irgendwo untergekrochen waren, dann hier. Der Sturm am Strand war mörderisch. Sie mussten einfach die erste Möglichkeit nehmen, um dem Inferno dort unten zu entkommen. Das war Dennis sofort klar, als Hauke ihm von Jans Fluchtweg erzählt hatte.

Hauke hatte apathisch auf dem Sofa gelegen, als Dennis die Villa endlich wieder erreichte. Der Penner wollte nicht vom Sofa hoch, doch das hatte Dennis ihm ausgetrieben. Sie mussten das jetzt zusammen durchstehen. Dennis ließ sich zeigen, wo der verschossene Pfeil im Tor steckte.

Dieser Jan Fischer hatte unverschämtes Glück. Zweimal hatte man mit einer Armbrust auf ihn geschossen. Zweimal hatte er es überlebt. Aber jetzt wurde es Zeit, dass seine Glückssträhne endete.

Der Motor des Amarok heulte nur kurz auf, schon waren sie beim *Seestern*. Dennis wusste, dass das Hotel für Renovierungsarbeiten zwei Wochen leer stand. Das war beim *Seestern* im Februar schon Tradition.

»Du da lang. Ich geh so rum. Guck genau, wo sie sich versteckt haben können. Wir treffen uns dann hinten.«

Dennis nahm die Armbrust. So ganz konnte er Hauke nicht mehr trauen.

Die Waffe in den Händen verlieh Dennis neue Sicherheit.

Der alte Martens hatte ihn unterschätzt. Ein Fehler.

Jan Fischer war ein anderes Kaliber. Das wusste Dennis. Auch wenn der Reporter verletzt war. Aber dafür hatte Dennis die Armbrust.

Lena spielte bei seinen Überlegungen keine Rolle. Noch nicht. Erst musste er sich um Jan Fischer kümmern.

Dann entdeckte er das kaputte Sprossenfenster. Jemand hatte es eingeschlagen und dann von innen geöffnet. Nun war Dennis vollends überzeugt, dass er Jan und Lena gefunden hatte. Kurz überlegte er, ob er auf Hauke warten sollte. Doch in seiner jetzigen Verfassung war der mehr ein Problem als eine Hilfe. Wenn Dennis zu drastischen Maßnahmen greifen musste, dann besser allein.

Wenigstens war der Sturm auf seiner Seite. Durch ihn hatte Dennis noch immer die Gelegenheit, alles irgendwie wieder hinzubiegen.

Im Sturm gab es Unfälle. Schlimme Unfälle. Der alte Martens hatte schließlich auch einen gehabt.

Dennis schwang ein Bein durch das offene Fenster, zog das zweite nach. Ein kaputter Blumentopf knirschte unter seiner Stiefelsohle. Offenbar hatte jemand den Topf von der Fensterbank geworfen. Dennis erstarrte in der Bewegung und lauschte in das einsame Gebäude.

Seine Gedanken waren schon einen Schritt weiter. Wenn er Jan und Lena gefunden hatte und beide Opfer des Sturms wurden – am besten ertranken sie im Meer – was kam danach? Mit der Armbrust würde er die beiden an den Strand treiben. Immer weiter. Immer weiter. Und dann? Was, wenn das erledigt war?

Als Erstes müsste danach das Video aus dem Netz verschwinden. Es war zwar nur eine geschnittene Fassung, bei der fehlte, wie er Anna dazu drängte, auf die Klippe zu klettern. Und wie er auf sie schoss, selbst wenn die Farbpatrone daneben ging, fehlte auf dem online gestellten Material auch. Trotzdem hatte Hauke recht gehabt, als er es für falsch hielt, den Film auf die Videoplattform hochzuladen.

Dennis hatte das zuerst anders gesehen. Zu spektakulär fand er die Aufnahmen, um sie nicht als neuesten Coup der *Hansemen* zu präsentieren. Die Abonnenten ihres Kanals warteten doch auf etwas Neues. Und der Film mit Anna hatte das Potenzial, Rekorde zu brechen. Diese Vorstellung hatte Dennis geblendet und ihn einen Fehler machen lassen. Aber auch dieser Fehler würde sich korrigieren lassen.

Also, der Film musste aus dem Netz verschwinden. Und, was noch wichtiger war, das Ursprungsmaterial von Haukes Rechner gelöscht werden. Dann gab es keine Beweise mehr gegen Dennis. Annas Absturz wäre weiterhin nur ein Unfall. Tragisch, aber ein Unfall.

Sehr gut.

Dennis hielt die Armbrust schussbereit, während er den Speisesaal verließ und in die Empfangshalle gelangte. Seine

Hände waren schweißnass. Doch Angst hatte er keine. Ein anderes Gefühl beherrschte ihn: Jagdfieber.

Dieses Gefühl kannte er gut. Es war herrlich. Und diesmal noch intensiver als sonst. Denn die Waffe in seinen Händen verschoss keine Farbpatronen.

Der Gedanke daran, wie ein echter Pfeil durch Lenas Fleisch schlug, hatte eine ganz neue Qualität.

Lauf doch, Lena, lauf. Und dann: …

Dennis erwischte sich bei einem Grinsen. Dann schüttelte er den Kopf und ließ die Armbrust sinken.

Es wäre Wahnsinn, Jan und Lena zu erschießen. Diese beiden Morde würden sich hinterher auf keinen Fall als Unfälle darstellen lassen. Und dass sie einfach mit ihm runter zum Meer gingen, selbst wenn er sie mit der Waffe antrieb, war auch nicht besonders wahrscheinlich.

»Hallo?«, hörte er sich deshalb selbst in die Halle rufen. »Jemand da?«

Als keine Antwort kam, sprach Dennis laut weiter. Niemand brauche vor ihm Angst zu haben. »Wir können die Sache doch noch mal besprechen. Und dann fahren wir alle zusammen ins Krankenhaus, damit sich ein Arzt Ihre Schulter anguckt. Hören Sie mich, Jan Fischer? Zusammen kriegen wir das hin!«

Dennis rieb sich erst die eine Hand an der Hose trocken, dann die zweite. Dann hielt er die Armbrust wieder mit beiden Händen. Wieso nur war das ein so verdammt gutes Gefühl?

Bewegte sich dort im Schatten etwas? Dennis hob die Waffe und schwenkte sie herum.

65

Der *Seestern* war zwar keine Bettenburg mit Hunderten von Zimmern, nur ein exklusives Privathotel, trotzdem war es für eine Person allein fast unmöglich, jemanden zu finden, der ernsthaft nicht gefunden werden wollte. Das begriff Dennis sehr schnell. Ärgerlich begann er, das Erdgeschoss abzusuchen. Er warf einen Blick in die große Küche, in den Wellnessbereich und die Personalräume. Ein paarmal rief er noch in die Stille des Hauses hinein, doch niemand antwortete.

Dann stand er plötzlich vor einem See aus Blut. Dennis fand ihn in einem kleinen Flur, der zu einem Notausgang führte, gar nicht weit vom Speisesaal entfernt, durch dessen Fenster er in das Gebäude eingedrungen war. Zuerst wunderte er sich, wieso der Boden so glänzte, dann bemerkte er die Gestalt, die neben einem Garderobenschrank lag.

Dennis konnte nicht zu der Person gelangen, ohne durch das Blut zu waten. Deshalb zögerte er. Auch sein Verstand zögerte, das Bild zu verarbeiten, das sich ihm bot. Denn die Gestalt dort vor ihm auf dem Boden war Hauke.

Es kostete Dennis Überwindung, zu seinem Freund zu gehen. Das Blut unter seinen Schuhsohlen klebte fürchterlich. Und es roch auch fürchterlich. Mit trockener Kehle sprach Dennis den Namen des Toten aus.

Wer so viel Blut verloren hatte, konnte nicht mehr leben. Eine Hauptschlagader musste verletzt worden sein. Womit, wodurch, warum auch immer.

Der Körper eines männlichen Erwachsenen sollte, soweit Dennis sich erinnerte, etwa sieben Liter Blut enthalten. Das entsprach rund acht Prozent seines Körpergewichts. Doch während Dennis in die Knie ging, glaubte er, mindestens 100 Liter zu sehen. Alles schwamm, klebte und verteilte sich. Das Blut breitete sich in den Fugen des Fliesenbodens aus und lief unter einen massiven Eichenholzschrank.

Dennis fand keine Worte. Was hätte er auch sagen können? Alles in Ordnung bei dir, Kumpel? – Fehlt dir was? – Keine Sorge, das kriegen wir schon wieder hin?

Schweigend legte Dennis eine Hand auf den Körper des Freundes. Der fühlte sich noch warm an, trotzdem war alles Leben daraus gewichen. Daran gab es nicht den geringsten Zweifel.

Nun sah Dennis auch die klaffende Wunde am Hals. Jemand hatte Hauke regelrecht vom Nacken bis zum Kehlkopf aufgeschlitzt. Automatisch sah Dennis sich im Flur um, doch da war niemand außer ihm. Trotzdem zitterte seine Hand, als er sie langsam zurückzog. Da er es nicht länger in der Hocke aushielt, kniete er sich, ohne Rücksicht auf seine Kleidung, in die Blutlache.

Da waren sie nun also, Dennis und Hauke, eigentlich Freunde fürs Leben und doch zum letzten Mal zusammen.

Solange Dennis denken konnte, waren er und Hauke Freunde. Erst im Kindergarten, dann während der gesamten Schulzeit. Gemeinsam waren sie auf das Elitegymnasium nach Hamburg gegangen, hatten für Klausuren gebüffelt und Strategien ersonnen, betrügen zu können, ohne erwischt zu werden. Immer ergänzten sie sich, waren einander nie über.

Yin und Yang.

Dennis war der Kopf, die treibende Kraft, die dunkle Seite des Duos, Hauke die mahnende Stimme, das Mäßigende und Positive. Wann immer Dennis seine tief sitzende Wut nicht mehr bändigen konnte, war Hauke da, um ihn zu beruhigen. Wie oft hatte Dennis sich über den zurückhaltenden Freund innerlich erhoben und lustig gemacht und doch gewusst, dass er ihn brauchte wie keinen anderen Menschen auf der Welt.

Auch Hauke wusste dies. Und er kannte sogar den Grund für die Abhängigkeit seines Freundes zu ihm. Hatte er es nicht vorhin erst im Auto laut gesagt? Ja, das hatte er.

Dennis Mutter war gegangen, als er vier Jahre alt war. Wortlos und ohne Vorankündigung hatte sie Mann und Sohn im Stich gelassen. Von einem Tag auf den anderen war sie einfach nicht mehr da. Niemandem hatte sie vorher Bescheid gesagt, nicht einmal Dennis' Vater. Dieser war genauso überrascht wie alle. Auch wenn er seitdem versuchte, gleichzeitig beide Elternteile für Dennis zu sein, bemerkte das Kind den tiefsitzenden Schmerz in seinem Vater. Er war sichtlich nicht weniger verletzt als Dennis. Tief vergrub der Vater den Verlust in seinem Herzen. Und Dennis tat es ebenso.

Seitdem hasste Dennis alle Frauen. Er hasste sie für die Macht, die sie über ihn hatten. Nie wieder wollte er abhängig von der Liebe einer Frau werden. Dies war ein Schwur, den es nicht zu schwören bedurfte. Vielmehr war es fortan eine Selbstverständlichkeit für sein Leben.

Aber Hauke, dem konnte Dennis vertrauen. Hauke war die Konstante in seinem Leben. Die einzige.

Zusammen waren sie im Internat. Zusammen hatten sie mit den Spielen und Experimenten zur menschlichen Natur begonnen. So nannten sie es bald. Dennis entwickelte die Ideen, und Hauke erdachte die Möglichkeiten ihrer Ausführung. Zusammen waren sie wie kleine Könige. Wortwörtlich ließen sie sich von anderen Menschen die Stiefel lecken oder die Schuhsohlen, wie es eben passte.

Dann kam Pierre. Er war ein Mitschüler seit der zehnten Klasse. Irgendwie spürte er, dass Dennis und Hauke durch etwas Besonderes verbunden waren. Und sehr bald wollte er dazugehören. Er war nett. Er war nicht blöd. Und weil er nicht im Entferntesten die finanziellen Mittel wie Dennis und Hauke hatte, war er abhängig von ihrer Gunst. Also ließen sie ihn mitspielen.

Besonders Hauke ließ sich auf Pierre ein. Sie hockten viel zusammen. Ein bisschen zu viel für Dennis' Geschmack. Irgendwann sah dieser Pierre nur noch als Ballast. Und dann, zugegeben, wurde Dennis sogar ein wenig eifersüchtig auf Pierre. Er dachte sich deshalb immer waghalsigere Stunts für ihre Videos aus. Und immer war es Pierre, der diese Stunts ausführen musste.

Es war unfassbar, wie weit der Lockenkopf bereit war zu gehen. Hätte er einmal nein gesagt, dann hätte Dennis einen Grund gehabt, ihn aus dem Team zu werfen. Aber das passierte nicht. Egal, wie verrückt die Idee war, Pierre machte mit. Er kletterte für ihre Videos auf die höchsten Türme und sprang sogar vor einer einfahrenden U-Bahn über die Gleise.

Dann kam der Abend, an dem Pierre im Güterbahnhof von einem stehenden Waggon auf eine darüber verlaufende Brücke klettern sollte. Ein Stunt der leichteren Sorte. Beinahe ein Kinderspiel. Doch während Dennis neben seinem toten Freund kniete, gestand er sich ein, dass er wusste, was passieren konnte. Er wusste von der Gefahr, die von der Oberleitung ausging. Er hatte von Lichtbögen gehört, die auf einen Körper überspringen konnten, auch wenn dieser die Stromleitung über dem Zug nicht direkt berührte. Und so war es dann auch gekommen.

Es krachte wie bei einem Silvesterfeuerwerk. Funken sprühten. Und der gebratene Pierre stürzte aus einer Höhe von über vier Metern zu Boden.

Noch immer konnte Dennis das verbrannte Fleisch riechen. Pierre jammerte und schrie. Sein Körper war großflächig verbrannt.

Doch wer hatte Schuld daran? Letztendlich war es doch Pierre selbst. Wieso hatte er versucht, sich zwischen Dennis und Hauke zu drängen. Wie dumm von ihm. Dennis hatte ihm diese Lehre erteilen müssen. So viel stand fest.

Alles für die Freundschaft. Alles für Hauke und Dennis, für Dennis und Hauke. Freunde fürs Leben. Freunde für die Ewigkeit.

Doch nun lag Hauke auf dem kalten Fußboden des Hotels. Sein Blut verteilte sich überall im Flur. Langsam kühlte sein toter Körper aus.

Dennis spürte keinen Schmerz. Es war anders. Leere und Sprachlosigkeit machten sich in ihm breit. Der Verlust des Freundes war auf sonderbare Weise noch viel schlimmer als der seiner Mutter. Denn anders als damals erfasste Dennis' Verstand die Tragweite dieses Ereignisses unmittelbar: Nun hatte auch Hauke ihn verlassen.

Langsam erhob er sich, spürte, dass noch immer die Armbrust an seiner Seite baumelte. Dann bemerkte er die blutigen Fußspuren, die den Flur entlang zum Notausgang führten. Es waren die etwas kleineren Schuhabdrücke einer Frau und die großen eines erwachsenen Mannes.

66

Zum Anziehen hatte Jan lange gebraucht, zu lange, wie er befürchtete, als er den Schrei durch das Hotel gellen hörte. Der Schrei hatte etwas Unmenschliches an sich. Gleichzeitig enthielt er einen Schmerz unaussprechlicher Größe. Lena musste etwas Fürchterliches zugestoßen sein. Mit zusammengebissenen Zähnen zog er als Letztes seine Jacke über. Das Reißen in der Schulter ignorierte er, auch wenn ihm klar war, dass die Wunde wieder zu bluten begonnen hatte.

Auf dem Hotelflur des ersten Stocks hörte er dann einen zweiten Schrei. Dieser Schrei war noch viel unheimlicher als der erste. Er vereinte unbarmherzige Wut und Wahnsinn in sich. Die Treppenstufen hielten Jan auf. Seine Schulter pochte bei jedem Schritt. Er durchquerte die Hotelhalle und lief Richtung Speisesaal. Ein Stöhnen war alles, was ihm den Weg wies. Er sah zwei Gestalten im Flur. Die eine stand, die andere lag am Boden. Doch die Konstellation war anders als erwartet.

Lena stand leicht vorgebeugt über der Person am Boden. Diese presste sich eine Hand auf den Hals. Ein See aus Blut breitete sich von ihm aus. Noch bewegten sich seine Füße, doch das Zucken wurde immer weniger.

Jan rief Lenas Namen. Dann sah er das Cuttermesser in ihrer Hand. Beim Näherkommen erkannte er auch, dass es Hauke war, der am Boden lag. Der Junge starb. Niemand konnte ihn mehr retten.

Als Jan hinter Lena trat und vorsichtig eine Hand nach ihr ausstreckte, hörte der auf dem Boden liegende Körper auf zu zucken. Mehr war es nicht mehr. Nur ein lebloser

Körper. Das Entsetzen in Lenas Augen jedoch hatte andere Gründe. »Anna ist tot«, sagte sie.

Jan behielt das Messer in ihrer Hand im Auge. Obwohl er das Bedürfnis hatte, sie tröstend in die Arme zu nehmen, tat er es nicht. Hinter Lenas Schmerz lauerte eine Spur Wahnsinn. In diesem Zustand war sie gefährlich. Wie gefährlich, hatte Hauke feststellen müssen.

»Ich weiß«, sagte Jan. »Ich weiß das. Und es tut mir unglaublich leid.« Ganz langsam streckte er die Hand aus und umschloss Lenas Handgelenk. »Gib es mir!«

Lena schien gar nicht zu wissen, was Jan meinte. Dann öffnete sie einfach die Hand und ließ das Messer auf den Boden fallen. Automatisch trat Jan es zur Seite, sodass es unter dem großen Eichenschrank verschwand. Nun endlich konnte er die junge Frau in die Arme nehmen.

Trauer griff im gleichen Maße nach Lena, wie die Wut von ihr wich. Was blieb, war Entsetzen.

Jan merkte, wie die über einen Kopf kleinere Frau in seinen Armen zu zittern begann. Er beugte den Kopf und legte den Mund wie zu einem Kuss auf ihr Haar. Das und seine Umarmung waren alles, was er in diesem Augenblick für sie tun konnte. Wenn es möglich gewesen wäre, hätte er den Schmerz von ihr genommen.

Eine Weile standen sie einfach so da. Und vielleicht hätten sie es bis in alle Ewigkeit weiter so getan, doch dann hörte er Geräusche aus dem Speisesaal. Scherben knirschten unter Schuhsohlen. Unmittelbar wurde ihm klar, was dies bedeutete.

»Das ist Dennis«, sagte er zu Lena. »Wir müssen hier weg. Sofort!«

67

Trotz des wütenden Sturms war Eggestein noch einmal hinunter an den Strand gegangen. Die Kollegen der Spurensicherung hatten ihre Arbeit gerade noch rechtzeitig beendet, bevor der Orkan so richtig loslegte. Auch die tote Frau war abtransportiert worden. Nun erinnerte so gut wie nichts mehr an den Vorfall, der sich am Fuß des Roten Kliffs abgespielt hatte.

Um Karriere bei der Polizei zu machen, musste Nils Eggestein die Insel als junger Mann verlassen. Er wählte den steinigen Weg einer Ausbildung zum Streifenpolizisten inklusive eines Praxisteils bei der Bereitschaftspolizei, um danach die Ausbildung zum gehobenen Dienst an der Polizeihochschule zu absolvieren. Seine beeindruckende Gestalt war hierbei stets vorteilhaft für ihn gewesen. Bei Demonstrationen legte sich so schnell niemand mit ihm an, und auch bei Deeskalationsgesprächen, wie sie bei häuslicher Gewalt häufig vorkamen, war Eggestein außerordentlich erfolgreich. Für Kollegen, die in seinem Fahrwasser schwammen, war dies durchwegs angenehm, solche aber, die sich gerne selbst profilieren wollten, hatten ihre Probleme mit dem Riesen neben sich.

Nach einigen Jahren bei der Kriminalpolizei in Berlin hatte Eggestein genug vom Großstadtleben. Es zog ihn zurück an die Küste. Er brauchte den Geruch des Wassers und den Wind im Gesicht. Fünf Jahre bei der Kriminalpolizei in Flensburg folgten. Als dann ein Posten als Dienststellenleiter auf Sylt frei wurde, bewarb er sich.

Mit seiner Erfahrung war Eggestein allen anderen Kollegen auf der Insel voraus. Niemand zweifelte an seinen Fähigkeiten. Dann kam im Innenministerium die Idee für eine

Strukturreform auf, nach der sämtliche Außendienststellen nach Westerland verlegt werden sollten. Alle eingehenden Fälle sollten von einer zentralen Stelle bearbeitet werden, was nach Ansicht des Innenministeriums Kosten sparen und die Effektivität des Polizeiapparates steigern würde.

Dieser Gedanke wurde von Eggestein begrüßt und gefördert, sobald er davon erfahren hatte. Es war nur folgerichtig, dass man ihn zum Leiter des Sylter Polizeipräsidiums machte. Sein Kompetenzbereich wurde hierdurch enorm erweitert. Anders als bei den Kollegen von der Kriminalpolizei auf dem Festland umfasste sein Aufgabenbereich seitdem vom kleinen Taschendiebstahl bis zum Tötungsdelikt alles. Das machte Eggestein zwar nicht zum König von Sylt – da gab es noch andere, die mit diesem Titel liebäugelten – aber es fehlte nicht viel.

Eggestein hatte die Hände in seinen Manteltaschen vergraben. Der Wind traf ihn in den Rücken. Nachdenklich sah er die steile Wand an. Nach einem leichten Anstieg, der einer Böschung nicht unähnlich war, ging es plötzlich senkrecht nach oben.

Das Überbleibsel aus der Eiszeit war ein instabiles Gebilde. Wasser und Wind nagten daran. Immer wieder rutschten Teile nach, und es kam bei Sturmfluten zu großflächigen Abbrüchen. Das Betreten der Abbruchkante war ebenso gefährlich wie ein Klettern in der Wand. Eggestein verstand nicht, was die Leute manchmal ritt. Wie war die junge Frau nur auf die wahnsinnige Idee gekommen, dort hinaufzuklettern? Und wieso halb nackt?

Offensichtlich handelte es sich bei diesem Todesfall, wie bei allen anderen seit Eggesteins Dienstantritt auf der Insel, um einen Unfall. Die einen ertranken, weil sie die Tücken des Meeres unterschätzten, andere rasten mit ihren Autos in den Tod. Wieder andere fielen eben beim Klettern vom

Roten Kliff. Alles Unfälle. Trotzdem fühlte Eggestein sich als Chef der Polizei dazu verpflichtet, sich wenigstens Gedanken über die Unfallursache zu machen.

Jan Fischer, dieser Journalist vom Festland, hatte einen Erklärungsansatz geboten. Es gab ein Video, das vermutlich genau dasselbe Mädchen bei einem verrückten Paintballspiel zeigte. In diesem Film trug es sogar exakt dieselben Kleidungsstücke. Doch war dieses Video ganz offensichtlich im Sommer entstanden. Und nicht bei nur wenigen Grad über dem Gefrierpunkt.

Außerdem hatte dieser Jan Fischer gemeint, dass das Mädchen höchstwahrscheinlich mit zwei jungen Männern auf die Insel gekommen sei. Beide Mitte 20. Doch da konnte der Journalist sich geirrt haben. Ebenso, wie er den Namen des Mädchens nicht richtig kannte. Der war nicht Anna-Lena Thumsen, sondern nur Anna. Es gab zwar auch eine Lena Thumsen im Zentralverzeichnis der gemeldeten Personen, doch das war Annas Zwillingsschwester. Kollegen aus Hamburg und Niedersachsen kümmerten sich derzeit um eine exakte Personenbestimmung. Noch stand nicht einmal mit 100-prozentiger Sicherheit fest, um welche der beiden Schwestern es sich bei der Toten handelte. Anna Thumsen war in Hamburg gemeldet. Lena Thumsen in Uelzen.

Dieser Jan Fischer war eine merkwürdige Gestalt. Da tauchte er mit einem Foto auf, suchte damit die ganze Insel nach einem Mädchen ab, und dann fanden Spaziergänger es tot direkt hier, direkt am Roten Kliff.

Zentimeter für Zentimeter wanderte Eggesteins Blick die Steilwand hinauf. Hätte die junge Frau überhaupt eine Chance gehabt, bis ganz nach oben zu kommen? Der Geschiebelehm war an vielen Stellen porös und brüchig. Niemand kletterte freiwillig dort rauf. Abgesehen davon, dass es verboten war, gab es kaum Möglichkeiten, um sich festzuhalten. Selbst geübte Freeclimber würden Schwierigkeiten haben, bis ganz nach oben zu kommen.

Diesem Gedanken nachhängend, entdeckte Eggestein etwas Merkwürdiges an der Steilwand. Langsam ging er ein paar Schritte rückwärts, um einen besseren Sichtwinkel zu bekommen. Er trat ein paar Meter nach rechts, dann wieder nach links. Doch egal, wo er auch stand, irgendwie sah die eine Stelle der Wand leicht bläulich aus.

Was hatte das jetzt wieder zu bedeuten?

Eggestein krauste die Stirn. Um die Stelle genauer zu untersuchen, hätte es eines Hubsteigers bedurft. Was bei dem aktuellen Sturm völlig unmöglich war. Auch die Feuerwehr mit ihren Steckleitern wäre im Moment nicht in der Lage, so eine Höhe zu erreichen. Das war schade. Denn plötzlich griff professionelle Neugier nach dem Kriminalhauptkommissar.

Eggesteins Blick ging schnell hinauf zu den Wolken. Solange es nicht wieder regnete, konnte man die Untersuchung der Wand noch etwas verschieben. Doch würde der bläuliche Schimmer auf der roten Wand auch nach einem ordentlichen Schauer noch zu sehen sein?

Nicht einmal einen ordentlichen Fotoapparat hatte Eggestein bei sich, um das Entdeckte zu dokumentieren. Und auf dem Display seines Handys war die Verfärbung nicht zu erkennen. Unzufrieden machte Eggestein ein paar Bilder. Doch die eingebaute Kamera war mit der Aufgabe hoffnungslos überfordert.

Der Polizist überlegte, was zu tun war. In etwa zwei Stunden würde es dunkel werden. Wenn die Leute von der Spurensicherung noch dagewesen wären, hätte er sie auf die Sache angesetzt. Aber so …

Machte es Sinn, in Flensburg anzurufen, um ein weiteres Team anzufordern? Ganz sicher sogar. Aber nicht bei Dunkelheit.

Morgen früh würde Eggestein nachsehen, ob es sich bei der bläulichen Verfärbung nicht um eine optische Täuschung handelte. Das Licht an diesem Nachmittag war irgendwie merkwürdig. Sollte er dann noch immer blaue Farbe auf der roten Wand sehen, würde er die Kollegen aus Flensburg aktivieren. Doch vorher wartete noch eine andere Aufgabe auf ihn. Eine Sache, die ihn nicht besonders froh machte. Trotz aller Erfahrung hasste er es, sich bei Gemeindeversammlungen von Politikern und besorgten Bürgern zur Entwicklung der aktuellen Kriminalitätszahlen löchern zu lassen. Leider stand genauso eine Gemeindeversammlung aber an diesem Nachmittag noch an.

68

Mit leicht eingezogenem Kopf marschierte der Smutje über das Kliff. Eine Mütze trug er nicht, sodass der Sturm ihm durch die zwar grauen, aber noch immer vollen Haare streichen konnte. Er hatte sein Fischrestaurant geschlossen und die Belegschaft wetterbedingt nach Hause geschickt. Die Planen waren festgezurrt und alle Schotten dicht. Später würde er zurückgehen, um zu sehen, ob auch alles hielt. Glasbruch war bei solcher Windstärke nicht auszuschließen. Auch das Dach musste man im Auge behalten. Wenn doch etwas passierte, musste man schnell handeln.

Jetzt war er auf dem Weg zum Kultursaal. Das große, klobige Gebäude lag ein kleines Stück weiter landeinwärts neben einer Geschäftszeile. Doch vorher musste der Smutje noch aufs Meer sehen, so wie immer. Ohne einen Blick aufs Meer durfte kein Tag vergehen.

Gerade als der Smutje sich wieder abwenden wollte, sah er eine einsame Gestalt den Weg vom Strand heraufkommen. Ein Lächeln stahl sich auf sein Gesicht. Denn die kantigen Körpermaße von Nils Eggestein waren ihm seit ewigen Zeiten so vertraut, dass er ihn auch in einer Menschenmenge sofort erkennen würde. Was zugegebenermaßen nicht besonders schwer war, weil Eggestein die meisten seiner Mitmenschen um mehr als einen Kopf überragte.

Die beiden Männer sahen sich an und gingen dann schweigend nebeneinander Richtung Kulturhaus. Bei dem herrschenden Wind machte es keinen Sinn, miteinander zu sprechen.

Als sie das Gebäude erreicht hatten, umrundeten sie es und traten durch eine mindestens drei Meter 50 hohe massive Holztür in einen Vorraum. Nun lachte der Smutje auf und versicherte dem Freund, dass er solchen Sturm schon lange nicht erlebt habe. Eggestein nickte, weil er wusste, dass dies sogar stimmte.

»Nichts geht mehr. Die Fähre hat ihren Dienst schon vor Stunden eingestellt. Und die Bahn auch.«

»Auch mal ganz schön. Dann haben wir wenigstens unsere Ruhe.«

Für diese Bemerkung bekam der Polizist einen Klaps auf die Schulter. »Stimmt auch wieder«, sagte der Smutje. »Aber mir bleiben die Gäste weg.«

»Das verkraftest du.«

Darauf antwortete der Smutje nicht, lächelte aber weiter. Gemeinsam betraten sie den Versammlungssaal. Trotz des Sturms hatten sie das Gemurmel der Anwesenden bereits im Vorraum gehört. Einige standen beieinander und erörterten die ersten Tagesordnungspunkte. Andere hielten nur Small Talk oder hatten bereits in den eng gestellten Stuhlreihen Platz genommen.

Mit schnellen Blicken checkte der Smutje die Lage. Bürgermeisterin Henriks stand ganz weit vorn. Undine. Normalerweise hatte sie vom Smutje vor aller Augen einen persönlichen Handschlag und ein paar Worte verdient. Aber sie hatten sich ja schon am Vormittag gesehen. Alles Wichtige zwischen ihnen war geklärt. Deshalb begnügte sich der Smutje damit, ihr kurz zuzuwinken.

»Bis nachher«, sagte er zu Eggestein und wünschte dem Freund viel Spaß bei der Präsentation seiner Zahlen zur Kriminalstatistik.

Der knurrte wenig begeistert ein »Danke« zurück.

Der Smutje ging durch eine Stuhlreihe, drängte sich an einigen Bekannten vorbei, von denen er jedem Einzelnen die Hand gab. Dann gelangte er bei einem jungen Mann an, der etwas verloren auf einem der Stühle saß.

»Gar nicht in der ersten Reihe, da, wo die Presse hingehört?«, meinte der Smutje freundlich und reichte dem jungen Mann die Hand zur Begrüßung. Der war überrascht und sichtlich erfreut darüber. Sofort wollte er vom Stuhl aufspringen, doch der ältere Mann winkte ab und setzte sich lieber neben ihn. Leicht gerötete Wangen verrieten das jugendliche Alter des Angesprochenen. Er trug eine dunkle Bundfaltenhose und ein blaues bis zum letzten Knopf geschlossenes Hemd. Seine Haare waren gescheitelt und akkurat zur Seite gegelt. Der junge Mann hieß Sören Jensen. Besser bekannt als der *Sylter Spion*.

Auf seiner Website, die denselben Namen trug, verbreitete der Spion interessante Neuigkeiten zum Inselleben ebenso wie zahllose Nichtigkeiten. Bisher war der Smutje an Sören Jensen nicht interessiert gewesen. Kein Jensen hatte es je in seinen Aufmerksamkeitsbereich geschafft.

Obwohl echte Eingeborene, waren die Jensens zu sehr mit ihren eigenen Angelegenheiten beschäftigt, um wichtig zu sein. Und das bisschen Land, das die Familie besessen hatte, war längst zerstückelt und größtenteils verkauft. Erst dieser flotte Jüngling wagte es nun, sich aus dem Einerlei seiner Sippschaft zu erheben. Ob seine Stimme eines Tages Gewicht im Gemeinderat haben würde, war noch nicht abzusehen. Doch der Smutje hielt es für eine gute Idee, den jungen Sören Jensen beizeiten einzuordnen. Die Gelegenheit hierfür schien gut. »Ich habe deine Fotos in der Zeitung gesehen«, sagte der Smutje. »Schöner Erfolg. Gratuliere.«

»Danke«, erwiderte der Spion.

»Dachte, du bist nur im Internet aktiv?«

»Na ja, manchmal geht auch was an die *Landeszeitung*. Und gute Bilder sind auch überregional von Interesse.«

»Bezahlen bestimmt gut, was?« Der Smutje machte mit den Fingern ein entsprechendes Zeichen.

»Sollte man glauben«, entgegnete Sören Jensen. »Ist aber nicht so.«

Eine Zahl wurde genannt, und der Smutje schüttelte den Kopf. »Was? So wenig? Und dann drucken sie es auf Seite eins.«

»Na ja, besser als nichts.«

»Das vielleicht. Aber ob das der richtige Weg ist?«

Fragend blickte der Spion den älteren Mann an.

»Schau mal«, sagte dieser. »Du hast jetzt zwar ein paar Euros mit deinen Bildern gemacht. Aber überlege mal, was das für diese Insel bedeutet. Es gibt eine Tote am Strand.

Eine hübsche, junge Frau, die von der Klippe gefallen ist. Die Leute, die das lesen, denken nicht: Mein Gott, war die vielleicht unvorsichtig. Nein, sie denken: Es ist gefährlich auf Sylt. Da kann man abstürzen und sterben. Und dazu sehen sie deine Fotos. Glaubst du, das ist gut für die Insel? Du weißt ja, dass wir von den Touristen leben, die zu uns kommen.«

»Ja, das weiß ich. Aber die Leute brauchen auch Neuigkeiten.«

»Richtig. Ohne Neuigkeiten wird man irgendwann vergessen. Aber vielleicht sollte man ein bisschen sortieren, was für Neuigkeiten man in die Welt hinausposaunt. Weißt du, was ich meine? Ohne deine Fotos wäre dieser Todesfall nur eine Randnotiz in den Zeitungen von Hamburg und Kiel und Flensburg gewesen. Wenn überhaupt. Aber so ... Und jetzt stell dir vor, dass nur ein wohlhabender Reisegast wegen dieses Berichts lieber auf eine andere Insel reist. Wir sind ja nicht die einzige. Oder schlimmer noch, er reist nach Bayern.« Der Smutje lachte leise. »Ein einziger wohlhabender Gast. Kannst du dir vorstellen, was der auf dieser Insel an Geld lässt? Anreise. Unterkunft. Kurtaxe. Kleiderkauf.«

»Restaurantbesuche«, setzte Sören Jensen die Aufzählung fort.

»Sehr richtig«, meinte der Smutje. »Verpflegung und natürlich Restaurantbesuche. Am besten beim Smutje. Das ist doch klar.«

Der Smutje lachte, und sein Lachen war ansteckend genug, dass auch Sören Jensen irgendwann kicherte.

»So«, fuhr der Smutje schließlich fort. »Und nun reist so gut wie niemand allein. Die meisten Männer haben eine Frau dabei, oder Frauen ihre Liebhaber. Viele kommen sogar mit der ganzen Familie. Bleiben wir aber bei unserem einen Gast. Einem einsamen Burschen, der ganz allein über die Insel streift und sein gutes Geld bei uns lässt. Überlege mal, wie viel Geld das sein würde. Und weißt du was, ich sage dir, egal an welche Zahl du jetzt denkst, sie ist zu klein. Und dann vergleich das mal mit dem, was du für deine Fotos bekommen hast – merkst du, was ich dir sagen will?«

»So habe ich das noch nie gesehen.«

»Das ist klar. Aber wir sind hier eine große Gemeinschaft. Das ist auf einer Insel einfach so. Einige wollen das nicht so haben, doch das ändert nichts an den Tatsachen. Und deshalb müssen wir auch – muss jeder von uns – darüber nachdenken, wie und was er am besten zum Wohle dieser Gemeinschaft tut. Nicht falsch verstehen. Ich finde deine Arbeit klasse. So eine Internetpräsenz ist richtig toll. Und auch der Name hat es in sich. *Sylter Spion*. Wie das klingt. Mein Kompliment. Nur …«, der ältere Mann sah dem jüngeren direkt in die Augen, »… vielleicht sollte man sich genauer überlegen, was man dort veröffentlicht. Und natürlich auch, was man an die großen Zeitungen weitergibt.«

Sören Jensen schwieg. Er nickte weder noch schüttelte er den Kopf. Stattdessen sah der Smutje, wie der Junge neben ihm seine Hände knetete.

»Vielleicht wärst du ja auch der Richtige für den Gemeinderat. Schon mal darüber nachgedacht? Die brauchen junge Menschen wie dich. Und die Jugend der Insel auch.«

»Ich im Gemeinderat?«

»Warum denn nicht? So einige würden dich wählen. Klar, auf den guten Listenplätzen sitzen immer dieselben Verdächtigen. Aber bei dir könnte es trotzdem was werden.«

»Und für welche Partei?«

»Das ist nicht so wichtig«, meinte der Smutje. »Sie streiten zwar mal miteinander, aber im Prinzip wollen sie alle dasselbe. Weißt du, was das ist?«

»Das Beste für die Insel?«

»Ganz genau, mein Junge. Ganz genau. Ich sehe schon, eigentlich weißt du selbst, worum es geht. Aber wenn du schon fragst, die Partei unserer Frau Bürgermeisterin ist gar nicht die verkehrteste. Und sie hat viele gute Ansichten.« Der Smutje klopfte Sören Jensen zweimal kurz aufs Bein. »Wenn du willst, stelle ich sie dir nachher mal persönlich vor und ein paar wichtige Nasen noch dazu. Die meisten sind netter, als man glaubt. Komm einfach nach der Veranstaltung zu mir. Also, wenn du willst. Und sonst denk noch mal darüber nach, was wir besprochen haben.«

69

Anders als die Polizei von Sylt hatten sich die Kommunen der Insel bisher nicht dazu durchringen können, eine gemeinsame Verwaltungsstruktur zu bilden. Der Jahresversammlung im Kulturhaus wohnten daher die Vertreter aller Ortschaften bei. Entsprechend unterschiedlich waren die Interessen, die dort zur Sprache kamen. Als der Smutje gegenüber dem *Sylter Spion* von *unserer* Frau Bürgermeisterin gesprochen hatte, meinte er damit die gewählte Vertreterin der Gemeinde Sylt, die mit über 13.000 Einwohnern den weitaus größten Teil der Bevölkerung stellte und ihren Amtssitz in Westerland hatte. Undine gebührte daher das Recht, einige Begrüßungsworte zu formulieren. Sie sah sich im Saal um. Da gab es nicht nur freundliche Gesichter.

Undine Henriks trat an das Rednerpult und begann mit ihren zurechtgelegten Worten. Sie wollte sich möglichst kurz fassen. Die Versammlung war schließlich keine Gemeinderatssitzung, sondern eine Veranstaltung für alle Bewohner der Insel. Ein heikler Akt für die Bürgermeisterin, denn sie repräsentierte nur die Gemeinde Sylt, bestehend aus den Ortsteilen Westerland, Keitum, Morsum, Archsum, Munkmarsch, Rantum und Tinnum. Die Gemeinden Wenningstedt-Braderup, Kampen und List hatten eigene Bürgermeister. Doch die überließen Undine die Begrüßungsrede und begnügten sich damit, in ihrem Grußwort bedacht zu werden. Undine Henriks sprach langsam und klar verständlich. Sie war die jüngste Bürgermeisterin der Insel, bemühte sich, Führungsstärke zu demonstrieren, ohne anmaßend zu wirken. Der Schlussgag ihrer kurzen Rede war ganz gelungen, wurde dennoch nicht von allen mit einem entsprechenden Lachen belohnt.

Nach ihr trat Kriminalhauptkommissar Eggestein ans Rednerpult. Zur Unterstützung für seinen Vortrag zur Kriminalstatistik hatte er eine Präsentation von Schaubildern ausgearbeitet, die mittels eines Beamers auf eine Leinwand geworfen werden sollte. Jedoch streikte die Technik, sodass Eggesteins Ausführungen nun allein von seinem Bariton getragen werden mussten. Stoisch hielt er sich an das ausgearbeitete Skript, setzte hierzu eine Brille auf, über deren Rand er gelegentlich ins Publikum sah.

Wegen des Sturms waren die Sitzreihen nicht annähernd so voll wie in den vergangenen Jahren. Viele Menschen waren zu Hause geblieben, um ihr Heim gegen den Orkan zu verteidigen, oder schlicht, um bei der Anfahrt nicht von der Straße geweht zu werden.

Eggestein störte es nicht, dass er dieses Jahr zu weniger Zuhörern sprach. Im Gegenteil. Er erhoffte sich dadurch weniger Nachfragen. Doch hier irrte er.

Marion Klenke sah, wie immer, wenn es um offizielle Veranstaltungen ging, todschick aus. Sie war Geschäftsfrau, es ging ihr gut, und das zeigte sie auch. Etwas Gold glitzerte an ihrem Hals und an ihren Ohrläppchen, während sie zum zweiten Mikrofon trat, das auf mittlerer Höhe vom linken Gang des Kultursaals stand. Obwohl sie laut Personalausweis über 50 war, ließen der modische Kurzhaarschnitt und das getönte Dunkelblond sie geradezu jugendlich erscheinen. Ihre dynamische Art, sich zu bewegen, trug noch zu diesem Eindruck bei.

»Wussten Sie, dass es am Hamburger Bahnhof eine Gesichtserkennungssoftware gibt?« Die Frage schien an Eggestein gerichtet zu sein. Ihr durch die Reihen gleitender Blick zeigte jedoch, dass sie jeden im Saal damit ansprach. »Wer auch immer den Bahnhof betritt, wird von einer Kamera erfasst. Die stehen an allen Eingängen. Bei U-Bahn, S-Bahn, Fernbahn. Und sofort fängt ein Computer an, die aufgenommenen Gesichter mit einer Datenbank zu vergleichen, in der alle registrierten Verbrecher enthalten sind. Das nenne ich Fortschritt. Das ist Sicherheit. So was sollten wir hier auch haben.«

Marion Klenke hatte die 90er-Jahre, von denen Eggestein beim Vergleich seiner Statistiken gesprochen hatte, noch gut in Erinnerung. Der Eiserne Vorhang war gefallen. Ganze Horden von Einbrecherbanden waren damals aus Polen, Tschechien, Ungarn und sonst woher über Deutschland hergefallen. Dieses Bild hatte Marion Klenke jedenfalls verinnerlicht. Dass sie und ihr Mann als clevere Unternehmer sehr schnell lukrative Vorteile aus den ebenfalls zuhauf in den Westen strömenden Arbeitskräften gezogen hatten, war für sie ein völlig anderes Thema. Statt als Ausbeutung betrachtete sie es als gelebte Nächstenliebe, wenn sie die jungen Männer und Frauen in Schwarzarbeit beschäftigt hatte. Außerdem gehörte das der Vergangenheit an.

»Hamburg ist Hamburg«, erwiderte Eggestein. »Aber das hier ist Sylt. Wir haben hier nicht die rechtlichen Grundlagen.«

»Dann schaffen wir sie!« Marion Klenke war kampfeslustig. »Das wäre dann wohl Ihre Aufgabe, Frau Bürgermeisterin!«

In der Stimme von Marion Klenke schwang reiner Spott. »Die Politik macht schließlich die Gesetze. Die Polizei kann sie nur ausführen. Aber das wollen Sie natürlich nicht. Immer mehr Touristen sind Ihnen wichtiger als die Sicherheit der Einheimischen. Jaja, ist doch so.«

Es kam, wie erwartet. Marion Klenke hatte es auf Undine Henriks abgesehen. Wie immer. Und obwohl Undine darauf vorbereitet war, geriet sie in Erklärungsnot. Sie wollte sich nicht rechtfertigen, doch genau dies musste sie plötzlich.

»Gesetzgebung ist Bundes- und Landessache«, erwiderte sie stockend. »Die einzelnen Gemeinden können da wenig machen.«

»Dann sind Sie also machtlos, Frau Bürgermeisterin? Wollen Sie uns das sagen?« Das Gesicht von Marion Klenke wirkte verkniffen. Schwer zu sagen, ob sie böse guckte oder nur hämisch grinste.

»Das ist doch gar nicht der Punkt, Marion«, schaltete sich in diesem Moment der Smutje in das Gespräch ein. Dazu hob er seine Hand, stand auf und ging zu einem zweiten Zuschauermikrofon. Es stand im rechten nach vorne führenden Gang. Marion Klenke hatte das Mikrofon links gewählt und sah nun über die Köpfe der Zuhörer zu ihm hinüber.

Der Smutje kannte jeden im Raum persönlich, und alle kannten den Smutje. Zu keiner Zeit hatte er ein politisches Amt angestrebt. Deshalb konnten alle im Saal ihm unvoreingenommen zuhören, egal, mit welcher Partei sie sympathisierten. Bürgermeisterin Henriks gehörte zwar zu seinem Freundeskreis und war ein häufiger Gast in seinem Fischrestaurant, das wussten alle, doch dies galt ebenso für Vertreter aller anderen politischen Lager.

»Natürlich verstehen wir, was du uns sagen willst«, wandte er sich an Marion Klenke.

Klenke-Immobilien war neben dem Maklerbüro vom Smutje die führende Adresse beim Kauf und Verkauf von Häusern und Grundstücken auf Sylt. Ihr Name zählte selbst in Hamburg und München etwas.

Beim Silvesterball letztes Jahr hatte der Smutje die schwerreiche Unternehmerin auf dem Herrenklo gevögelt, während ihr Mann sich am Tisch mit dem Champagner vergnügte. Das war beim Smutje gelebte Diplomatie. Aber Marion Klenkes Ansichten kollidierten nicht zum ersten Mal mit denen vom Smutje. Sie begriff die Vorteile nicht, die eine offene Gesellschaft bot. Es ging ja nicht nur darum, ein Vermögen zu machen, war die Devise vom Smutje. Man musste auch die Möglichkeiten haben, es zu vermehren.

»Was glaubst du, wie toll das bei den Gästen ankommt, wenn wir das hier einführen: Gesichtserkennungssoftware am Bahnhof und am Fähranleger. Außerdem Kennzeichenkontrolle. War ja letztes Jahr auch schon im Gespräch. Klingt richtig toll …«

»Wer nichts zu verbergen hat …«, entgegnete Marion Klenke.

»Es heißt ja schon jetzt«, fuhr der Smutje fort, »dass unsere schöne Insel nur etwas für die Reichen sei. Aber wollen wir das? Natürlich nicht. Wir wollen alle ansprechen. Auch die mittlere Einkommensschicht.«

»Ja, weil du sie auch noch mit deinem Fisch füttern willst.« Ein Lachen ging durch den Saal. Selbst Eggestein konnte sich ein Grinsen nicht verkneifen.

»Stimmt«, bestätigte der Smutje, um die Stimmung für sich zu nutzen. »Aber hast du schon mal was von der *Festung Sylt* gehört? So nennen einige unsere schöne Insel nämlich schon. Eine Festung. Das ist nicht gut. So lassen sich keine guten Geschäfte machen.«

Ein zustimmendes Raunen ging durch den Saal.

»Ich spreche ja nicht von Abschottung, sondern von Sicherheit«, versuchte Marion Klenke, dem Stimmungsumschwung entgegenzuwirken. »Erst kommen die Diebe, dann die Vergewaltiger und Mörder. Das weiß jeder. Dagegen muss man sich doch wehren dürfen.«

70

Lena sah aus wie nach einem Besuch im Schlachthaus.
Genaugenommen traf dies ja auch zu. Nachdem sie Hauke
den Hals aufgeschlitzt hatte, ließ der sich vornüber fallen
und klammerte sich mit einer Hand an Lena fest, während
er die andere an seinen Hals drückte. Dann ging er ganz
langsam in die Knie. Und die ganze Zeit sprudelte sein war-
mes Blut auf die erheblich kleinere Frau. Ihr Gesicht war
verschmiert, die Hände, ihre Jacke, die Hose und selbst die
Stiefel. Im fahlen Licht des engen Korridors war dies gar
nicht so sehr aufgefallen. Doch draußen im Tageslicht ließ
sich die Bluttat nicht mehr verheimlichen.

Trotz seiner eigenen Verletzung hatte Jan die Führung
übernommen. Er hielt Lenas Hand und zerrte die apa-
thische Frau hinter sich her. Sie waren auf der Flucht vor
dem Schatten, den Jan hinter der Notausgangstür gesehen
hatte. Zweifellos gehörte der zu Dennis. Ebenso zweifellos
würde dieser seinen toten Freund bald finden. Und ganz
sicher hatte er wieder diese verfluchte Armbrust bei sich.
Eine Kombination, die den aus Jans Sicht sowieso wenig
freundlichen Menschen noch weniger diskussionsbereit
machen würde.

Jan stolperte über das Rote Kliff. Einen offiziellen Fußweg
gab es nicht. Alle Straßen und Wege lagen ein Stück weiter
landeinwärts. Damit sollte die Abbruchkante geschützt werden. Das Verlassen der Wege war hier ebenso unerwünscht
wie in der Dünenlandschaft, die nördlich von ihnen lag. Jan
hatte sich für eine Flucht Richtung Süden entschieden. Zum
einen wollte er nicht zurück zur Villa laufen. Zum anderen

kam ihm ein bestimmtes Ziel in den Sinn, bei dem er sich Hilfe versprach.

Alles, was sie brauchten, war ein Telefon. Sie mussten den Notruf wählen und hoffen, dass die Polizei bei ihnen war, bevor ein Pfeil der Armbrust sie traf. Immer wieder sah Jan suchend über die Schulter. Doch der Sturm war so schlimm, dass er die meiste Zeit damit beschäftigt war, sich um Lena zu kümmern. Sie war kaum noch ansprechbar. Ohne ihn wäre sie vielleicht direkt über die Klippe gegangen und hätte es noch nicht einmal gemerkt. Doch das gedachte Jan zu verhindern. Zwei tote Schwestern – das brauchte er nicht.

Und dann sah er, wonach er gesucht hatte. Das Restaurant vom Smutje lag sogar näher, als Jan es erhofft hatte. Er sah, wie die Planen beim Wintergarten vom Wind malträtiert wurden und die kleine Robbe mit ihrer Kochmütze von einer flatternden Fahne grinste. Jan zog Lena am Abgang zum Strand vorbei und weiter auf das Restaurant zu. Obwohl Tag war, brannte Licht. Es musste also geöffnet sein.

Jans Hoffnung schwand selbst dann noch nicht, als er die breite Vordertür verschlossen vorfand. Da sie fast genau vom Wind getroffen wurde, machte es bei diesem Sturm durchaus Sinn, sie zu verriegeln. Aber Jan wusste, dass es auf der Rückseite des Gebäudes noch einen großen Eingang gab. Der lag windgeschützter. Vielleicht konnten sie dort hinein.

Über einen verzinkten Eisenrost gingen sie um das verglaste Gebäude herum. Jan konnte niemanden im Inneren sehen. Dann stellte er fest, dass die automatische Glasschiebetür hinten sich auch nicht öffnete, als er in den Bereich ihres Sensors trat. Selbst Winken nützte nichts.

»Es gibt unten einen Notausgang«, sagte er mehr zu sich als zu Lena. Vorsichtig zog er sie eine breite Außentreppe hinunter und probierte die Tür unten. Ebenfalls vergebens.

Er fluchte leise und ließ sich auf eine Holzbank sinken, die an die Wand geschraubt war. Lena plumpste neben ihn.

»Wie geht es dir?«

Die Frau antwortete nicht.

»Meine Schulter will nicht mehr. Aber wir müssen weiter. Oben an der Straße gibt es eine Bäckerei. Wenn alles vorbei ist, lade ich dich da mal zum Frühstück ein. Wie klingt das, Lena? Ist doch eine tolle Idee. Komm jetzt, wir schaffen das.«

Lena ließ sich widerstandslos auf die Beine ziehen. Was sich in ihrem Kopf abspielte, konnte Jan nur ahnen. War es die Erkenntnis, dass Anna tot war, oder die Tatsache, dass Lena vor kaum einer halben Stunde selbst einen Menschen getötet hatte, was ihr mehr zusetzte? Ein Entweder-Oder? Oder die Kombination aus beidem?

Ein beißender Schmerz durchfuhr Jans Oberkörper. Sie mussten unbedingt Hilfe finden. Jetzt.

Bevor sie die Bäckerei erreichten, sah Jan, dass im Kulturhaus Licht brannte. Kurz ließ er das Kinn auf die Brust fallen. Letzter Versuch – ich kann nicht mehr, dachte er.

Lena war alles egal. Vermutlich hätte er sie bis Westerland hinter sich herziehen können. Von dort über den Bahndamm nach Niebüll und immer weiter bis nach Hamburg. Dort würde Jan sich ins Bett fallen lassen und durchschlafen bis in die nächste Woche. Was für eine schöne Vorstellung. Ärzte und ein Krankenhaus brauchte er nicht. Das eigene Bett war viel besser.

Sie stolperten das kurze Stück den Fußweg entlang bis zum Kulturhaus. Jan streckte die Hand aus und konnte es nicht glauben, als sich die Tür öffnen ließ. In der Vorhalle holten sie Atem. Jan hörte Stimmen. Sie waren in Sicherheit.

71

Die Tür zum großen Saal schwang auf, und fantastische Wärme schlug Jan und Lena entgegen. Selbst das Licht wirkte freundlich und warm. Hand in Hand schritten sie in den Saal. Kriminalhauptkommissar Eggestein stand vorn auf einer Bühne wie ein Pastor, der zu seiner Gemeinde sprach. Als Jan diesen großen, wuchtigen Mann sah, wusste er endgültig, dass alles gut werden würde. So was nannte man wohl Glück. Jan wollte so schnell wie möglich zur Polizei, und dort stand ihr Chef persönlich.

Nach und nach drehten sich ihnen die Blicke der Anwesenden zu. Irgendjemand hatte das Pärchen in den Saal kommen sehen und einen Laut der Überraschung von sich gegeben. Der Anblick, den Jan und Lena boten, war nicht alltäglich. Die kleine asiatische Frau sah aus wie aus einem Horror-Manga. Der Mann machte keinen viel besseren Eindruck.

Einige Leute erhoben sich, um besser sehen zu können, dann waren die Neuankömmlinge schon umringt. Ein paar Frauen fassten nach dem asiatisch aussehenden Mädchen, entzogen es Jans Hand und setzten die scheinbar Schwerverletzte auf einen Stuhl. Stimmen gingen durcheinander. Jan hörte die Worte »furchtbar« und »was ist ihr nur passiert«. Dann wurde auch er auf einen Stuhl aus der letzten Sitzreihe gesetzt.

»Es ist nicht ihr Blut«, sagte er mit tonloser Stimme. Zu wem auch immer. Es war ihm egal. Müde schloss er die Augen.

»Der Mann blutet stark«, sagte jemand. Er meinte das Blut, das Jan aus dem Jackenärmel über den Handrücken lief und von dort zu Boden tropfte.

»Was ist passiert?« Diesmal ging die Frage direkt an Jan. Der Smutje stand neben ihm, als er die Augen wieder öffnete.

Auch Eggestein war in der Nähe. Dessen Blick wanderte jedoch von Lena zu Jan und wieder zurück, als könnte er sich nicht entscheiden, wem er zuerst seine Aufmerksamkeit schenken sollte. Den Mann kannte er. Das war Jan Fischer. Aber die Frau?

Anna-Lena, dachte er. Doch das war völlig unmöglich.

»Ich wurde angeschossen«, sagte Jan zum Smutje, dessen Gesicht jetzt ganz nahe war. »Die Schulter.«

»Ich sehe schon«, erwiderte der Smutje. »Legen Sie sich ruhig etwas zurück.«

Jan kam der Anregung gerne nach. Jemand half ihm, die Beine zur Seite zu drehen, dann wurde sein Oberkörper langsam nach hinten gelegt, bis er auf den Sitzflächen von drei Stühlen lag. Ein Kopfkissen wäre noch ganz schön gewesen. Doch auch so fühlte es sich schon herrlich an.

»Wer hat Ihnen das angetan?«, fragte Undine Henriks. Die Bürgermeisterin setzte sich neben Lena, legte eine Hand auf die der jungen Frau und einen Arm um deren Schulter. Lena musste die Worte hören, doch sie antwortete nicht.

»Sagen Sie doch etwas, meine Liebe!« Diese Aufforderung kam von Marion Klenke. »Ob sie unsere Sprache versteht? Liebes, sprechen Sie deutsch? Do you speak German? Or English?«

Auch die Unternehmerin hatte sich zu der geschundenen Frau begeben, um ihr zu helfen. Ein Bild wie aus ihren schlimmsten Albträumen schien wahr geworden zu sein. Der jungen Frau musste Fürchterliches passiert sein. Da war es egal, ob sie eine Deutsche oder eine Asiatin war. Frauen waren immer die ersten Opfer. Das viele Blut, das an ihr klebte, sprach eine deutliche Sprache, selbst wenn es nicht von ihr stammte, sondern offenbar von dem Mann, der mit ihr in den Saal getaumelt war.

Marion Klenke hatte geahnt, dass mit den vielen Fremden auch irgendwann Mord und Totschlag einen Weg auf die Insel finden würden. Doch dass ihre Weissagung so bald und in einer derart grausigen Form bestätigt werden würde, schockierte sie nun doch. Eine Sache war allerdings auch gut an dem Vorfall. Undine Henriks sollte ruhig sehen, was passieren konnte, wenn man sich nicht genügend um die Sicherheit auf der Insel kümmerte. Auch der Smutje sollte es wissen. Und alle anderen mit ihnen.

Chaos und Mord.

Da nützte es auch nichts, wenn die gute Frau Bürgermeisterin jetzt so tat, als kümmere sie sich um das verletzte Mädchen.

»Sie waren das«, sagte die junge Frau leise, aber in akzentfreiem Deutsch.

»Wer?«

»Sie haben Anna umgebracht.«

Marion Klenke wusste nicht, von wem das Mädchen sprach. Und auch die Blicke von Undine waren eher hilflos. Hauptkommissar Eggestein kombinierte am schnellsten. Er stand im Gang zwischen den Stuhlreihen, hörte sowohl, was Jan Fischer von sich gab, als auch die Worte des Mädchens. Als der Name *Anna* fiel, begriff er.

Ja, er hatte die junge Frau schon einmal gesehen, oder zumindest jemanden, der ihr sehr ähnlich sah.

Wie auch immer dieser Reporter es angestellt hatte – er hatte die Schwester der Toten gefunden. Das stand für Eggestein in diesem Moment außer Frage. Er schob sich an einigen Frauen vorbei und ging vor dem Mädchen in die Hocke. »Lena Thumsen?«, fragte er.

Die junge Frau hob den bis dahin gesenkten Blick. Sie sah Eggestein direkt an. Doch mehr tat sie nicht. Sie sagte nichts und nickte nicht einmal.

»Ich weiß, was Ihrer Schwester passiert ist«, meinte Eggestein mit ruhiger Stimme. »Aber Sie sind in Sicherheit. Darauf können Sie sich verlassen. Wir rufen jetzt einen Rettungswagen. Sie gehören ins Krankenhaus. Genauso wie ihr Begleiter.«

Kurz streichelte Eggestein der jungen Frau über das Bein. Dabei sah er Undine Henriks an. Wortlos bat er sie auf diese Weise, bei Lena Thumsen zu bleiben, bis die Sanitäter eintreffen würden. Das Nicken der Bürgermeisterin besiegelte das Abkommen.

Ein Automatismus setzte sich bei Eggestein in Gang. Er griff zum Handy, um die Polizeizentrale in Westerland anzurufen. Zwar hatte er auch ein mobiles Funkgerät im Auto, trug es, anders als die Besatzungen der Streifenwagen, jedoch nicht permanent bei sich.

Wer hatte heute Dienst in der Leitzentrale? Baumann oder Behrens? Einer von beiden sollte so schnell wie möglich eine Ambulanz herschicken. Ein Wagen zur Verstärkung wäre auch nicht verkehrt. Eggestein wusste zwar keinen konkreten Grund, warum dies notwendig sein könnte, doch es entsprach dem gelernten Handlungsablauf. Bei unübersichtlichen Lagen grundsätzlich Verstärkung anfordern. Bevor er jedoch mit der Polizeizentrale sprechen konnte, wurde die Tür, die von der Vorhalle in den Saal führte, erneut geöffnet.

Ein junger Mann betrat den großen Raum. Der Sturm hatte ihn zerzaust und fast aller Kräfte beraubt. Sein Gesicht war grau und fahl. Die Kälte, aus der er kam, ließ ihn zittern. Man bekam sofort den Eindruck, dass auch ihm geholfen werden musste, wäre da nicht die mächtige Armbrust gewesen, die er bei sich trug.

72

Die Stimmung im Kultursaal hatte sich verändert. Jan wusste nicht genau, ob er kurz eingeschlafen war. Schon wieder. Ihre erneute Flucht hatte ihm den Rest gegeben. Er dachte nicht mehr an zu Hause und an sein eigenes Bett. Viel zu viel Luxus. Alles unnötig. Er wollte sich einfach nicht mehr rühren. Nie wieder. Kein bisschen. Doch dann war da dieser spitze Schrei. Ein Schrei voller Entsetzen. Jan musste den Kopf heben. Durch zwei Stuhllehnen hindurch sah er eine Menschentraube, die sich an der großen Eingangstür zum Saal versammelt hatte.

»Nein!« Es war die Stimme einer Frau. Beinahe überschlug sie sich. »Das kann nicht sein.«

Unter Schmerzen richtete Jan sich weiter auf und sah, dass auch Lena sich nach hinten gedreht hatte. Undine Henriks war noch bei ihr, alle anderen hatten sich zum freien Platz vor der Tür begeben. An Lenas Reaktion merkte die Bürgermeisterin, dass die junge Frau aus ihrer ersten Erstarrung erwacht war. Vielleicht begann es ihr sogar besser zu gehen. Deshalb streichelte sie Lena über den Arm und sagte, dass sie gleich wieder bei ihr sei. Für einen Moment sah Undine zu Jan, dann ging sie zu den anderen Inselbewohnern.

»Marions Sohn ist tot«, hörte Jan jemanden zu Undine sagen. »Die beiden da sollen es gewesen sein.«

Mehr konnte Jan nicht verstehen, denn das Aufheulen der Frauenstimme wurde wieder lauter. An vielen verschiedenen Körpern vorbei konnte Jan eine blonde Frau mit funkelnden Ohrringen sehen, die eine andere Person an den Schultern gefasst hatte und diese erbarmungslos durchschüttelte.

Dann erkannte Jan, dass diese Person Dennis war. Unbewegt ließ dieser alles über sich ergehen, was Marion Klenke mit ihm anstellte. Schließlich ging der Smutje dazwischen. Vorsichtig trennte er die Frau von Dennis. Hauptkommissar Eggestein hatte zwischenzeitlich die Armbrust an sich genommen und legte diese auf einem Stuhl der letzten Reihe ab. Dann verschaffte er sich wieder genügend Platz, um bei Dennis und Marion Klenke zu stehen.

Der Mund des jungen Mannes bewegte sich. Nun ging auch Eggesteins Blick erst zu Lena, dann zu Jan. Die angemessenen Fragen drangen durch einen Klangteppich aus durcheinandergehenden Stimmen zu Jan durch. Wann? Wo? Wie? Anschließend bat Eggestein um Ruhe. Er sagte, er werde die Sache überprüfen. Niemand solle zuvor irgendwelche falschen Schlüsse ziehen. Und wenn möglich, solle niemand bis zu seiner Rückkehr den Saal verlassen. »Auch nicht die beiden«, sagte er mit einem Kopfnicken.

Jan war klar, dass er und Lena gemeint waren. Ebenso war ihm klar, dass sich das Glück soeben erneut gewendet hatte. Waren er und Lena gerade noch einem Wahnsinnigen mit Armbrust entkommen, sah es nun so aus, als seien sie von feindselig gestimmten Insulanern umgeben. Denn dass Hauke der Sohn dieser Frau mit den goldenen Ohrringen war, hatte er selbst von seinem Sitzplatz aus begriffen. So unglaublich es klang: Dennis schien auch zu diesen Leuten zu gehören.

»Haben mich alle verstanden?«, fragte Eggestein. Seine ausdrucksstarken Augen wanderten von einem zum anderen. Er sah Undine direkt an. »Können Sie das im Griff behalten?«

Die Bürgermeisterin nickte.

Eggestein nickte auch. Schon ging er auf die große Tür zu. Ihm auf den Fersen war der Smutje. Gemeinsam traten sie in die Vorhalle, wo niemand anderer sie hören konnte. Sorgsam achtete der Smutje darauf, dass die Tür geschlossen war.

»Was hast du vor?«, fragte er.

»Ich werde die Sache überprüfen. Der *Seestern* ist nur fünf Minuten weg.«

»Du hast doch gehört, was Dennis erzählt hat. Glaubst du ihm etwa nicht?«

»Das kann ich dir sagen, wenn ich wieder hier bin.«

»Soll ich nicht mitkommen?«

Eggestein wollte dies auf keinen Fall. »Pass du auf Dennis auf. Bevor er auf noch jemanden schießt.«

Überrascht zuckte der Smutje zurück. Überrascht von der Idee, die Eggestein in den Raum gestellt hatte. Und überrascht davon, wie Eggestein mit ihm sprach.

»Er wollte sich doch im Notfall nur verteidigen können. Hast du das nicht gehört?«

»Ich habe gehört, was er erzählt hat.«

»Aber?«

»Es klingt ... Wie klingt es denn für dich? Ich muss mir erst mal vor Ort selbst ein Bild machen.«

»Aha.« Ganz leicht verengten sich die Augen des Smutjes. Doch statt sauer zu werden, kehrte sofort wieder ein freundlicher Gesichtsausdruck zurück. »Wir reden weiter, wenn du dir alles angesehen hast.«

Eggestein nickte. Wie üblich stopfte er beide Hände in seine großen Jackentaschen und drehte sich um. Der Smutje sah ihm noch hinterher, nachdem sich die Tür nach draußen schon wieder geschlossen hatte, und hörte dem Orkan dabei zu, wie er über das Kulturhaus hinwegfegte. Eigentlich hätte er sich wie alle Menschen aus dem Saal um ganz andere Dinge kümmern müssen. Die meisten von ihnen hätten in diesem Moment ihre Häuser und Geschäfte sichern sollen.

Auch der Smutje hatte kein gutes Gefühl dabei, sein Restaurant so lange allein zu lassen. Doch so war es nun einmal. Denn im Kultursaal wartete eine andere Aufgabe auf ihn. Er musste Dennis zur Seite stehen. Schließlich hatte er nur den einen Sohn.

73

Ein Mann stellte sich hinter Jan und Lena. Anders als Undine Henriks zuvor war er offenkundig weniger daran interessiert, den beiden Fremden zu helfen, als sie vielmehr zu bewachen. Während eine kleine Gruppe Dennis nach vorne zur Bühne begleitete, wo er sich zum Luftholen auf einen Platz in der ersten Stuhlreihe niederließ, wollte man sichergehen, dass Jan und Lena nicht klammheimlich verschwanden. Denn ein unerhörter Vorwurf stand im Raum.

Zuerst sah es so aus, als sei die junge Frau schwer verletzt. Ihr blutverschmiertes Gesicht und die Kleidung schienen für sich zu sprechen. Das viele Blut stammte vermeintlich von ihrem Begleiter. Der Mann hatte eine Wunde an der Schulter, die tatsächlich stark blutete. Doch dann erschien Dennis Jacobsen im Saal und berichtete, dass sein bester Freund von den beiden Fremden ermordet worden sei.

Hauke Klenke.

Seine Mutter war einem Nervenzusammenbruch nahe. Eine Reaktion, die verständlich war, auch wenn niemand im Saal die reiche Immobilienmaklerin jemals so erlebt hatte.

Undine Henriks und Marion Klenke würden niemals Freundinnen werden. Das wusste jeder, der Augen im Kopf hatte. Nicht nur politisch waren die beiden Frauen zu weit voneinander entfernt. Doch dass ihr Sohn tot sein sollte, wünschte Undine ihrer Widersacherin in keinem Moment.

»Ich muss dich einfach nochmal fragen, Dennis. Was ist genau passiert?«

Undine setzte sich neben Dennis und drängte weiter auf ihn ein. Auch wenn dieser verwirrt und erschöpft schien, durfte sie jetzt nicht lockerlassen.

»Wir haben diese beiden Frauen kennengelernt«, sagte Dennis leise. »Das war schon in Hamburg. Sie haben uns angesprochen. Wir dachten, das war Zufall, und sie schienen nett zu sein. Wir sind dann zusammen hergekommen. Hauke hatte ja einen Schlüssel zu einem der Ferienhäuser.«

»Wessen Idee war die Reise?«, fragte Undine.

»Wir haben Semesterferien. Hauke und ich haben unsere schriftlichen Hausarbeiten schon fertig. Und deshalb hatten wir beide zusammen die Idee. Etwas Heimat. Etwas Wind um die Nase. Und als die Mädchen davon hörten, wollten sie unbedingt mit.«

»Aber eigentlich wolltet ihr allein fahren? Du und Hauke?«

Dennis nickte. »Also Hauke, na, der war ziemlich verschossen in die eine.« Verstohlen warf er einen kurzen Blick über die Schulter in Lenas Richtung.

»Verstehe«, sagte Undine. »Und dann ist dieser Mann aufgetaucht.«

»Ja. Er stand plötzlich mitten im Haus. Bei ihr.«

»Also kannten die beiden sich.«

»Weiß ich nicht. Aber für mich sah es so aus.«

»Und dann?«

»Ich weiß es nicht mehr genau.«

»Wer hat auf ihn geschossen? Hauke oder du?«

»Er hat uns bedroht. Er wollte uns erpressen. Hat gesagt, wir wären schuld am Tod der anderen Frau. Dabei wussten wir nicht einmal, was er meinte.«

»Die Schwester?«

»Ja. Anna. Sie wollte spazieren gehen. Ist sie auch. Morgens. Noch vor dem Frühstück. Ganz allein.«

»Und dann hat der Mann dich angegriffen? Wo genau?«

»Im Haus.«

»Genauer.«

»Im Flur. In der Diele.«

»Und dann hast du geschossen.«

Dennis schien zu überlegen. »Die Armbrust ist neu. Hauke hat sie bestellt. Nur so zum Spaß. Aber als der Kerl plötzlich auf uns losgegangen ist ...«

»Da habt ihr auf ihn geschossen.«

»Ja. Aber danach haben wir ihn auch verarztet.«

»Wieso habt ihr keinen Notarzt gerufen?«

»Na, weil wir Angst hatten. Hauke hatte ja auf ihn geschossen. Das wollte zwar keiner, aber trotzdem.«

»Also hat Hauke geschossen?«

»Schon. Aber ich hätte es auch getan, wenn ich die Armbrust in der Hand gehabt hätte.«

Undine fand das nachvollziehbar. »Was war dann in dem Hotel? Sag mir, was im *Seestern* passiert ist!«

»Sie ... Sie hat ihm geholfen abzuhauen. Zusammen sind sie weggelaufen. Den Strand entlang. Das haben Hauke und ich nicht gleich gemerkt. Aber wir sind dann hinterher. Weil wir dachten, dass die beiden gefährlich sind. Wir wollten die Polizei rufen, sobald wir wissen, wo sie sind. Dann haben wir uns getrennt. Und Hauke scheint sie zuerst gefunden zu haben.«

»Im *Seestern*.«

»Ein Fenster stand offen. Hauke hatte mir die Armbrust gegeben. Er war absolut unbewaffnet. Weil es ihm leidtat, dass er auf den Mann geschossen hatte.«

Es herrschte Stille im Saal, während Dennis sprach. Selbst Marion Klenke hörte zu. Dann beschrieb Dennis erneut, wie er Hauke im Hotelflur gefunden hatte. »Es war alles voller Blut. So viel Blut habe ich noch nie zuvor in meinem Leben gesehen. Ich wusste sofort, dass er tot ist. Ich konnte ihm nicht mehr helfen. Niemand hätte das gekonnt.«

Marion Klenke biss sich auf einen Finger der zur Faust geballten linken Hand und schüttelte den Kopf.

»Ich wollte nicht, dass sie entkommen«, sagte Dennis nun direkt zu der Mutter des getöteten Freundes. »Und deshalb bin ich ihnen weiter gefolgt. Bis hierher. Ich hatte solche Angst, aber ich durfte sie doch nicht entkommen lassen.«

»Ich glaube, das reicht erst mal«, meinte der Smutje. Den Anfang des Gesprächs hatte er nicht mitbekommen, weil er im Vorraum noch mit Eggestein gesprochen hatte. Doch nun war er wieder da. »Dennis muss sich etwas ausruhen, das sieht man doch.«

Alle schienen Verständnis dafür zu haben.

Heiner Klenke, der das Geschehen sehr viel ruhiger ertrug als seine Frau, wollte diese tröstend in den Arm nehmen, doch Marion Klenke wehrte ihn mit einer knappen Bewegung und einem giftigen Blick ab.

Schon immer war sie die Stärkere in ihrer Verbindung gewesen. Das würde sich auch jetzt nicht ändern. Gleichzeitig wurden in ihrem Herzen der erste Schmerz und die erste Trauer durch Wut verdrängt. Sie sah zu Jan und Lena hinüber.

»Was muss ich wissen, was die anderen nicht wissen dürfen?«, fragte der Smutje seinen Sohn, als niemand mehr in Hörweite zu sein schien.

74

Charlotte scrollte sich durch das neue Video der *Hansemen*. Es war über acht Minuten lang, doch Charlotte wollte gleich wissen, wie es endete. Wie angekündigt sah sie dann die junge Frau, die sie bereits aus *Bitches in der Mangel* kannte, eine Steilwand hinunter stürzen. Der Sturz wurde aus zwei verschiedenen Kameraperspektiven und in verschiedenen Geschwindigkeiten zelebriert. Doch das Ende von *Flying Bitch* blieb immer gleich. Das dabei zu hörende Geräusch konnte einem den Magen umdrehen.

Nachdenklich zog Charlotte die Unterlippe zwischen die Zähne und biss darauf. Das Gesehene war schrecklich. Doch die Fotografin in ihr sagte, dass mit dem Film etwas nicht stimmte. Da es zwei Kameraperspektiven gab, musste ihn zwangsläufig jemand zusammengeschnitten haben. Dadurch fiel die Manipulation nicht so auf. Aber …

Charlotte sah sich die letzten zwei Minuten noch einmal an. Dann war sie sicher, dass einige Teile aus der Kletterpartie herausgeschnitten waren. Eben suchte die junge Frau im Film noch mit dem Fuß nach einem neuen Tritt, während sie sich mit beiden Händen in die Wand krallte, dann stürzte sie schon rückwärts in die Tiefe.

Die Sekunde des eigentlichen Abrutschens fehlte. Man sah auch in keiner der Wiederholungen, egal, ob in Normalgeschwindigkeit oder in Zeitlupe, wie es zu dem Unfall gekommen war. Glitt die Frau mit dem Fuß ab, oder gab ein Stück des porösen Gesteins nach? Es war einfach nicht im Film enthalten. Um diese Fragen zu beantworten, hätte man die ungeschnittene Fassung sehen müssen.

Sofort sah Charlotte das Bild eines Notebooks vor sich, das sie in einem der unteren Zimmer entdeckt hatte. Es war das Zimmer von einem der Kerle, die Anna-Lena erst im Sommer über einen Parkour auf einem verlassenen Bundeswehrgelände gehetzt hatten und dann schuld daran waren, was ihr am Strand von Sylt passiert war. Mit ziemlicher Sicherheit wurde der Film, den Charlotte gerade mehrfach im Internet angesehen hatte, auf diesem Notebook geschnitten und anschließend hochgeladen.

Ohne lange zu überlegen, ließ Charlotte das Smartphone wieder auf den Boden im Esszimmer gleiten und ging durch den Flur zum Schlaftrakt der Villa. Der Raum, den sie ansteuerte, lag schräg gegenüber der Badezimmertür. Es beunruhigte sie zwar, das Zimmer eines dieser Kerle noch einmal betreten zu müssen, da es sich jedoch nicht ändern ließ, brachte sie die Sache so schnell wie möglich hinter sich.

Das Notebook lag neben dem Bett auf einem niedrigen Tisch. Charlotte setzte sich auf die Bettkante, nahm das Gerät auf die Knie und klappte es auf. Nach dem Drücken des Startknopfs fuhr das System hoch und begrüßte sie mit der Bitte um Eingabe eines Passwortes.

Viele Informationen hatte Charlotte nicht über den Bewohner des Zimmers. Er war ein gebildetes Arschloch. Er studierte in Hamburg. Seine Eltern mussten ziemlich wohlhabend sein. Sonst noch was? Menschen mochte er offenbar nicht besonders. Ach ja, und sein bester Freund war auch ein Arschloch.

Mit geübten Fingern tippte Charlotte das Wort »Arschloch« in die Eingabemaske und erhielt eine Fehlermeldung.

Als Student wusste der Kerl vermutlich, wie man sichere Passwörter kreierte. Am besten waren Kombinationen aus Buchstaben und Zahlen, die keinen Sinn ergaben. Alles andere ließe sich sonst mit Hilfe von Passwortprogrammen knacken.

Charlotte stand aber kein Programm zum Knacken von Passwörtern zur Verfügung. Alles, was sie im Augenblick hatte, waren ihr Verstand und die Hoffnung, dass das Arschloch bei der Passwortwahl sein eigenes Hirn nicht eingesetzt hatte. Mit nervösen Fingern tippte sie »Hansemen« in die Tastatur. Das System schluckte die Eingabe und gab den Computer frei.

Ein leiser Jubelschrei drang aus Charlottes Kehle. Erschrocken darüber sah sie zur Tür. Dann glitt ihr Blick wieder über den Desktop des Notebooks.

Schnell fand sie ein Videobearbeitungsprogramm. Mit etwas Glück war die zuletzt mit dem Programm bearbeitete Schnittfassung noch abgespeichert und in einem Fenster der Pfad zum Ordner für das Rohmaterial verzeichnet. Charlotte fand diesen Wunsch nicht zu anspruchsvoll. Denn das Glück schien an diesem Tag auf ihrer Seite zu sein. Das hatte sie schon gedacht, als sie den Taxifahrer kennengelernt hatte, der sie auf Jans Spur brachte. Und das einfache Überwinden der Passworteingabe schien dies zu bestätigen. Warum sollte es nicht so weitergehen?

75

Instinktiv spürte Lena, dass es für sie nicht zum Besten stand. Die Blicke der Leute im Saal waren latent feindselig bis offen aggressiv. Was immer Dennis ihnen erzählt hatte, machte sich nicht positiv für die beiden Fremden bemerkbar. Natürlich ging es um Hauke und die Art, wie er zu Tode gekommen war. Lena und Jan hätten auch etwas dazu sagen können, doch gerade weil man sie nicht nach ihrer Version der Ereignisse fragte, machte die Situation gefährlich.

Jan lehnte sich gegen Lena, um in der aufrechten Haltung sitzen bleiben zu können. Vorher war er ein paar Plätze zu ihr aufgerückt. Lena rührte sich nicht. Sie schien starr vor Entsetzen über das, was in der letzten Stunde passiert war. Jan konnte das verstehen. Lena wusste jetzt, dass ihre Schwester tot war. Und das Blut, das an ihr klebte, stammte von einem Jungen, den sie mit eigenen Händen getötet hatte.

Ein Wunder, dass sie es zusammen überhaupt bis hierher geschafft hatten.

Jan verdrängte den Gedanken. Nicht die Vergangenheit war in diesem Moment wichtig, es war die Gegenwart. Jan musste herausfinden, was sich bei den Leuten von der Insel tat. Verstohlen warf er einen Blick die Stuhlreihe entlang. Ganz am anderen Ende hatte Eggestein die Armbrust abgelegt. Diese bei sich zu haben, wäre jetzt keine schlechte Sache gewesen. Doch Jan war viel zu geschwächt, um sie sich zu holen. Abgesehen davon, dass noch immer dieser Mann in der Nähe stand, um ihn und Lena zu beobachten.

Wir sitzen in der Patsche, dachte Jan, während er für einen kurzen Moment Blickkontakt mit dem Smutje bekam. Der hatte sich vom Stuhl neben Dennis erhoben. Dennis Jacobsen. Er war also der Sohn vom Smutje, und Hauke der Sohn von der blonden Frau mit den goldenen Ohrringen. Die beiden Studenten aus Hamburg waren Kinder der Insel. Und die Luxusvilla, in der sie ihre Ferien verbrachten, gehörte einer der beiden Familien.

Der Smutje lächelte Jan an. Wie dieser die Geste deuten sollte, blieb ihm überlassen. War der Immobilienmakler und Restaurantbesitzer ihm noch immer wohlgesonnen, oder zeigte er Jan nur sein tausendfach bewährtes Geschäftsgrinsen. Das war schwer zu unterscheiden, weil der Smutje so gut war im Freundlichsein. Was sich hinter dieser Fassade verbarg, wusste nur er selbst.

Als der Smutje sein Smartphone ans Ohr hob, drehte er sich langsam weg. Der Moment, der ihn und Jan durch ihren Blickkontakt verbunden hatte, war vorüber.

76

»Wie sieht es aus?«, fragte der Smutje so leise, dass niemand anderer es hören konnte.

»Es stimmt. Der Junge ist tot«, bekam er als Antwort.

Eggestein stand im Gang neben dem Speisesaal des *Seesterns*. Zuvor war er genau wie alle anderen vor ihm durch das offene Fenster ins Gebäude eingedrungen. Als das Telefon in seiner Jackentasche klingelte, hatte er es langsam herausgeholt und gleich die Nummer erkannt.

»Verflucht«, meinte der Smutje nun. »Und es ist sicher Hauke Klenke?«

»Absolut.«

»Diese Mistkerle.« Der Smutje blickte sich kurz um und kontrollierte seine eigene Stimme wieder, bevor sie zu laut wurde. »So wie die beiden aussehen, war es wohl das Mädchen.«

»Würde ich auch sagen. Unter dem Schrank hier liegt ein Cuttermesser. Ich habe es nicht angerührt, aber das dürfte die Tatwaffe sein.«

»Also kaltblütiger Mord.«

Eggestein schüttelte den Kopf. »Sieht für mich nach Totschlag aus. Das Messer scheinen sie oder er hier gefunden zu haben. Weiter vorn stehen Sachen von den Malern rum. Weißt ja, Renovierungsarbeiten.«

»Dennis sagt, dass die beiden gefährlich sind. Besonders der angebliche Reporter.«

»Dennis sagt viel«, entgegnete Eggestein.

»Wie meinst du das?«

»Ich meine, dass Dennis viel erzählen kann. Das ist alles.«

»Glaubst du ihm etwa nicht?«

Ein Schweigen in der Verbindung sprach für sich. Dann meinte Eggestein, dass die Sache merkwürdig sei. »Das andere Mädchen ist doch schon gestern abgestürzt, richtig? Und dann haben sie diesen Jan Fischer auch schon gestern geschnappt. Also, selbst wenn er irgendwie mit Schuld am Tod der Frau vom Strand hat, wieso haben Dennis und Hauke nicht die Polizei gerufen?«

»Weil sie blöd waren«, schmetterte der Smutje zurück. »Das sind noch fast Kinder. Die denken nicht immer logisch.«

»Dennis ist 24. Und Hauke war es auch.«

»Und trotzdem hatten sie Schiss. Schließlich hatte Hauke mit einer Armbrust auf einen Menschen geschossen. Sie wussten, dass das ein Nachspiel haben würde.«

»Hm«, brummte Eggestein. Er war nicht überzeugt von dem, was er hörte. Beide Männer überlegten, wie es weitergehen sollte. Der Smutje brach als Erster das Schweigen. »Was hast du jetzt vor?«

»Natürlich der Mordkommission Bescheid geben. Und der Staatsanwaltschaft. Immerhin haben wir hier ein mögliches Kapitalverbrechen.«

»So sehe ich das auch. Also bleibst du erst mal dort?«

»Nein, warum? Bei dem Sturm kann sowieso niemand auf die Insel kommen. Ich werde einen Kollegen hier abstellen und wieder zu euch kommen. Oder willst du mich etwa nicht da haben?«

»Quatsch.«

»Smutje!«

»Was?«

»Was hast du vor?«

»Ich? Nichts.« Der Smutje hatte keine Schwierigkeiten beim Lügen. Zu geübt war er darin, alles so darzustellen, als würde er selbst daran glauben. In diesem Fall machte es keinen Sinn, seinem Freund Dinge zu erzählen, die er später wieder vergessen sollte. Ihn gar nicht erst mit solchem Wissen zu belasten, war die weitaus bessere Lösung. Für den Smutje, aber auch für Nils Eggestein.

»Also dann, bis gleich.« Eggestein sah auf Hauke hinab und den fast schon geronnenen See aus Blut.

»Nils, es gibt da noch was. Du musst was für mich tun. Aus alter Freundschaft.«

Interessiert hob Eggestein die Augenbrauen. Wenn der Smutje ganz bewusst an ihre alte Freundschaft appellierte, musste es etwas Besonderes sein, worum er bitten wollte. Ganz bestimmt hatte es etwas mit Dennis zu tun. Ob der Smutje es nun wahrhaben wollte oder nicht, sein Sohn war ganz bestimmt kein Unschuldslamm. Eggestein wusste das sehr genau.

Er fand Henning Martens vom Campingplatz genau dort, wo der Smutje es gesagt hatte. Auf halber Strecke zwischen dem Flachbau mit den Sanitäranlagen und dem Anmeldehäuschen lag der alte Mann ausgestreckt unter dem einzigen größeren Baum weit und breit. Es war eine Zwillingsbirke, die sich bereits an der Wurzel geteilt und zwei für sich eigenständige Stämme entwickelt hatte. Weit ausladende Äste spendeten im Sommer etwas Schatten auf dem sonst nur aus Zelten und Wohnwagen bestehenden Platz. An unfachmännischen Schnittstellen von entfernten Ästen hatten sich bereits Schimmelpilze bis tief in den rechten Stamm hineingefressen. Behelfsweise hatte jemand etwas Dachpappe über der ausgehöhlten Stelle festgenagelt. Vielleicht sogar der alte Martens selbst. Dennoch war nicht zu übersehen, dass der Baum nicht mehr lange durchhalten würde. Einen großen Ast hatte der Sturm bereits erwischt. Abgeknickt baumelte er nur noch an ein paar losen Fasern und lehnte sich sonst senkrecht gegen den Stamm. Weitere kleine Äste waren ebenfalls heruntergekommen.

Einen dieser Äste, etwa so dick und lang wie ein Baseballschläger, hatte jemand benutzt, um den alten Martens niederzustrecken. Das schien offensichtlich, da der Ast zwar neben dem toten Mann lag, aber doch zu weit weg, um es nach einem Unfall aussehen zu lassen.

Der Smutje hatte Eggestein erzählt, dass Dennis in Notwehr handeln musste. Martens sei mit dem Messer auf ihn losgegangen. Und tatsächlich sah Eggestein auch das Messer. Es befand sich noch immer in der Hand des Alten. Trotzdem stieß dem Hauptkommissar das Wort *Notwehr* auf. Schon wieder Notwehr. Genau wie beim Schuss mit der Armbrust auf Jan Fischer. Wenn dieser Begriff sich so leicht ausdehnen ließ, war vielleicht sogar der Tod des armen Mädchens am Roten Kliff Notwehr. Konnte doch sein.

»Rede keinen Unsinn«, hatte der Smutje gesagt, nachdem Eggestein diese These bereits am Telefon äußerte. »Das mit Martens war Notwehr und hat nichts, aber auch gar nichts mit der anderen Sache zu tun. Das müsstest du auch wissen. Immerhin ist es dein Patensohn, von dem wir sprechen. Den kennst du doch wohl.«

Eben, dachte Eggestein, ohne es auszusprechen.

Wenn Dennis die Notwehrsituation allerdings bei einer amtlichen Untersuchung beweisen müsste, so der Smutje weiter, wüsste niemand so genau, was dabei herauskäme. Und das wäre kein guter Start für einen angehenden Anwalt, Staatsanwalt oder gar Richter. Dennis' Führungszeugnis musste blütenweiß bleiben, sonst würde er keine Anwaltszulassung bekommen.

»Wenn du die Sache also jetzt sofort zurechtrücken kannst, wäre das am besten für alle«, sagte der Smutje. »Danach werde ich nie wieder einen derart großen Freundschaftsdienst von dir verlangen.«

»Nie wieder …«, hatte Eggestein ins Telefon gebrummt. Und nun wiederholte er es für sich stumm. »Das glaubst du doch wohl selber nicht. Irgendwas ist doch immer bei dir!«

Der Hauptkommissar kniete nieder und besah sich die Wunde am Hinterkopf des auf dem Bauch liegenden Campingplatzbesitzers. Ein besonders einfacher Mensch war Martens nie gewesen. Und selbst im Tod bereitete er Eggestein noch Schwierigkeiten.

Die Wunde zeigte, dass der Hieb gegen den Kopf mit erheblicher Gewalt geführt wurde.

Notwehr von hinten, dachte Eggestein. Mal was Neues.

Trotzdem war da das Messer. Irgendwas musste an der Geschichte von Dennis dran sein. Es kam nur darauf an, ob man ihm glauben wollte. Genauer gesagt, ob Eggestein ihm glauben wollte. Doch so entscheidend war das gar nicht. Eggestein würde für den Smutje tun, was zu tun war. So, wie er es auch früher schon getan hatte. Denn der Smutje und er waren Freunde. Schon immer war das so.

Leute, die das nicht verstanden, mussten dies wohl oder übel lernen. Nicht umsonst hatten die beiden schon als Kinder die Spitznamen Pest und Cholera getragen. Beide Jungen wussten das, doch es störte sie nie. Ein bisschen waren sie sogar stolz darauf. Nur bei einer Sache hinkte der Vergleich. Denn im Gegensatz zum Sprichwort konnte beim Smutje und Eggestein niemand zwischen den beiden Plagen wählen, es gab sie immer nur im Doppelpack.

Die Entscheidung, was zu tun war, stand also längst fest, noch bevor Eggestein dem toten Mann das Messer aus der Hand entwendete. Hierzu hatte er ein paar Einweghandschuhe angezogen, die immer in den Tiefen seiner Jackentaschen verborgen waren. Er steckte das Messer nicht als Beweisträger in ein durchsichtiges Plastikbeutelchen, sondern klappte es zusammen und brachte es in der rechten Hosentasche des Toten unter.

Notwehr war ein viel zu schwer zu belegender Sachverhalt. Darauf hätte der angehende Herr Anwalt auch selbst kommen können. Einem Unfall wurde hingegen bei Weitem nicht so viel Aufmerksamkeit gewidmet. Schon gar nicht bei Sturm. Und schon gar nicht unter einem derart morschen Baum.

War es nicht sogar irgendwie die eigene Schuld von Martens, dass er auf diese Weise ums Leben kam? Der alte Sturkopf hätte den morschen Baum längst umsägen müssen. Ein

Wunder, dass nicht schon früher jemand durch ihn zu Schaden gekommen war.

Eggestein schleifte den toten Körper zwei Meter weiter. Dann trat er zum vom Wind abgeknickten Ast, der parallel zum Stamm baumelte, griff in dessen Zweige und zerrte so lange daran, bis die letzten Holzfasern nachgaben und der gesamte Ast auf den alten Martens fiel. Sorgsam achtete Eggestein darauf, dass etwas Blut und Haare auf das Geäst kamen. Denn der Knüppel, den Dennis benutzt hatte, musste selbstverständlich verschwinden. Der Schwinger, der Martens getroffen hatte, durfte nicht von hinten gekommen sein, sondern von oben.

Mit in den Taschen steckenden Händen betrachtete Eggestein sein Werk. Dort lag er also. Der erste Tote, den Orkantief *Franziska* zu verschulden hatte. Jedenfalls auf Sylt. Vielleicht gab es ja an der Westküste oder im Landesinneren noch weitere Tote zu beklagen. Wenn es so war – umso besser.

78

Der Smutje saß wieder neben seinem Sohn. Im Flüsterton konnten sie reden. Die Aufregung im Saal und die resultierende Geräuschkulisse waren groß genug. Für einen Moment waren sie für niemanden von Interesse. Spekulationen blühten. Marion Klenke wurde umringt.

»Sag mir jetzt alles«, sagte der Smutje, ohne Dennis anzusehen. Sein Blick ging starr geradeaus. Dafür sah Dennis seinen Vater kurz an. Blickte aber selbst schnell wieder weg.

»Hab ich doch.«

»Keine Lügen, Dennis. Kein Verdrehen der Wahrheit. Ich muss alles wissen. Nur so können wir die Sache im Griff behalten. Onkel Nils kümmert sich um Martens. Hättest du es mir nicht erzählt, wäre das ein Problem geworden. Aber Nils erledigt das für uns. Was muss ich noch wissen?«

Der Smutje legte Dennis eine Hand auf den Oberschenkel. Das war unangenehm, geradezu erniedrigend. Die Geste degradierte ihn wieder zum Kind. Doch Dennis ließ es geschehen.

»Hast du was mit der Toten am Strand zu tun?«

»Aber das habe ich doch schon gesagt. Wir sind zusammen angereist. Wir haben in Kampen gewohnt, in der Mietvilla von Klenkes. Hauke hatte den Schlüssel.«

»Ich meine mit ihrem Tod. Warst du dabei, als es passiert ist?«

Dennis antwortet nicht.

»Gibt es Beweismaterial?«

Ein dünner Schweißfilm bildete sich auf der Stirn des jungen Mannes. »Was meinst du?«

»War eine Actioncam dabei?«

»Woher …«

»Ich bin nicht doof, Dennis. Sonst hatte die Kleine immer ein Stirnband mit Actioncam bei sich. Gibt es Aufnahmen, die dich am Strand zeigen?«

Schweigen.

»Dennis!«

»Ja.«

»Was *ja*?«

»Ich war dabei. Und Hauke auch.«

»Wo ist das Videomaterial?«

Der Smutje nutzte jede Sekunde, die ihnen blieb, ohne von den anderen gehört zu werden. Er machte keine Vorwürfe, stellte keine unnötigen Fragen nach Details. Er wollte nur Fakten hören.

»In der Villa.«

Der Smutje nickte. Das war nicht gut. Gar nicht gut.

»Die Aufnahmen müssen verschwinden!«

»Ich weiß«, entgegnet Dennis.

»Wissen der Reporter und das Mädchen davon?«

»Ich glaube nicht.«

»Wenigstens etwas.«

Die Hand wurde von Dennis' Bein genommen. Zweimal klopfte der Smutje ihm noch auf den Oberschenkel. Das hieß wohl so viel wie: Das kriegen wir auch noch hin.

»Allerdings …«, sagte Dennis.

Der Smutje drehte den Kopf und sah seinen Sohn an.

»Es war nicht Hauke, der auf den Typ geschossen hat. Ich war es.«

Der Smutje begriff sofort, wovon Dennis sprach. Ebenso schnell spielte er die Konsequenzen durch.

Sein Sohn hatte mit einer Waffe auf einen Journalisten geschossen und diesen schwer verletzt. Schwere Körperverletzung. Das war eine Straftat.

Niemand durfte davon erfahren. Hauke musste geschossen haben. Nicht Dennis.

Wenn Dennis die Schuld nachgewiesen wurde, konnte er seine Zukunft vergessen. Das durfte nicht sein. Dafür hatte der Smutje nicht so schwer geschuftet. Er selbst hatte sich alles hart erarbeiten müssen. Ausgestattet nur mit einem Realschulabschluss und Raffinesse.

Die Klenkes waren schon immer reich. Aber der Smutje hatte sich alles selbst aufgebaut. Den Immobilienhandel und das Restaurant. Heute belächelte ihn niemand mehr. Auch die Klenkes nicht. Doch der Weg dahin war steinig gewesen.

Dennis wusste nicht, wie die Welt da draußen sein konnte. Der Smutje hatte ihn verwöhnt. Vielleicht zu sehr. Das wurde ihm plötzlich klar. Als Alleinerziehender hatte er ihm zu viel durchgehen lassen und zu viel Verständnis gezeigt.

Das teure Internat. Die vielen Vergünstigungen während des Studiums. Dennis nahm das als selbstverständlich. Doch das war es nicht. Alles hatte seinen Preis. Für alles musste man bezahlen. Oft genug musste man kämpfen.

»War die Kleine dabei, als du geschossen hast? Ist sie eine Zeugin?«

Dennis nickte.

Nicht gut.

Wort gegen Wort wäre noch möglich gewesen. Jan Fischer würde behaupten, Dennis habe geschossen. Und Dennis würde behaupten, Hauke habe geschossen. Wort gegen Wort. Das war kein Beweis.

Aber wenn das Mädchen es gesehen hatte, dann war sie auch eine Zeugin. Zwei Aussagen gegen eine.

Nicht gut.

79

Die Videodateien, die Charlotte auf dem Notebook fand, waren aufschlussreicher als erwartet. Neben der Version, die jemand ins Internet gestellt hatte, führte ein Pfad wie erhofft zu einem Ordner mit dem Ursprungsmaterial. Eine sehr große Datei enthielt die Aufzeichnungen einer Actioncam. Die Frau hatte sie an einem Stirnband getragen. Eine weitere Datei musste mit einer Drohne aufgenommen worden sein. Das Fluggerät begleitete die Frau auf ihrer Flucht am Strand entlang. Es war zu sehen, wie sie einem Geschoss mit blauer Farbe auswich, mehrere Haken schlug und dann am Ufer entlang zielstrebig auf eine rötlich schimmernde Steilwand zu rannte.

Charlotte wusste, dass die Flucht dort enden würde, und sie wusste auch, wie. Aber dann war sie doch erschrocken, als sie sah, wie ein junger Mann die Frau dazu nötigte, den Aufstieg an der Wand zu wagen, obwohl sie bereits völlig entkräftet und offenkundig stark unterkühlt war. Allein dies kam aus Charlottes Sicht bereits einem Mordanschlag gleich. Als der Kerl dann aber auch noch auf die wehrlose Frau schoss, als diese bereits mehr als die Hälfte der Steilwand erklommen hatte, war endgültig klar, dass man von keinem Unfall sprechen konnte.

Charlottes Instinkt hatte sie nicht getäuscht. Der Film im Internet war manipuliert worden. Das Ursprungsmaterial zeigte eindeutig, dass der junge Mann am Fuß der Wand schuld am Tod der Frau war. Dennis Jacobsen, wie Charlotte vermutete. Er musste es jedenfalls sein, wenn die übliche Rollenverteilung, die Pierre ihr erklärt hatte, beibehalten wurde. Dennis hatte die Ideen. Hauke führte die Kamera. Und den Stunt, den musste diesmal anstelle von Pierre die junge Frau hinlegen.

Obwohl Charlotte mit etwas Ähnlichem gerechnet hatte, waren die Bilder verstörend. Sie wusste, dass die Frau am Ende des Films abstürzte und starb. Doch die Art, wie es dazu gekommen war, zeigte erschreckend deutlich, wie unnötig ihr Tod war. Sie wollte die Wand nicht hinaufklettern, sondern das sogenannte *Spiel* abbrechen. Aber Dennis Jacobsen ließ dies nicht zu. Am Ende schoss er sogar noch auf sie.

Die blaue Farbpatrone zerplatzte neben der jungen Frau. Trotzdem war zu erkennen, dass das Geschoss schuld am Absturz war. Vielleicht wäre die Frau auch ohne äußere Einwirkung nicht viel weiter gekommen und von der Abbruchkante hinuntergestürzt. Doch das war spekulativ. Denn die Bilder bewiesen eindeutig, dass es nicht so weit gekommen war.

Charlottes Herz hämmerte, während ihr klar wurde, was sie gefunden hatte. Mit diesen Aufnahmen würde sich Dennis Jacobsen in einem Gerichtsverfahren verantworten müssen. Gleichzeitig bedeutete es, dass er alles daran setzen würde, die beiden Ursprungsfilme unter Verschluss zu halten. Dass sie noch nicht gelöscht waren, zeigte nur, wie wenig Kontrolle Dennis über seine Taten hatte. Vermutlich hatte er bis zum Augenblick, in dem er auf die Frau in der Steilwand anlegte und schoss, selbst nicht gewusst, was gleich passieren würde. Seine Handlungen waren in einem gefährlichen Maße spontan und damit unberechenbar.

Was bedeutete das für Jan? Wenn er Dennis hier in seinem Versteck aufgestöbert hatte, dann war das mehr als gefährlich. Charlotte sah das zerrissene, blutige Hemd in der Duschwanne vor sich. Im nächsten Augenblick erkannte sie, wie schutzlos sie selbst in diesem riesigen Haus war. Wenn Dennis und Hauke sie in diesem Zimmer erwischten, sah es nicht gut für sie aus.

Charlotte empfand einen unmittelbaren Fluchtimpuls. Doch die Videodateien mussten ebenfalls in Sicherheit gebracht werden. Das war ihr genauso bewusst.

Mit aufgeklapptem Bildschirm schlich sie zurück ins Wohnzimmer. Weil sie keine Lampen eingeschaltet hatte, verbargen sich in allen Ecken und Winkeln angsteinflößende Schatten. Es gab 1000 Verstecke in diesem Haus. Andererseits hatten Dennis und Hauke keinen Grund, sich vor ihr zu verstecken. Wenn sie in der Villa wären, hätten sie sich längst gezeigt.

Charlotte stellte den Computer auf den Esstisch und beugte sich zu ihrem Telefon hinunter, das noch immer über das Ladekabel mit der Steckdose verbunden war. Der Akku war noch nicht voll, trotzdem zog Charlotte das Kabel ab und stopfte es in ihre Jackentasche. Normalerweise war Charlotte vorsichtig mit Kabeln, rollte sie auf, statt sie zu knicken. Doch diesmal hatte sie nicht die Ruhe dazu.

Auf dem Display des Smartphones erschien eine Mitteilung über acht entgangene Anrufe. Der letzte Versuch, sie zu erreichen, hatte erst vor wenigen Minuten stattgefunden. Es war immer dieselbe Nummer. Immer hatte Dana aus der Redaktion des *Lauffeuers* angerufen. Als Charlotte die Rückruffunktion benutzte, meldete sich die Frau mit dem slawischen Akzent sofort. Sie sagte nur Charlottes Namen, doch das reichte, um zu zeigen, dass sie in Panik war. Vermutlich befand sich die ganze Redaktion im Ausnahmezustand.

Die Durchsicht der Filme hatte länger gedauert als gedacht. Ihr Zeitempfinden hatte Charlotte einen Streich gespielt. Statt weniger als eine halbe Stunde hatte sie mehr als doppelt so viel Zeit am Computer verbracht. Vielleicht hatte sie hierbei sogar aus der Ferne so etwas wie das Klingeln ihres Telefons gehört, war aber zu sehr mit dem beschäftigt, was sie entdeckt hatte. Statt sich zu entschuldigen, begann sie nun sofort über die beiden Filme zu erzählen, die die *Hansemen*, oder zumindest einen von ihnen, des Mordes überführen konnten. »Hast du eine Idee, wie ich sie direkt zu euch überspielen kann? Für alle Fälle?«, schloss sie ihren kurzen Bericht ab.

»Per Filetransfer«, antwortet Dana. »Wie groß sind sie denn?«

»Beide fast eine halbe Stunde.«

»In HD?«

»Weiß ich nicht.«

»Oder vielleicht sogar ultrahochauflösend?«, sprach Dana mehr zu sich als zu Charlotte. »Dann sind das echt große Dinger. Dürfte eine Weile dauern. Als E-Mail-Anhang geht es jedenfalls nicht so ohne Weiteres.«

»Also, was machen wir?«

»Wenn es einen schnellen Internetanschluss gibt, dann könnte es gehen. Du brauchst nur das richtige Programm, um es auf den Redaktionsserver zu überspielen. Etwas kompliziert, aber sicherer, als wenn wir es über einen Videolink in einer Cloud ablegen.«

»Sag mir einfach, was ich machen muss.«

»Erst mal musst du den Router finden. Meist ist er im Wohnzimmer eines Hauses oder im Flur. Aber da gibt es noch was anderes, was du wissen musst. Viel Zeit bleibt dir nicht, denn Christian hat schon die Polizei angerufen.«

Charlotte hob die Augenbrauen und sah automatisch zu der von ihr nicht ganz zugeschobenen Terrassentür. Durch einen Spalt konnte sie weiterhin den Sturm toben hören. »Er hat was?«

»Wir haben ewig versucht, dich zu erreichen. Und dann

hat er es nicht länger ausgehalten. Er dachte, du wärest in Gefahr.«

»Er ist doch ein kleiner Schisser«, sagte sie zu Dana. Dann hörte sie, dass die Redakteurin nicht mehr allein am Telefon war. Vermutlich hatte Christian Freitag ihren Kontakt mit Charlotte bemerkt.

»Verdammt«, klang es aus einiger Entfernung. »Sag ihr, dass sie eine dumme Kuh ist. Und dass sie dort sofort verschwinden soll.«

»Ich habe es gehört«, meinte Charlotte. »Gleichfalls schöne Grüße. Aber kommen wir zum Überspielen der Dateien zurück. Wie lange werde ich dafür brauchen?«

»Lange«, antwortete Dana. »Unkomprimiert müssen das eine Menge Daten sein. Du könntest das Format natürlich umwandeln und die Dateigrößen damit verkleinern. Aber das dauert auch wieder Zeit. Besonders, wenn du es noch nicht oft gemacht hast.«

»Habe ich nicht.«

Charlotte konnte sich vorstellen, wie Dana nickte und weiter über eine Lösung des Problems nachdachte.

»Und?«

»Klemm dir das Ding unter den Arm und nimm es mit.«

»Okay«, erwiderte Charlotte, ohne weiter über den geplanten Diebstahl nachzudenken. Ein Beweis für Totschlag oder vielleicht sogar Mord wog nach ihrem Gerechtigkeitsempfinden ein Eigentumsdelikt mehr als auf. Was Charlotte im Moment nur noch interessierte, war ein Entkommen aus der Villa. Denn selbst wenn das Haus riesig war, begann sie darin langsam klaustrophobische Gefühle zu entwickeln.

»Kriege ich gleich Handschellen verpasst, wenn ich aus dem Haus spaziere?«, fragte Charlotte, während sie das Notebook zuklappte.

»Was?« Dana schien zu überlegen, wie Charlotte das Gesagte gemeint hatte.

»Sag ihr«, antwortet Christian Freitag deshalb für sie, der das Gespräch nun wieder über den Telefonlautsprecher verfolgte, »dass die meisten Polizisten mit dem Sturm beschäftigt sind.«

»Klingt doch gut«, erwiderte Charlotte.

»Aber ich habe ihnen gesagt«, führte der Chefredakteur weiter aus, »dass es eilig ist. Und deshalb wollten sie jemanden schicken, der ganz in deiner Nähe ist.«

80

Die restlichen Haare streng nach hinten gekämmt, stand Bernd Schmitz von *Feinkost Schmitz* an der Tür des Kultursaals und redete wortgewaltig auf den Smutje ein.

Feinkost Schmitz war der erfolgreichste Supermarkt in Westerland. Obwohl sein Gründer erst Anfang der 70er-Jahre des vergangenen Jahrhunderts Fuß auf der Insel gefasst hatte, war es ihm gelungen, sein ehemals kleines Eckgeschäft für Gemischtwaren in drei Ausbaustufen zum Marktführer auf Sylt auszubauen. Sein Geheimnis war zunächst, wie der Name es verriet, ausgewählte Qualität in der Wurst- und Käseabteilung. Später setzte sich der besonders aufmerksame und freundliche Service seiner Angestellten durch. Wer etwas auf sich hielt, kaufte irgendwann nur noch bei *Feinkost Schmitz*. Auf Wunsch lieferte er den Einkauf sogar samt Einkäufer im eigenen Taxi zu Hause ab. Ein Service, der ihm bei den Einheimischen einen guten Ruf einbrachte, obwohl Schmitz nicht auf Sylt geboren war. Dieser Ruf war hart erarbeitet. Um nichts auf der Welt wollte er ihn riskieren.

»Tut mir leid, Smutje, der Sturm wird immer schlimmer. Du merkst es ja. Und da muss ich zu meinem Geschäft. Das Dach. Die Markisen. Und so weiter.«

»Natürlich, Bernd, das verstehe ich doch. Aber fahr schön vorsichtig, mein Bester.«

Es gab ein gegenseitiges Schulterklopfen, dann wendete Schmitz sich zum Gehen. Er war nicht der Erste, der den Kultursaal verließ. Für die meisten, die gingen, diente der Sturm als Vorwand. Was sie nicht sagten, war, dass sie erschrocken waren von der Lynchstimmung, die sich seit einer Weile unter vielen Anwesenden ausbreitete.

Die aggressive Grundhaltung richtete sich gegen eine junge Frau und einen Mann Mitte 30. Beide waren blutüberströmt in die jährliche Veranstaltung geplatzt. Angeblich sollten sie am Tode von Hauke Klenke schuld sein. Doch das herauszufinden, sollte Sache der Polizei sein. Nicht umsonst hatte sich Hauptkommissar Eggestein schon auf den Weg gemacht, um die Fakten zu prüfen. Ein vorschnelles Handeln war überhaupt nicht nötig. Dennoch mehrten sich bei den Leuten Bemerkungen, dass man sich der Angelegenheit selbst annehmen sollte. Einer der Ihren war tot. Hauke Klenke. Der Sohn von Marion und Heiner Klenke. Das musste gesühnt werden.

»Wie immer wird es irgendwelche Tricks geben, damit

die beiden nach kürzester Zeit wieder freikommen. Doch Hauke ist tot. Und daran lässt sich nichts mehr ändern. Ist das vielleicht gerecht?«

Der Smutje selbst hatte diesen und ähnliche Gedanken in Umlauf gebracht. Nun wartete er ab, welche Wirkung sie bei den Leuten hervorriefen. Die Glaubwürdigkeit dieses Mädchens musste in Misskredit gebracht werden. Je früher, desto besser. Egal, was sie sagte, niemand sollte ihr noch glauben. Schon gar nicht, wenn sie behauptete, Dennis und nicht Hauke habe auf Jan Fischer geschossen.

Deshalb war es nicht verkehrt, dass er Marion Klenke auf seiner Seite wusste, wenngleich aus anderen Gründen. Durch den Verlust des Sohnes eben noch gramgebeugt, war sie plötzlich giftig und kämpferisch. Sie wusste noch immer mit Worten zu überzeugen. Zudem war ihre Warnung von vorhin noch allen in den Ohren. Wenn man nicht rechtzeitig aufpasse, würde irgendwann ein Mord auf der Insel geschehen. Wie seherisch und wie schrecklich diese Worte im Nachhinein klangen. Denn immerhin hatte das Schicksal ausgerechnet ihren Sohn getroffen.

»Wir dürfen uns in diesem Fall das Heft nicht aus der Hand nehmen lassen. Die arme Marion. Was muss sie nur durchmachen.«

»Recht hast du, Smutje!«

»Und jetzt guckt euch mal das entzückende Pärchen da in der letzten Stuhlreihe an. Sie fühlen sich pudelwohl bei uns. Weil sie wissen, dass bei uns Recht und Ordnung herrscht. Weil sie wissen, dass sie hier in Sicherheit sind. Wir dürfen ihnen ja nichts tun, diesen Mördern. Weil wir so erzogen sind, dass wir uns lieber selbst abmurksen lassen, bevor wir uns wehren. Wie dumm ich doch war. Wir hätten gleich mehr auf Marion hören sollen. Da sitzen sie nun und tun so, als könnten sie kein Wässerchen trüben.«

Der Smutje deutete mit einem Nicken auf Jan und Lena. Blicke folgten seiner Geste. Noch waren es nur Kopfbewegungen. Doch bald wurde daraus ein direktes Zeigen mit dem Finger. Und wer jetzt noch im Saal war, teilte die geäußerte Auffassung. Alle anderen hatten sich bereits verabschiedet.

Der Sturm. Die Dächer. Die Markisen.

Selbst Undine Henriks war nicht mehr zu sehen. Still und leise war sie verschwunden. Die Bürgermeisterin von Westerland. Sie wollte sich mit dem, was hier geschah, später nicht in Verbindung bringen lassen. Zuvor hatte sie den Augenkontakt mit dem Smutje gesucht. Der hatte genickt. Was so viel wie »Alles klar. Geh ruhig.« hieß.

Jan sah sich im Saal um und drehte sich dann zu Lena. »Glaubst du, du schaffst es ohne mich bis zur Tür und dann weiter bis auf die Straße?« Jan flüsterte seine Worte, da er nicht wusste, wie viel ihr Bewacher verstand, wenn er normal laut sprach.

Lena schüttelte fast unmerklich den Kopf.

»Und zur Armbrust? Könntest du sie dir schnappen, um dich damit zu verteidigen?«

Wieder diese ganz leichte Kopfbewegung von links nach rechts und zurück.

»Lena, du musst von hier verschwinden.«

»Und du?«

»Sie werden mir schon nichts tun.«

»Mir doch auch nicht.«

Jan verstand, was Lena sagen wollte. Doch ihre Logik hatte einen Haken. Denn er war es nicht, der überall mit Haukes Blut besudelt war. Das war sie.

81

Die junge Frau lief Eggestein direkt in die Arme, als sie um die Hausecke biegen wollte. Und das nicht nur sinnbildlich. Zweimal hatte der Polizist kurz geklingelt, bevor er sich auf einen Rundweg ums Haus begab. Die Adresse erkannte er schon, als Behrens von der Leitstelle den Notruf an ihn weitergeleitet hatte. Angeblich sollte eine Frau in Gefahr sein. Die Anschrift gehörte zu einer Mietvilla der Klenkes. Vermutlich hatten dort Hauke Klenke, Dennis Jacobsen und die beiden Mädchen, Anna und Lena Thumsen, die vergangenen Tage gemeinsam verbracht. Eines der Mädchen war jetzt tot. Das andere saß blutverschmiert im Kultursaal neben Jan Fischer, der wiederum auch nicht besonders gut aussah. Der Pfeil aus einer Armbrust hatte seine Schulter durchbohrt.

Das alles hatte Eggestein im Hinterkopf, während er zu der Villa fuhr, und machte sich innerlich auf eine weitere Überraschung gefasst. Doch so schlecht schien es der Frau, die dort in Gefahr sein sollte, nicht zu gehen. So jedenfalls war Eggesteins erster Eindruck, als er an der Hausecke auf die Frau traf. Es war nur etwas merkwürdig, dass sie eine orangefarbene Rettungsweste angelegt hatte.

Die Hauswand bot genug Schutz vor dem Wind, dass Charlotte und Eggestein fast in normaler Lautstärke miteinander reden konnten. »Hoppla«, sagte er, und Charlotte merkte, dass der Blick des ihr fremden Mannes fast sofort zu dem Computer ging, den sie zusammengeklappt unter dem Arm trug. Der Mann stellte sich als Hauptkommissar Eggestein vor, was Charlotte veranlasste zu betonen, wie froh sie sei, dass er gekommen sei. Natürlich wollte sie damit von ihrer Beute ablenken, die sie nun an ihre Brust drückte. Doch Eggestein war schon zu lange Polizist, um das nicht zu merken. Ohne Umwege fragte er, was Charlotte da habe. »Ist das etwa aus dem Haus?«

»Darf ich Ihnen das erklären, wenn wir hier weg sind?«

Der große Mann, der weniger als 20 Zentimeter von ihr entfernt stand, schüttelte den Kopf. »Nicht, wenn das Gerät aus dem Haus ist. Wie sind Sie da überhaupt reingekommen?«

»Die Terrassentür war nicht ganz zugeschoben.« Charlotte hatte beschlossen, ihre Taktik zu ändern und mit absoluter Ehrlichkeit zu glänzen. Vielleicht bekam sie den Mann so dazu, das zu tun, was sie von ihm wollte.

»Zeigen Sie mir das mal.«

»Aber wir sind hier in Gefahr«, sagte Charlotte.

»Warum? Vor wem haben Sie Angst? Meinen Sie Hauke Klenke und Dennis Jacobsen?«

Charlotte war überrascht, nickte dann heftig.

»Das brauchen Sie nicht. Ich weiß, wo die sind.«

»Auf dem Computer befindet sich Beweismaterial. Das müssen Sie unbedingt sicherstellen.«

»Was für Beweismaterial?«

»Videoaufnahmen. Die beiden haben eine Frau umgebracht.«

»Welche Frau?«

»Sie heißt Anna-Lena.«

»So ...« Eggestein hob das Kinn. Da die Frau mit der Rettungsweste nicht wusste, dass es sich bei der Toten um eine von zwei Schwestern handelte, war sie vielleicht doch nicht so umfassend über die Ereignisse informiert, wie es für Eggestein im ersten Moment den Eindruck erweckt hatte.

»Und Sie selbst sind wer?«, fragte der Polizist.

Charlotte sagte es ihm. Außerdem betonte sie, dass sie im ständigen Kontakt mit der Redaktion eines Onlinemagazins aus Hamburg stehe.

»Auf dem Gerät befindet sich wirklich Beweismaterial?«, fragte Eggestein. »Weiß diese Redaktion davon?«

»Natürlich.«

»Hat es jemand außer Ihnen gesehen?« Eggestein sah an Charlottes Reaktion sehr genau, dass es nicht so war. »Dann haben Sie vielleicht recht. Wir müssen aufpassen, dass es nicht in falsche Hände gerät. Am besten geben Sie den Computer mir.«

Charlotte wusste nicht, was sie gegen diesen Vorschlag vorbringen konnte, trotzdem sträubte sich alles in ihr bei dem Gedanken, die Beweise gegen Dennis Jacobsen wieder aus der Hand zu geben. »Aber ins Haus gehe ich nicht noch mal ...«

»Wie gesagt, vor den beiden Jungen brauchen Sie keine Angst zu haben. Hauke Klenke ist tot ...« Eggestein ließ seine Worte kurz wirken, dann zuckte er mit den Schultern. »Aber meinetwegen. Haben Sie die Tür wenigstens wieder zugeschoben?«

»Habe ich.«

»Dann kommen Sie mal mit zum Auto. Unterwegs können Sie mir genau erzählen, was Sie auf den Filmen gesehen haben und was Sie alles über die Sache wissen. Wollen wir es so machen, Frau Sander?«

»Ich wäre Ihnen sehr dankbar dafür, Herr Eckstein.«

»Eggestein«, verbesserte der riesige Polizist und lächelte Charlotte dann so breit an, dass sich seine Zähne dabei entblößten.

82

Den entscheidenden Ausschlag für die restliche Schar im Kultursaal gab das Foto, mit dem der Smutje nun durch die Reihen ging. Er tat es mit einer gespielten Heimlichkeit, so als teile er ein Geheimnis, für das er sich schämte, das er aber nicht länger für sich behalten durfte. Eggestein hatte das Foto aufgenommen und an den Smutje geschickt.

Es zeigte Hauke Klenke. Er lag am Boden. Eine dunkle Fläche umgab den Körper. Erst beim zweiten Hinsehen wurde klar, dass es sich um eine riesige Blutlache handelte. An einer Ecke des Bildes spiegelte sich der Blitz der aufnehmenden Kamera. Fast jeder, der begriff, was er sah, gab ein leises Stöhnen von sich oder legte eine Hand über den Mund. Selbst Marion Klenke sah sich das Bild an. Der Smutje hatte alles darauf ausgerichtet, dass sie auf das Geschehen aufmerksam werden musste. Als es so weit war und sie ihren Sohn tot sah, ermordet, da schrie sie nicht auf. Sie klappte auch nicht hilflos in sich zusammen. Es war nur noch blanker Hass in ihrem Gesicht zu lesen.

»Es geht los«, sagte Jan leise zu Lena, als er die Unruhe bei den Leuten bemerkte. Aufmerksam beobachtete er, wie Heiner Klenke an den Stuhlreihen vorbeischritt. Er war auf dem Weg zur Armbrust. Jan sah es dem Mann an. Ohne langes Zögern nahm dieser die Waffe vom Stuhl.

Jan merkte, wie sich Lenas Hand um seine schloss. Die Option, die Armbrust selbst zu erobern, hatte sich gerade erledigt.

»Keine Angst. Wir bleiben auf alle Fälle zusammen«, sagte Jan.

Als er den Blick drehte, bemerkte er Schweiß auf Lenas Stirn.

»Wo sind die anderen hin?«, fragte sie. »Es waren doch eigentlich viel mehr Menschen hier.«

»Abgehauen.«

»Die Bürgermeisterin war auf unserer Seite.«

»Jetzt nicht mehr.«

»Wir müssen ihnen erklären, was passiert ist.«

»Ich fürchte, sie wollen es nicht hören.«

Schon stand Heiner Klenke rechts hinter ihnen. »Aufstehen, ihr beiden«, sagte er.

Lena drehte sich zur Seite. »Das mit Hauke war ein Unfall.«

»Halt's Maul und steh auf.«

Nun begriff auch Lena, dass niemand an Erklärungen interessiert war. Bevor sie noch etwas sagen konnte, wurde sie von zwei starken Händen an den Oberarmen gepackt und auf die Beine gezogen. Es war der Mann, der bisher auf sie aufgepasst hatte. Ein ganz normaler Bewohner der Insel mit einem irgendwie sogar witzigen Gesicht. Als Lena den Blick drehte, konnte sie in seinen Augen sehen, dass auch er keinen Spaß mehr verstand. Sein Gesicht hatte sich völlig verändert. Der Mann war von Mordlust besessen.

83

Heiner Klenke zielte nur noch auf Lena. Jan hatte für ihn an Bedeutung verloren. Wortlos stand Jan auf und stellte sich zwischen die gehobene Armbrust und Lena.

Einen Augenblick schien die Situation wie auf einem Gemälde eingefroren. Dann dröhnte Heiner Klenke: »Raus aus der Stuhlreihe! Und beide nach vorn gehen!«

Jan griff nach Lenas Hand, die er vorübergehend verloren hatte. Er zog die junge Frau so nahe wie möglich zu sich, dann gingen sie ganz langsam an der erhobenen Armbrust vorbei.

Für einen Moment bestand die Möglichkeit, sich auf Heiner Klenke zu werfen, und Jan wog ab, ob er es wagen sollte. Der Pfeil würde vermutlich ins Nirgendwo gehen. Doch was dann? Jans Sieg wäre nur von kurzer Dauer gewesen. Danach würde es eher schlechter als besser für ihn und Lena aussehen.

Deshalb gingen sie langsam den Gang entlang auf die Bühne zu, nebeneinander wie ein Brautpaar auf dem Weg zum Altar. Anstelle des Pastors wartete jedoch der aufgehetzte Mob auf sie.

»Sie haben Hauke umgebracht«, sagte der Smutje mit geradezu milder Stimme. Er stand in der Mitte der Gruppe. »Man kann es leider nicht abstreiten. Wir alle haben den Beweis dafür selbst gesehen.«

Der Smutje streckte Lena sein Smartphone mit dem Bild entgegen, das Eggestein ihm geschickt hatte. »Oder bestreitest du, Hauke Klenke den Hals durchgeschnitten zu haben?«

Lena antwortete nicht.

»Sie schweigt. Und warum schweigt sie? Weil sie nicht widersprechen kann.«

Das Tribunal hatte begonnen. Der Smutje sah Marion Klenke an, dann zu Heiner Klenke, der noch immer die Armbrust hielt. Erneut wendete sich der Smutje Jan und Lena zu.

»Und das nur wegen Geld. Habgier und Neid. Du wolltest Hauke und Dennis erpressen. Mit Filmen und Fotos von euch. Du und deine Schwester. Ihr kleinen Huren. Und der da, der hat euch geholfen.«

Lena schüttelte den Kopf.

»Der reine Neid hat euch angetrieben. Ihr könnt es nicht ertragen, was wir uns hier aufgebaut haben. Ihr und alle anderen. Ihr kommt auf unsere Insel, um alles kaputtzumachen und euch zu holen, was ihr kriegen könnt. Ihr seid Diebe, Huren und Mörder. Ich gebe zu, dass ich das bisher nicht begriffen hatte. Ich wollte es nicht hören. Aber Marion, alles was du immer gesagt hast, ist wahr.«

Marion Klenke senkte den Blick. Zwei Frauen standen bei ihr, waren bereit, sie zu stützen, falls es notwendig würde.

»Völliger Quatsch«, versuchte Jan den Redeschwall zu unterbrechen. Doch das konnte den Smutje nicht beirren.

»Zwei Huren haben sich bei Hauke und Dennis eingeschlichen. Die da ist eine von beiden. Und du bist ihr Zuhälter.«

Dennis stand etwas abseits, hörte zu, was sein Vater behauptete, ohne selbst eine Regung zu zeigen.

»Du Lude gehörst nicht hierher. Du und dein Schlitzaugenflittchen. Wir wollen euch hier nicht haben. Diese Insel ist sauber. Diese Insel ist anständig.«

Die Anwesenden raunten zustimmend. Von den ehemals knapp 80 Besuchern der Veranstaltung waren noch etwa 20 übriggeblieben. Keines der Gesichter zeigte Mitgefühl.

Jetzt oder nie, dachte Jan.

Er konnte sich zwar nicht vorstellen, dass diese Leute wirklich ein Todesurteil über sie fällen würden, hatte aber auch keine Lust, es darauf ankommen zu lassen. Was die Armbrust anrichten konnte, wusste er schon. Selbst, wenn sie nur aus Versehen abgeschossen wurde.

Jan griff nach Lenas Hand und lief los. Aufmerksam hatte er während des Tribunals alle Möglichkeiten abgecheckt. An den Leuten vorbei zum Haupteingang würden sie es nicht schaffen. Aber es gab noch eine andere Möglichkeit.

Die Notausgangstür war nur wenige Meter entfernt. Lena ließ sich widerstandslos mitziehen. Vielleicht fand sie die Idee gar nicht so schlecht, einen Pfeil ins Herz zu bekommen. Dann würde sie nicht mehr an all das denken müssen, was in den letzten Stunden passiert war. Und an das, was nun zur Gewissheit für sie geworden war.

Anna war tot.

Und Hauke auch.

Lena hatte ihn getötet. Mit einem Messer. Wäre da der eigene Tod nicht nur gerecht, sondern sogar eine Erlösung?

Vielleicht wäre es so, dachte Jan. Aber das lasse ich nicht zu.

Seine Hand war fest wie ein Schraubstock, als er Lena hinter sich durch die Tür zog, über der ein grün-weißes Schild leuchtete, auf dem ein stilisierter Mensch davonlief.

84

Das Notebook mit dem belastenden Videomaterial lag auf der Rücksitzbank. Immer wieder warf Charlotte einen Blick über die Schulter. Sie hatte Angst, dass der Computer bei einer Vollbremsung nach vorne fliegen und beschädigt werden könnte. Im Fußraum hinter dem Sitz wäre er ihrer Meinung nach besser aufgehoben. Oder im Kofferraum. Besonders bei dem Wetter.

Eggestein fuhr einen Mercedes Geländewagen. Mit seinem Allradantrieb war er im Notfall auch als Strandfahrzeug geeignet. Außerdem war der Aufbau des Wagens so hoch, dass selbst die riesige Gestalt des Polizisten bequem durch die Tür passte und Eggestein darin auch sitzen konnte, ohne mit dem Kopf an die Decke zu stoßen.

Der Sturm rüttelte heftig an der Karosserie, doch alle vier Räder schienen an der Fahrbahn zu kleben. Detailliert ließ sich der Polizist von Charlotte berichten, was sie in den vergangenen 24 Stunden herausgefunden hatte. Zunächst ging Charlottes Erzählung etwas durcheinander, doch als Eggestein auf einer strikten Chronologie bestand, lichtete sich für ihn der Nebel.

»Und obwohl Sie das alles wussten«, fragte er, »sind Sie allein in die Villa gegangen?«

»Der Taxifahrer hat ja noch draußen gestanden. Und ich war über Handy mit der Redaktion verbunden.«

Eggestein sah kurz zu Charlotte hinüber. Dann meinte er: »Ihr Handy ... Sie haben damit nicht zufällig etwas von dem Filmmaterial aufgenommen? Also aus dem Computer. Oder Dateien überspielt?«

Charlotte sah überrascht aus. »Nein. Wieso?«

Der große Mann neben ihr zuckte mit den Schultern. »Ich möchte nicht, dass im Internet plötzlich irgendwelche Aufnahmen auftauchen, die einen möglichen Prozess behindern. Verstehen Sie? Bei den Filmen handelte es sich um Beweismaterial. Wie Sie selbst festgestellt haben.«

»Ach so. Nee, nee, da ist nichts drauf. Ich wollte es zuerst nach Hamburg überspielen, aber weil die Datenmengen sehr groß sind, war das nicht so einfach möglich. Und auf die Idee, es abzufilmen, bin ich gar nicht gekommen.«

Eggestein lächelte wieder. »Das ist auch gut so. Allerdings glaube ich, dass Sie irgendwann noch drauf gekommen wären.«

Charlotte versuchte, die Worte einzuordnen. Waren sie Lob oder Vorwurf? Und obwohl Eggestein eine gute Erklärung für seine Frage nach möglichen Handyaufnahmen geliefert hatte, begann Charlotte sich in dem Fahrzeug allmählich unwohl zu fühlen. »Fahren wir zur nächsten Polizeidienststelle?«

»Fast«, antwortete Eggestein. »Vorher machen wir noch einen kurzen Zwischenstopp. Sie wollen doch zu Ihrem Kollegen Jan Fischer, stimmt's? Ich weiß, wo er ist.«

»Was? Wirklich? Geht es ihm gut?« Das blutige Hemd in der Duschwanne hatte Charlotte noch gar nicht erwähnt. Schnell holte sie es nach. Eggestein nickte. Jan Fischer sei an der Schulter verletzt, erzählte er, während er abbog. Es sei aber nicht sehr schlimm. Auch wenn er selbst kein Arzt sei, könne er das jetzt schon sagen.

Erleichtert atmete Charlotte durch. In verschiedenen Szenarien hatte sie sich vorgestellt, wie das erste Wiedersehen mit Jan verlaufen würde. Dass es unter solch besonderen Umständen auf Sylt stattfinden könnte, hatte sie bei ihrer Abreise aus Spanien nicht erwartet. Und trotzdem würde es nun gleich so kommen.

Eggestein steuerte den schweren Wagen trotz der Böen mit einer Hand und drehte sich nach rechts. »Darf ich Ihnen vielleicht kurz zwischen die Beine greifen?«, fragte er.

Irritiert blickte Charlotte den massigen Mann neben sich an. Zunächst glaubte sie, etwas falsch verstanden zu haben, dann musste sie zwangsläufig an Anders Madsen denken. Der junge Däne schien auch freundlich, fast harmlos zu sein, bevor er Oralsex für die Fahrt durch den Sturm verlangt hatte. War Eggestein etwa von derselben Sorte Mann? Ob Polizist oder nicht. Wenn bestimmte Männer allein mit Frauen waren, zeigte sich nicht selten ihr wahrer Charakter.

Eggestein beugte sich weiter zur Seite und streifte mit seiner riesigen Pranke Charlottes linken Oberschenkel.

Kurz hielt sie den Atem an, während weitere Gedanken auf sie einstürmten. Da waren die Gesichter von Jan und Lucia fast gleichzeitig in ihrem Kopf. Wegen dieser beiden Menschen war sie hier. Wegen ihnen hatte sie diese unerwartet lange Reise angetreten, die sie von Mallorca über Hamburg und eine dänische Insel bis nach Sylt geführt hatte.

Aber nun war sie allein. Allein mit diesem riesigen Koloss von Mann. Rein körperlich würde sie ihm nichts entgegensetzen können. Die Voraussetzungen waren ganz anders als bei Anders Madsen. Mit einem Jüngling seiner Gewichtsklasse kam sie leicht zurecht, zumal wenn sie das Überraschungsmoment auf ihrer Seite hatte. Aber dieser Eggestein …

Der Polizist zog eine Schublade auf, die sich unter Charlottes Sitz befand. Wortlos blickte sie nach unten und sah, dass sich in dem Schubfach ein Futteral mit einer Pistole befand. Eggestein griff danach und zog seine Hand zurück. »Sicher ist sicher«, sagte er.

Erleichterung machte sich in Charlotte breit. Doch nur kurz. Dann kehrte das Unbehagen zurück. Denn selbst wenn der Polizist neben ihr nur seine Dienstwaffe haben wollte, war seine Wortwahl zuvor kein Zufall. Im harmlosesten Fall handelte es sich bei der Bemerkung, dass er ihr zwischen die Beine greifen wolle, um einen billigen Männerwitz. Das allein wäre schon nicht besonders angenehm. Doch genauso gut konnten Eggesteins Worte Ausdruck einer abschätzigen Haltung Frauen gegenüber sein. Und das machte die Sache sehr viel unerfreulicher.

Charlotte blickte verstohlen über die Schulter. Wozu brauchte er überhaupt die Pistole?

»Wir sind gleich da, Mädchen«, sagte Eggestein freundlich und zog die Waffe aus dem Holster.

85

Finsternis kroch über das Meer aufs Land zu, als Jan mit Lena an der Hand aus dem Notausgang stürzte. In weniger als einer halben Stunde würde die Nacht das letzte Dämmerlicht verschluckt haben. Aber noch nicht jetzt. Noch bot die Dunkelheit den Flüchtenden nicht ihren schützenden Mantel an. Jans Blicke rasten hin und her. Er sah keine Möglichkeit, den Notausgang auf die Schnelle von außen zu verriegeln; keine Mülltonne oder sonst ein passender Gegenstand befand sich in der Nähe. Wegen des Sturms waren alle losen Sachen festgezurrt oder weggeräumt.

Dann eben nicht.

Jan zog Lena weiter mit sich.

Sie ließ es geschehen.

Die Bäckerei mit dem kleinen weißen Zaun neben dem Kulturhaus hatte geschlossen, die Lichter im Verkaufsraum waren aus. Jan rüttelte vergeblich an der Glastür und sah nach oben. In den Stockwerken über den Geschäftsräumen mussten sich Wohnungen befinden. Er suchte einen Nebeneingang und begann dort zu klingeln. Nichts rührte sich.

Schon drangen die Verfolger ebenfalls aus dem Notausgang. Die Jagd hatte begonnen.

Jan erinnerte sich an ein italienisches Restaurant nur ein Stück die Straße hinunter. Hoffentlich war dort jemand. Der Besitzer würde den Laden bei diesem Sturm bestimmt nicht unbeaufsichtigt lassen. Sogar wenn er sich selbst unter den Leuten im Kultursaal befand, musste doch noch irgendjemand anderer auf das Lokal aufpassen.

Doch um dort hinzukommen, hätten sie am Haupteingang des Kultursaals vorbei gemusst. Und dort traten nun auch einige ihrer Widersacher aus dem Gebäude. Jemand deutete auf das Pärchen.

Ruckartig zog Jan Lena in die entgegengesetzte Richtung.

Es missfiel ihm sehr, aber im Moment gab es nur eine mögliche Fluchtrichtung. Sie mussten zum Strand.

Wo war der Abgang zum Meer? Weiter links oder weiter rechts?

Jan war dort mit Kommissar Eggestein hinuntergegangen, um sich ein totes Mädchen zeigen zu lassen. Wie lange war das jetzt her? Es kam Jan ewig vor. Dabei war das am Vortag geschehen. Vor kaum mehr als 24 Stunden.

Mit Annas Tod hatte für Jan alles erst richtig angefangen. Wie widersinnig und doch wahr.

Sie verfehlten den Abgang, waren viel zu weit nach rechts geraten. Plötzlich befanden Jan und Lena sich wieder auf dem Roten Kliff.

Es war extrem gefährlich, näher als ein paar Meter an die ungesicherte Kante heranzutreten. Durch die poröse Struktur des Kliffs kam es immer wieder zu Abbrüchen. Jahr für Jahr verlor die Steilküste so von ihrer Substanz. Wer bis ganz nach vorn ging, um über die Kante zu blicken, riskierte, in die Tiefe zu stürzen.

Jan und Lena hatten jedoch keine Wahl. Immer enger zog sich der Kreis der Verfolger um sie. Immer weiter wurden sie an die Kante getrieben, bis nur noch die Leere vor ihnen lag.

Mit entfesselter Urgewalt peitschte das Meer gegen das Kliff. Der Platz, an dem Eggestein vor knapp zwei Stunden noch gestanden hatte, um die blauen Verfärbungen an der rötlichen Steilwand zu begutachten, war mittlerweile von brodelnden Wassermassen verschluckt. Selbst wenn Jan und Lena lebend unten ankämen, würden ihre Körper sofort in den Fluten verschwinden. So oder so waren die Möglichkeiten damit ausgereizt. Jan drehte sich um und blickte dem aufgehetzten Mob entgegen.

Der Smutje stand ganz vorn neben dem keuchenden Heiner Klenke. Damit ging es diesem nicht besser als Jan. Eine längere Verfolgungsjagd hätten beide nicht durchgestanden.

Die Armbrust in Klenkes Händen machte Jan in diesem Moment am wenigsten Sorge. Es war nun klar, dass man ihn und Lena nicht zu erschießen brauchte. Ein Pfeil in der Brust machte sich nicht gut als Unfallursache. Ein leichtsinniges Pärchen, das bei Sturm zu nahe an die Kante des Kliffs getreten war, hingegen schon.

Wenn sie Tage später irgendwo an Land gespült wurden, ließe sich Jans Verletzung an der Schulter vielleicht sogar mit der Einwirkung durch eine Schiffsschraube erklären. Falls sie denn jemals gefunden wurden und nicht für immer im Meer verschwanden.

Lena folgte Jans Beispiel und drehte sich ebenfalls um. Auch sie musterte die Gesichter der Leute, die ihren Tod wollten. Dennis stand abseits. Er mied den Blickkontakt mit Lena. Der Smutje jedoch starrte sie direkt an.

»Hier ist Schluss!«, brüllte Jan in den Sturm. »Hören wir auf mit dem Wahnsinn.«

Seine Worte wirkten wie ein Kommando auf den Smutje. Stumm drehte er sich ein Stück und ging dann mit ausgestreckten Armen vorwärts. Dies war die Gelegenheit. Der Journalist musste weg. Und mit ihm der Beweis, dass Dennis auf ihn geschossen hatte.

In diesem Moment war der Smutje überzeugt davon, das Richtige zu tun. Für Dennis. Für seinen Sohn.

Herrje, er war ohne Mutter aufgewachsen. Man musste doch wenigstens etwas Verständnis für ihn aufbringen. Der Smutje jedenfalls tat es. Was danach mit ihm selbst geschähe, darüber machte er sich keine Gedanken. Er tat, was getan werden musste. Sein Verstand hatte in diesem Moment Pause. Eine Ausnahmesituation für den sonst durch und durch rational handelnden Mann. Das war ihm bisher nur einmal passiert.

Schon spürte Jan den Druck der fremden Hände auf seiner Brust. Doch auch das änderte nichts an dem, was er zuvor gesagt hatte: Hier war Schluss!

Geschmeidiger, als der Smutje es von einem Verletzten erwartet hatte, stellte Jan einen Fuß nach vorn und verschaffte sich damit einen besseren Stand. Gleichzeitig schnellten seine Hände nach oben und schlugen die Arme des wesentlich älteren Mannes auseinander.

Jan nahm noch den Ausdruck von Überraschung im verzerrten Gesicht seines Gegenübers wahr, als er mit beiden Händen dessen Ohren wie die Henkel eines Kochtopfs ergriff, den eigenen Kopf nach vorne stieß und seine Stirn mit aller Kraft auf das Nasenbein des Smutjes krachen ließ. Die ein Meter 94, die Jan maß, halfen ihm bei dieser Aktion. Seine Stirn und die Nase vom Smutje befanden sich in einer idealen Position zueinander.

Hier war Schluss!

Mit vors Gesicht geschlagenen Händen ging der Smutje auf die Knie. Knurrend wollte er noch einmal nach Jan greifen, doch der Schmerz machte ihn blind. Ein Blutschwall schoss aus der Nase und besudelte seinen gepflegten Bart. Jan hätte sich mit Fußtritten noch weiter mit ihm beschäftigen können, verspürte sogar eine gewisse Lust dazu, wusste aber, dass er seine anderen Gegner nicht aus den Augen lassen durfte.

»Schieß!«, schrie Marion Klenke. »Schieß endlich!«

Doch ihr Mann zögerte. Heiner Klenke hatte es als Pflicht empfunden, die Armbrust an sich zu nehmen. Es war sein Sohn, der mit aufgeschlitzter Kehle im *Seestern* lag. Und er wollte seiner Frau zeigen, dass auch er zu entschlossenen Taten fähig war. Selbst wenn er wusste, dass sie sich gelegentlich mit dem Smutje zu einem Stelldichein traf, war immer noch er der Mann im Haus. Aber einen Menschen mit der Waffe zu bedrohen, war eine ganz andere Sache, als wirklich abzudrücken.

»Aufhören!«, brüllte in diesem Moment ein junger Mann, der sich links am Rand der Gruppe befand. Er war Jan zuvor noch nicht aufgefallen, obwohl sich die hasserfüllten Gesichter der meisten anderen in sein Gedächtnis eingebrannt hatten.

Der Junge schien noch keine 20 zu sein. Panik spiegelte sich in seinen Augen. Wie es sich für einen guten Journalisten gehörte, hatte sich der *Sylter Spion* bis zuletzt aus dem Geschehen herausgehalten. Er beobachtete und dokumentierte. Er fühlte sich als Chronist der Geschehnisse, nicht als Akteur.

Im Kultursaal hatte Sören Jensen voller Spannung verfolgt, wie sich die Situation mit dem verletzten Mann und der blutverschmierten Frau entwickeln würde. Doch in dem Augenblick, da es zur echten Auseinandersetzung an der Abbruchkante des Kliffs kam, begriff er, dass es Zeit war, sich für eine Seite zu entscheiden.

»Lasst sie in Ruhe!«, rief er.

86

Monika Klenke hatte genug gesehen. Sie wusste, dass ihr Ehemann niemals schießen würde. Dann verstand sie, dass es auch nicht seine Aufgabe war. Heiner hatte in die Familie der Klenkes eingeheiratet, als diese schon in der x-ten Generation zum Inseladel gehörte. Anders als üblich hatte er deshalb den Namen seiner Frau angenommen und nicht umgekehrt. Als Ehemann und Vater verrichtete er seitdem, was von ihm erwartet wurde. Marion Klenke konnte sich

nicht beschweren. Denn nie hatte sie einen gleichberechtig-
ten Partner an ihrer Seite gesucht.

Sie hatte sich in den hübschen Heiner verliebt, als sie
sich beim Segeln kennenlernten. Sie heirateten und bekamen zusammen einen wunderbaren Sohn. Mehr wollte sie
nicht von ihm. Und auch in der jetzigen Situation konnte
sie nicht mehr von ihm erwarten. Deshalb riss sie Heiner
die Armbrust aus den Händen, bevor er die Mörder ihres
Sohnes entkommen ließ.

Das Flittchen in der blutbesudelten Jacke schien so erstarrt
wie ein Häschen im Scheinwerferlicht eines Lasters, doch
ihr Zuhälter war trotz seiner Verletzung unerwartet schnell
über den Smutje hergefallen. War das nicht ein weiterer Beleg
dafür, um was für einen Menschen es sich handelte? Skrupel-
los. Kampferprobt. Die Unterwelt streckte ihre Krallen aus.
Das Verbrechen wollte sich der Insel bemächtigen.

Marion Klenke hob die Waffe und versuchte, sich in
Sekundenschnelle mit deren Mechanismus vertraut zu
machen. Es gab einen Griff und einen Abzug wie bei einem
Gewehr. Mit der zweiten Hand fasste die erfolgsverwöhnte
Unternehmerin unter den vorderen Teil der Armbrust. Ob
sich bei ihren beiden Opfern später Treffer von Pfeilen nachweisen ließen, vielleicht sogar noch eine Spitze im Körper
des Mannes oder der Frau steckten, war ihr egal. Sie durften nur nicht ungeschoren davonkommen.

Den Gerichten dieses Staates vertraute Marion Klenke
schon lange nicht mehr. Etwas lief schief in dieser Welt. Es
gab zu viel Pack und zu viele Gesetze, die diese Leute schütz-
ten. Diebe und Einbrecher. Huren und Vergewaltiger. Sogar
Mörder.

Das Foto, das der Smutje ihnen allen gezeigt hatte, war
Beweis genug. Der Polizeichef von Sylt hatte es persönlich
aufgenommen. Marion Klenke wollte nicht an die Aufnahme

denken, die ihren toten Sohn zeigte. Doch sie zwang sich dazu, weil es ihr die Kraft gab, das zu Ende zu führen, was getan werden musste.

Erst der Mann. Er war der gefährlichere Gegner. Dann die Frau. Anschließend mussten beide ins Meer geworfen werden. Die Sturmflut würde sie verschlucken. Marion Klenke wollte, dass beide von der Insel verschwanden.

Der Pistolenschuss, der im selben Moment zu hören war, als Marion Klenke auf Jan anlegte, klang wegen des Sturms wie ein verunglückter Silvesterknaller. Trotzdem reichte er aus, um fast alle ihre Köpfe drehen zu lassen.

Die hünenhafte Gestalt von Hauptkommissar Eggestein stand breitbeinig keine zehn Meter entfernt. Er hielt seine Dienstwaffe mit beiden Händen und zielte damit in den Himmel.

Männer und Frauen, die sich seit dem kurzen Kampfgetümmel zwischen dem Fremden und dem Smutje nur noch wie Beobachter und nicht mehr als Teilnehmer am Geschehen fühlten, merkten, dass die Situation gänzlich aus dem Ruder lief. Der Knall holte sie aus einer Art Tagtraum zurück. Sie sahen, wie der Polizist mit einer Hand seine Waffe auf die vor ihm stehende Gruppe richtete, während er mit der anderen Hand auf eine Person deutete, die seitlich versetzt von ihm stand.

Es war eine Frau mit auffallend grünen Augen und einer noch auffälligeren orangefarbenen Schwimmweste. In ihren ausgestreckten Händen hielt sie ein Smartphone. Es war ins Querformat gedreht, und die eingebaute Kameralinse deutete auf die Leute vor sich. Der Sturm brüllte unvermindert laut, und das Meer warf sich weiterhin tosend gegen das Kliff, dennoch verstanden alle sofort, was die Frau sagte. Vielleicht lasen sie es auch nur von ihren Lippen ab: »Bitte recht freundlich«, bat Charlotte Sander.

87

Die Bilder, die hereinkamen, stellten die erste Liveübertragung für das *Lauffeuer* dar. Über einen Videokanal konnten alle Abonnenten fast ohne Zeitversatz verfolgen, was sich nahe der Abbruchkante des Roten Kliffs abspielte. Erneut hatten sich die Redaktionsmitarbeiter in der ehemaligen Kirche um einen einzigen Monitor versammelt und verfolgten das Geschehen. Viel Zeit war Dana nicht geblieben, seit Charlotte sich über Skype gemeldet hatte. So schnell sie konnte, stellte sie die Verbindung zum neu eingerichteten Videokanal her. Das Bild wackelte fürchterlich, weil die Kamera mit den schlechten Lichtverhältnissen überfordert war. Die Tonübertragung war durch den enormen Wind auch nur ein einziges Rauschen. Dennoch fühlten sich alle in der Redaktion mitten im Geschehen.

Plötzlich knallte es, und die Kamera wackelte durch den Schreck, den Charlotte bekommen hatte, noch mehr als zuvor. Als sich das Bild wieder fing, starrte eine Gruppe von Menschen erst an der Kamera vorbei und dann geradewegs hinein.

Hauptkommissar Eggestein hatte sich schon früh entschieden, die Leute von jeder Art Dummheit abzuhalten. Den Tod des alten Martens auf dem Campingplatz als Unfall herzurichten, bereitete Eggestein keine Probleme. Bei diesem Sturm war es nur ein Zufall, dass er nicht wirklich von einem Ast oder einer herabstürzenden Dachrinne erschlagen worden war. Doch das hier war eine ganz andere Nummer. Er hatte gehofft, der Smutje und die anderen würden in der Kulturhalle auf ihn warten. Dann hätte man gemeinsam entscheiden können, wie es weitergehen sollte.

Stattdessen hatten die Leute sich zusammengerottet und Jan Fischer und Lena Thumsen unbarmherzig zur Kante des Kliffs gedrängt. Es kam zu einem kurzen Kampf. Es sah für den Journalisten und das Mädchen nicht gut aus. Eggestein musste schießen.

Doch nicht jeder ließ sich vom Auftritt des Hauptkommissars beeindrucken. Während sich alle anderen zu ihm umdrehten, zielte Marion Klenke unbeirrt weiter auf Jan. Sie wollte Haukes Tod rächen. Unter allen Umständen.

Marion Klenke hatte nur einen Pfeil, das wusste sie. Zum Nachladen würde sie nicht kommen, zumal sie keine Ahnung hatte, wie die Armbrust sich überhaupt spannen ließ. Als ihr dies klar wurde, schwenkte sie die Waffe nach rechts. Der Zuhälter war ihr nicht mehr so wichtig. Sie wollte nur noch das kleine Flittchen tot sehen.

Die Nutte war es, die in Haukes Blut geradezu gebadet hatte. Ihr Gesicht war noch immer verschmiert, obwohl man ihr ein nasses Tuch zum Reinigen gegeben hatte. Und die eigentlich weiße Jacke, die sie trug, sah aus, als sei eine Dusche aus roter Farbe über ihr niedergegangen.

Sie hatte Hauke in eine Falle gelockt. Schon in Hamburg, als sie mit ihm und Dennis anbandelte. Dann die Geschichte mit der Syltreise. Und am Ende hatte diese Hure Hauke eigenhändig umgebracht. Das Blut sprach für sich. Nur ein Pfeil blieb Marion Klenke, um den Tod ihres Sohnes zu rächen. Und dieser Pfeil sollte für diese Frau sein.

Während ihr Finger sich krümmte, sah sie noch einmal das Foto vor sich, das der Smutje ihr gezeigt hatte. Hauke. Ihr Baby. Er lag ausgestreckt auf dem Boden. Das Gesicht nach unten.

Trotz des Sturms hörte Marion Klenke das Surren der Sehne. Auf die kurze Entfernung musste der Pfeil die Nutte mit genug Kraft treffen, um sie rückwärts über die Abbruchkante stürzen zu lassen. Die tobende See wartete schon auf Haukes Mörderin. Eine befreiende Vorstellung für Marion Klenke, selbst wenn die Frau dann schon tot wäre und nicht mehr mitbekäme, wie ihr Körper von den gegen die Steilküste anrollenden Wellen zermalmt wurde.

Doch dazu kam es nicht. Lena war längst nicht mehr so paralysiert wie noch in der Kulturhalle. Der Pistolenschuss hatte auch sie zurück in die Realität geholt. Sie dachte nicht mehr nur an ihre Schwester und an das, was mit Hauke passiert war, sondern nahm die Gefahr wahr, in der Jan und sie schwebten.

Als Marion Klenke die Waffe herumschwenkte, wusste Lena, was zu tun war. Noch bevor der Pfeil die Armbrust verließ, ließ sie sich zur Seite fallen und trat mit ihrem rechten Bein nach der älteren Frau. Wenn der Pfeil nur einen Wimpernschlag eher abgeschossen worden wäre, hätte Lena das Duell verloren. Zu hoch war die Geschwindigkeit, mit der das Geschoss die Waffe verließ. Aber so sauste der Jagdpfeil an ihrem Kopf vorbei, während ihr Stiefel gegen das rechte Bein der Schützin schlug.

Auf einen derartigen Schmerz war Marion Klenke nicht vorbereitet. Schreiend ließ sie die Armbrust fallen und ging in die Knie. Seit ihrer Kindheit hatte sich ihr niemand mehr mit dieser Brutalität genähert. Ihre letzte körperliche Auseinandersetzung lag über 40 Jahre zurück.

Plötzlich war das Gesicht der jungen Frau, die sie auf den Grund des Meeres wünschte, unmittelbar vor ihrem. Die Unternehmerin wurde angebrüllt und erhielt gleichzeitig einen Schlag ins Gesicht. Ihre Lippe platzte auf, und der Kopf wurde zur Seite geschleudert.

Charlotte war durch eine Wand aus Körpern von den Kämpfenden getrennt. Ohne lange zu überlegen, drückte sie dem jungen Mann, der die anderen Leute zuvor vergeblich mit einem »Aufhören« angebrüllt hatte, ihr Smartphone in die Hand.

»Filme alles!«, schrie sie und drängelte sich dann an ein paar Leibern vorbei.

Auch wenn Charlotte es nicht glauben konnte, hatte sich die totgeglaubte Anna-Lena Thumsen gerade auf die Frau mit der Armbrust gestürzt. Nun verabreichte sie der älteren Frau eine Vielzahl schmerzhaft aussehender Schläge ins Gesicht.

Zu einem anderen Zeitpunkt hätte Charlotte dem Spektakel fasziniert zugesehen. Doch in diesem Moment zählte nur, Jan endlich in die Arme zu schließen. Im tosenden Sturm drückte sie sein Gesicht an ihres und küsste es an 1000 Stellen. Selbst die Schmerzen, die ihm anzusehen waren, während sie sich an ihn drängte, konnten sie nicht davon abhalten.

Für einen Augenblick lehnte Charlotte sich ein Stück zurück, sah Jan an und umarmte ihn dann wieder. Sie hatten gewonnen. Zwei Angreifer waren ausgeschaltet. Marion Klenke kreischte wie am Spieß. Der Smutje hielt sich das blutende Gesicht. Und Kommissar Eggestein hatte den Rest des Mobs unter Kontrolle.

Charlotte hob die Augenbrauen und sah Jan prüfend an: »Hast du eine neue Jacke?«

»Lustig«, erwiderte dieser. »Das gleiche wollte ich dich auch gerade fragen.«

Charlotte sah an sich hinunter. Ihre Rettungsweste leuchtete hellorange.

88

Charlotte lachte. Weshalb sie noch immer die Rettungsweste trug, wusste sie selbst nicht. Sie war einfach nur unendlich erleichtert, Jan gefunden zu haben. Dann änderte sich schlagartig die Stimmung.

Etwas stimmte nicht. Alle rundherum spürten es. Der Boden bewegte sich.

Wie bei einem Erdbeben gab es einen heftigen Ruck, dann stürzte ein Teil des Kliffs ohne weitere Warnung in die Tiefe. Die heranpreschenden Wellen hatten am Fuß des Kliffs eine Möglichkeit gefunden, sich in das weiche Gestein zu fressen. Vielleicht hatte bereits eine der vergangenen Sturmfluten entsprechende Vorarbeit geleistet. Nun verschlang die See gierig, was sie dem Land abtrotzen konnte: Gestein und Sand. So viel wie irgend möglich.

Nachdem Lena von Haukes Mutter abgelassen hatte, stand sie dem ursprünglichen Ende des Kliffs am nächsten. Der neue Abbruch entstand direkt unter ihren Füßen. Sie stieß einen Schreckensschrei aus und ruderte mit den Armen nach vorn.

Bis vor einer Minute hatte Jan noch neben ihr gestanden. Nun befand er sich kaum drei Meter weiter in relativer Sicherheit. Reflexartig streckte er die Hand aus. Doch er war zu weit weg, um Lena zu erreichen. Gleichzeitig zog Charlotte ihn instinktiv von der neuen Abbruchkante zurück.

Lena verlor den Halt unter den Füßen. Dann tat sie etwas, das sie sich selbst nicht zugetraut hätte. Statt sich vom herabstürzenden Gestein mit in die Tiefe reißen zu lassen, hechtete sie nach vorn, schafft es, Oberkörper und Hüfte auf das

Kliff zu hieven, zog das linke Knie nach oben und stand unmittelbar danach zitternd und vor Schreck kreidebleich ein Stück jenseits des neuen Abbruchs.

»Lena!«, schrie jemand. Jan merkte, dass er es selbst war. Noch immer wollte er das Mädchen packen, es retten, auch wenn es das schon von ganz allein geschafft hatte. Die Erleichterung, die Jan spürte, war fast noch anstrengender als der Schreck zuvor.

An dieses Gefühl würde er sich noch sehr lange erinnern. Das war ihm sofort klar. Ebenso an das, was direkt darauf folgte.

Auch Marion Klenke hatte sich wieder aufgerafft. Den Schmerz in ihrem Bein ignorierend, stürzte sie vorwärts. Denn ein anderer Schmerz in ihr war noch viel schlimmer.

»Du hast mein Baby umgebracht!«, kreischte eine entsetzlich hohe Stimme.

Mit ausgestreckten Armen sprang sie Lena entgegen. Beide Handflächen trafen auf die Brust der jüngeren Frau. Die wurde, wie von einer Gewehrkugel getroffen, nach hinten gestoßen. Noch nicht weit genug von der Abbruchkante entfernt, verlor sie erneut den Halt. Da sie sich nun in der Rückwärtsbewegung befand, konnte sie der Kraft, die sie nach hinten beförderte, nichts entgegensetzen.

Dafür griff sie nach dem Einzigen, was sich ihr noch als Halt anbot. Und das waren die Arme von Marion Klenke.

Wie zwei Bungee-Springer, die sich ein Seil teilten, stürzten sie gemeinsam erst waagerecht und dann kopfüber in die Schwärze. Die Nacht verschluckte sie einfach.

Jan riss sich von Charlotte los und warf sich noch vorn. »Nein«, stammelte er, während er auf allen vieren weiterkroch. Doch Lena und Marion Klenke waren nicht mehr zu sehen. Im Tosen des Sturms starrte Jan unter sich in die Finsternis. Irgendwo da unten donnerte die kochende See.

Lena hatte den Preis für Haukes Tod bezahlt. Sie wollte ihn nicht töten. Das Cuttermesser in ihrer Hand hatte von ganz allein seine Halsschlagader gefunden. Der Schmerz über den Tod ihrer Zwillingsschwester hatte sie für eine Weile an den Rand des Wahnsinns getrieben. Nun war dieser Schmerz besiegt. Denn jetzt war Lena ebenfalls irgendwo dort unten. Am Fuß des Kliffs vom Sturz zerschmettert oder vom rasenden Meer zermalmt. Fast an genau derselben Stelle wie Anna.

89

Orkantief *Franziska* leistete ganze Arbeit. Als schlimmster Sturm der vergangenen 100 Jahre fegte es 36 Stunden über Nordeuropa hinweg. Wie verheerend die Schäden allein auf Sylt waren, zeigte sich an den Tagen darauf. Mehrere Millionen Kubikmeter Sand hatte das wütende Meer mit sich fortgerissen. Ein eigens entwickeltes Spülschiff holte seit Jahren Sand aus dem Meer und beförderte es aus dem rund acht Kilometer vor der Insel liegenden Gebiet an die Westküste der Insel zurück. Mit Rohren spülte es seine Fracht an den Strand, wo er von Planierraupen verteilt wurde. Diese

Maßnahmen reichten aus, um den üblichen Sandverlust auszugleichen, doch was *Franziska* angestellt hatte, machte die Bemühungen der letzten zehn Jahre zunichte.

Ganze Reihen von Tetrapoden, die sonst zu großen Teilen vom Sand begraben waren, wurden auf Höhe von Hörnum völlig freigespült. Die Fundamente einer Stelzentreppe bei Kampen, die das höhergelegene Niveau des Roten Kliffs zum Strand überwand, lagen nackt da. Der Treppenbeginn schwebte im Nichts, weil zwischen ihm und der aktuellen Bodenhöhe über zwei Meter Sand fehlten. Da auch die Substanz des Roten Kliffs bis runter nach Wenningstedt schwer angegriffen war, wurden weitere Gesteinsabbrüche erwartet.

Die Südspitze der Insel hatte es besonders schwer getroffen. Ein Teil der ehemaligen Landmasse bei Hörnum-Odde existierte nicht mehr. An einer Engstelle etwas weiter nördlich wäre es auch beinahe zum Durchbruch gekommen. Der jenseits dieser Linie liegende Teil der Insel würde bei einem der nächsten Stürme weiterhin bedroht sein. Nur mit enormem technischen Aufwand würde man noch verhindern können, dass auch dieses Land bald verloren ginge.

Außerdem hatte der Sturm in Hörnum zwei komplette Hausdächer abgedeckt. Ein Baugerüst war in der Friedrichstraße, der Haupteinkaufsstraße von Westerland, umgefallen. Schaufenster wurden zertrümmert. Diverse Knochenbrüche wurden beklagt. Viele Leute riss der Wind einfach von den Beinen. Andere erlitten Kopfverletzungen durch herabfallende oder durch die Luft wirbelnde Gegenstände. Ein besonders mutiger Hobbyfotograf galt seit über 24 Stunden als vermisst. Er würde später in der Statistik als einer von vier Todesopfern auftauchen, die *Franziska* zugeordnet wurden.

Neben dem Hobbyfotografen gab es einen Campingplatzbesitzer, der von einem großen Ast der einzigen Birke weit und breit tödlich am Kopf getroffen wurde, und zwei Frauen, die von einer Klippe ins Meer gefallen waren.

Im Nordseeklinikum von Westerland sah es aus wie in einem Lazarett. Die Notaufnahme war überfüllt, Leute saßen in Rollstühlen auf den Gängen, Rollbetten wurden aus anderen Stationen ins Erdgeschoss geholt. Bandagen schmückten alle möglichen Körperteile. Leises Stöhnen und Gejammer, Husten und Schniefen ließen eine Symphonie des Elends erklingen. Zunächst zog der Arzt, der Jans Schusswunde untersuchte, seine Stirn in Falten, dann rang er sich ein »mal was anderes« ab.

Charlotte blieb die ganze Nacht bei Jan, der in einem Zweibettzimmer untergebracht wurde. Stillschweigend erhielt seine Begleiterin die Genehmigung, die Nacht auf dem Stuhl neben dem Bett zu verbringen. Das Schmerzmittel, das ein Krankenpfleger Jan verabreicht hatte, ließ ihn bald einschlafen, während Charlotte nach einigen Stunden jeden Knochen ihres Körpers zu spüren glaubte. Da sie aber keine andere Unterkunft auf der Insel hatte, hielt sie bis zum nächsten Morgen auf dem Stuhl durch.

Sie hörte, wie Jan immer wieder etwas murmelte und gelegentlich die Hand ausstreckte. Er war auf die Insel gekommen, um ein Mädchen zu finden. Der *Schachspieler*, sein geheimnisvoller Informant, hatte gesagt, dass die junge Frau in Gefahr sei. Doch nun war sie tot. Zwei Mädchen sogar.

Die Nacht war lang und unbequem für Charlotte. Früh am nächsten Morgen verließ sie das Krankenhaus und traf sich mit dem *Sylter Spion*. Der hatte ihr ungefragt seine Nummer ins Handy einprogrammiert, bevor er es ihr am Abend wiedergegeben hatte. Er meinte nur, sie solle ihn anrufen, wenn sie Hilfe brauche. Weil Charlotte niemanden sonst auf der Insel kannte, nutzte sie sein Angebot. Er sammelte sie an der Krankenhauseinfahrt auf, fragte nach Jans Gesundheitszustand und setzte dann mit ihr eine Rundfahrt über die Insel fort, die er gerade begonnen hatte.

Die gepeinigte Küste bot ihnen die skurrilsten Bilder. Sören Jensen dokumentierte alles mit der Kamera, während Charlotte zusah. Irgendwie war sie froh, ihre Kamera nicht dabei zu haben. Schließlich parkten sie beim Kultursaal und gingen zum Roten Kliff. Es war erstaunlich, dass die dortigen Ereignisse kaum zwölf Stunden her sein sollten. Die neue Abbruchkante am Kliff war mit Flatterband abgesperrt. Man wollte nicht, dass noch jemand aus lauter Neugier abstürzte.

Bürgermeisterin Undine Henriks zog mit einem Tross Journalisten an ihnen vorbei. Die Pressevertreter mussten mit der ersten Bahn, die wieder fuhr, über den Hindenburgdamm gekommen sein. Undine stand Rede und Antwort. Sie wollte über die Auswirkungen des Sturms auf die Insel reden, doch die Journalisten waren hauptsächlich an dem tragischen Unfall interessiert, der sich am Kliff ereignet haben sollte.

Undines Blick kreuzte kurz den vom *Sylter Spion*. Natürlich wusste die Bürgermeisterin, wer Sören Jensen war. Und sie wusste auch, welche Rolle Charlotte am Kliff gespielt hatte, selbst wenn sie das Kulturhaus so rechtzeitig verlassen hatte, um nicht selbst in die Angelegenheit verwickelt zu sein. Charlottes Gesicht kannte sie von einem Video aus dem Internet. Und nicht nur sie.

Ein aufmerksamer TV-Redakteur trat auf Charlotte zu und wollte ein Gespräch beginnen. Leise genug, damit die Fotografen, die sich auf gute Bilder von der neuen Abbruchkante konzentrierten, nichts mitbekamen. Selbst dem Kameramann, mit dem der TV-Redakteur unterwegs war, entging es. Lediglich Undines wachsamer Blick verfolgte den Redakteur.

»Sie waren doch gestern Abend hier«, sagte der Mann frei heraus. Er trug eine Windjacke über blauen Jeans. »Wäre es Ihnen recht, ein paar Worte über die Ereignisse vor unserer Kamera zu sagen?«

Charlotte antwortete nicht.

»Es wird behauptet, dass es gar kein Unfall war.« Der Mann ließ die Aussage für einen Moment in der Luft hängen. »Wir berichten heute Abend ausführlich über den Sturm und die Ereignisse hier am Kliff. Wenn Sie uns etwas darüber erzählen mögen, wäre das sehr hilfreich.«

Die Liveübertragung am Abend zuvor hatte eine unglaubliche Resonanz. Die entsprechende Aufzeichnung wurde binnen Stunden Hunderttausende Male angeklickt. Die *Hansemen* wären blass vor Neid gewesen.

In der Redaktion wurde diskutiert, ob es vertretbar war, das Video online zu lassen. Immerhin sah man am Ende, wie zwei Menschen eine Klippe hinunter in den Tod stürzten.

Die Klickzahlen waren in diesem Fall für Christian Freitag nebensächlich. Er vertrat die Meinung, das Video sei wichtig, um einer falschen Legendenbildung vorzubeugen. Denn auf dem Material war eindeutig zu sehen, dass es sich um keinen Unfall handelte. Nicht der Abbruch am Kliff hatte den beiden Frauen das Leben gekostet, sondern die eine hatte die andere hinunter gestoßen. Das war mehr als deutlich zu erkennen.

Lediglich die Kommentarfunktion wurde ausgeschaltet, als sich neben Entsetzen und ehrlich gemeinten Trauerbezeugungen über das Geschehen immer mehr Trolle das Video vornahmen. »Genialer Stunt« war einer der harmloseren Wortspenden. Der Geschmacklosigkeit schienen keine Grenzen gesetzt.

»Überlegen Sie es sich«, sagte der TV-Redakteur einfühlsam und freundlich. Eine Visitenkarte befand sich plötzlich in Charlottes Hand, obwohl sie den Kopf geschüttelt hatte. Dann begab er sich wieder zu den anderen Journalisten.

Sören Jensen sah zu Charlotte. Beide drehten sich wortlos um und gingen davon.

Die Fotos und kurzen Videos vom *Sylter Spion* wanderten auf seine Homepage, fanden aber auch einen Platz beim *Lauffeuer*. Charlotte hatte dafür gesorgt. Und Christian Freitag begriff schnell, dass es auf Sylt einen Mann gab, der gut in ihr Team passen würde.

Als sie ihre Runde über die Insel abgeschlossen hatten, steuerte Sören mit seinem Wagen den Besucherparkplatz des Nordseeklinikums an. Charlotte wollte sich mit einem Nicken verabschieden, doch der *Spion* fragte überraschend, ob er mit zu Jan Fischer ins Krankenhaus kommen könnte. Er habe ihm etwas Persönliches zu sagen. Da Charlotte keinen Grund hatte, diesen Wunsch abzuschlagen, ging sie gemeinsam mit Sören auf den Haupteingang zu, dessen elektrische Schiebetüren mit einem Zischen auseinanderfuhren.

90

Der alte Mann saß dick eingemummelt in einem Ohrensessel. Wegen des Sturms war der Tanzunterricht am Abend zuvor ausgefallen. Auch die Musikschule blieb an diesem Tag geschlossen. Mariano Pinto hätte sich deshalb ausgeruht fühlen müssen, doch das Gegenteil war der Fall. Auf seinen Knien ruhte ein Tablet. Er benutzte das Internet, seit die Nachrichten darin aktueller waren als im Fernsehen. Das hatte er sich von seinen Musikschülern abgeguckt. Zeitungen las er überhaupt keine mehr.

Die Neuigkeiten von Sylt hatten immer seine besondere Aufmerksamkeit. Schon seit Jahren. Auch wenn er selbst schon sehr lange nicht mehr dort gewesen war, interessierten ihn die Geschichten von der Insel.

Das tote Mädchen vom Roten Kliff am Tag vor dem Sturm hatte ihn bereits traurig gemacht. Nun las er von den Ereignissen an der Abbruchkante des Kliffs. Er sah sich das Video an.

Mariano Pinto stieß auf die Namen Jan Fischer und Charlotte Sander. Auf der Seite vom *Lauffeuer* gab es die meisten Information zu der Geschichte am Kliff. Mit einem Klick fügte er sie seiner Favoritenliste hinzu.

Der alte Mann strich sich über seinen Bart und gab dann den Namen des Hamburger Journalisten als Suchbegriff ein. Über Jan Fischer ließ sich einiges finden. Artikel von ihm und über ihn. Er schrieb anschaulich über Verbrechen, hatte ein Buch über das Verhalten von Serientätern und das Leid der Opfer und ihrer Hinterbliebenen veröffentlicht.

Mariano Pinto fühlte sich gleichzeitig als Opfer und als Hinterbliebener.

Ein Stapel Briefe lag in seiner Schublade. Briefe, die er nach Sylt geschickt hatte und die alle ungeöffnet zurückgekommen waren. Könnte er nicht doch noch einmal auf die Insel reisen und sie persönlich übergeben? Bei dieser Gelegenheit könnte er auch Jan Fischer einen Besuch abstatten. Vielleicht würde der ihm zuhören.

Mariano Pinto hatte den freien Tag eigentlich mit einer Fertigpizza und einer Flasche Rotwein in den vier Wänden seiner Wohnung verbringen wollen. Einen Tag gar nichts tun. Einen Tag nur im Sessel sitzen. Doch nun beschloss er, den nächsten Zug nach Sylt zu nehmen.

91

Jan war wach. Und das schon eine ganze Weile. Er starrte an die Decke. Er sah immer wieder Lena vor sich. Blutbesudelt im Hotel. Mit den Armen rudernd am Kliff. Noch einmal auf sicherem Boden und dann doch gemeinsam mit Marion Klenke in die Tiefe stürzend.

Jan hatte versagt. Der *Schachspieler* hatte ihm gesagt, dass das Mädchen aus dem Internetvideo in Gefahr sei. Und nun waren zwei junge Frauen tot. Anna und Lena. Marion Klenke auch. Aber das war ihre eigene Schuld.

»Komm mit mir mit, Lena«, hatte er sie in der Villa angefleht. »Sonst stirbst du hier.«

Lena hatte auf ihn gehört. Sie war mit ihm gekommen. Ihre gemeinsame Flucht hatte sie bis aufs Kliff geführt. Dort hatte sie für Lena geendet. Für immer.

Würde Lena noch leben, wenn er sie nicht zur Flucht aus der Villa überredet hätte?

Und würde Anna noch leben, wenn er etwas schneller bei seiner Suche nach ihr gewesen wäre?

Anna lag nun in irgendeinem Kühlhaus, vermutlich sogar hier im Krankenhaus, während Lena noch nicht gefunden worden war. Das Meer hatte sie mit sich gerissen. Marion Klenke und Lena würden irgendwann an einem Strand angespült werden. In Deutschland oder Dänemark oder vielleicht in Holland. Das Meer verschlang seine Opfer nur selten für immer. Meistens spuckte es sie irgendwo wieder aus.

Jans Gedanken drehten sich im Kreis. Es waren keine guten Gedanken.

Dann kam Charlotte ins Zimmer. Sie hatte einen Begleiter bei sich. »Er will dir etwas sagen«, meinte Charlotte.

Statt zu sprechen, bewunderte Sören ausgiebig ein Bild, das an der Wand den Betten gegenüber hing. Ein Klipper aus dem 19. Jahrhundert kämpfte sich durch sturmgepeitschte See. Weiße Gischt tanzte auf grauen Wellen.

Es gab auch einen Fernseher an einer schwenkbaren Wandhalterung. Der Ton war auf lautlos geschaltet. Jans Bettnachbar war bereits entlassen worden, sodass Jan das Zimmer vorübergehend für sich allein hatte.

»Ich wollte mich entschuldigen«, sagte Sören und sah Jan an.

»Wofür?«

»Weil ich so lange gewartet habe.«

Jan nickte. Ein »das ist nicht nötig« lag ihm auf der Zunge, doch er wollte hören, was der Junge zu sagen hatte.

»Ich wollte Ihnen und dem Mädchen die ganze Zeit helfen. Also, ich war auf Ihrer Seite. Denn ich kenne Dennis und Hauke. Persönlich nicht so richtig. Sie sind etwas älter als ich. Aber ich ... Also Dennis, der ist älter als ich. Hauke jetzt ja nicht mehr ... Jedenfalls weiß man hier auf der Insel, was man von den beiden zu halten hat. Ich habe ihm also kein Wort geglaubt. Etliche andere ja auch nicht. Und deshalb sind die auch nacheinander abgehauen. Aber ich wollte sehen, wie es weitergeht.« Nun nickte Sören zu seinen eigenen Worten. »Aber ich dachte zu keiner Zeit, dass es so weit gehen würde. Ich wollte niemanden in Gefahr bringen.«

»Es ist nicht Ihre Schuld«, stellte Jan leise fest.

Die Erleichterung war Sören anzusehen.

»Deine aber auch nicht«, fügte Charlotte hinzu, als wüsste sie genau, was sich in Jans Kopf abspielte.

Für einen Moment sah Jan zur Wand. Mit belegter Stimme sagte er dann: »Eggestein war vorhin hier. Jemand hat sein Auto aufgebrochen. Heute Nacht.«

Ein Schauer durchlief Charlotte, als sie an den Polizisten dachte. Die Fahrt mit ihm zum Kliff war mehr als merkwürdig verlaufen. Als er die Waffe hervorholte, dachte sie zuerst, er würde sie gegen sie richten. Begründen konnte sie es nicht. Es war nur ein Gefühl. »Das Notebook«, platzte es aus ihr heraus.

»Es ist weg«, entgegnete Jan nickend.

»Das gibt es doch nicht. Wer knackt denn ein Polizeiauto?«

»Es ist ja kein Streifenwagen.«

»Trotzdem weiß bestimmt jeder auf der Insel, wem der Wagen gehört.«

»Das stimmt«, bestätigte Sören Jensen. »Eggesteins Geländewagen kennt hier jeder.«

»Wer wusste vom Notebook im Wagen?«

Charlotte zuckte mit den Schultern. »Als ich es zuletzt gesehen habe, lag es auf dem Rücksitz. Durch die Scheibe konnte es jeder sehen.«

»Also auch …«

Wieder blickten sich die drei gegenseitig an.

»… Dennis und der Smutje«, beendete Jan seinen Satz.

»Fuck!«, entfuhr es Charlotte.

»Vielleicht …«, überlegte Jan laut. »Also mir schien es so, als seien die beiden schon lange ganz dicke.«

»Wer?«

»Der Smutje und Eggestein.«

»Wie kommst du darauf?«, wollte Charlotte wissen.

»Eggestein ist der Patenonkel von Dennis«, sagte Sören wie nebenbei.

»Wie bitte?« Jans Frage klang vorwurfsvoll, sodass Sörens Antwort einen entschuldigenden Unterton trug.

»Ja, ist so.«

Jan presste die Lippen aufeinander und fuhr dann fort: »Außerdem gab es eine Hausdurchsuchung in der Villa, in der Dennis und Hauke zusammen mit Lena und Anna gewohnt haben. In dieser Luxusherberge der Familie Klenke. Du weißt, welches Haus ich meine?«

»Und ob«, stimmte Charlotte zu.

»Sie lief noch, während Eggestein bei mir war. Aber wie es aussieht, sind auch von dort gewisse Dinge verschwunden.«

»Noch mehr Beweise?« Charlotte überlegte, was Jan meinen könnte. Bevor er es aussprechen konnte, war sie schon selbst draufgekommen. »Die Actioncam und die Drohne.«

»Keine Spur von dem Zeug. Und somit auch nicht von den Originalaufnahmen. Wie genau Anna ums Leben kam, lässt sich nicht mehr dokumentieren.«

»Alle Beweise weg.«

»Scheint so.«

»Wir müssen das Video aus dem Internet kopieren«, meinte Sören zu Charlotte. »Besser eine gekürzte Version als gar nichts.«

»Ist gelöscht«, sagte Jan. »Der ganze Videokanal existiert nicht mehr. Es gibt keine *Hansemen* mehr. Jedenfalls nicht im Internet.«

Ungläubig ging Charlotte leicht in die Knie und schlug sich mit den Innenseiten der Hände auf beide Oberschenkel. »Das ist doch kein Zufall. Eggestein hat dem Smutje was gesteckt. Und der beseitigt jetzt alle Spuren, die mit seinem Sprössling zu tun haben.«

»Das sehe ich genauso«, meinte Jan. »Aber was können wir dagegen tun? Nichts. Jedenfalls nicht direkt. Wir können nur dafür sorgen, dass die Dinge so in der Öffentlichkeit ankommen, wie sie wirklich geschehen sind.«

»Du willst darüber schreiben?«

»Was sonst? – Es lässt sich nicht alles beweisen, aber es gibt noch genug, was ich schreiben kann.«

»Und womit du eine Verleumdungsklage nach der anderen riskieren wirst.«

»Höre ich da etwa Petersen sprechen?«, meinte Jan in Anspielung auf den Chefredakteur der Zeitung, für die Charlotte und er in den Jahren vor Gründung des *Lauffeuers* gearbeitet hatten. Petersen brauchte für jede brisante Geschichte nicht nur mindestens zwei voneinander unabhängige Quellen, er hatte auch stets die Reaktion der Verlagsgesellschaft im Hinterkopf. Jan hatte sich mit Petersen manchen Kampf geliefert. Manchmal rangen sie um ganze Absätze, manchmal nur um Kleinigkeiten. Meistens gab Petersen nach, weil er Jan und seinem journalistischen Gespür traute. Aber nicht immer.

Charlotte wusste, was Jan mit dem Seitenhieb meinte, zuckte darüber aber nur mit den Schultern.

»Ich schreibe es unter meinem Namen. Und das mache ich absolut deutlich«, sagte Jan. »Selbst wenn es auf der Seite vom *Lauffeuer* erscheint, bin ich für den Inhalt allein verantwortlich. Das bin ich Anna und Lena schuldig.«

Charlotte wusste, dass Christian Freitag dies vermutlich sogar zulassen würde. Denn Christian war nicht Petersen. Vielmehr verehrte er Jan für seine Arbeit. Das hatte er schon als Volontär beim *Harburger Tageblatt* getan.

»Ich habe noch eine Idee«, sagte der *Sylter Spion* in diesem Moment. Er war während des Gesprächs ein Stück zur Seite getreten und hatte aus dem Fenster gesehen. Doch nun drehte er sich den anderen beiden wieder zu.

»Wir durchsuchen die Villa vom Smutje. Sie können die Drohne ja nicht einfach in irgendeinen Graben geschmissen haben. Auch nicht ins Meer. Glaube ich jedenfalls nicht. Und die Actioncam auch nicht. Und deshalb haben sie beides mit nach Hause genommen. In die Villa vom Smutje. Vielleicht hat Dennis die Sachen in seinem Zimmer versteckt.«

»Du willst beim Smutje einbrechen?«, fragte Jan skeptisch.

»Nicht einbrechen«, verbesserte Sören. »Ich werde einfach klingeln.«

Jan zog die Augenbrauen in die Höhe.

»Der Smutje hat mich gestern auf der Versammlung angesprochen, bevor Sie da angekommen sind. Er denkt, weil ich was mit Öffentlichkeitsarbeit mache, könnte ich ihm nützlich sein«, fuhr Sören fort. »Er bittet mich ins Haus. Wir palavern etwas. Und dann muss ich mal aufs Klo. Eine gute Gelegenheit, um sich in dem großen Haus zu verlaufen. Könnte doch gut sein, dass ich da aus Versehen in das Zimmer von Dennis stolpere.«

»Das klappt nie«, meinte Jan.

»Was soll passieren?«

»Was ist mit Dennis?«

»Wieso?«

»Wenn er auch im Haus ist …«

»Dann habe ich Pech.«

»Der Kerl ist unberechenbar.«

»Ich glaube eher, dass er im Moment vollkommen zahm ist.«

»Trotzdem nicht ungefährlich.«

»Dann fahre ich mit«, stellte Charlotte fest, »und warte vor dem Haus. Für alle Fälle.«

Sören hatte nichts einzuwenden. Er fand die Vorstellung einer Absicherung sogar sehr angenehm.

»Jan?«, fragte Charlotte.

»Ihr macht ja doch, was ihr wollt.«

Als damit vorerst alles geklärt schien, merkte Sören, dass er plötzlich zu viel im Raum war. Jan und Charlotte sagten nichts weiter, doch genau diese Stille verriet ihm, dass es für ihn Zeit war zu gehen.

»Also bis nachher«, meinte er. Die anderen beiden nickten. Die Tür ging zu.

Charlotte hatte sich in den vergangenen Minuten leicht gegen das Bett gelehnt. Nun rückte sie etwas höher und setzte sich, zum Kopfende gedreht, auf die Bettkante. Schweigend nahm sie Jans Hand. Sie war ganz kalt.

Eine ganze Weile sprach keiner von beiden. Schließlich brach Charlotte das Schweigen. »Es tut mir leid. Ich kannte Lena nicht, aber was passiert ist, tut mir sehr leid.«

Jan nickte stumm. Über Gefühle zu reden, gehörte nicht zu seinen Stärken, doch Charlotte konnte sehen, dass es in seinen Augen feucht schimmerte. Das Gespräch mit Sören und der Plan, die Villa des Smutje zu durchsuchen, hatten ihn eine Weile abgelenkt. Das funktionierte jetzt nicht mehr.

»Ich hab sie gefragt, ob sie glaubt, dass das Leben ihr etwas schulde. Weil sie solche Sachen macht. Im Hotel habe ich sie das gefragt. Und noch mehr dummes Zeug habe ich gesagt. Bevor … noch bevor sie auf Hauke traf.« Mit dem Zeigefinger wischte Jan unter seiner Nase entlang und schniefte, um Tränen zu unterdrücken. »Weißt du, was sie mir geantwortet hat? Sie hat gefragt, ob man mich schon mal angespuckt habe. Nur weil man anders aussehe als die anderen. Und ich Trottel frage so einen Menschen, ob er glaubt, dass das Leben ihm etwas schuldet.«

Jan schluckte schwer und blickte zur Zimmerdecke hinauf.

»Sie war …«, brachte er schließlich noch mit aussetzender Stimme hervor, »… kein schlechter Mensch.«

Charlotte nahm die zweite Hand zu Hilfe, um seine zu wärmen. »Das war sie ganz bestimmt nicht. Erzähl mir doch noch ein bisschen von ihr.«

»Ihr richtiger Name war Lan. Das bedeutet Orchidee.«

92

Bis zur bevorstehenden Mission des *Sylter Spions* beim Smutje waren es noch einige Stunden. Charlotte hörte Jan zu, bis dieser wieder einschlief. Anschließend dachte sie über das nach, was Jan über Lena Thumsen erzählt hatte. Was er mit ihr erlebt hatte und wie sie und ihre Schwester Anna in die Sache hineingeraten waren, bestärkte Charlotte darin, dass ihr geplantes Vorhaben für den Abend richtig war. Wenn es nur die geringste Chance gab zu beweisen, was Dennis und Hauke den beiden Mädchen angetan hatten, dann mussten sie es versuchen. Es war schon fast so etwas wie eine Verpflichtung. Gut, dass der *Sylter Spion* den Draht zum Smutje hatte. Er war die Eintrittskarte in die Villa. Doch selbst wenn nicht, dann wäre Charlotte auch so irgendwie ins Haus gekommen. Immerhin sollte der Smutje ein Frauenheld sein. Wenn er das auch selbst von sich glaubte, würde da bestimmt was funktionieren. Aber mit Sören Jensen war es natürlich einfacher.

Charlotte beschloss, die Zeit, die ihr bis zum Treffen mit Sören blieb, noch für etwas anderes zu nutzen. Zug- und Schiffsverkehr funktionierten wieder. Mit einer Nachmittagsfähre setzte sie nach Rømø über. Die geliehene Rettungsweste an sich gedrückt. Es war nur angemessen, das unhandliche Ding persönlich zur Surfschule zurückzubringen und sich noch einmal für die Hilfe vom Vortag zu bedanken. Außerdem musste sie wissen, ob August und Lily es auf ihren Surfbrettern lebend zurück an Land geschafft hatten.

Während der Überfahrt zweifelte Charlotte daran, dass dies dasselbe Meer sein sollte, auf dem sie am Tag zuvor mit dem Schlauchboot unterwegs gewesen war. Das Schiff glitt dahin wie bei einer Sonntagsfahrt über einen glatten See. Nur ab und zu ließ eine Welle Gischt über die Bordwand spritzen.

Nach kaum einer halben Stunde erreichte das Schiff den Hafen von Havneby. Charlotte wurde mit offenen Armen empfangen, obwohl August, Viggo und Lily keinen Grund zum Feiern hatten. Der Wellengang auf offener See hatte die Besatzung des kleinen Schlauchboots zum Aufgeben ihres Vorhabens gezwungen. Weder August noch Lily waren zum Surfen gekommen. Sie hatten ihre perfekte Welle nicht geritten. Schon auf dem Stück zwischen den Inseln hindurch wurde ihnen klar, dass Surfen bei diesem Orkan nichts mehr mit Sport zu tun hatte, sondern eher mit Selbstmord. Solange es die Zwillingsmotoren zuließen, kämpften sie sich durch das Meer, doch mit einbrechender Dämmerung entschied August, dass an diesem Tag niemand mehr ins Wasser ginge. Lily fiel es am schwersten, dies zu akzeptieren, doch insgeheim wusste auch sie, dass August recht hatte.

Charlotte bekam den Kaffee, für den am Vortag die Zeit gefehlt hatte. Lachend wollte August ihr für ihre waghalsige Kletteraktion am Anleger von List die Rettungsweste als persönliche Anerkennung schenken. Doch Charlotte lehnte ab. Das unhandliche Ding und sie, sagte sie, hätten schon mehr als genug Zeit miteinander verbracht.

Zurück auf Sylt traf sie sich zum zweiten Mal an diesem Tag mit Sören. Der frühe Abend schien für den Besuch beim Smutje gut gewählt. Ein teures Auto stand in der Garageneinfahrt. Es musste dem Hausherrn gehören.

»Mach möglichst viele Fotos mit dem Handy«, hatte Jan verlangt, noch bevor Sören das Krankenhaus verlassen und ihn mit Charlotte alleingelassen hatte. »Vielleicht entdecken wir später etwas auf den Bildern, was du vorher übersehen hast.«

Das war die offizielle Begründung. Doch Charlotte wusste, dass Jan die Bilder auch haben wollte, damit er sich überhaupt irgendwie an der Aktion beteiligt fühlen konnte. Im Bett zu liegen, während andere den Spaß hatten, war so gar nicht seine Kragenweite.

Vermutlich geht er jetzt halb durch die Decke, dachte Charlotte, während sie vom Wagen aus zusah, wie Sören an der Garage vorbei zur Villa vom Smutje ging. Sie trommelte mit zehn Fingern auf ihren Knien und sehnte sich wie verrückt nach einer Zigarette.

Als die große Eingangstür geöffnet wurde, rutschte Charlotte automatisch tiefer in den Sitz. Sie hatte mit Sören verabredet, im Auto zu warten. Für alle Fälle. Wie auch immer ein möglicher Notfall aussehen sollte. Vielleicht gab es doch Ärger mit Dennis. Vielleicht kam es zu Handgreiflichkeiten. Im schlimmsten Fall konnte Charlotte die Polizei rufen. Auch wenn ihr Eggestein nicht mehr geheuer war. Einen Notruf in der Zentrale konnte er nicht ignorieren.

»Wie lange habe ich?«

»30 Minuten«, hatte Charlotte vorgeschlagen, kurz bevor Sören aus dem Wagen gestiegen war.

»Zu kurz. Ich kann ja nicht rein und gleich nach dem Klo fragen. Gib mir eine Stunde.«

Während Charlotte an diese Worte dachte, biss sie sich so fest auf die Kuppen des linken Daumens, dass es wehtat.

93

Trotz einer geschienten Nase und brennender Schmerzen im ganzen Gesicht hatte der Smutje die meiste Zeit des Tages in seinem Restaurant verbracht. Die Sturmschäden gecheckt, Handwerker in den Laden geholt, obwohl am Tag nach dem Orkan eigentlich keine Handwerker zu bekommen waren, deren Arbeiten beaufsichtigt und dann noch den Vertretungsplan für die nächsten Tage erstellt. Denn einige Mitarbeiter waren persönlich durch den Sturm betroffen, sodass der Smutje ihnen als vorbildlicher Chef erst einmal freigab, damit sie sich um ihre eigenen Angelegenheiten kümmern konnten. So war er halt, der Smutje.

Es gab aber noch einen anderen Grund, um sich in der Öffentlichkeit zu zeigen. Falls es irgendwann nötig sein sollte, konnte ihm ein lückenloser Nachweis seiner Aufenthaltsorte vielleicht noch einmal von Vorteil sein.

Seine gebrochene Nase war noch am Abend im Krankenhaus behandelt worden. Langes Warten auf den überfüllten Fluren. Dann das Röntgen. Dann das Schienen. Nach Hause entlassen mit einer übergroßen Packung Schmerzmittel. Gleich morgens dann zum Restaurant und somit wieder unter Zeugen.

Niemand wäre ernsthaft auf die Idee gekommen, dass er zwischenzeitlich der Klenke-Villa einen Besuch abgestattet hatte. Noch im Kultursaal hatte Dennis ihm gesagt, wo genau die Sachen lagen, die verschwinden mussten.

Der Quadrocopter. Die verfluchte Actioncam. Und das Notebook, mit dessen Hilfe die Trottel alles ins Netz gestellt hatten.

Von Dennis wusste er auch, dass die Terrassentür nicht verschlossen war. Der Smutje brauchte somit nicht einmal einen Schlüssel, um in die Villa zu kommen.

Leichter wäre es nur noch gewesen, wenn Dennis ihn hätte begleiten können. Doch Nils Eggestein hatte den Jungen mit aufs Polizeirevier genommen. Er musste eine Aussage machen. Ohne ging es nicht.

Der Smutje fand alles fast genau dort, wo Dennis es beschrieben hatte. Nur das Notebook fehlte. Aber das klärte sich, als der Smutje vor Anbruch des Tages nach Hause kam. Eggestein wartete vor seiner Villa auf ihn.

Streng genommen hatte der Smutje nicht einmal einen Diebstahl begangen. Die Sachen aus der Klenke-Villa gehörten mehr oder weniger seinem Sohn.

»Wo ist er?«, hatte der Smutje gefragt.

»Im Haus. Der Junge ist platt.«

»Ich auch.«

Eggestein reichte ihm das Notebook. »Fehlt noch in deiner Sammlung.«

Der Smutje nickte. Er packte es zu den anderen Sachen. Dann wollte er Eggestein eine Hand auf die Schulter legen und sich bedanken. Doch der machte deutlich, dass er das nicht haben wollte.

»Schon klar, dass du deinen Anteil an der Scheiße hast …«

Der Smutje wollte fragen, was sein Freund damit meinte. Dabei wusste er es.

»Der Junge ist nicht ohne. Aber wir wissen beide, warum.«

»Ich danke dir, Nils. Danke für alles.«

Eggestein zuckte mit den Schultern, stieg in seinen Wagen und fuhr davon.

Der Smutje musste Dennis nicht wecken. Er saß ohne Licht im Wohnzimmer. Doch zum Ausruhen war noch keine Zeit. Vor den Augen seines Vaters musste Dennis die Videos aus dem Internet löschen. Alle. Nicht nur die, die auf der Insel entstanden waren. Alles mit den Zwillingen. Und auch alle anderen.

Das Konto wurde gelöscht.

Danach gab es die *Hansemen* nicht mehr.

Gegen etwaige Filmkopien, die sich in die Weiten des Internets verirrt hatten, ließ sich nicht viel machen. Doch wichtig war, dass der Ursprung dieser Filme nicht für jeden beliebigen Hacker nachvollziehbar war.

Die Ermittlungsbehörden konnten zwar noch immer über gespeicherte Verbindungsdaten feststellen, wer die Filme einst hochgeladen hatte. Doch zum Glück wusste Eggestein derartige Untersuchungen, so gut es ging zu bremsen. Und außerdem waren alle entsprechenden Datentransfers über Haukes Internetanschluss gelaufen. Dennis war sich dessen absolut sicher. Selbst der letzte Film, auf dem der Unfall der jungen Frau am Roten Kliff zu sehen war, wurde über den WLAN-Anschluss der Klenke-Villa hochgeladen. Und bei sämtlichen Bestellungen technischer Natur verhielt es sich genauso. Alle Kameras, der Quadrocopter für die Luftaufnahmen und die unselige Armbrust wurden über ein Konto bestellt, das Hauke Klenke gehörte.

»Da habe ich mich komplett rausgehalten«, versicherte Dennis. »Ganz so blöd bin ich dann doch nicht.«

Braver Junge.

Der Smutje gab Dennis eine seiner Schmerztabletten. »Die helfen dir beim Einschlafen. Nimm sie. Ich will, dass du schläfst.«

»Und du?«

»Ich leg mich auch kurz hin. Und dann muss ich für ein paar Stunden ins Restaurant.«

»Du bist doch total kaputt, Papa. Bleib lieber heute zu Hause.«

»Das geht aber nicht«, brauste der Smutje auf und meinte damit, dass Dennis ihm nicht zu sagen hatte, was gut und was schlecht für ihn war. Sanfter fuhr er dann fort: »Ich schaff das schon. Zum Mittagessen bin ich wieder hier.«

Das stimmte nicht ganz. Es wurde schon wieder dunkel, als er nach Hause kam.

Der lange Tisch, an dem der Smutje und Dennis Platz nahmen, stand in einem riesigen Esszimmer. Eigentlich saßen sich der Patriarch und sein Sohn zu den seltenen Gelegenheiten, die es für ein gemeinsames Essen gab, an den Tischenden gegenüber und ließen sich vom Hausmädchen bedienen. Doch der Smutje hatte festgestellt, dass der Abstand zwischen ihm und seinem Sohn so schon zu groß war. Er schickte das Personal nach Hause und stellte seinen Stuhl an das Tischende, an dem auch Dennis saß. Es gab Steak, Röstkartoffeln und Brechbohnen. Zu Hause kam dem Smutje kein Fisch auf den Teller.

»Wie läuft es in der Uni?«

»Ist das dein Ernst?«

»Natürlich. Wir reden viel zu wenig miteinander.«

»An der Uni ist alles im grünen Bereich.«

»So soll es sein.«

Aussage gegen Aussage. So unschön es war, seit auch das zweite Mädchen den Tod am Roten Kliff gefunden hatte, gab es niemanden außer Jan Fischer, der bezeugen konnte, dass Dennis mit der Armbrust auf ihn geschossen hatte. Dennis musste nur standhaft dabei bleiben, dass Hauke der Schütze war. Dann würde es vermutlich nicht einmal zu einem Verfahren vor Gericht kommen.

Aussage gegen Aussage.

Dennis' Abschluss stand damit nichts mehr im Wege.

Zunächst war der Smutje wütend über die Patsche, in die Dennis sich manövriert hatte. Doch jetzt war ihm klar, dass er nicht zu streng mit ihm sein durfte. Immerhin war er ohne Mutter aufgewachsen. Das war nicht immer leicht.

Im Flur hing noch immer das Gemälde von Madalena. Mit ihren brasilianischen Wurzeln war sie eine der schönsten Frauen, die der Smutje jemals gesehen hatte. Und dann erst ihr Temperament.

»Denkst du noch manchmal an Mama?«

Überrascht sah der Smutje seinen Sohn an. Es war fast so, als könnte der Junge Gedanken lesen. Dabei hatten Vater und Sohn in diesem Moment nur ähnliche Gefühle.

»Fast jeden Tag.«

»Ich auch.«

Der Smutje wollte die Hand ausstrecken, um die von Dennis zu berühren. Er tat es dann doch nicht.

»Ich steh jetzt auf«, sagte Dennis. »Und du musst ins Bett.«

Der Smutje nickte.

Doch er ging nicht zu Bett. Er blieb einfach am Tisch sitzen. Als es an der Tür klingelte, wurde er aus seinen Gedanken gerissen.

Dann fiel ihm ein, dass er das Personal nach Hause geschickt hatte. Als er die Tür öffnete, sah er diesen Jungen vor sich, der sich selbst *Sylter Spion* nannte. Sören Jensen. Der Smutje versuchte trotz der Nasenschiene sein übliches Lächeln und ließ den Jungen eintreten.

94

Der Mann, der eben geklopft hatte, musste sich in der Tür geirrt haben. Jan schien sicher, diese Gestalt noch nie gesehen zu haben. Aber er war auch noch etwas orientierungslos. Wie spät war es? Wie lange hatte er geschlafen? Waren Charlotte und Sören schon auf dem Weg zum Smutje? Er musste sie sofort anrufen und fragen, was Stand der Dinge war.

Stattdessen sah er zu, wie die Tür weiter geöffnet wurde und der fremde Mann mit einem Blumenstrauß in der einen Hand das Zimmer betrat. In der anderen hielt er einen Hut. Seine Haare glänzten zwar pechschwarz, doch zeigten graue Strähnen in seinem Bart und verräterische Falten in den Augenwinkeln, dass er den 70 näher als den 60 war.

»Entschuldigung. Mariano Pinto«, sagte der Mann. Jan glaubte, einen südeuropäischen Akzent zu hören. Spanischen oder portugiesischen Ursprungs.

»Mariano Pinto?« Jan versuchte, sich zu konzentrieren. Doch der Name sagte ihm nichts.

»Ich muss sprechen Sie, Herr Jan Fischer. Darum diese Überfall. Sie sind Jan Fischer, der Journalist?« Der Mann streckte die Blumen in die Höhe, als seien sie eine Eintrittskarte.

»Worum geht es?«

»Um mein Schwester.«

95

Ein Blick auf die Uhr sagte Charlotte, dass sie nun schon rund 20 Minuten allein im Auto saß, 15, seit sich die schwere Eingangstür hinter Sören geschlossen hatte. Weitere zehn Minuten später wusste Charlotte, dass Warten nicht das Ihre war. Verzweifelt blickte sie auf ihre malträtierten Fingernägel. Kurz entschlossen öffnete sie die Beifahrertür, stieg aus, schloss sie leise und ging auf das große Grundstück zu.

Vor der Garage stand der Wagen vom Smutje. Mit einem Blick über die linke und einem über die rechte Schulter machte Charlotte sich so verdächtig, wie man sich nur verdächtig machen konnte. Sie hatte Glück, dass die Villen in der Straße so weit auseinander standen. Auch Spaziergänger waren nicht zu sehen. Die meisten Menschen auf der Insel waren mit dem Beseitigen der Sturmschäden beschäftigt. Entweder als Leidtragende oder als Schaulustige.

Ohne lange zu überlegen, trat Charlotte an den teuren Wagen heran und probierte, ob sich der Kofferraum öffnen ließ. War ja möglich. Und es war auch möglich, dass der Smutje den Computer von Dennis und Hauke darin versteckt hatte, nachdem er ihn aus Eggesteins Auto geklaut hatte. Durchaus denkbar.

Doch der Kofferraum ließ sich nicht öffnen. Eine Hand gegen das Glas gelegt, schaute Charlotte auf die Rücksitzbank, dann auf den Beifahrersitz. Nichts.

Nun fiel ihr Blick auf die Garage. Sören würde sich im Haus umsehen. Doch was war mit der Garage?

Charlotte wusste selbst nicht genau, was sie da tat, als sie auf eine Mülltonne kletterte und durch ein Seitenfenster in die Garage lugte. Wer auch immer im Haus war, hätte sie jederzeit entdecken können. Der Smutje oder Dennis. Oder Nachbarn. Vielleicht jemand, der mit dem Hund raus musste.

Einen tollen Anblick hätte Charlotte auf der Tonne abgegeben. Mit den Händen schirmte sie das seitlich einfallende Licht ab, um besser sehen zu können. Was erwartete sie, in der Garage zu finden? Einen Quadrocopter im Regal und den Karton von einer Actioncam daneben?

Es war so dunkel, dass sie fast nichts erkennen konnte. Mit Blicken suchte sie das Regal an der gegenüberliegenden Wand ab. Dort standen tatsächlich verschiedene Kartons. Farbdosen und Holzschutzmittel waren daneben aufgetürmt. Die Kartons interessierten Charlotte.

Sie hatte noch etwas mehr als 20 Minuten, bis die Stunde um war, die sie Sören geben sollte. Mehr als genug Zeit.

96

Jan blickte erwartungsvoll, als der Mann, der den Weg zu ihm ans Krankenbett gefunden hatte, kurz stockte. »Sie ist verschwunden.«

»Ihre Schwester ist verschwunden?«

»Ja.«

»Sie kommen aus Portugal?«, fragte Jan, während er sich im Bett etwas aufrichtete. »Und Ihre Schwester auch?«

»Fast«, entgegnete Mariano Pinto und lächelte. »Wir stammen aus Brasil, leben aber schon viele Jahre in Deutschland.«

»Wie kommen Sie darauf, dass ich Ihnen helfen kann?«

»Ich weiß von Ihre Buch. Sie haben ein Gehör, oder nein, ein Ohr für Menschen, denen man Unrecht getan hat. Ich habe es auf der Reise hierher gelesen. Und ich habe auch gelesen, dass Sie diesen toten Jungen kannten – Hauke Klenke. Und Sie kennen Rainer Jacobsen. Er wird Smutje genannt.«

Wieder nickte Jan, denn nun schien die Sache interessant zu werden. Offenbar hatte Mariano Pinto sich doch nicht in der Tür geirrt.

»Meine Schwester war mit Smutje verheiratet.« Diesen Satz ließ der Mann wirken. »Sie hat mit ihm in einem Haus gelebt, bevor sie verschwunden ist. Das war vor 22 Jahren.« Mariano Pinto machte wieder eine kurze Pause. »Er sagt, sie ist weggelaufen, zurück nach Brasil. Aber das stimmt nicht. Sie wäre niemals weggegangen ohne ihr Kind. Und auch nicht, ohne mir etwas zu sagen. Ich bin doch ihr Bruder!«

»Dennis ist Ihr Neffe?«

»Ja. Und Smutje ist Schwager.« Mariano Pinto presste für einen Moment die Lippen aufeinander. »Ich glaube, dass er sie umgebracht hat. Aber mich will niemand hören.«

»Vor 20 Jahren«, sagte Jan leise. »Waren Sie damals bei der Polizei?«

»Natürlich. Sogar bei Kriminalpolizei Flensburg war ich. Aber wissen Sie, was sie zu mir gesagt? Ich kann keine Vermisstenanzeige aufgeben. Dafür ist Ehemann da, wenn sie verheiratet ist. Und sie war ja verheiratet.«

»Wissen Sie noch, mit wem Sie damals gesprochen haben?«

Der Mann nickte. »Eggestein. Kommissar Eggestein. Er ist Freund von Smutje.«

Jan hob langsam das Kinn.

97

Sören Jensen spürte den Schweiß auf seinem Rücken. Der *Sylter Spion* wollte er sein. Doch als Spion eignete er sich offenbar nur bedingt. Unerwartet schnell ging ihm der Gesprächsstoff mit dem Smutje aus. Zum Glück hörte dieser sich gerne selbst sprechen. Wie schon im Kultursaal gab es eine Art Monolog vom Smutje. Er wiederholte seine Argumente vom Vortag. Sören solle es mal mit dem Ortsverein und der Lokalpolitik versuchen. Junge Leute mit Engagement seien wichtig. Floskeln und Blablabla. Wenigstens brauchte Sören nicht allzu viel zum Gespräch beitragen. Ein gelegentliches Nicken oder »Sicher, sicher, verstehe!« an den richtigen Stellen reichte aus. Dann kam der Zeitpunkt, dass Sören sich auf die Suche nach der Toilette machen wollte. Die Gelegenheit war günstig. Der Smutje bekam einige Mitteilungen auf sein Smartphone und beschäftigte sich mit deren Beantwortung.

»Die Bürgermeisterin«, sagte er zur Erklärung. »Muss ich mal kurz antworten.«

»Na klar. Die Toilette, äh, wo muss ich da lang?«

Die Gästetoilette lag im Erdgeschoss. Sören blickte in die vom Smutje genannte Richtung den Flur entlang, entschied sich dann jedoch blitzschnell, den Weg ins Obergeschoss anzutreten. Die Augen einer wunderschönen Frau verfolgten ihn von einem Gemälde herab, als er sich zur Treppe schlich. Sein Herzschlag raste.

Vom Smutje wusste er, dass kein Personal im Haus war. Auch Dennis schien nicht da zu sein. So unauffällig wie möglich hatte Sören vorhin nach ihm gefragt und vom Smutje bereitwillig Auskunft bekommen.

»Ja, schade, nicht? Ich glaub, er ist zum Strand. Wart ihr nicht Schulkameraden?«

»Fast«, hatte Sören geantwortet. »Er war zwei Klassen höher.«

»Ach ja, natürlich. Na, vielleicht kommt er ja gleich noch wieder und ihr könnt etwas reden.«

»Das wäre schön«, hatte Sören gelogen.

Dennis war also nicht oben und würde den Spion beim Spionieren erwischen.

Die Treppe knarrte kein bisschen, trotzdem glaubte Sören, seine Schritte würden durch die ganze Villa hallen. Schon war er auf der obersten Stufe und konnte die vom Flur abgehenden Türen sehen. Nur noch ein paar Schritte. Schnell in alle Räume gucken. Den Computer von Dennis finden. Oder den Quadrocopter. Und schnell wieder runter.

Er wollte Charlotte seine Beute übergeben und dann wieder in die Villa. Alles, bevor der Smutje ihn vermisste.

Na gut, der Plan war nicht ausgereift. Notfalls musste er improvisieren, vielleicht sogar direkt die Flucht ergreifen, falls der Smutje ihn mit dem Notebook oder dem Quadrocopter davonrennen sah.

Aber so weit kam es gar nicht erst. Noch bevor Sören die letzte Stufe überwunden und eine der Türen erreicht hatte, rief der Smutje von unten. »Doch nicht da lang! Die Gästetoiletten sind unten!«

Sören Jensen erstarrte in der Bewegung. Die Innenflächen seiner Hände waren nass vor Schreck und Anspannung, als er das Treppengeländer anfasste und langsam wieder hinunter ging.

»Dann habe ich wohl etwas falsch verstanden«, stotterte er.

98

Das Garagenfenster war gekippt. Charlotte streckte ihre
Hand hindurch, um nach dem Fenstergriff zu fassen. Doch
um ihn drehen zu können, hätte das Fenster geschlossen
sein müssen. Beim Zurückziehen schürfte Charlotte sich
den Handrücken auf und fluchte leise.

Sie krabbelte von der Mülltonne, ging zur Seitentür der
Garage. Es war eine dieser dünnen Metalltüren. Und – sie
war nicht verschlossen. Der Türgriff hakte zwar, und die Tür
ließ sich auch nicht besonders leicht aufziehen, vermutlich
wurde sie dafür zu selten benutzt, doch es ging trotzdem.
Automatisch zog Charlotte die Luft ein, noch ein Blick zum
Haus – hoffentlich wurde sie nicht beobachtet – dann betrat
sie die Garage. Es roch nach Holzschutzmittel und Farbe.

Kurz entschlossen schaltete sie das Licht ein.

Links von ihr war eine ordentlich aufgeräumte Werkbank.
Eine dreiteilige Steckleiter hing quer darüber. Sie überlegte,
die Leiter von der Wand zu nehmen und sie vor dem gegenüberliegenden Regal aufzubauen. Doch das schien ihr zu
kompliziert. Sie brauchte etwas anderes, um sich darauf zu
stellen. Auf Zehenspitzen konnte sie die Kartons zwar auch
gerade so berühren, doch nicht ohne Risiko aus dem Regal
ziehen. Konnte in einem der Kartons der Quadrocopter versteckt sein? Durchaus.

Charlotte entdeckte in einer Ecke ein blaues Plastikfass.
Das Ding war schwer. Aber mit etwas Mühe gelang es ihr, es
vor das Regal zu ruckeln. Stück für Stück. Vorsichtig kletterte sie dann hinauf, konnte so den ersten Karton zu sich
heranziehen und einen Blick hineinwerfen. Kein Quadro-

copter. Stattdessen ein Plastikbeutel mit Grassamen und Rasendünger.

Sie schob den Karton zurück und wollte sich dem zweiten zuwenden, als das Handy in ihrer hinteren Hosentasche zu vibrieren begann. Sofort dachte sie an Sören, doch als sie das Telefon aus der Tasche gefummelt hatte, sah sie Jans. Gesicht und seine Telefonnummer. Kurz war sie versucht, ihn wegzudrücken, dann nahm sie das Gespräch doch an.

»Seid ihr schon beim Smutje?«, wollte Jan ohne Begrüßung wissen.

»Kann man so sagen«, erwiderte sie, während sie auf dem Fass balancierte.

»Und Sören? Ist er schon bei ihm drin?«

»Ja.«

»Allein?«

»Ja.«

»Dann hol ihn da raus. Aber schnell!«

Charlotte wollte fragen, warum. Sie kam nicht mehr dazu, weil sich das Garagentor mit einem Ruck zu bewegen begann. Der an die Wand montierte Motor summte laut. Charlottes Blick raste zur Tür auf der anderen Seite des Raums. Nur fünf, vielleicht sechs Schritte bis dahin.

99

Undine Henriks hatte die Fernbedienung für das Garagentor bereits bedient, als sie in die Straße einbog. Sie musste mit dem Smutje reden. Unter vier Augen. Undine wollte wissen, was da gestern im Kultursaal passiert war. Das ging nicht alles nur mit Kurzmitteilungen.

Den ganzen Abend hatte Undine über die Situation im Kultursaal nachgedacht. Und den ganzen Tag immer wieder über das, was mit Hauke geschehen war. Wieso war er tot? Und seine Mutter auch. Zusammen mit Lena war Marion Klenke vom Roten Kliff gestürzt. Ein Teil war abgesackt und in die Tiefe gestürzt. Aber es gab auch ein Video, auf dem es so aussah, als würde Marion Klenke dieses asiatisch aussehende Mädchen in den Abgrund stoßen. Wenn auch in grottenschlechter Qualität. Das Bild war extrem dunkel und verrauscht. Trotzdem. Das war Wahnsinn.

Gestern war auf Sylt noch alles in Ordnung. Also fast. Es gab das tote Mädchen vom Kliff. Keine guten Public Relations. Aber das war ein Unfall. Doch nun …

Vier Tote. Nein, fünf. Der alte Martens ja auch.

Das war zu viel für eine Insel.

Das ging ihr alles im Kopf herum, obwohl sie sich ganz auf die Folgen der Sturmschäden hätte konzentrieren müssen. Zeitungen und Fernsehsender wollten von ihr Statements, wie schwer es Sylt erwischt hatte. Wie lange die Aufräumarbeiten dauern würden. Ob der Orkan Auswirkungen auf die kommende Urlaubssaison haben würde.

Doch sie beschäftigte sich in Gedanken mit dem Junior vom Smutje – mit Dennis. Mit Hauke Klenke. Mit Jan

Fischer. Mit Marion Klenke. Und mit Lena Thumsen. Das war einfach zu viel.

Der Smutje musste ihr erzählen, was genau passiert war. Sie musste alle Fakten kennen. Zum Glück war sie aus dem Kultursaal verschwunden, bevor die Situation eskaliert war. Ihr war schnell klar geworden, dass sie sich darin nicht verwickeln lassen durfte. Sie begriff, dass die Sache ihrem Amt schaden konnte. Aber das wollte sie nicht. Sie war jetzt die Bürgermeisterin von Westerland. Und sie wollte es bleiben.

Wenn der Smutje Probleme mit seinem Sohn hatte, sollte er das allein klären. Höchstens hinter den Kulissen würde sie sich für Dennis einsetzen. Aber nicht zu offensichtlich. Das musste der Smutje wissen. Sie würde es ihm sagen. Genau so. Von Angesicht zu Angesicht. Und dann musste er alles erzählen, was er wusste. Der Smutje musste sie empfangen, ob er wollte oder nicht.

Undine biss sich auf die Unterlippe. Hoffentlich schaffte sie es, ihm dies mit denselben Worten zu sagen, die sie sich zurechtgelegt hatte.

Und keinen Sex. Jedenfalls nicht heute. Sie musste dem Smutje widerstehen. Ihm und seinem verdammten Charme.

Das Garagentor war schon offen, als sie in die Einfahrt bog. Energiegeladen rauschte Undine mit ihrem Auto am Wagen vom Smutje vorbei auf die Garage zu.

Was für ein blödes Versteckspiel. Zukünftig würde sie vor der Villa parken. Sie war die Bürgermeisterin. Sie brauchte sich nicht zu verstecken.

Das blaue Fass sah sie viel zu spät. Es stand nicht dort, wo es sonst immer stand. Jemand hatte es ein Stück aus der Ecke nach vorn gerückt.

100

Charlotte schaffte es nur halbwegs, die Seitentür zur Garage zu schließen, bevor das Tor ganz oben war. Ein Auto schoss in die Einfahrt. Scheinwerferlicht streifte sie, während sie sich an die Wand presste. Sie glaubte, eine Frau am Steuer zu sehen. Dann krachte es.

Sofort wusste Charlotte, was passiert war. Das blaue Fass. Die einen Meter 20 hohe Tonne. Die hatte sie dem Auto in den Weg geschoben. Nur so war sie an die Kartons auf dem Regal gekommen.

Automatisch ballte Charlotte die Hände zu Fäusten. Künstlerpech, dachte sie und machte, dass sie davon kam. So schlimm würde der Schaden schon nicht sein. Bestimmt nur ein Blechschaden. Erst mal zur Straße. Dort konnte sie noch immer überlegen, was zu tun war.

Doch kaum hatte Charlotte das Grundstück verlassen, hörte sie den spitzen Schrei. Zweifellos eine Frauenstimme. Sie kam aus der Garage.

Nun blieb Charlotte nichts anderes übrig. Sie musste helfen. Auch wenn sie sich damit verriet. Wenn die Frau verletzt war, musste sie zurück.

Charlotte lief den kurzen Weg zur Einfahrt und war gleich darauf wieder bei der Garage. Im Schatten sah sie Undine Henriks neben ihrem Auto stehen. Die Fahrertür stand noch einen Spalt offen, sodass Charlotte nicht daran vorbeisehen konnte.

Verletzt schien die Frau nicht. Sie starrte nur bewegungslos nach vorn. Erst als sich eine merkwürdige Flüssigkeit um ihre Füße verteilte, sprang sie nach hinten. Wieder drangen Geräusche aus ihrer Kehle. Kein Schrei mehr. Eher ein Würgen.

Beinahe stieß Undine mit Charlotte zusammen. Erst dann bemerkte sie, dass sie nicht mehr allein in der Garage war. Ungläubig deutete sie auf die Stelle, an der das Fass durch den Aufprall leckgeschlagen war. Die Stoßstange des Autos hatte sich verformt und steckte teilweise im Fass. Die über den Boden kriechende Flüssigkeit ergoss sich aus dem Loch. Noch immer bewegte sie sich auf die beiden Frauen zu. Fast so, als verfolgte sie Undine.

Dann sah Charlotte, was die Bürgermeisterin so mit Entsetzen erfüllte. Es war nicht allein die Flüssigkeit mit ihrem beißenden Gestank. Aus dem Loch guckte ein aufgequollenes Stück Fleisch. Nur langsam begriff Charlotte, dass dies einmal eine Hand gewesen sein musste.

101

Jan hatte das Telefon noch am Ohr, als er das Krachen und den folgenden Aufschrei hörte. Dann Geraschel.

»Charlotte«, rief er laut. »Hallo, hörst du mich? Was ist passiert?«

Schritte. Mehr Geraschel.

Charlotte musste das Telefon in die Hosentasche gesteckt haben. Jan konnte es bildlich vor sich sehen. Er hörte Schritte. Er hörte Charlottes Stimme. Dann Stille.

Mit angehaltenem Atem lauschte Jan weiter ins Telefon. Doch da kam nichts mehr. Die Verbindung war getrennt.

»Ich muss da hin«, sagte er mehr zu sich als zu seinem Besucher. Er schwang die Beine aus dem Bett. Sie fühlten sich blutleer und schwach an.

Mariano Pinto verfolgte die Entwicklung mit interessierten Blicken.

»Können Sie mir helfen?«, fragte Jan. Allein war er der Herausforderung nicht gewachsen. »Ich muss zum Haus vom Smutje.«

»Jetzt?«

Jan blickte Mariano Pinto an. »Sofort.«

»Dann müssen wir nehmen Taxi. Ich kenne die Straße. Ich kenne das Haus.«

102

Der *Sylter Spion* und der Smutje waren noch im Flur, als sie den Krach draußen hörten. Vergessen war Sörens Enttäuschung über den Fehlschlag seiner Mission.

Als sie die Tür öffneten, sahen sie eine Frau in die Garage laufen. Sören wusste, dass es Charlotte war. Schnell sah er den Smutje an. Hatte er sie auch erkannt?

»Da ist was passiert«, meinte Sören. »Wir müssen helfen.«

Doch der Smutje reagierte nicht. Er blieb einfach stehen, rührte sich keinen Millimeter. Wozu auch? Er wusste, was passiert war.

103

Als ihr weiß lackierter Fingernagel beim Schließen des Koffers einriss, hatte Madalena vor Wut aufgeschrien. In einem Sekundenbruchteil brach sich Bahn, was sie die letzten Stunden unterdrückt hatte. Zorn und Wut waren auch vorher schon da, als sie die Schränke aufriss und alles, was sie mitnehmen wollte, aufs Bett warf. Latent und brodelnd. Das war nun vorbei. Sie befühlte den beschädigten Fingernagel und trat gegen den auf dem Boden liegenden Koffer. Das Gepäckstück musste einstecken, was einem anderen zugestanden hätte. Aber der war ja nicht da. Wieder mal.

Lange genug hatte sie dem Treiben zugesehen. Sie wusste, dass andere Frauen dies ein Leben lang aushielten. Wenn alles andere stimmte: man versorgt war, es den Kindern gut ging. Warum sollte er sich dann nicht die Dinge bei einer anderen holen, um die man eine anständige Ehefrau, zumal eine katholische, nicht bat?

Madalena hatte versucht, sich mit diesem Gedanken anzufreunden. Doch es war ihr nicht gelungen. Ihr Mann schlief mit anderen Frauen. Regelmäßig und mehr oder weniger ungeniert. Abgesehen davon, dass das widerlich war, wussten es auch alle anderen. Sie lebten auf einer Insel. Wie sollte da so etwas verborgen bleiben?

Madalena fühlte sich beleidigt und beschmutzt. Schon beim ersten Mal. Gleich, als sie es herausgefunden hatte.

Er bestritt nichts. Aber er änderte auch nichts. Und trotzdem blieb sie bei ihm. Dabei ging es gar nicht mal um den Ehevertrag. Sie würde so gut wie nichts bekommen, wenn sie ihn verließ. Na und?

Das Leben im Luxus war schön. Aber was mit dem vielen Geld anfangen, wenn man auf einer Insel hockte? Strand und Meer gab es hier, trotzdem war dies nicht die Copacabana. Sie wohnten eben nur auf Sylt.

Madalena sehnte sich jeden Tag, jede Stunde und jede Minute zurück nach Hause.

Brasil.

Weich gesprochen.

Die Menschen auf Sylt hielten sich für aufgeschlossen, geradezu kosmopolitisch. Doch in Wahrheit waren es taube Nüsse. Alle. Auch Simone, Karen und Marion. Ihre Freundinnen, deren Leben so blass war wie ihre Gesichter. Madalena war so anders. Alle konnten es sehen. Ihre Haut kakaofarben, die glatten langen Haare schwarz und ihr Lachen trotzdem so viel heller als das der anderen Frauen.

Simone wohnte in der Villa nebenan. Ihre engste Vertraute.

Würde sie Simone vermissen oder die anderen? Beim Gedanken an die regelmäßigen Kaffeekränzchen in der *Kampener Teestube* und die Prosecco-Gelage auf der Promenade von Westerland wusste Madalena die Antwort.

Weg, nur weg.

Zwei Koffer und eine Reisetasche waren gepackt. Aber Madalena würde nicht einfach fliehen. Das entsprach nicht ihrer Natur. Sie würde ihm, sobald er nach Hause kam, die Wahrheit mit Worten ins Gesicht spucken. Dann erst würde sie gehen. Erhobenen Hauptes. Einem neuen Leben entgegen.

104

Madalena hätte es wissen müssen. Sie als Südamerikanerin hätte begreifen müssen, dass Männer eines bestimmten Schlages selbst einer solchen Schönheit an ihrer Seite nicht immer treu sein konnten. Dem Reiz des Neuen hatte der Smutje schon nicht widerstehen können, als er Madalena noch gar nicht kannte. Eine Braut in jedem Hafen, hätte es geheißen, wenn der Smutje jemals wirklich zur See gefahren wäre. Deshalb war er letztendlich doch auch mit Madalena zusammengekommen. Warum nur hatte sie das nicht verstehen können?

Immer wieder war es zum Streit gekommen. Das Gesicht des Smutjes verdunkelte sich, während er daran dachte. Er sah den *Sylter Spion* zur Garage laufen. Doch er selbst hatte es nicht eilig. Er wusste, was passiert war. Irgendwann musste es ja geschehen.

Madalena wollte ihn vor vollendete Tatsachen stellen. Ihre Koffer waren gepackt, als er nach einem langen Arbeitstag nach Hause kam.

Der Smutje wollte nicht verstehen, was seine Frau bewegte. Ihre ewigen Drohungen, dass sie ihn verlassen werde, wenn er mit den anderen Frauen nicht aufhöre, hatte er verkannt. Doch letztendlich war sie ein freier Mensch und konnte tun, was sie wollte. Wenn der Smutje dies für sich in Anspruch nahm, konnte er es auch ihr nicht verwehren. Den Jungen allerdings, den durfte sie nicht mitnehmen. Aber genau das hatte sie vorgehabt.

»Wo ist er?«, hatte der Smutje gefragt.

»Im Bett. Noch.«

»Dort bleibt er auch.«

»Nein. Er kommt mit mir.«

Der Streit hatte sich vom Flur über das Wohnzimmer bis in die Küche fortgesetzt. Doch obwohl sich die Küchenmesser plötzlich in Reichweite befanden, benutzte der Smutje nur seine eigenen Hände, um Madalena zu töten. Seine Finger lagen um ihren Hals und drückten immer länger zu, während ihre weiß lackierten Nägel durch sein Gesicht kratzten. Als sie fast geräuschlos zu Boden glitt, waren seine Hände noch immer an ihrem Hals. Minutenlang und voller Trauer kniete er mit gebeugtem Rücken über ihr. Tränen liefen über sein Gesicht und fielen auf den Leichnam. Erst dann schaffte er es, sich von seiner geliebten Madalena zu lösen.

Er hätte sie gehen lassen. Allein. Doch der Junge bedeutete ihm alles. Ihn durfte sie nicht mitnehmen.

Der Junge war dann auch der Grund, weshalb sich der Smutje nicht der Polizei stellte. In der Garage stand ein großes blaues Plastikfass, dessen Deckel sich mit einem Metallring verschließen ließ. Während Madalena auf dem Boden vor ihm lag, sah er das Fass plötzlich vor sich. Vielleicht hatte er sogar schon daran gedacht, als er sie noch würgte. Ganz sicher war er sich dessen hinterher nicht mehr.

Andächtig trug er die tote Frau in die Garage. Sie war schon immer federleicht gewesen. Dann steckte er sie in das blaue Fass. Beim ersten Versuch ließ sich der Deckel nicht schließen. Doch bald hatte der Smutje raus, wie er den toten Körper falten musste, damit er hineinpasste.

Am nächsten Tag besorgte er sich zwei Kanister Spiritus und schüttete diese über die Leiche. Formalin aus der Apotheke wäre besser gewesen, um unerwünschte Gerüche zu vermeiden, doch handelte es sich dabei um einen Gefahrenstoff, bei dessen Ankauf man seine Personalien angeben musste.

So wiederholte er die Prozedur stattdessen mit Spiritus so lange, bis Madalena vollständig damit bedeckt war. Mehrere Fahrten ans Festland und der Besuch unterschiedlicher Baumärkte gehörten zu diesem Unternehmen. Nach einem letzten Blick auf seine Frau verschloss der Smutje das Fass endgültig mit einer kurzen Schweißnaht auf dem Verschluss des Metallrings.

So stand das blaue Ding all die Jahre in der Garage. Bisher hatte der Smutje an keinen Umzug gedacht. Die Villa war schön, warum sollte er eine andere wollen? Doch wenn es irgendwann soweit sein sollte, würde auch das Fass mit umziehen müssen.

Natürlich wäre es schöner gewesen, wenn Madalena noch lebte. Manchmal musste der Smutje nachts an sie denken. Aber er vermied es in solch dunklen Stunden, in die Garage zu gehen, auf das Fass zu starren und sich gehen zu lassen. Er musste stark sein, auch für Dennis.

Die Reisevorbereitungen, die Madalena getroffen hatte, halfen dabei, alles so aussehen zu lassen, als sei sie davongelaufen. Die Nachbarn und Geschäftsfreunde bedauerten ihn und seinen Jungen. Was für einen Charakter musste die Frau haben, wenn sie ihren kleinen Sohn einfach zurückließ? Aber hatte der Smutje nicht auch ein bisschen selbst Schuld, wenn er so eine Ausländerin heiratete? Dass Südamerikanerinnen Feuer im Blut hatten, war doch allgemein bekannt.

Der Smutje hörte die aufgeregten Stimmen in der Garage. Doch sie interessierten ihn nicht. Teilnahmslos ging er an der Garage vorbei, dann ums Haus herum, durch den gepflegten Garten und schlug den Weg zum Strand ein. Einmal am Tag musste er einfach das Meer sehen. Daran würde sich wohl nie etwas ändern. Vielleicht würde er sogar Dennis dort unten treffen. Schön wäre es, wenn sie mal wieder zusammen als Vater und Sohn am Wasser stünden und dem Spiel der Wellen zusehen konnten.

105

Einfahrt, Garage und Hausfassade wurden wechselweise vom Blaulicht der eingetroffenen Streifenwagen erfasst. Ziemlich viele Leute liefen herum. Menschen in Uniform. Sogar einen Rettungswagen hatte jemand gerufen. So, als sei der Person aus dem Plastikfass noch irgendwie zu helfen. Allerdings verzichtete man auf einen Notarzt.

Eggestein traf auch bald ein und brachte Ordnung in den Haufen. Erst einmal mussten Charlotte und Sören Jensen den unmittelbaren Bereich vor der Garage verlassen. Der Polizeichef entschied, dass die Feuerwehr gerufen werden musste, um festzustellen, um was für eine Flüssigkeit es sich handelte, die sich großflächig auf dem Betonboden verteilt hatte. Vielleicht gingen von ihr gesundheitsgefährdende Reizgase aus, möglicherweise war sie sogar ätzend. Nun zogen sich auch die Uniformierten von der Garage zurück. Sicher war sicher.

Die Sanitäter wurden kurz darauf doch noch gebraucht. Sie kümmerten sich um Undine Henriks. Sämtliche Farbe war aus dem Gesicht der Bürgermeisterin von Westerland gewichen. Der Schock über das Erlebte kam mit Verzögerung, aber mit Macht. Im Rettungswagen konnte sie sich auf die hydraulische Liege legen, wurde mit einer Decke gewärmt und von den Sanitätern versorgt.

Die Feuerwehr rückte mit Martinshorn an. Ein Geräusch, das wegen der vielen Sturmschäden für die Insulaner in den vergangenen zwei Tagen schon zur Gewohnheit geworden war. Atemschutzgeräte wurden angelegt. Der Einsatzleiter besprach sich mit den Männern, bevor sie in die Garage durften.

Überrascht stellten die Feuerwehrmänner fest, dass die Garage nicht verlassen war. Ein junger Mann stand neben dem Auto der Bürgermeisterin und starrte wortlos auf das blaue Fass. Genauer: auf das Loch im Fass. Noch genauer: auf die Hand, die das Loch von innen ins Fass geschlagen zu haben schien. Nach über 20 Jahren. Als wollte die Person, zu der die Hand gehörte, endlich heraus.

Ein Feuerwehrmann berührte Dennis an der Schulter. So ließ er sich ohne Probleme aus der Garage bugsieren. Ein Polizist nahm ihn in Empfang und fragte sofort, was er denn hier verloren gehabt habe. Er wusste nicht, dass es sich um den Sohn des Hauses handelte.

106

Dennis hatte seinen Vater den Weg zum Strand hinunter kommen gesehen. Nach dem Essen mit dem Alten hatte er es sich in einer Mulde am Fuß der Dünen bequem gemacht, konnte das Meer beobachten und war trotzdem einigermaßen windgeschützt. Ohne sich zu zeigen, ließ er den Smutje vorbeigehen. Sein Gesprächsbedarf mit ihm war für lange Zeit gedeckt. Stumm sah er zu, wie der Alte den breiten Strand bis zum Wasser hinunter ging. Dann schlug dieser den Weg Richtung Nordspitze ein.

Dennis fühlte sich ausgekühlt. Er wusste, dass das nicht nur vom Wind kam. Der Alte tat so, als sei er auf seiner Seite. Doch Hauke war nicht mehr da. Sein engster Verbündeter. Sein Freund. Ein Leben ohne Hauke konnte Dennis sich nicht vorstellen. Wie lange waren sie Freunde gewesen? Doch schon immer!

Dass der Alte sich seit gestern um ihn kümmerte, Spuren beseitigte, ihm keine Vorwürfe machte, sondern versuchte, das Heft des Handelns in der Hand zu behalten, was nützte das? Dennis war es egal. Denn Hauke war tot.

Mit geballten Fäusten schlug Dennis in den Sand. Dann nochmal und nochmal. Er wollte schreien, doch das konnte er nicht. All die Jahre wollte er schon schreien. Vielleicht würde er es irgendwann können. Wenn niemand ihn hörte. Wenn der Alte weit, weit weg war.

Als ihm kalt genug war, stand Dennis auf, verfluchte den Sand, der ihm von hinten in den Hosenbund gerieselt war, und ging den Pfad hinauf zur Villa. Das Blaulicht sah er erst, als er schon ganz nah war. Seitlich schlich er am Gebäude vorbei. Polizei und Rettungswagen parkten vor dem Grundstück.

Dennis merkte, dass sich die Konzentration der Menschen auf die Hofeinfahrt und auf die Garage richtete. Er sah Sören Jensen zwischen den Uniformierten. Sören, den Idioten – nicht den Spion. Was für ein Blödmann. *Sylter Spion.* So ein Quatsch. Und neben ihm stand die Frau, die Dennis vom Roten Kliff kannte. Sie gehörte zu diesem Journalisten, zu Jan Fischer.

Noch hatte niemand Dennis bemerkt. Dafür sah er, dass die Seitentür zur Garage einen spaltbreit offen stand. Ohne zu zögern, drückte er sich dicht an der Wand entlang, zog die Tür weiter auf und schlüpfte in die Garage. Ein fremder Wagen stand darin und ein beißender Geruch schlug ihm entgegen. Sofort musste Dennis an in Spiritus eingelegte Seesterne denken. Als Kind hatte er diese besonders hübschen Meeresbewohner gemeinsam mit Hauke in Gläser mit Schraubverschluss gesteckt und zur Konservierung mit Spiritus übergossen. Den Trick kannten sie aus der Grundschule. Das hatte genauso gestunken.

Aus diesem Grund wusste Dennis auch gleich, was sich in dem Fass befinden musste. Eine Million Mal hatte er das blaue Ding in der Ecke der Garage gesehen. Der Alte hatte irgendwann mal gesagt, dass darin Kalk zum Rasendüngen sei. Und Dennis hatte keinen Grund gehabt, daran zu zweifeln, und noch weniger, es zu überprüfen. Wer interessierte sich schon für Rasenpflege? Dafür hatten sie doch den Gärtner.

Dann sah Dennis die Hand.

Mehr brauchte es nicht.

Nur die Hand.

Dennis erstarrte. Alles brach über ihn herein. Alles auf einmal. Alle Details.

Die Stimme seiner Mutter. Das Geschrei. Der ewige Streit zwischen ihr und dem Smutje. Dennis hatte immer gedacht, dass es dabei um ihn ging. Dass er etwas falsch gemacht hatte. Dass er auch der wirkliche Grund war, weshalb Mutter sie verlassen hatte. Diese wunderschöne Frau, die immer so lieb zu ihm gewesen war und die immer so gut gerochen hatte.

Er erinnerte sich an den letzten Streit vor ihrem Verschwinden. Er erinnerte sich an die plötzliche Stille im Haus. Danach.

Aber das war doch ein Traum. Ein böser Traum. Ihr Gekreische kurz vor der Stille.

Eine Hand legte sich auf Dennis' Schulter. Ohne Gegenwehr ließ er sich mitziehen. Dann stand er einem Polizisten gegenüber, der auf ihn einredete. Er stellte Fragen. Die richtigen Fragen. Was? Und wieso?

»Ich war es«, brach es aus Dennis hervor. »Ich habe sie umgebracht.«

Der Polizist schwieg ganz plötzlich.

»Ich bin schuld an ihrem Tod. Und Anna habe ich auch umgebracht.«

Alle hörten ihm zu. Der Polizist. Ein paar Feuerwehrleute. Charlotte Sander. Der *Sylter Spion*.

Dennis war es egal. Sollten sie es alle wissen.

»Sie ist abgestürzt. Ich wollte es nicht wirklich. Aber ich habe auf sie geschossen. Sie wollte nicht weiterklettern. Also habe ich geschossen. Sie wusste doch, dass ich das tun würde. Wieso ist sie nicht einfach weitergeklettert?«

Plötzlich war da ein starker Griff an beiden Oberarmen. Jemand zog ihn zurück. »Der Junge ist verwirrt«, sagte eine Stimme.

Eggestein legte seinen Arm wie einen Schutzschirm um Dennis' Schulter. »Vergessen Sie, was er gesagt hat«, befahl er dem Polizisten, der bis eben mit Dennis gesprochen hatte. »Er weiß nicht, was er sagt. Ich erkläre es Ihnen nachher.«

Dann führte er Dennis wie durch einen Korridor zwischen den Menschen hindurch, setzte ihn in seinen Wagen, drückte die Beifahrertür zu, ging um das große Fahrzeug herum und schlüpfte selbst auf den Fahrersitz.

»Es ist wahr«, sagte Dennis leise. »Ich habe Anna umgebracht. Das tote Mädchen vom Kliff. Das war ich. Und an Mamas Tod bin ich auch schuld.«

»Wir wissen noch gar nicht, wer das in dem Fass ist.«

Dennis blickte starr geradeaus. Doch! Sie wussten es. Sie wussten beide, wer in dem Fass war, eingelegt in Spiritus wie ein Seestern.

»Und den Alten vom Campingplatz habe ich auch erschlagen. Mit einem Ast.«

Ganz langsam drehte Eggestein den Kopf. »Das will ich nicht wieder hören. Verstehst du? Nichts davon.«

Dennis wollte etwas erwidern, doch Eggestein ließ ihn nicht zu Wort kommen. »Denn nichts davon ist wahr«, sagte er.

Also schwieg Dennis wieder. Dabei hätte er so gerne laut geschrien. Schon so lange wollte er laut schreien.

107

Der Taxifahrer konnte nicht in die Straße einbiegen. Ein Feuerwehrjunge, kaum volljährig, winkte mit einer rot-weißen Kelle. Jan bezahlte, bevor er die Wagentür öffnete. Er steckte barfuß in den Schuhen, hatte noch den Krankenhauspyjama unter der Hose und seiner durchlöcherten Jacke an. Mariano Pinto stieg auf der anderen Fahrzeugseite aus und bot Jan seinen Arm zum Abstützen an. Der schüttelte den Kopf.

Nebeneinander gingen sie die Straße bis zur Villa vom Smutje entlang. Sie waren nicht die einzigen Schaulustigen. Einige Menschen in Winterkleidung waren vom Blaulicht und der Aufregung rund ums Gelände angelockt worden.

Leicht panisch versuchte Jan, das Geschehen zu erfassen. Wo war Charlotte? Wo war Sören Jensen? Ging es ihnen gut? Oder waren sie aufgeflogen? Hatte der Smutje die Nerven verloren und irgendeine Gewalttat begangen?

Dann stand Charlotte plötzlich hinter Jan. Ihre Hand umschloss die seine, und sie flüsterte ihm ein »Hallo« ins Ohr. Auch Sören Jensen trat zu ihnen.

»Oh, verdammt, Charlotte. Ich dachte schon …«

»Was?«

»Die Leitung war plötzlich tot. Und vorher habe ich einen Schrei gehört. Wo wart ihr denn?«

»Spionieren«, erwiderte sie. »Das wolltest du doch?«

»Ja. Aber … Habt ihr denn was herausgefunden?«

»Kann man so sagen.«

Jan sah Charlotte fragend an.

»Der Smutje hatte noch eine Leiche im Keller«, übernahm Sören Jensen das Wort. »Beziehungsweise in einem Fass. Eine Frau. Dort in der Garage.«

Jan drehte stumm den Kopf. Die beiden anderen hatten nicht bemerkt, dass er nicht allein gekommen war. Doch nur zwei Meter neben ihm stand Mariano Pinto. Der alte Mann blickte zwei Polizisten nach, die auf dem Weg zur Garage waren. Jan ahnte etwas Fürchterliches, doch Mariano Pinto schien noch nicht im Geringsten zu verstehen, was das hier bedeutete.

Mariano brauchte sich nach dem heutigen Abend keine Sorgen mehr darüber zu machen, dass seine Wohnung im nächsten Jahr aus dem Programm des öffentlich geförderten Wohnraums fiele. Die Miete in seinem Wohnblock würde nach 15 Jahren Preisbindung explodieren. Der Eigentümer hatte schon Renovierungsmaßnahmen angekündigt, um eine sofortige Mieterhöhung zu rechtfertigen. Mit dem Einkommen aus der Musikschule und dem Tanzunterricht war klar, dass Mariano sich die Wohnung dann nicht mehr leisten konnte. Doch wohin dann?

Marianos Herz sehnte sich nach der Wärme seiner Heimat. São Paulo war ein Moloch. Aber mit seinen Ersparnissen würde Mariano sich dort ein wesentlich bequemeres Leben leisten können als im wolkenverhangenen Hamburg.

Nur der Gedanke an seine vermisste Schwester hatte bisher verhindert, diesen Wunsch in die Wirklichkeit umzusetzen. Er musste hier bleiben, in diesem kalten, unfreundlichen Land, um da zu sein, wenn Madalena ihn brauchte. Er war doch ihr großer Bruder. Sie musste ihn finden können, wenn sie nach ihm suchte. Deshalb war er nie aus Hamburg weggezogen, hatte nicht einmal den Stadtteil gewechselt.

Hoffnung hatte seine Ausdauer viele Jahre genährt. Hoffnung, seine kleine Schwester eines Tages doch noch wiederzusehen. Doch irgendwann wurde dieses Gefühl durch etwas anderes abgelöst: einen heimlichen Wunsch, den Mariano sich selbst nicht eingestehen mochte. Ein Geheimnis, das sein Herz fast noch mehr schmerzte als Madalenas Verschwinden. Irgendwann wurde es ihm klar. Er wünschte sich, dass Madalena tot war. Er wollte von ihr erlöst sein. Er wünschte sich unumstößliche Beweise für ihren Tod.

»Jemand hat die Tote eingelegt wie Obst in Alkohol. In der hintersten Garagenecke«, fuhr Sören fort. Genau wie Jan folgte nun auch Mariano Pintos Blick dem ausgestreckten Finger.

»Madalena.« Seine Stimme war leise. Doch Mariano rollte die Buchstaben, wie er es schon als Junge in Brasilien getan hatte, wenn er die kleine Schwester vom Spielen auf der Straße nach Hause holen musste.

»Ich komme, Mariano«, hatte sie zurückgerufen. »Ich komme schon.«

108

Die folgende Nacht verbrachte Jan noch einmal im Krankenhaus, während Charlotte Unterkunft bei Sören Jensen
bekam. Am nächsten Morgen unterschrieb Jan, was immer
nötig war, um sich selbst aus der Obhut des Pflegeperso-
nals zu entlassen. Da seine Schulter nicht entzündet schien,
war der behandelnde Arzt sogar einverstanden. Zwar trug
Jan den Arm in einer Schlinge und wurde angehalten, diesen zu schonen, trotzdem fühlte er sich dank der Schmerztabletten ziemlich fit. Charlotte erwartete ihn am Haupteingang des Krankenhauses. Jan suchte in ihren Fingern nach
einer Zigarette.

»Hab aufgehört«, sagte sie stolz.

»Wann das denn?«

»Schon vor sechs Wochen.«

»Na, Mallorca scheint dir ja gutgetan zu haben.«

Der Ausdruck aufs Charlottes Gesicht ließ sich nicht deuten. Dann lächelte sie.

»Heute ganz allein? Wo ist denn dein Spion?«, schob Jan
hinterher.

»Wieso *mein* Spion?«

Jan grinste. »Ein Spion ist er jedenfalls. Die Fotos aus der
Garage sind ziemlich krass. Dass er da die Nerven behalten hat.«

»Der Smutje ist ja runter an den Strand. Wer hätte ihn
also aufhalten sollen, solange noch keine Polizei da war?«

»Ja, wer?« Jan dachte an das *Lauffeuer*. »Der Kontakt zu
Christian steht doch, oder?«

Charlotte nickte. »Sören ist jetzt unser Mann auf Sylt.«

»Spion!«, verbesserte Jan.

»Ja, unser Spion auf Sylt«, stimmte Charlotte zu.

Mit einem Taxi fuhren sie zum Campingplatz, um Jans Sachen zu holen. Da er keinen Schlüssel mehr für den gemieteten Trailer hatte und einen vermeintlichen Einbruch vermeiden wollte, hatte er sich an der Einfahrt mit Hauptkommissar Eggestein verabredet. Mit offizieller Unterstützung wollte sich Jan Zugang zu seinem Eigentum verschaffen. Eggesteins Geländewagen parkte bereits vor der geschlossenen Schranke, als sie den Campingplatz erreichten.

»Mein Auto«, sagte Jan überrascht, während Charlotte den Taxifahrer bezahlte. Jans Wagen stand ein Stück abseits. Jan probierte die Autotüren aus, doch die waren verschlossen.

»Das versteh mal einer«, sagte er leise zu sich selbst. Eggestein und Charlotte warteten auf ihn.

Charlotte sah den massigen Mann taxierend von der Seite an. Auch wenn er sich im entscheidenden Moment mit dem Warnschuss auf der Klippe für das Richtige entschieden hatte, blieb bei ihr ein ungutes Gefühl. Das Brecheisen in Eggesteins rechter Hand trug nicht dazu bei, dass sich dies änderte.

»Mein Auto«, wiederholte Jan kopfschüttelnd.

»Ja, dein Auto. Na und?« Charlotte zuckte mit den Schultern.

»Ich habe keine Ahnung, wie es hierher kommt.«

»Nein?«

»Nein! Ich hatte es vor der Klenke-Villa abgestellt. Jemand muss es hergefahren haben.«

»Können wir jetzt?«, trieb Eggestein ungeduldig zu Eile an, bevor Charlotte weiter nachfragen konnte.

»Sie haben noch mehr zu tun, was?«, meinte Jan entschuldigend.

»Hab ich«, bestätigte Eggestein.

Kollegen vom Festland hatten sich im Polizeipräsidium eingenistet. Mordkommission. Sie hatten die Ermittlungen zu den gewaltsamen Todesfällen von Hauke Klenke, dessen Mutter, Marion Klenke, und von Lena Thumsen übernommen. Auch der Tod der Zwillingsschwester des Mädchens wurde neu hinterfragt. Alles Dinge, die Eggestein so gut wie möglich unter Kontrolle behalten musste. Doch es gab keinen Grund, dies den beiden neugierigen Journalisten auf die Nase zu binden.

Auf halbem Weg zum Flachbau mit den Sanitäranlagen kamen sie an der morschen Birke vorbei. Hier hatte es den alten Martens erwischt. Ein Lokalblatt hatte über das Unglück berichtet und die Umstände ziemlich gut beschrieben. Automatisch blieb Jan stehen.

»Ich mochte den alten Kauz«, stellte er fest. »Was meinen Sie, Herr Eggestein, bleibt der Campingplatz bestehen?«

»Kinder hatte er ja keine. Aber ich glaube, es werden sich schon irgendwelche Erben finden.« Der Polizist beschrieb mit dem Brecheisen einen Halbkreis. »Wäre ein prima Baugrundstück. Platz genug für ein großes Hotel oder mehrere Villen. Ist doch toll mit dem Weg durch die Dünen zum Strand. Was will man mehr. Wer auch immer das hier erbt, ist schon jetzt ein gemachter Mann.« Eggestein sah kurz in Charlottes Richtung und fügte dann hinzu: »Oder Frau.«

Jan runzelte die Stirn. »Filetieren und panieren«, sagte er leise.

»Was?«

»Nichts.«

Doch Eggestein begriff auch so, was Jan meinte. »Wenn's gut gemacht wird und in die Gegend passt, warum nicht? Aber da passt die Gemeinde schon auf.«

Jan wusste, dass Martens die Sache anders sehen würde. Aber die Meinung des alten Mannes zählte jetzt nicht mehr.

»Zumindest der Smutje hat zurzeit andere Sorgen als irgendwelche Immobiliengeschäfte«, vermutete Charlotte.

Eggestein stieg nicht auf das Thema ein, obwohl er wusste, dass der Campingplatz seinem alten Freund schon lange in der Nase steckte.

»Was meinst du?«, fragte Jan.

»Na, der geht doch wohl in den Knast. Immerhin hat er seine Frau umgebracht.«

»Nicht unbedingt.« Jan schüttelte den Kopf. »Wenn es Totschlag war, gibt es eine Verjährungsfrist.«

Charlotte krauste fragend die Stirn.

»Ist so. Außer bei Mord gibt es für alle Verbrechen eine Verjährungsfrist«, führte Jan weiter aus. »Ich hab mich da mal schlau gemacht. Drei Jahre für betrunken fahren. Für Urkundenfälschung, Diebstahl oder Betrug sind es fünf Jahre. Und für Raub oder Totschlag 20 Jahre. Die sind beim Smutje schon um. Für die Umstände, die zu Madalenas Tod geführt haben, gibt es keine Zeugen. Wenn der Smutje der Staatsanwaltschaft glaubhaft machen kann, dass er im Affekt gehandelt hat, und keine Mordmerkmale vorliegen, ist die Sache für ihn erledigt.«

»Das kann doch nicht sein«, meinte Charlotte ungläubig.

»Herr Eggestein …«, gab Jan den Ball weiter.

Der Polizist zuckte mit den Schultern. »Verjährung ist ein Verfahrenshindernis. So heißt es bei den Juristen.«

»Aber das ist ungerecht«, beharrte Charlotte.

»Nein, das ist das Gesetz. Und jetzt lassen Sie uns bitte weitergehen.«

Es war nicht weit bis zum Wohnwagen. Unter Eggesteins wachsamen Augen fasste Jan an den Türgriff. Der Hauptkommissar wusste genau, wo er das Brecheisen ansetzen musste, um möglichst wenig Schaden anzurichten. Doch das war gar nicht nötig. Die Tür schwang Jan ohne Widerstand entgegen.

Überrascht blickte er zu Charlotte und Eggestein.

»Ich bin mir sicher, dass ich abgeschlossen habe«, meinte Jan. »Na ja, ist ja normal, dass man abschließt, bevor man geht.«

»Also wissen Sie es nicht genau?« Eggestein wirkte ungeduldig. »Egal. Beeilen Sie sich wenigstens.«

Jan nickte und streckte den Kopf in den Wohnwagen. »Hallo?«, fragte er kurz. Aber niemand antwortete. Mit zwei Schritten war er im Trailer.

109

Der Wohnwagen kam Jan nach den zurückliegenden Ereignissen zugleich vertraut und fremd vor. Er sammelte, so gut es mit seiner verletzten Schulter ging, seine Habseligkeiten zusammen. Charlotte sah sich um. Auf dem Bord über der Sitzecke entdeckte sie eine Packung mit kandierten Ingwerstückchen. Sie blickte kurz über die Schulter, trat dann zum Regal.

Jan sah Eggestein vorm Wohnwagen stehen. Seine riesige Gestalt wurde von der Türöffnung umrahmt.

Die durchsichtige Teetüte knisterte in Charlottes Hand, während Jan seine Wäsche aus der Schlafecke zusammensuchte und in eine Tasche stopfte.

»Für dich«, sagte Jan, als er ihr fragendes Gesicht bemerkte, denn sie wusste, dass er kein Teetrinker war.

»Das ist ja nett. Da trinken wir gleich was von, wenn wir zu Hause sind. Du willst doch bestimmt auch mal probieren.«

Jan antwortete nicht. Das lag aber nicht an Charlottes kleiner Neckerei, sein Blick war plötzlich auf etwas anderes gerichtet: Dort lagen seine Autoschlüssel.

Irritiert überlegte Jan, wie die Schlüssel auf die Ablagefläche der kleinen Küche gelangt sein konnten. Er hatte sie doch bei sich gehabt. Erst in der Klenke-Villa hatte man sie ihm abgenommen.

Jan dachte an sein Auto. Die Verbindung war zwingend. Dennis hatte beides hergebracht. Zuerst hatte Dennis das Auto auf dem Parkplatz vor dem Campingplatz abgestellt und dann die Schlüssel im Trailer deponiert. Deshalb auch die unverschlossene Tür. Offenkundig hatte Dennis nicht gewollt, dass die geringste Spur von Jan zur Villa der Klenkes führte und somit zu ihm und Hauke.

Die Schlussfolgerung war eindeutig. Bisher hatte Jan es nur vermutet, doch nun wurde es für ihn zur Gewissheit: Sein Ableben war für Dennis Jacobsen beschlossene Sache gewesen.

Wie der Vater, so der Sohn, dachte Jan. Die beiden passten besser zusammen, als sie es selbst für möglich gehalten hätten. Ob der alte Martens was von Dennis' Besuch im Wohnwagen mitbekommen hatte?

»Und der Baum ist morsch, sagten Sie?«

Eggestein schob den Kopf zur Wohnwagentür hinein. »Was? Der Baum? Ach so, ja. Lag lauter morsches Geäst auf dem Boden rum. Und ein besonders dicker Ast hat den Alten erschlagen.«

»Keine Zweifel am Ablauf der Geschehnisse?«

»Bei dem Sturm? Nein.«

»Wer hat Martens denn gefunden?«

»Das war ich.«

»Sie?«

»Ja. Wieso?«

»Nur so …« Jan dachte an das, was er von Mariano Pinto über Eggestein erfahren hatte. Der beste Freund vom Smutje war er und der Patenonkel von Dennis.

»Haben Sie noch einen kurzen Moment? Ich würde Ihnen gerne etwas zeigen«, meinte Jan zu Eggestein. »Dauert auch nicht lange.«

Der Hauptkommissar schien zu überlegen, nickte dann knapp. Als Jan ihn mit einer Geste hereinbat, schob er sich in den Wohnwagen.

»Wo …«, überlegte Jan laut und deutete dann auf den schmalen Tisch mit der darum verlaufenden Sitzbank am hinteren Ende das Trailers. »Charlotte, gibst du mir mal mein Notebook.«

Charlotte blickte in die Richtung, in die Jan deutete, und nickte. Sie legte den Computer auf den Tisch, rückte auf der Bank nach hinten und ließ Jan neben sich Platz nehmen. Jan deutete auf den leeren Platz gegenüber. Doch Eggestein wollte nicht sitzen.

»Wir sollten es uns nicht zu gemütlich machen. Ich muss weiter.«

»Klar«, stimmte Jan zu. »Aber das hier müssen Sie noch kurz sehen.«

Jan tippte sein Passwort ins Notebook. Es dauerte nur Sekunden, bis der Videoplayer auf dem Gerät geöffnet war. Dann drehte Jan den Bildschirm zu Eggestein.

110

Es waren Luftbildaufnahmen. Die Kamera war ganz ruhig. Sie zeigten eine junge Frau am Fuß des Roten Kliffs. Doch sie zeigten noch mehr. Dennis war zu sehen. Er hatte eine Waffe in der Hand. Er brüllte etwas. Er zielte auf die Frau. Anna begann zu klettern.

»Wo haben Sie das her?«, wollte Eggestein wissen. Er wirkte ganz ruhig. Viel zu ruhig für jemanden, der das Video nicht kannte.

Anna krallte sich in das poröse Gestein. Ein Fuß rutschte ab. Sie fing sich und kletterte weiter, kletterte höher. Die Anstrengung war ihr anzusehen.

»Der Smutje und Dennis haben alles aus dem Netz gelöscht. Selbst das Notebook haben sie zerstört. Unser Mann auf Sylt hat die Trümmer gefunden. Alles kaputt. Die Festplatte war nicht mehr zu gebrauchen.«

»Ihr Mann auf Sylt?«

»Aber den Quadrocopter haben sie vergessen. Vielleicht will Dennis ihn auch noch mal benutzen. Ein Rotor ist beschädigt, sonst sieht er noch gut aus. Der Smutje wäre bestimmt nicht so zimperlich gewesen.«

Auf dem Computerbildschirm schrie Dennis wieder in Annas Richtung. Er war nur ganz klein im Hintergrund zu sehen, weil die Drohne über Anna schwebte. Dennis legte mit dem Gewehr an und schoss. Ein blauer Farbklecks schlug neben Anna ein. Ihre Augen weiteten sich. Dann ließ sie los und fiel.

Stille machte sich im Wohnwagen breit. Jan ließ die Bilder wirken. Er wartete darauf, was Eggestein sagen würde.

Doch der sagte nichts. Ohne Vorwarnung holte er stattdessen mit dem Brecheisen aus und ließ das gekrümmte Ende in das Notebook krachen. Plastikteile flogen durch die Luft, während Jan und Charlotte reflexartig Kopf und Hände nach hinten zogen.

»Scheiße!«, schrie Charlotte vor Schreck auf.

Schon schlug der Kuhfuß erneut im Notebook ein. Diesmal hüpfte es vom Tisch auf die Bank und von dort auf den Boden. Eggestein schlug so lange auf den Computer ein, bis nur noch Kleinteile übrig waren.

Sein Atem ging schnell, während er sich aufrichtete. Wieder wirkte er erschreckend groß in der Enge des Wohnwagens.

»Ihr Mann auf Sylt ist also beim Smutje eingebrochen, was?« Eggestein grinste. »Das ist illegal. Und illegal erworbene Beweismittel werden vor Gericht nicht zugelassen. Wissen Sie doch.«

Jan war erstaunt über Eggesteins humoristischen Anflug. Aber Charlotte nicht. Sie wirkte nun selbst wütend.

»Die Tür stand offen. Es war so leicht, unbemerkt in die Villa zu kommen«, brach es aus ihr heraus. »Alle konzentrierten sich auf die Garage. Ich habe den Quadrocopter gefunden.«

Jan nickte stolz. Dann sagte er, dass die Videodatei nicht auf dem Notebook gewesen sei. »Der Film liegt auf einem Server in Hamburg. Ich habe ihn nur gestreamt. Sie haben das Notebook völlig umsonst zerlegt.«

»Wieso auf einem Server? Wie kommt er da hin?«

»Weil ihn unser Mann auf Sylt auf den Server hochgeladen hat.«

»Sören Jensen … Dieser kleine, miese Spion!«

Jan grinste. »Ganz fiese Masche, was?«

»Das Video will ich haben!«

»Klar wollen Sie das. Geht aber nicht.« Jan schüttelte den Kopf. »Und da ist noch mehr. Sagt Ihnen der Name Mariano Pinto noch was? Er war gestern Abend auch noch bei der Villa. Da müssen Sie mit Ihrem Patenkind gerade auf Spritztour gewesen sein. Vielleicht erinnern Sie sich nicht an den Namen. Mariano Pinto ist der Schwager vom Smutje. Ex-Schwager natürlich. Denn der Smutje hat ja die Schwester von Mariano Pinto umgebracht.«

Eggestein starrte Jan an.

»Und Sie haben die Ermittlungen in dem Fall behindert. Mariano Pinto wird das genau so bei der Staatsanwaltschaft erzählen. Der Fall wird ja jetzt neu aufgerollt. Und Ihre Rolle wird die Leute dort sehr interessieren.«

Charlotte kicherte kurz auf. »'tschuldigung«, bat sie dann. »Ich dachte nur gerade, dass Sie Ihren tollen Job dann los sind. Polizeichef von Sylt. Chef vom Ganzen. Das war dann einmal.«

Eggesteins Blick wanderte zu Charlotte. Es war ihm anzusehen, wie die Gedanken in ihm arbeiteten. »Es sei denn, ich breche Ihnen und Ihrem Freund hier den Nacken. Dann schmeiße ich euch beide vom Kliff. Noch ein Pärchen mehr, das sich zu dicht an die Abbruchkante getraut hat. Fertig. Und danach kümmere ich mich um diesen Pinto.«

»Das würden Sie machen?«, meinte Jan zweifelnd. »Drei Menschen umbringen, nur um Ihren Job zu retten?«

»Ich zerquetsche nur ein paar miese, kleine Schnüffler. Journalistenpack. Mehr nicht.«

»Und danach? Was ist mit dem *Sylter Spion*? Wollen Sie den auch umbringen?«

»Vielleicht.«

»Und die ganze Redaktion von uns in Hamburg? Die kennen das Video auch.«

»Das Video ist mir egal. Es wurde illegal beschafft. Wie gesagt. Das lässt kein Gericht zu.«

»Und selbst wenn, jetzt geht es ja nicht mehr nur um Dennis und den Smutje. Jetzt geht es um Sie, richtig? Und das hat Priorität.«

»Ganz genau. Wenn ihr zwei weg seid und dieser Mariano Pinto auch, kann man mir gar nichts. Selbst dieser Sören Jensen kann mir nichts. Der kennt ja alles nur vom Hörensagen. Sein Wort gegen meins. Vergessen Sie es.« Das Lächeln, das sich auf Eggesteins Gesicht zeigte, war ganz und gar nicht freundlich. »Ich finde die Idee mit einem Absturz vom Roten Kliff immer besser. Der Sensationsreporter und die Sensationsfotografin wagen sich zu dicht an die Abbruchkante. Sie wollten noch mal ganz genau sehen, was Marion Klenke und der kleinen Lena passiert ist. Und dabei sind sie selbst abgestürzt. Mehr als plausibel. Schade, schade. Was für eine Tragödie.«

Jan krauste kurz die Stirn. »Aber wie gesagt, Sie müssen danach auch die ganze Redaktion in Hamburg umbringen. Denn die haben alles gesehen und gehört, was hier in den letzten Minuten passiert ist. Stimmt's, Charlotte?«

Charlotte deutete auf das Bord, wo sich das Teetütchen mit den kandierten Ingwerstücken befunden hatte. Dort stand ihr Smartphone an eine Dose gelehnt. Die Kamera auf der Rückseite blickte Eggestein direkt an.

»Wir wollten eigentlich nur sehen, wie Sie auf das Video reagieren. Dazu haben wir eine Liveübertragung nach Hamburg aufgebaut. Alle Kollegen und alle Leute, die im Moment auf der Seite vom *Lauffeuer* sind, haben dabei zugesehen.«

Jan deutete auf die zerstreuten Einzelteile des Notebooks.

»Mit einer so heftigen Aktion habe ich nicht gerechnet. Das war schon sehr beeindruckend. Ihre Morddrohungen haben das Ganze dann allerdings noch getoppt. Wow. Ich habe richtig Angst bekommen. Du auch, Charlotte?«

Charlotte nickte. »Ein wenig.«

Wortlos machte der Hauptkommissar einen Schritt auf das Board zu und nahm das Smartphone an sich. Das Display leuchtete und zeigte, dass tatsächlich eine Liveübertragung aufgebaut war. Wortlos trennte er die Verbindung und reichte das Smartphone an Jan weiter. Dann drehte er sich um, stapfte durch den Wagen und verschwand durch die viel zu kleine Tür. Noch immer wortlos.

Jan wandte den Blick zu Charlotte. »Alles okay bei dir?«

Die zuckte nur mit den Schultern.

»Ich ruf mal in der Redaktion an und sag, dass alles in Ordnung ist.«

»Ist es das denn?«

Jan dachte über Charlottes Frage nach. Er dachte an das Mädchen, dessen Name Frieden bedeutete. Und an ihre Schwester, die Orchidee. Nein, ganz viel war kein bisschen in Ordnung.

EPILOG

Jan stopfte seine restlichen Sachen in die Reisetasche. Charlotte kümmerte sich mittels einer Mülltüte um die Einzelteile des Notebooks. Auch wenn sie nicht wussten, für wen sie sich die Mühe machten, wollten sie den Wohnwagen in einem sauberen Zustand hinterlassen. Während Charlotte über Eggestein nachdachte und sich fragte, was bei seinen Morddrohungen gespielt und was möglicherweise ernst gemeint war, beschäftigte sich Jan mit seinem Artikel.

Was er über die *Hansemen* schreiben wollte, existierte schon komplett in seinem Kopf. Natürlich musste er vorsichtig sein. Er durfte sich nicht in Behauptungen verstricken und Dinge schreiben, die er nicht belegen konnte. Der Smutje hatte sicher gute Anwälte, die er Dennis an die Seite stellen würde.

Das Video, das Charlotte in der Villa vom Smutje gefunden hatte, war grausam. So grausam, dass Jan sich mit der Redaktion vom *Lauffeuer* einig war, es keinesfalls online zu stellen. Christian als Redaktionsleiter meinte, dass dies auch gar nicht nötig sei. Die Story sei für sich stark genug, und es reiche, dass sie das Video als Beweis hatten.

Und dann gab es noch eine Art Kronzeugen. Charlotte wollte versuchen, Pierre mit ins Boot zu holen. Der dritte Hanseman, der beim Klettern von einem Bahnwaggon auf eine Brücke von einem 25.000-Volt-Stromschlag niedergestreckt wurde, konnte von den Anfängen der Videoproduktionen erzählen.

Pierre schien zwar mit der Vergangenheit abgeschlossen zu haben. Aber nach allem, was auf Sylt passiert war, würde er es sich vielleicht anders überlegen. Schon als Charlotte Jan das erste Mal von Pierre erzählt hatte, beschlich ihn das Gefühl, seinen heimlichen Informanten, den *Schachspieler*, gefunden zu haben. Nun, da die meisten Fakten auf dem Tisch lagen, würde Pierre sich vielleicht mit der Wahrheit an die Öffentlichkeit trauen.

Blieben noch die Rollen vom Smutje und von Kriminalhauptkommissar Eggestein. Die beiden Könige der Insel. Irgendwie sprengte das alles den Rahmen der ursprünglichen Geschichte. Jan dachte an Mariano Pinto. Nach über 20 Jahren war nun klar, dass seine Schwester nicht mehr lebte. Schlimmer noch, ihr eigener Mann hatte sie getötet.

Jan wollte sich noch einmal mit dem Brasilianer treffen. Es gab viel zu besprechen. Mariano Pinto hatte eine Geschichte zu erzählen. Im Krankenhaus hatte Jan nicht genau zugehört. Seine Gedanken waren zu sehr bei Charlotte und Sören Jensen gewesen. Und auf dem Bürgersteig vor der Villa war dann auch nicht der richtige Moment gewesen. Doch beim nächsten Treffen mit Mariano Pinto würde Jan Stift und Papier mitbringen. Später konnte er vielleicht alles in einem Buch zusammenfassen. Vielleicht war das sogar die beste Idee. Sein erster Bestseller war bereits zwei Jahre alt. Da wurde es Zeit für einen Nachfolger.

»Hast du jetzt alles?«, wollte Charlotte wissen und riss Jan damit aus seinen Gedanken. Den Müllbeutel hatte sie nach draußen gebracht und blickte nun wieder zur Tür herein. Auch Jan sah sich noch einmal in dem kleinen Wohnwagen um.

»Habe alles«, sagte er. »Fährst du?«

Charlotte fing den Autoschlüssel auf, den er ihr zuwarf. Na klar würde sie fahren. Und sie würde die Fahrt nutzen, um Jan einiges zu erzählen.

Die Suche nach ihm, die überstürzte Reise nach Sylt und die Sorge um ihn hatten den eigentlichen Grund, weshalb sie

Jan so dringend sehen wollte, für eine Weile verdrängt. Doch nun war es so weit. Sie würde mit ihm über Lucia Moreno sprechen und über das, was sie für die Spanierin empfand.

Der Bildband zu *Ein Winter auf Mallorca* war fertig. Charlottes Aufgabe auf der Insel erledigt. Doch Lucia hatte ihr vorgeschlagen, auch den Sommer auf Mallorca zu verbringen. Sie könne für das Lokalblatt arbeiten und weiter bei Lucia wohnen. Charlotte hatte nicht gleich zugesagt. Sie brauchte etwas Zeit zum Überlegen. Aber jetzt wusste sie, dass sie es tun würde. Und sie wusste, dass sich ein weiterer Mensch einen Platz in ihrem Herzen erobert hatte. Nur wie Jan auf diese Tatsache reagieren würde, das wusste Charlotte nicht.

AllesChecker98:	Was ist mit *Hansemen* los?
SuperNiceFace:	Gibts nicht mehr. Alle Videos gelöscht.
AllesChecker98:	Fuck. Die waren voll lol.
SuperNiceFace:	Vergiss *Hansemen*. Guck lieber *KingMotherf***er*. Der geht richtig ab.
AllesChecker98:	*KingMotherf***er*. Check. thx – (thanks)

DANKSAGUNG

Wie alle Jan-Fischer-und-Charlotte-Sander-Thriller schöpft auch STURMGEPEITSCHT einen Großteil seiner kriminellen Energie aus der Realität. Das wahre Leben ist viel wahnsinniger, als ich es mir ausdenken kann. Dies gilt nicht nur für Mord und Totschlag. Die meisten Videos geistern genau wie beschrieben durch das Internet. Auch die Idee vom Turmbau zu Sylt war real. Und die Maklerdevise vom »Filetieren und Panieren« ist so aktuell wie nie.

Bei Strukturen von Polizei- und Gemeindeapparat, Ortsangaben und räumlichen Zusammenhängen habe ich mich nach Möglichkeit an die Gegebenheiten auf Sylt gehalten. Dennoch gibt es einige Vereinfachungen. So lassen sich einige für die Geschichte zentralen Baulichkeiten wie das *Smutje*, die Villen und der Kultursaal nicht eins zu eins auf der Insel finden. Also bitte bei einem Besuch auf Sylt nicht suchen, was so nicht da ist.

Abschließend bedanke ich mich bei meinen Freunden, die bei der Entstehung dieses Buches dabei waren, sich der Rohfassung des Stoffes angenommen haben, Kürzungen vorschlugen, der Dramaturgie auf die Sprünge halfen und zur richtigen Zeit Zuspruch gaben.

Dies sind:

Karsten Uhl, Ronja Rückheim, Alexander Zerbe, Armin Werra, Dana Deuter, Beate Zoellner, Sabine König, Frank König und Torsten Bischoff.

Meine Frau Anke Meyer-Kleinknecht.

Sowie Claudia Senghaas vom Gmeiner-Verlag.

Danke an euch.

DIE NEUEN **Lieblings-plätze**

 **AUGSBURG UND BAYERISCH-SCHWABEN**

 **BAYERISCHER WALD** mit Hund

 **CHIEMGAU**

 **ENTLANG DER SIEG**

 **ERZGEBIRGE**

 **FEHMARN**

 **IN UND UM GARMISCH-PARTENKIRCHEN**

 **MAINFRANKEN**

 **MARKGRÄFLER-LAND**

 **NORD-SCHWARZWALD**

 **RHÖN**

 **RUND UM DRESDEN**

 **SCHWARZWALD**

 **WALLIS**

 **WESERMARSCH UND MEHR**

 **WIEN NACHHALTIG**

KULTUR

GMEINER

WWW.GMEINER-VERLAG.DE
Mensch, Kultur, Region